DEUTSCHE KLASSIKER

Bibliothek
der literarischen
Meisterwerke

Christian Dietrich Grabbe
1801–1836
Kreidezeichnung
von Wilhelm Pero
aus dem Jahr 1836

DEUTSCHE KLASSIKER

Christian Dietrich Grabbe

Scherz, Satire, Ironie und tiefere Bedeutung

Napoleon oder die hundert Tage

Die Hermannsschlacht

Einmalige Sonderausgabe der
Manfred-Pawlak-Taschenbuch-VerlagsgesellschaftmbH,
Herrsching
nach dem Wortlaut des 1. und 2. Bandes der von
Roy C. Cowen herausgegebenen Ausgabe
Christian Dietrich Grabbe
WERKE
1977

Umschlaggestaltung: Bine Cordes
unter Verwendung eines Gemäldes
von Peter Cornelius

Gesamtherstellung: Elsnerdruck GmbH, Berlin
Printed in Germany
ISBN: 3-8224-1140-X

INHALT

SCHERZ, SATIRE, IRONIE
UND
TIEFERE BEDEUTUNG

Ein Lustspiel in drei Aufzügen

VORWORT

Findet der Leser nicht, daß diesem Lustspiel eine entschiedene Weltansicht zu Grunde liegt, so verdient es keinen Beifall. Im Übrigen verspottet es sich selbst und werden daher die literarischen Angriffe von den betheiligten Personen leicht verziehen werden.

Es wird noch bemerkt, daß dieses Stück, eben so wie die übrigen, schon im Jahre 1822 geschrieben war und auch in mehreren Gesellschaften vorgelesen wurde.

PERSONEN

BARON VON HALDUNGEN.
LIDDY, seine Nichte.
HERR VON WERNTHAL, mit ihr verlobt.
FREIHERR VON MORDAX.
HERR MOLLFELLS.
RATTENGIFT, ein Dichter.
DER SCHULMEISTER des Dorfs.
TOBIES, ein Bauer.
GOTTLIEBCHEN, sein Sohn.
GRETCHEN, Dienstmagd der Gerichtshalterinn.
KONRAD, ein Schmid.
VIER NATURHISTORIKER.
DER TEUFEL.
SEINE GROSSMUTTER.
KAISER NERO, ihr Bediente.
GRABBE, der Verfasser des Lustspiels.
DREIZEHN SCHNEIDERGESELLEN und andere Nebenpersonen.

(Die Scene ist in und bei dem Dorfe des Barons.)

ERSTER AUFZUG

Erste Scene

(Stube des Schulmeisters.)

SCHULMEISTER *(sitzt am Tische und schenkt aus einer großen Flasche sich ein Glas nach dem andren ein).* Utile cum dulci, Schnaps mit Zucker! – Es wird heute ein saurer Tag, – ich muß den Bauernjungen die erste Declination beibringen. Ein Bauernjunge und die erste Declination! Das kommt mir vor, als wenn ein Rabe ein rein Hemd anziehen wollte!

(Er blickt durch das Fenster:)

Alle Wetter, da kommt der schiefbeinige Tobies mit seinem einfältigen Schlingel! Schwerenoth, wo verstecke ich meinen Schnaps? – geschwind, geschwind, ich will ihn in meinem Bauch verbergen!

(Er säuft die Bouteille mit einer rapiden Schnelligkeit aus:)

Ah, das war ein Schluck, dessen sich selbst Pestalozzi nicht hätte zu schämen brauchen! Die leere Flasche zum Fenster hinaus.

(Tobies und Gottliebchen treten ein.)

TOBIES. Wünsche wohl geschlafen zu haben, Herr Schulmeister.

SCHULMEISTER. Danke, Herr Gevatter, danke! – Alles noch wohl in der Familie?

TOBIES. So lala! Meine Frau ist gesund, aber mein bestes Schwein liegt in den letzten Zügen. Es stöhnt und ächzt wie ein alter Mann.

SCHULMEISTER. Bedaure, bedaure, sowohl das Schwein als wie den alten Mann.

TOBIES. Wie steht's am politischen Himmel, Herr Schulmeister? Was sagen die neuen Zeitungen? Hat der Grieche gewonnen? Ist der Erbfeind verjagt?

SCHULMEISTER. Die Aspecten sind nicht ungünstig. Der hamburger Unpartheiische hat schon wieder 30000 Türken todtgeschlagen, und der nürnberger Correspondent fährt unermüdlich fort, die griechischen Jungfrauen der edelsten Geschlechter zu nothzüchtigen; auch flüstert man sich aus zuverlässigen Quellen in die Ohren, daß das auseinander gelaufene Heer des Ypsilanti am 25. künftigen Monats in einer großen Bataille gesiegt hat.

TOBIES *(Nase und Maul aufsperrend)*. Am 25. künftigen –?

SCHULMEISTER. Wundern Sie sich nicht, Herr Tobies! Die Couriere gehen rasch! Verbesserte Poststraßen, verbesserte Poststraßen!

TOBIES. Jesus Christus! so 'ne Poststraße, worauf der Courier einen Monat vorausläuft, möchte ich vor meinem Tode wohl 'mal sehen!

SCHULMEISTER. Freilich ist so etwas hier zu Lande rar. Aber, Herr Tobies, Sie werden aus eigner Erfahrung bemerkt haben, daß ein gutes Pferd auf einer guten Chaussée den Weg von einer Stunde in einer halben zurücklegt; wenn Sie sich das Pferd nun immer besser und die Chaussée immer vortrefflicher denken, so muß es ja natürlich dahin kommen, daß das Pferd den Weg in einer Viertelstunde, in zehn Minuten, in einer Minute, in nichts, in gar nichts und zuletzt in weniger als gar nichts zurücklegt! Begreifen Sie?

TOBIES. Ich begreife, aber verstehen thu' ich Sie, hol' mich der Teufel, doch noch nicht!

SCHULMEISTER. Da Sie mich schon begreifen, so macht es soviel nicht aus, ob sie mich auch verstehen. Doch, wie Cicero zum Cäsar sagt: – – Ei, was ziehen Sie da aus der Rocktasche?

TOBIES. Ja, das ist es eigentlich, weswegen ich mit Gottliebchen hier vorgesprochen habe. Meine Frau läßt Ihnen ein Compliment machen, und bittet Sie, mit dieser Wurst vorlieb zu nehmen.

SCHULMEISTER. Vorlieb zu nehmen!

(Er ergreift die Wurst und ißt sie auf.)

TOBIES. Sehen Sie, unser Gottliebchen hat die Würmer, und deshalb meint seine Mutter, daß aus ihm noch einmal ein Gelehrter würde. – Nicht wahr, Gottliebchen, du willst ein Gelehrter werden?

GOTTLIEBCHEN. Ja, ich habe die Würmer.

SCHULMEISTER. Herr Gevatter, seyn Sie überzeugt, daß ich die vielversprechenden Anlagen Ihres hoffnungsvollen Sohnes zu schätzen weiß!

TOBIES. Nun wünschen ich und meine Frau, daß Sie den Jungen zu sich in's Haus nehmen, und, mit Respect zu sagen, zum Pastor erziehen möchten. Wir sähen ihn doch gar zu gern, mit Respect zu sagen, auf der Kanzel stehen! – Zur Erkenntlichkeit wollen wir Ihnen an jedem Sanct Martinstage neun fette Gänse und ein Stückfaß voll Schnaps schicken.

SCHULMEISTER. Ein Stückfaß? und voll bis an den Rand?

TOBIES. Schwappend voll, Herr Schulmeister!

SCHULMEISTER. Jeder Zoll ein Schnaps! Ihr Sohn gehört zu den eminentesten Köpfen! Ich werde ihn nicht nur in die tiefsten Geheimnisse der Dogmatik, der Homiletik und der übrigen Nebenwissenschaften der Theologie einweihen, sondern ihn auch in den plastischen, idyllischen und mephytischen Hauptwissenschaften unserer Landprediger, als wie im Schweineschneidern, Kuhschlachten und Mistaufladen zu unterrichten suchen. – Um Ihnen zu beweisen, wie sehr mir Gottliebchens Wohlfarth am Herzen liegt, will ich mich noch heute mit ihm auf das Schloß verfügen und ihn der jungen Baroninn und ihrem Onkel, welche gestern angekommen sind, als ein großes Genie produciren; vielleicht, daß man ihm eine außerordentliche Unterstützung zu seinen Studien gewährt.

TOBIES. Na, das thun Sie, Herr Schulmeister! Aber ich bitte, quälen Sie den Jungen mit dem Lernen nicht zu übermäßig. Ich habe ein paar Ochsen, welche mit dem Kopfe ziehen müssen, und da weiß ich denn, was Kopfarbeit für eine Arbeit ist. Guten Morgen!

(Geht ab.)

SCHULMEISTER *(zu Gottliebchen)*. Nun komm, du Esel, und

gib Acht! Ich will dir sagen, wie du es auf dem Schlosse machen mußt, um dich genial zu stellen: du mußt entweder völlig das Maul halten, – dann denken sie, Donnerwetter, der muß viel zu verschweigen haben, denn er sagt kein Wort; – oder du mußt verrücktes Zeug sprechen, – dann denken sie, Donnerwetter, der muß etwas Tiefsinniges gesagt haben, denn wir, die wir sonst alles verstehen, verstehn es nicht; – oder du mußt Spinnen essen und Fliegen einschlingen, dann denken sie, Donnerwetter, der ist ein großer Mann, (oder wie es bei dir schicklicher heißen sollte, ein großer Junge) denn er ekelt sich vor keinen Fliegen und Spinnweben. Sag, Rindvieh, was von allem diesen willst du thun?

GOTTLIEBCHEN. Ich will's Maul halten.

SCHULMEISTER. So halt' es, und meinetwegen mit der Hand, denn das sieht noch allegorischer und poetischer aus. Jedoch kann ich Dir dessenohngeachtet ein anderes nothwendiges Requisit nicht erlassen: du mußt bisweilen eine genialische Zerstreutheit zeigen. Dieß machst du ohngefähr so, Gottliebchen: du steckst, ehe du aus dem Hause gehst, eine todte Katze in die Uhrtasche; wenn du dann nachher in Gesellschaft eines schönen Fräuleins spazierst und mit ihr in der Abenddämmerung die Sterne betrachtest, so ziehst du auf einmal deine todte Katze heraus und führst sie an die Nase, als wenn du dich hineinschnupfen wolltest; da wird denn das Fräulein leichenblaß aufschreien: »Sackerlot, eine todte Katze!« du aber erwiderst wie zerstreut: »ach Gott, ich meinte, es wäre ein Gestirn!« – So etwas bringt dich in den Ruf der Originalität, du Mißgeburt!

(Er gibt ihm eine Ohrfeige.)

GOTTLIEBCHEN. Au! au! au!

SCHULMEISTER. Erschrick nicht, mein Söhnchen! Utile cum dulci, ein Ohr, weil es nützlich ist, und eine Feige, weil sie süß ist, also eine Ohrfeige. Es gehört zu den Feinheiten meiner Erziehungsmethode, mußt du wissen, daß ich dem Schüler bei jeder interessanten Lehre eine markdurchdringende Maulschelle ertheile, denn späterhin wird er alsdann immer, wenn er sich an die Maulschelle erinnert, sich auch an die Lehre erinnern, welche sie begleitete. – Doch, allons, wir wollen auf's Schloß! Tunke die Feder tief in das Tintenfaß und zieh mir damit einen dicken, schwarzen Strich queer über die Nase durch's Gesicht! Die gnädige Herrschaft soll selbst in meinem Antlitze die Spuren meines Fleißes erblicken!

(Gottliebchen zieht ihm einen dicken Tintenstrich durch's Gesicht und sie gehen beide ab.)

Zweite Scene

(Heller warmer Sommertag. Der Teufel sitzt auf einem Hügel und friert.)

TEUFEL. 'S ist kalt, – kalt – in der Hölle ist's wärmer! – Satirische Großmutter hat mir zwar, weil sieben am häufigsten in der Bibel vorkommt, sieben Pelzhemdchen, sieben Pelzmäntelchen und sieben Pelzmützchen angezogen, – aber 's ist kalt, – kalt – Hol mich Gott, es ist sehr kalt! – – Könnt' ich nur Holz stehlen oder 'nen Wald anzünden, – 'nen Wald anzünden! – Alle Engel, 's wär' doch curios, wenn der Teufel erfrieren müßte! – – Holz stehlen, – Wald anzünden, – anzünden! – stehlen –

(Er erfriert.)

EIN NATURHISTORIKER *(tritt auf, botanisirend)*. Wahrhaftig, es finden sich in dieser Gegend seltene Gewächse; Linnäus, Jussieu – Herr Christus, wer liegt hier auf der Erde? Ein todter Mensch, und, wie man deutlich sieht, erfroren! Nun, das ist doch sonderbar! Ein Wunder, wenn es nämlich Wunder gäbe! Wir schreiben heut den zweiten August, die Sonne steht flammend am Himmel, es ist der heißeste Tag, den ich erlebt habe, und der Mensch da wagt es, unterwindet sich's, gegen alle Regeln und Beobachtungen weiser Männer zu erfrieren! – Nein, es ist unmöglich! absolut unmöglich! Ich will meine Brille aufsetzen!

(Er setzt sich die Brille auf:)

Sonderbar! sonderbar! Ich habe meine Brille aufgesetzt, und der Kerl ist nichtsdestoweniger erfroren! Höchst sonderbar! Ich will ihn zu meinen Collegen bringen!

(Er packt den Teufel bei'm Kragen und schleppt ihn mit sich fort.)

Dritte Scene

(Saal auf dem Schlosse.)

(Der Teufel liegt auf dem Tische und die vier Naturhistoriker stehen um ihn herum.)

ERSTER NATURHISTORIKER. Sie geben mir zu, meine Herren, es ist mit diesem Todten ein verwickelter Casus?

ZWEITER NATURHISTORIKER. Wie man es nimmt! Es ist nur schlimm, daß seine Pelzkleider so labyrinthisch zugeknüpft sind, daß selbst der Weltumsegler Cook sie nicht würde aufknöpfen können.

ERSTER NATURHISTORIKER. Sie geben mir zu, daß es ein Mensch ist?

DRITTER NATURHISTORIKER. Gewiß! er hat fünf Finger und keinen Schwanz.

VIERTER NATURHISTORIKER. Hier ist nur die Frage zu lösen, was es für ein Mensch ist.

ERSTER NATURHISTORIKER. Richtig! Dabei kann man aber nicht vorsichtig genug zu Werke gehn; obschon es also heller Tag ist, rathe ich doch, daß man noch außerdem ein Licht anzündet.

DRITTER NATURHISTORIKER. Sehr wahr, Herr College!

(Sie zünden ein Licht an und setzen es neben dem Teufel auf den Tisch.)

ERSTER NATURHISTORIKER *(nachdem alle vier den Teufel mit der angestrengtesten Aufmerksamkeit betrachtet haben)*. Meine Herren, ich denke jetzt mit diesem räthselhaften Cadaver im Klaren zu seyn, und ich hoffe, daß ich mich nicht irre. Bemerken Sie diese zurückgestülpte Nase, diese breiten großmäuligen Lippen, – bemerken Sie, sage ich.

diesen unnachahmlichen Zug von göttlicher Grobheit, welcher über das ganze Antlitz ausgegossen ist, und Sie werden nicht mehr zweifeln, daß Sie einen unserer jetzigen Recensenten, und zwar einen echten, vor sich liegen sehen.

ZWEITER NATURHISTORIKER. Lieber College, ich kann nicht so völlig mit Ihrer übrigens außerordentlich scharfsinnigen Meinung übereinstimmen. Nicht zu erwähnen, daß unsre heutigen Recensenten, besonders die Theaterkritiker, mehr einfältig als grob sind, so spüre ich auch in diesem todten Gesichte kein einziges von den Merkmalen, welche Sie uns aufzuzählen belieben. Ich gewahre im Gegentheil durchaus etwas Mädchenartiges darin; die buschigen, überhängenden Augenbraunen deuten auf jene zarte weibliche Verschämtheit, welche sogar ihre Blicke zu verstecken trachtet, und die Nase, welche Sie zurückgestülpt nennen, scheint sich vielmehr aus Höflichkeit zurückgebeugt zu haben, um dem schmachtenden Liebhaber einen recht großen Platz zum Kusse offen zu lassen; – genug, wenn mich nicht alles trügt, so ist dieser erfrorene Mensch eine Pastorstochter.

DRITTER NATURHISTORIKER. Ich muß gestehen, mein Herr, daß mir Ihre Hypothese etwas gewagt vorkommt. Ich vermuthe, daß es der Teufel ist.

ERSTER UND ZWEITER NATURHISTORIKER. Das ist ab initio unmöglich, denn der Teufel paßt nicht in unser System!

VIERTER NATURHISTORIKER. Streiten Sie sich nicht, meine werthgeschätzten Collegen! Nun will ich Ihnen *meine* Meinung sagen, und ich wette, daß sie derselben sofort beistimmen werden. Betrachten Sie die enorme Häßlichkeit, welche uns aus jeder Miene dieses Gesichts entgegenkreischt, und Sie sind ja gezwungen, mir einzuräumen, daß solch eine Fratze gar nicht existiren könnte, wenn es keine deutsche Schriftstellerinnen gäbe.

DIE DREI ANDREN NATURHISTORIKER. Ja, es ist eine deutsche Schriftstellerinn; wir weichen Ihren triftigern Argumenten.

VIERTER NATURHISTORIKER. Ich danke Ihnen, meine Collegen! – Aber was ist das? Sehen Sie auch, wie die Todte, seitdem wir ihr das brennende Licht vor die Nase gesetzt haben, anfängt sich zu regen? Jetzt zuckt sie mit den Fingern, – jetzt schüttelt sie mit dem Kopfe, – sie macht die Augen auf, – sie ist lebendig!

TEUFEL *(sich auf dem Tische emporrichtend):* Wo – bin ich? – Hu, friere noch immer!

(zu den Naturforschern:)

Bitte, meine Herren, machen Sie doch dort die beiden Fenster zu; – ich kann den Luftzug nicht vertragen!

DER ERSTE NATURHISTORIKER *(indem er die Fenster zumacht).* Sie haben gewiß eine schwache Lunge!

TEUFEL *(indem er vom Tische herunterklettert).* Nicht immer! Wenn ich in einem wohleingeheitzten Ofen sitze, nicht!

ZWEITER NATURHISTORIKER. Wie? Sie setzen sich in einen wohleingeheitzten Ofen?

TEUFEL. Ja, ich pflege mich bisweilen hineinzusetzen.

DRITTER NATURHISTORIKER. Eine merkwürdige Gewohnheit!

(Er schreibt es auf.)

VIERTER NATURHISTORIKER. Nicht wahr, Madam, Sie sind eine Schriftstellerinn?

TEUFEL. Schriftstellerinn? Was soll das heißen? Solche Weiber plagt der Teufel, aber Gott behüte den Teufel, daß sie der Teufel selbst wären!

ALLE NATURHISTORIKER. Was? also doch der Teufel? der Teufel?

(Sie wollen davonlaufen.)

TEUFEL *(beiseit):* Ha, nun kann ich einmal waidlich lügen!

(laut:)

Meine Herren! meine Herren! wohin? Beruhigen Sie sich! Sie werden doch vor keiner Spielerei, die ich mit meinem Namen mache, davonlaufen?

(Die Naturhistoriker kehren wieder um.)

Ich *heiße* Teufel, aber ich *bin's* wahrhaftig nicht!

ERSTER NATURHISTORIKER. Mit wem denn haben wir die Ehre zu sprechen?

TEUFEL. Mit Theophil Christian Teufel, Canonicus in herzoglich – – schen Diensten, Ehrenmitgliede einer Gesellschaft zur Beförderung des Christenthums unter den Juden, und Ritter des päbstlichen Civilverdienstordens, welcher mir neulich im Mittelalter vom Pabste dafür, daß ich ihm den Pöbel in steter Furcht erhielt, verliehen worden ist.

VIERTER NATURHISTORIKER. So müssen sie schon ein bedeutendes Alter erreicht haben.

TEUFEL. Sie irren; ich bin erst 11 Jahr alt.

DRITTER NATURHISTORIKER *(zum zweiten)*. Das ist der größte Lügenbeutel, den ich je gesehen habe!

ZWEITER NATURHISTORIKER *(zum dritten)*. So wird er den Damen sehr gefallen! –

TEUFEL *(ist dem Lichte immer näher gerückt und hat unwillkührlich den Finger hineingesteckt)*.

ERSTER NATURHISTORIKER. Herr Gott, was machen Sie, Herr Canonicus? Sie stecken ja den Finger in's Licht!

TEUFEL *(verwirrt; den Finger zurückziehend)*. Ich – ich liebe es, den Finger in's Licht zu stecken!

DRITTER NATURHISTORIKER. Sonderbare Passion!

(Schreibt es auf.)

(Der Baron, Liddy, Wernthal und Rattengift treten ein.)

VIERTER NATURHISTORIKER. Ah, der Baron und die übrige Gesellschaft!

ERSTER NATURHISTORIKER *(zu den Eintretenden)*. Hier stelle ich Ihnen den Herrn Canonicus Theophil Teufel vor, welcher im Mittelalter Ritter vom päbstlichen Civilverdienstorden geworden ist, und sich nicht nur in wohleingeheitzte Öfen zu setzen pflegt, sondern auch den Finger in das Licht zu stecken liebt!

RATTENGIFT. Ei, Herr Canonicus, Sie kommen ja wie gerufen, um die schöne Liddy mit dem Herrn von Wernthal zu copuliren.

TEUFEL *(verlegen)*. Copuliren? Ich?

(halblaut:)

Heilige Kreutz-Donnerwetter, ich kenne die Formel nicht!

LIDDY. Fluchen Sie nur nicht so gräßlich, Herr Canonicus! Mit dem Copuliren hat's noch einige Monate Zeit.

WERNTHAL. Liddy, wie können Sie mir diese Hand, die ich

voller Sehnsucht an meine Lippen drücke, so lange verweigern?

LIDDY *(unwillig ihre Hand wegziehend).* Herr von Wernthal, lassen Sie das! Ich liebe dergleichen Narretheien nicht!

WERNTHAL. O theures Fräulein, ich verehre Sie so grenzenlos, daß ich –

BARON. Eine Prise, Herr von Wernthal!

(Herr von Wernthal nimmt sie und nies't.)

DER TEUFEL *(ist unterdeß dem Lichte wieder näher gerückt und hält abermals den Finger hinein).*

DIE VIER NATURHISTORIKER *(welche jede seiner Bewegungen mit ihren Blicken verfolgt haben, lautrufend).* Sehen Sie, sehen Sie, meine Herren, der Canonicus hält schon wieder den Finger in's Licht!

DER TEUFEL. Ei, so wollt' ich doch –

(Er reißt sich mit der rechten Hand den linken Arm ab und prügelt damit die Naturhistoriker zur Stube hinaus; dann setzt er sich den Arm wieder ein und kehrt zur Gesellschaft zurück.)

RATTENGIFT. Herr! Herr! was soll ich von Ihnen denken? Sie reißen sich da den Arm aus und setzen ihn wieder ein, wie man einen Strumpf aus und anzieht! Wahrlich, das wäre selbst in der Poesie zu kühn, wie viel mehr im Leben!

TEUFEL. Sie erstaunen um nichts! Bloße Geschwindigkeit! Ich habe auf der Universität zu * studirt und dort schnappt man in den Collegien nebenbei solcherlei Kunststückchen weg!

EIN DIENER *(tritt auf).* Der Schulmeister wünscht vorgelassen zu werden; er hätte ein junges Genie bei sich, welches er der Gesellschaft produciren wolle.

BARON. Sag dem Saufaus von Schulmeister, daß er sich mit seinem Genie zum Henker packen möge.

LIDDY. Ei, lieber Onkel, verderben Sie uns den Spaß nicht. Der Schulmeister ist der lustigste Kauz, den ich kenne; und bei aller seiner Thorheit, weiß er recht gut, was er thut! Gewiß hat er irgend einen erzdummen Dorftölpel aufgefischt, den er uns als einen großen Poeten vorstellen und ganz dreist mit Homer und Ariost vergleichen wird.

BARON. So laßt ihn hereinkommen.

(Der Diener ab.)

Aber Sie, Herr Canonicus, sollen ihn zu schrauben suchen!

TEUFEL. Ich will ihn schon in's Gebet nehmen, Herr Baron!

WERNTHAL *(zu Liddy)*. Sie sind es doch stets, welche Jedem –

BARON. Eine Prise, Herr von Wernthal!

(Wernthal nimmt sie und nies't.)

LIDDY. Der Schulmeister hat wahrscheinlich wieder neue Häringe mitgebracht, Rattengift!

RATTENGIFT. Die vertracten Häringe!

(Er geht grimmig ab.)

BARON. Was ist das mit den Häringen, du schadenfrohe Nichte? Rattengift schien gewaltigen Anstoß daran zu nehmen!

LIDDY. Geduld, lieber Onkel! Sie werden es gleich von dem Schulmeister selbst erfahren.

(Der Schulmeister und Gottliebchen treten ein.)

SCHULMEISTER *(mit großen Reverenzen)*. Habe die Ehre und die –

WERNTHAL. Um des Himmelswillen, Herr Schulmeister, was haben Sie da für einen furchtbaren Tintenstrich durch's Gesicht?

SCHULMEISTER *(stellt sich erstaunt)*. Ich – einen Tintenstrich? – wirklich? – – Ah, eure Gnaden, da können Sie nun betrachten, was der Fleiß – was der Eifer –

LIDDY. Bemühen Sie sich nicht, Schulmeister! Wir wissen, was so etwas bei Ihnen bedeutet! Nicht wahr? gestern, als die Sonne unterging, ging Ihnen ein großer Gedanke auf, und da Sie grade kein weißes Papier bei sich hatten, so schrieben Sie ihn in der Eile sich in's Gesicht!

SCHULMEISTER. Gnädiges Fräulein, Sie errathen nicht übel –

LIDDY. Oder Sie besahen sich zufälligerweise im Spiegel und da Ihnen Ihr Gesicht zu schlecht vorkam, so strichen Sie es aus!

SCHULMEISTER. Sie werden bitter, Fräulein, werden bitter! Tinte ist das wahre Seelenblut eines Gelehrten, und Wehe dem Gelehrten, der sein Seelenblut im Gesicht sitzen hat, denn es sieht sehr häßlich aus und macht schwarze Flecke.

BARON UND WERNTHAL. Ein närrischer Pedant!

LIDDY *(leise zum Schulmeister)*. Scherz beiseit! Hat die alte Marie das Geld erhalten?

SCHULMEISTER. Ja, bestes Fräulein, und sie weinte vor Freuden.

LIDDY. Still! hier ist noch ein Louisd'or für sie, und ich werde sie heut Abend besuchen.

DER TEUFEL *(welcher mittlerweile dem Lichte wieder allmählig näher gegangen war, fängt auf einmal an zu weinen und zu schluchzen)*.

BARON. Holla, was fällt so plötzlich dem Canonicus ein? Er schluchzt ja wie ein Mühlrad!

WERNTHAL. Wahrhaftig, die Thränen laufen ihm über die Wangen!

SCHULMEISTER. Ein Canonicus? – Gottliebchen, mach' eine Verbeugung!

LIDDY. Was fehlt Ihnen, mein Herr?

TEUFEL. Sie können noch fragen! Es muß hier was Edles geschehen seyn!

BARON. Was Edles?

SCHULMEISTER. Der Herr Canonicus irren sich nicht; Fräulein Liddy hat mir eben einen Louisd'or für die kranke Marie gegeben.

TEUFEL. Sehen Sie es nun, meine Herren?

WERNTHAL. Und deswegen fingen Sie an zu weinen?

TEUFEL *(sich die Augen trocknend)*. Ja, es machte mich melancholisch.

LIDDY. Beruhigen Sie sich; es soll sobald nicht wieder geschehn!

BARON. Nein, das ist bei einem Canonicus höchst singulär!

WERNTHAL. Was meinen Sie dazu, Herr Schulmeister?

SCHULMEISTER. Seine Hochwürden scheinen sehr gemüthlich zu seyn.

BARON. Gemüthlich? Wo haben Sie das jämmerliche Wort her?

SCHULMEISTER. Aus der Zeitung für die elegante Welt.

BARON. Zeitung für die elegante Welt? Wo haben Sie denn die her?

LIDDY. Nun, lieber Onkel, erinnern Sie sich an die Häringe, vor denen der ästhetische Rattengift davon lief.

SCHULMEISTER. Ja, Herr Baron, damit hat es seine eigene Bewandniß. Ich habe in der Stadt einen weitläuftigen Vetter, Herrn Pfennigschlucker, der mit Packdraht, Gemmen, Kupferstichen, Fischen und alten Hosen einen nicht uneinträglichen Handel treibt.

BARON. Wir glauben es.

SCHULMEISTER. Dieser Mann pflegt mir alle vierzehn Tage ein Paquetchen halbfauler Häringe zu schicken, für welche ich denn nur den spottwohlfeilen Preis von 14 Groschen zu bezahlen brauche; die einzelnen Häringe aber hat er meistentheils sorgfältig in die frischen Druckbogen der elendesten poetischen Werke und Zeitschriften eingewikkelt, und auf diese Weise werde ich denn so ziemlich vollständig mit den besten Producten unserer neueren Litteratur versorgt.

BARON. Hahaha! eine Häringslitteratur!

SCHULMEISTER. Da erhalte ich Gedichte von August Kuhn, Erzählungen von Krug von Nidda, Maultrommel- oder Lyra-Töne von Theodor Hell, Trauerspiele von einem gewissen Herrn von Houwald –

WERNTHAL. Bei Gott, das sind ja lauter Damenschriftsteller, lauter geschätzte Damenschriftsteller!

LIDDY. Herr von Wernthal, wenn man, wie es jetzt Mode ist, grade die fadesten Schriftsteller Damenschriftsteller nennt, so macht man uns wahrlich ein schlechtes Compliment damit.

BARON. Liddy, tadle den Wernthal nicht! Bedenke! Houwald, der sinnige, zarte Houwald! um einen Häring gewickelt! welche Beleidigung!

SCHULMEISTER. Keine Beleidigung, Herr Baron, sondern eine Verbesserung! Der gute Mann will nämlich zuweilen auch satyrisch seyn. So hat er vor einiger Zeit eine Parodie auf die Schuld schreiben wollen, welche letztere bei allen ihren Mängeln mir doch noch viel zu gut dünkt, als daß ihre Recensenten sie verstehen könnten; sein Machwerk hieß, wie ich glaube, die Fliegenklatsche, und enthielt viel Trivialität, aber kein Körnchen Salz; seitdem sich jedoch meine eingewickelten Häringe desselben erbarmt haben, ist es so durch und durch salzig geworden, daß selbst Müllner, wenn er es in den Mund nähme, ausrufen würde: »ich habe noch nie etwas so salziges geschmeckt!«

BARON. Bravissimo, Schulmeister, Sie sind mein Mann! – Aber in aller Welt, wie kommen Sie auf dem Dorfe zu diesen sarkastischen Ansichten über die moderne Schriftstellerei?

SCHULMEISTER *(sich gegen Liddy verbeugend)*. Hier steht meine Lehrerinn; – als das Fräulein vorigen Winter krank war, mußte ich ihr Abends aus neuerschienenen Werken vorlesen, und da habe ich denn, wenn sie die meisten zum Feuer verurtheilte, nicht wenig profitirt.

LIDDY. Der Herr Schulmeister erzeigen mir zu viel Ehre!

(Während dieser Unterredung hat sich der Teufel beiseit gemacht; er hat mit schadenfrohem Lächeln einen Stuhl zerbrochen, die einzelnen Stücke in den Camin gelegt, sein chemisches Feuerzeug herausgezogen, das Holz angezündet, die spanische Wand vorgeschoben und sich dahinter begeben.)

WERNTHAL *(vermißt ihn zuerst)*. Aber wo ist unser Canonicus geblieben?

BARON. Er scheint davongelaufen zu seyn. Am Ende ist er auch einer von den neuen Scribenten.

SCHULMEISTER. Ja ja, wahrscheinlich wird er ebenfalls um einen verfaulten Häring gewickelt.

BARON *(zornig)*. Man sollte die ganze Leipziger Büchermesse darum wickeln! Judenjungen, deren Bildung im Schweinefleischessen besteht, spreitzen sich auf den kritischen Richterstühlen, und erheben nicht nur Armseeligkeitskrämer zu den Sternen, sondern injuriiren sogar ehrenwerthe Männer mit ihren Lobsprüchen –

(Liddy wendet sich weg und redet mit Wernthal. Der Baron fährt noch heftiger fort:)

Reimschmiede, die so dumm sind, daß jedesmal, wenn ein Blatt von ihnen in's Publicum kommt, die Esel im Preise aufschlagen, heißen ausgezeichnete Dichter, – Schauspieler, die so langweilig sind, daß natürlich alles vor Freuden klatscht, wenn sie endlich einmal abgehn, heißen denkende Künstler, – Vetteln, deren Stimmen so scharf sind, daß man ein Stück Brod damit abschneiden könnte, titulirt man echt dramatische Sängerinnen! – Die Muse der Tragödie ist zur Gassenhure geworden, die jeder deutsche Schlingel nothzüchtigt und mit ihr fünfbeinige Mondkälber zeugt, welche so abscheulich sind, daß ich den Hund bedaure, – – – –! Die Wörter: »genial, sinnig, gemüthlich, trefflich« werden so ungeheuer gemißbraucht, daß ich schon die Zeit sehe, wo man, um einen entsprungenen, über jeden Begriff erbärmlichen Zuchthauscandidaten vor dem ganzen Lande auf das unauslöschlichste zu infamiren, an den Galgen schlägt: N. N. ist sinnig, gemüthlich, trefflich und genial! – O stände doch endlich ein gewaltiger Genius auf, der mit göttlicher Stärke von Haupt zu Fuß gepanzert, sich des deutschen Parnasses annähme und das Gesindel in die Sümpfe zurücktriebe, aus welchen es hervorgekrochen ist!

SCHULMEISTER. Dieser Genius ist aufgestanden, Herr Baron, er steht vor ihnen, es ist Gottliebchen.

LIDDY *(muß hier laut auflachen)*. Das wäre!

SCHULMEISTER. Das *ist*, Fräulein Liddy, das *ist*! Er hat seiner Mutter das irdene Geschirr zum Fenster hinausgeschmissen!

LIDDY. Gottliebchen, bist du ein Genius?

GOTTLIEBCHEN *(halb weinend)*. Ich – ich – ich –

SCHULMEISTER. Schauen Sie, mit welcher Geistesgegenwart er sich in die malerische Positur wirft? Wie er sich hinter den Ohren kratzt? Ganz die Stellung von Hogarths greinendem Straßenbuben! Ich habe es von je gesagt, daß in dem Gottliebchen ein großes Talent zum Malerschauspiel stäke!

BARON. Ei, Schulmeister, was ist denn ein Malerschauspiel?

SCHULMEISTER. Die Malerschauspiele sind was neues, Herr Baron. Ein Kind, welches gern mit Farben und Bilderchen spielt, freut sich, sie erfunden zu haben; ihr Character besteht darin, daß alles, was in ihnen vorkommt, *malerisch* ist; so z. B. sind die auftretenden Personen immer einfältige *Pinsel*, wie unter andren der Ritter Nanni, Van Dyk, Spinarosa, der Marchese di Sorrento u. s. w.

BARON. Nun, Herr von Wernthal, was sagen Sie zu dieser Erklärung der Malerschauspiele?

WERNTHAL. Ich fürchte, der Schulmeister findet sie malerischer, als es die Verfasser haben wollen.

LIDDY. Ich weiß nicht, meine Herren, es wird im Zimmer außerordentlich schwül.

WERNTHAL *(der sich schon mehrmals die Stirn gewischt hat).* Ja ja, ich spüre eine zunehmende Hitze. Es ist beinah, als wenn man eingeheitzt hätte.

BARON. Wo denken Sie hin? Die Sonne brennt auf den Schornstein.

LIDDY. Wer von den beiden hat Recht, Gottliebchen?

GOTTLIEBCHEN. Ja.

LIDDY. O weh, das ist ein arger Tropf, Schulmeister!

SCHULMEISTER. Ein Tropf-Genius, wie es deren in unseren Tagen viele gibt! Er will verstanden seyn, er hat Tiefe! Auch werden seine Schriften nicht um verfaulte Häringe gewickelt!

LIDDY. Das spricht zu seinen Gunsten, denn es beweis't wenigstens, daß er noch keine geschrieben hat.

WERNTHAL *(zum Baron).* Bemerken Sie den Rauch, der sich im Zimmer verbreitet? Unmöglich kommt das von der Sonne!

BARON. Ich bekenne meinen Irrthum – Es ist doch nebenan kein Feuer ausgebrochen?

TEUFEL *(aus dem Camine hinter der spanischen Wand nach der Melodie von Goethes Fischerliede heraussingend).*

Ach wüßtest du, wie's wohlig ist
Dem Teufel in dem Feu'r –
(Er schlägt einen Triller.)

BARON. Alle Wetter, ist das nicht die Stimme des Ritters vom päbstlichen Civilverdienstorden?

SCHULMEISTER *(ist hinter die spanische Wand gelaufen und kommt voller Entsetzen zurück).* Nein, nein, nein! Mir stehen die Haare zu Berge! Der Herr Canonicus sitzt mitten im lodernden Camine, schluckt glühende Kohlen herunter, und schlägt dabei seinen Triller, daß Gott erbarme!

ALLE. Wie?!

(Sie reißen die spanische Wand weg; man sieht, wie der Teufel eben aus dem Camine steigt.)

SCHULMEISTER. Sehen Sie es nun, wie er herausklettert? O tempora, o mores!

BARON *(zum Teufel).* Zum Henker, Herr, was ist das für ein Betragen? Sind Sie toll? Sich in den Camin zu setzen? Kohlen zu –

TEUFEL *(beiseit).* Jetzt gilt's grob zu seyn und eine unverschämte Stirn zu zeigen!

(zum Schulmeister:)

Du niederträchtiges Krötenschnupftuch, wie kannst du sagen, daß ich in dem Camin gesessen hätte?

SCHULMEISTER. Herr –

TEUFEL. Ja, nun glaube ich steif und fest, daß die funfzig Danaidenfässer funfzig Schulmeister gewesen sind, denn alles wird endlich voll, nur so ein versoffener Kinderohrfeigenverfertiger nicht! Wie, frage ich nochmals, wie konntest du mich, du Schnapsegel, im Camine sitzen sehen, wenn du nicht besoffen gewesen wär'st? Ich saß ja nur davor und bließ das Feuer an!

SCHULMEISTER. Donnerwetter, Herr Canonicus –

TEUFEL. Was? willst du noch nicht schweigen, du –

LIDDY. Still! das Schimpfen hab' ich satt!

BARON. Sagen Sie uns nur, womit zündeten Sie das Feuer an?

TEUFEL *(mit sichtbarem Vergnügen).* Ei, mit dem schönen Stuhle, der dort in der Ecke stand!

BARON. So? mit dem schönen Stuhle? – Liddy, was sagst du dazu?

LIDDY. Es war der beste Stuhl im ganzen Hause!

TEUFEL. War er das? O meine Ahnung!

(Er freut sich.)

BARON. Soll ich den Kerl in das Hundeloch stecken lassen?

WERNTHAL. Ich würde nichts dagegen haben!

LIDDY. Onkel, wo denken Sie hin? Der Mann fängt an, mich zu interessiren! Ich bitte, lassen Sie ihm ein Zimmer im Schlosse einräumen! Die Stühle, welche er zerbricht, will ich bezahlen!

BARON. O ihr Weiber! Wie ihr gleich in das Verrückte verschossen seyd!

(zum Teufel:)

Wenn Sie Lust finden, mein Herr, bei uns zu bleiben, so steht ihnen ein hübsches Zimmer zu Diensten.

TEUFEL. Ich nehme ihr gefälliges Anerbieten an und danke Ihnen aus vollem –

(für sich:)

Was? danken? Das wäre ein Edelmuth!

(laut:)

Ich frage den Dreck darnach, ob Sie mir ein Logis anbieten oder nicht! Auch ist es höchst unvorsichtig, wo nicht albern, daß Sie einen Wildfremden ohne nähere Untersuchung bei sich aufnehmen! Übrigens, wo ist der Lumpenhund vom Bedienten, der mir das Zimmer anweis't?

(Er geht ab.)

BARON. Da hast du einen Gast, Nichte, der sich gewaschen hat.

WERNTHAL. Sagen Sie vielmehr: *gefeuert.*

BARON. Und ich fürchte, Mädchen, daß du dich nicht eine Stunde mit ihm verträgst!

LIDDY. Sorgen Sie nicht.

BARON. Der treibt seine Frechheit gewiß bis zu den äußersten Grenzen!

LIDDY. So lass' ich ihn aus dem Schlosse werfen.

BARON. Ah, du weißt dir im Nothfall zu helfen! – Deinen Arm! wir wollen den Caffee im Garten trinken.

LIDDY. Ich folge gleich nach.

(Baron und Wernthal ab.)

LIDDY *(zum Schulmeister).* Hier! – ein kleines Trinkgeld für Ihren durstigen Gaumen. – Nun, schämen Sie sich nicht; ich kenne ihre alte Leidenschaft. – Aber bringen Sie schnell der Marie den Louisd'or!

SCHULMEISTER. Auf der Stelle, euer Gnaden!

LIDDY. Adieu!

(Geht ab.)

SCHULMEISTER. Ein himmlisches Mädchen! – – Und du, Gottliebchen, und du? Du bist verkannt worden, armer Junge! Doch, tröste dich, so ging es allen großen Geistern! Auch Solon, Plato, Cartouche, Robespierre, Heinrich der Vierte und Caligula haben dieß traurige Loos erfahren! – Komm!

Ich will dich vier Tage einsperren und dir nichts zu essen geben; vielleicht, daß dich das noch nachdenklicher macht, als du schon bist.

(Gottliebchen schreit; der Schulmeister geht mit ihm fort.)

VIERTE SCENE

(Ein andres Zimmer im Schlosse.)

DER TEUFEL *(tritt ein)*. Warte, Herr Baron! Hast mir ein Zimmer in deinem Schlosse gegeben, – werde mich zu rächen wissen! – Die Liddy will den Wernthal heirathen, – sie kommt dadurch unter die Haube – Das verhindre ich oder ich wäre nicht der Teufel! – Doch ich begreife nicht, wie mir so kribbelig zu Muthe ist! Ich fühle mich so verzagt, – so gerührt, – so wehmüthig – Hol' mich Gott, das Hufeisen an meinem Pferdefuße muß losgegangen seyn!

(indem er die Tücher, womit er den Fuß umwickelt hat, losreißt und seinen Huf besieht:)

Ach, ach! es ist nur zu wahr! der Beschlag ist fort, ist abgerieben! Kaum kann ich noch auf den Boden treten! Weh! Weh! Da ist leider kein andrer Rath, als daß ich mich überwinden und einen Schmid herkommen lassen muß!

(Er wickelt die Tücher wieder um und ruft:)

Heda, Aufwartung!

EIN BEDIENTE *(kommt)*. Was beliebt?

TEUFEL. Hör' er, lieber Freund! – wohnt hier im Dorfe ein Schmid?

DER BEDIENTE. Es wohnen hier zwei, euer Gnaden.

TEUFEL. So geh' mein Sohn, und ruf' mir denjenigen von den beiden, welcher am wenigsten lacht.

DER BEDIENTE. Oh, so muß ich den dicken Konrad holen, denn der ist wieder erschrecklich triste geworden, seitdem man die alte Chaussée ausbessert.

(Geht ab.)

TEUFEL. Ich Unglückskind! Wie bringe ich es nun dem

Schmide auf eine gute Art bei, daß ich einen Pferdefuß habe? Ich Unglückskind! ich Unglückskind! – Ha, er kommt! Courage!

DER SCHMID *(tritt herein)*. Euer Gnaden haben befohlen –

TEUFEL. Sind Sie der – der –?

SCHMID. Ich bin der Schmid des Dorfes. – Wo steht der Gaul, den ich beschlagen soll?

TEUFEL *(hitzig)*. Herr, ich bin kein –

(sich auf's Maul schlagend:)

O ich Dummkopf! – Nehmen Sie Platz, Herr Schmid, nehmen Sie Platz! – Haben Sie eine Frau?

SCHMID. Freilich habe ich eine.

TEUFEL. Gewiß ein braves Weib!

SCHMID *(seufzend)*. Nu, jeder hat seine schwachen Seiten!

TEUFEL *(gleichfalls seufzend)*. Ja wohl! !

SCHMID *(aufstehend)*. Wenn Sie mir nun sagen wollten –

TEUFEL. Ha, Sie haben Eile, dringende Eile! Sind Familienvater! Tragen Stiefeln! Haben Füße!

(ihm an der Weste knöpfend:)

Auch ich – auch ich habe keine Pferdefüße!

SCHMID. Das glaube ich unbesehens, Euer Gnaden.

TEUFEL. Ja, das glauben Sie nur unbesehens und besehens, Herr Schmid! Ich habe keine Pferdefüße, – keine, – sondern höchstens –

(leise, indem er die Wörter »edel, moralisch, Christ« u. s. w. mit ungeheurer Anstrengung und unter heftigem Niesen herausbringt:)

Herr Schmid, Sie sind ein e – es – Ese – edler, – mo – mord – moralisch gebildeter Mann, ein frommer, fleißig in die Kir – Kirschen – in die Kirchen gehender Christ, – Ihnen kann ich es vertrauen –

(indem er sein rechtes Bein hinter dem linken zu verstecken sucht:)

ich trage an dem rechten Beine einen Huf!

SCHMID *(mit forschbegierigen Blicken)*. Wie? was? einen Huf? Ei!

TEUFEL. Nein, nein, nein! Nicht sowohl einen Huf, als wie einen Roßfuß – oder vielmehr einen pferdeähnlichen, –

das heißt menschenähnlichen – kurz, eine etwas dicke Fußsohle, welche sich in der Ferne, bei einem stumpfen Gesichte, beinahe wie ein Pferdehuf ausnehmen möchte!

SCHMID *(vor Neugierde stammelnd).* Wenn – wenn Euer Gnaden mir die Fußsohle –

TEUFEL. Gleich, lieber Herr Schmid, gleich! – Aber riegeln Sie zuvor die Thür zu! – So! –

(Er hat die Tücher von seinem Pferdefuß losgemacht, zeigt ihn dem Schmide, und verbirgt sich sehr verschämt mit dem Schnupftuche das Gesicht:)

Wenn Sie nur gütigst Ihr Eisen drauf schlagen wollten!

SCHMID *(den Fuß in die Hand nehmend).* Hören Sie, Herr, das ist keine Fußsohle, sondern ein Pferdehuf wie ihn kein andrer Gaul – keine andre Seele, wollt' ich sagen, – in der ganzen Christenheit aufzuweisen hat!

TEUFEL *(stets das Gesicht hinter dem Tuche, lispelnd).* Beschlagen Sie! beschlagen Sie!

SCHMID. Zum Glück habe ich ein Hufeisen von dem Umfange eines Kronleuchters in der Tasche. Das will ich Ihnen darauf nageln, daß es eine Art hat!

(Er beschlägt ihn.)

Da, jetzt sitzt es fest!

TEUFEL *(froh).* Sitzt es?

SCHMID. Es macht einen Gulden.

TEUFEL *(für sich).* Einen Gulden? Ich müßte ein Narr seyn!

(laut:)

Schindbalg, weißt du auch, wen du beschlagen hast? Ich bin der Satan, bin –

(Der Schmid läuft davon; der Teufel ruft ihm nach:)

bin fünfmalhunderttausend Jahr alt und noch drüber, habe deinen Großvater geholt, hoffe dich auch noch zu holen, drehe dir den Hals um, sobald du ein Wort von mir verlautbarest, und ich sollte dich bezahlen, Galgenstrick?

(zurückkommend:)

Wie der arme Sünder ausriß, als er meinen rechten Namen hörte! – Aber das muß ich ihm lassen, er hat mich trefflich bedient! Das Hufeisen sitzt mir wie angewachsen! Mich durchzuckt ordentlich ein Vollgefühl von Kraft!

(Er scharrt mehrmals mit dem Pferdefuße hinten aus.)

Nun will ich noch, um mich völlig zu restauriren, ein Stündchen zu schlafen suchen, und dann mit verdoppeltem Eifer die Heirath hintertreiben!

(Er setzt sich in einen Lehnstuhl und zieht ein Buch aus der Tasche:)

Es ist doch gut, daß ich mein altes unfehlbares Schlafmittelchen, Klopstocks Messias, mitgebracht habe! Ich brauche nur drei Verse darin zu lesen, dann bin ich so müde wie der Daus!

(das Buch aufschlagend:)

Wo blieb ich doch das letztemal stehen? Ah, pag. 29.

(Er lies't zwei Verse und schläft ein.)

ZWEITER AKT

Erste Scene

(Der Saal im Schlosse.)

TEUFEL *(tritt auf, mit zugewickeltem Pferdefuß)*. Es schleicht hier ein riesenhafter Kerl herum, dessen lange Finger ununterbrochen auf den Galgen hinzudeuten scheinen, an welchem man ihn noch einmal aufhängen wird. Vielleicht paßt er in meinen Plan! – Still, da ist er! Ich will auf die Seite treten und hören, was er sagt.

(Der Freiherr Mordax tritt auf.)

FREIHERR. Die Liddy ist ein prächtiges Thier und behagt mir wohl. – – – – – – – – – – Ich will sie heirathen oder todtstechen.

TEUFEL *(hervortretend, für sich)*. Ein schätzenswerther Mann!

(laut:)

Graf Rindvieh, wenn ich nicht irre?

FREIHERR. Freiherr Mordax, wenn Sie keine Prügel haben wollen.

TEUFEL. Eure Gnaden sind in die junge Baronesse verblüfft?

FREIHERR *(stöhnend)*. Über die Maaßen!

TEUFEL. Ich verschaffe sie Ihnen.

FREIHERR. Wie?

TEUFEL. Aber auf Bedingungen.

FREIHERR. Bedingen Sie, was Ihnen beliebt.

TEUFEL. Erstlich müssen Sie Ihren ältesten Sohn Philosophie studiren lassen.

FREIHERR. Gut.

TEUFEL. Zweitens müssen Sie dreizehn Schneidergesellen ermorden.

FREIHERR. Hast du mich zum Narren, Schurke? Was sind das für wahnsinnige Foderungen? Dreizehn Schneidergesellen ermorden! Weswegen denn grade Schneidergesellen?

TEUFEL. Weil es die unschuldigsten sind.

FREIHERR. Ja so! – Doch dreizehn! Welche Menge! Nein, sieben will ich zur Noth abkappen, aber auch keinen einzigen drüber!

TEUFEL *(beleidigt)*. Meinen Sie, ich ließe mit mir handeln wie ein Jude?

(Will gehen.)

FREIHERR. Hören Sie, Herr, ich will neun – elf – ja zwölf umbringen; nur den dreizehnten erlassen Sie mir; das wäre über die grade Zahl hinaus!

TEUFEL. Gut, damit bin ich zufrieden, wenn Sie nämlich dem dreizehnten doch wenigstens einige Rippen zerbrechen wollen.

FREIHERR. Nun auf die paar lausigen Rippen soll es mir nicht ankommen! – Aber – aber –

TEUFEL. Noch ein Aber?

FREIHERR. Ja, sehen Sie! ich habe einen neuen Rock und eine neue weiße Weste an, und die würden bei dem Todschlagen gewiß sehr beschmutzt werden!

TEUFEL. Wenn's weiter nichts ist! Sie können ja eine Serviette vormachen!

FREIHERR. Hol' mich der Geier, das ist wahr! Ich will 'ne Serviette vormachen!

TEUFEL. Und morgen erwarte ich sie bei dem Waldhäuschen zu Schallbrunn; da machen Sie die Serviette wieder ab und nehmen die Baronnesse in die Arme.

FREIHERR. Hohoho! dazu werd' ich keiner Serviette bedürfen!

(Geht ab.)

TEUFEL. Das gelang, sagt Octavio Piccolomini! – Nach meinen physiognomischen Kenntnissen zu urtheilen, wird es bei dem Herrn von Wernthal nicht schwerer halten, denn der sieht accurat so aus wie der fromme Aeneas, als ich denselben gestern Mittag vor dreitausend Jahren von der Dido weglaufen sah.

WERNTHAL *(tritt auf, im Selbstgespräche)*. Bald ist also Hochzeit! – Meine Braut ist witzig, schön und edel. – Aber ich habe 12000 Rthlr. Schulden, und sie ist zu klug, um mir ein so großes Capital ohne Weiteres in die Hände zu geben, – ich wollte, sie säße auf dem Blocksberge und ich hätte ihren Geldbeutel auf dem Buckel!

TEUFEL *(hervortretend für sich)*. Auch ein schätzenswerther Mann!

(laut:)

Ihr Diener, Herr von Wernthal! Wie geht's?

WERNTHAL. Schlecht, Herr Canonicus.

TEUFEL. Was soll ich Ihnen für Ihre Braut bezahlen?

WERNTHAL *(erzürnt)*. Herr, Sie –!

TEUFEL. Ich bin ein leidenschaftlicher Sammler von unehlichen Maikäfern, fetten Gastwirthen und jungen Bräuten, und würde mit dem Preise eben nicht knickerig seyn.

WERNTHAL. So so! Ein Sammler! Nicht knickerig seyn! – Was bieten Sie mir für Liddy? Sie ist ausgezeichnet schön.

TEUFEL. Für ihre Schönheit gebe ich 2000 Rthlr. in Conventionsmünze.

WERNTHAL. Sie hat Verstand!

TEUFEL. Dafür ziehe ich 5 gl. 2 pf. ab, denn der ist bei einem Mädchen ein Fehler.

WERNTHAL. Sie hat eine feine, weiche Hand.

TEUFEL. Das macht sanfte Ohrfeigen; dafür bezahle ich 7000 Rthlr. in Gold.

WERNTHAL. Sie ist noch unschuldig!

TEUFEL *(zieht ein saures Gesicht)*. Ach, Unschuld hin, Unschuld her; dafür gebe ich Ihnen nicht mehr als 3 gr. 1 pf. in Kupfer.

WERNTHAL. Aber Liddy hat zugleich Gefühl, Einbildungskraft –

TEUFEL. Gefühl schadet dem Teint, Einbildungskraft macht blaue Ringe um die Augen und verdirbt die Suppe. Für den ganzen Rummel gebe ich aus Ironie einen Dreier.

WERNTHAL. Sie haben einen ziemlich ekeln Geschmack.

TEUFEL. Kurz und gut, ich bezahle Ihnen dafür, daß Sie von den etwaigen sittlichen, meiner Gesundheit nicht zuträglichen Eigenschaften der Baronesse endlich einmal stillschweigen, noch 11000 Rthlr. in Holländischen Randducaten, und frage Sie nun, ob Ihnen meine Anerbietungen annehmbar scheinen?

WERNTHAL. Was macht demnach alles in allem?

TEUFEL *(an den Fingern abzählend).*

Für die Schönheit 2000 Rthlr. in Conventionsmünze,
für die Unschuld 3 gr. 1 pf. in Kupfer,
für die weiche Hand 7000 Rthlr. in Gold,
für das Gefühl und die Einbildungskraft 1 Dreier aus Ironie,
weil von den sittlichen Eigenschaften still geschwiegen wird, 11000 Rthlr. in Holländischen Randducaten – macht zusammen 20000 Rthlr. 3 gl. 4 pf. Davon ziehe ich jedoch 5 gr. 2 pf. für den Verstand ab, – bleibt also Rest 19999 Rthlr. 22 gr. 2 pf.

WERNTHAL. Topp, Herr Bräute- und Maikäfer-Sammler, – Wann erhalte ich das Geld?

TEUFEL. Gleich! – Versprechen Sie mir indeß zuvor, die Liddy morgen in das Waldhäuschen von Schallbrunn zu lokken, die Begleitung von Bedienten zu verhindern, und denjenigen, welche dort das Fräulein entführen, nicht weiter nachzuforschen.

WERNTHAL. Ich verpflichte mich dazu, mit Ausnahme, daß ich die Baronesse nach Schallbrunn locken soll, weil man das von mir verdächtig finden würde. Ich rathe Ihnen den Aestheticus Rattengift zu bewegen, der Liddy eine Spazierfahrt dahin vorzuschlagen; er lies't viel in den Schriften der neuromantischen Schule und ist in die Waldhäuschen wie vernarrt.

TEUFEL. Ich will es mit ihm versuchen. Aber für diese Beschränkung müssen Sie sich gefallen lassen, daß ich Ihnen die Hälfte der schuldigen Summe in österreichischem Papiergelde entrichte.

WERNTHAL. Ei, Herr, Sie sind verdammt filzig!

TEUFEL *(fühlt sich geschmeichelt und schmunzelt).* O ich bitte – Sie machen mich erröthen! Ich bin zwar gerne verdammt, bin zwar gerne filzig, rasend gerne filzig, bin aber noch lange nicht filzig genug!

(Geht mit Wernthal ab.)

Zweite Scene

(Rattengifts Zimmer.)

RATTENGIFT *(sitzt an einem Tische und will dichten).* Ach, die Gedanken! Reime sind da, aber die Gedanken, die Gedanken! Da sitze ich, trinke Caffee, kaue Federn, schreibe hin, streiche aus, und kann keinen Gedanken finden, keinen Gedanken! – Ha, wie ergreife ich's nun? – Halt, halt! was geht mir da für eine Idee auf? – Herrlich! göttlich! eben über den Gedanken, daß ich keinen Gedanken finden kann, will ich ein Sonett machen, und wahrhaftig dieser Gedanke über die Gedankenlosigkeit, ist der genialste Gedanke, der mir nur einfallen konnte! Ich mache gleichsam eben darüber, daß ich nicht zu dichten vermag, ein Gedicht! Wie piquant! wie originell!

(Er läuft vor den Spiegel:)

Auf Ehre, ich sehe doch recht genial aus!

(Er setzt sich an einen Tisch:)

Nun will ich anfangen!

(Er schreibt:)

Sonett.

»Ich saß an meinem Tisch und kaute Federn,
So wie – –«

Ja, was in aller Welt sitzt nun so, daß es aussieht wie ich, wenn ich Federn kaue? Wo bekomme ich hier ein schickliches Bild her? Ich will an's Fenster springen und sehen, ob ich draußen nichts Ähnliches erblicke!

(Er macht das Fenster auf und sieht in's Freie:)

Dort sitzt ein Junge an der Mauer und – Ne, so sieht es nicht aus! – Aber drüben auf der Steinbank sitzt ein alter Bettler und beißt auf ein Stück hartes Brod – Nein, das wäre zu trivial, zu gewöhnlich!

(Er macht das Fenster zu und geht in der Stube umher:)

Hm, hm! fällt mir denn nichts ein? Ich will doch einmal alles aufzählen, was kauet. Eine Katze kauet, ein Iltis kauet, ein Löwe – Halt! ein Löwe! – Was kauet ein Löwe? Er kauet entweder ein Schaaf, oder einen Ochsen, oder eine

Ziege, oder ein Pferd – Halt! ein Pferd! – Was dem Pferde die Mähne ist, das ist einer Feder die Fahne, also sehen sich beide ziemlich ähnlich –

(jauchzend:)

Triumph, das ist ja das Bild! Kühn, neu, calderonisch!
Ich saß an meinem Tisch und kaute Federn,
So wie

(indem er hinzuschreibt:)

der Löwe, eh' der Morgen grauet,
Am Pferde, seiner schnellen Feder, kauet –

(Er lies't diese zwei Zeilen noch einmal laut über und schnalzt dann mit der Zunge, als ob sie ihm gut schmeckten:)

Nein, nein! So eine Metapher gibt es noch gar nicht! Ich erschrecke vor meiner eignen poetischen Kraft!

(behaglich eine Tasse Kaffee ausschlürfend:)

Das Pferd eine Löwenfeder! Und nun das Beiwort »schnell!« Wie treffend! Welche Feder möchte auch wohl schneller seyn als das Pferd? – Auch die Worte »eh' der Morgen grauet« wie echt homerisch! Sie passen zwar durchaus nicht hieher, aber sie machen das Bild selbstständig, machen es zu einem Epos im Kleinen! – O ich muß noch einmal vor den Spiegel laufen!

(sich darin betrachtend:)

Bei Gott, ein höchst geniales Gesicht! Zwar ist die Nase etwas colossal, doch das gehört dazu! Ex ungue leonem, aus der Nase das Genie!

TEUFEL *(tritt ein)*. Bon jour, Herr Rattengift.

RATTENGIFT *(dreht sich um und indem er den Teufel begrüßen will, erblickt er dessen Pferdefuß, von dem die Tücher heruntergefallen sind)*. Allmächtiger, der Teufel!

(Er sucht dem Teufel vorbeizufliehen und die Thür zu gewinnen.)

TEUFEL *(sieht seinen bloßen Huf und stampft wüthend damit auf die Erde)*. Abscheuliche Unvorsichtigkeit!

(zu Rattengift:)

Entsetzen Sie sich nicht! Ich habe Ihre Gedichte gelesen!

RATTENGIFT *(auf einmal geschmeidig)*. Haben Sie? Haben Sie?

TEUFEL. Ja, und sie haben mir ausnehmend gefallen.

RATTENGIFT *(ganz zutraulich)*. O Sie ertheilen mir ein Lob, welches ich kaum – Sie dichten selbst?

TEUFEL. Ich –

RATTENGIFT *(läßt ihn gar nicht zu Worte kommen)*. Sie müssen dichten! Versuchen Sie! Sie werden herrliche Gedichte machen!

TEUFEL *(beiseit)*. Weil ich die seinigen gelobt habe.

RATTENGIFT. Nur bitte ich Sie, einen anderen Namen als den Ihrigen unter Ihre Poesien zu schreiben. Nicht etwa, wie es Mode ist, deswegen, weil Sie sich Ihrer Gedichte schämen müssen, sondern um das Characteristische Ihres Namens zu verbergen. Wie sich z. B. Jemand, dem es sehr *winklig* und *düster* im Kopfe ist, *hell* nennen könnte, so können Sie sich ja Engel, Himmel oder Tugend tituliren.

TEUFEL. Sie geben mir einen befolgenswerthen Rath, Herr Rattengift! – Übrigens habe ich schon mehrere Werke an's Licht gestellt, wie erst kürzlich die französische Revolution, ein Trauerspiel in vierzehn Jahren, mit einem Prolog von Ludwig XV. und Chören von Emigranten. Das Stück ist aber außerordentlich schlecht aufgenommen worden, besonders wegen des Fehlers, daß es die Kritiker guillottinirte. Auch kann ich es, ohngeachtet mancher Freunde, die im Stillen daran arbeiten, weder in Preußen, Österreich, noch England zum zweitenmal auf die Bühne bringen. Die Censur ist zu strenge. Jedoch habe ich Hoffnung, daß man es in Spanien mit einigen unbedeutenden Varianten wieder aufführen wird, wofern mir der Herzog von Angouleme nicht all mein spanisches Bitter austrinkt. – Jetzt beschäftige ich mich mit einem Possenspiele, welches unter dem Titel: der griechische Freiheitskampf vom Verfasser der französischen Revolution, im Verlage des türkischen Kaisers erscheint.

RATTENGIFT. Ihre Werke, die ich, wie ich nun sehe, schon seit langem kenne, ohne zu wissen, daß sie von Ihnen sind, haben unläugbar etwas Gigantisches, Herr Teufel! Aber der Unwahrscheinlichkeiten, der Freiheiten, die Sie sich mit Zeit und Ort herausnehmen, sind doch zu viele! Und nun gar die *Verse!* die *Verse!* Auch möchten die Ansichten von der Welt, die sich darin zeigen –

TEUFEL. Wissen Sie auch was die Welt ist?

RATTENGIFT. Welche Frage? Die Welt ist der Inbegriff alles Existirenden, von dem kleinsten Würmchen bis zu dem ungeheuersten Sonnensystem.

TEUFEL. So will ich Ihnen denn sagen, daß dieser Inbegriff des Alls, den Sie mit dem Namen Welt beehren, weiter nichts ist, als ein mittelmäßiges Lustspiel, welches ein unbärtiger, gelbschnabeliger Engel, der in der ordentlichen, dem Menschen unbegreiflichen Welt lebt, und wenn ich nicht irre, noch in Prima sitzt, während seiner Schulferien zusammengeschmiert hat. Das Exemplar, in dem wir uns befinden, steht, glaube ich, in der Leihbibliothek zu X, und eben jetzt wird es von einer hübschen Dame gelesen, welche den Verfasser kennt und ihm heute Abend, d. h. über sechs Trillionen Jahre, beim Theetische ihr Urtheil mittheilen will.

RATTENGIFT. Herr, ich werde verrückt! – Ist die Welt ein Lustspiel, was ist denn die Hölle, die doch ebenfalls in der Welt ist?

TEUFEL. Die Hölle ist die ironische Parthie des Stücks und ist dem Primaner, wie das so zu gehen pflegt, besser gerathen als der Himmel, welches der rein heitere Theil desselben seyn soll.

RATTENGIFT. Und wirklich wäre die Hölle weiter nichts? Wie – wie werden denn die Verbrecher bestraft?

TEUFEL. Einen Mörder lachen wir so lange aus, bis er selber mitlacht, daß er sich die Mühe nahm, einen Menschen umzubringen. Die härt'ste Strafe eines Verdammten besteht aber darin, daß er die Abendzeitung und den Freimüthigen lesen muß, und Sie nicht anspucken darf.

RATTENGIFT. Gott im Himmel, Herr Teufel, ich merke, daß man in der Hölle nicht bloß meine Gedichte, sondern die ganze deutsche Litteratur kennt! Wie erklärt sich das?

TEUFEL. Ganz natürlich! In die Hölle kommt nicht allein das Böse, sondern auch das Jämmerliche, Triviale: so sitzt der gute Cicero eben so wohl darin als wie der schlechte Catilina. Da nun heutzutage die neuere deutsche Litteratur das Jämmerlichste unter dem Jämmerlichen ist, so beschäftigen wir uns vorzugsweise mit dieser.

RATTENGIFT. Ei, wenn die deutsche Litteratur in der Hölle das Hauptgeschäft ist, – was mag es denn darin für curiose Nebenbeschäftigungen geben?

TEUFEL. Nu, in den Nebenstunden machen wir gewöhnlich aus den Geistern, weil sie unsichtbar, und deshalb auch durchsichtig sind, Fensterscheiben oder Brillengläser. So hatte neulich meine Großmutter, als sie die sonderbare Grille bekam, das Wesen der Tugend einzusehn, sich die beiden Philosophen Kant und Aristoteles auf die Nase gesetzt; da es ihr aber dadurch nur immer dunkler vor den Augen wurde, so machte sie sich statt dessen eine Lorgnette von zwei pommerschen Bauern, und konnte nun so deutlich sehen als sie nur wollte.

RATTENGIFT *(die Hände über dem Kopfe zusammenschlagend)*. Merkwürdig! merkwürdig! – Sagen Sie mir, wissen Sie auch im Himmel Bescheid?

TEUFEL. Warum nicht? Erst jüngst habe ich den Samiel aus dem Freischützen, der in die Hölle kam und durchaus ein Vetter von mir seyn wollte, wegen seines Edelmuthes, den er an dem Jägerburschen Max bewiesen, mit Gewalt dahin zurückgeführt. Er sträubte sich zwar entsetzlich, aber endlich, als ich ihm einen eisernen Ring durch die Nase zog, sagte er mit hohler Stimme: »das findet sich!« und folgte mir zur Pforte des Himmels nach, wo ihn auch Sokrates mit offnen Armen empfing, und sogleich zum Balbier führte, damit er sich den Bart abscheeren ließe und etwas cultivirter aussähe.

RATTENGIFT. O, da Sie also im Himmel Bescheid wissen, so beschwöre ich Sie, erzählen Sie mir, was beginnen jene unsterblichen Heroen der Tugend, die ich zu den Leitsternen meines Lebens und meiner Dichtungen erwählt habe? Vor allem, was macht das erhabene Muster der Freundschaft, der göttliche Marquis Posa?

TEUFEL. Sie meinen den, der im Don Carlos auftritt?

RATTENGIFT. Denselben, den Maltheser!

TEUFEL. Da irren Sie sich, wenn Sie glauben, daß der im Himmel wäre; der sitzt bei mir in der Hölle.

RATTENGIFT. Wie?

TEUFEL. Ja ja, eben so sehr als sich Samiel verwunderte, daß er in den Himmel mußte, verwunderte sich Marquis Posa, daß er urplötzlich in der Hölle stand. Aber wir nahmen ihm sein gewaltig schallendes Sprachrohr ab und gaben ihm die Bestimmung, zu welcher er die meisten Talente besaß. Er ist Kuppler geworden, und hat einen Bierschank angelegt, mit dem Schilde: zur Königinn Elisabeth!

RATTENGIFT. Unmöglich! unmöglich! Posa ein Bierschenk! Ich kann es nicht ausdenken!

TEUFEL. Beruhigen Sie sich! Sein jetziges Amt scheint ihm zu behagen; er wird dick und fett und hat schon einen Hängebauch!

RATTENGIFT. Einen Hängebauch! – Aber das andere hohe Vorbild der Selbstaufopferung, der edle, herrliche Maler Spinarosa, der sitzt doch wohl in den ersten Reihen der Verklärten, dicht neben Curtius und Regulus?

TEUFEL. Ne, Sie verrechnen sich abermals! Spinarosa ist in Posas Bierhause als Marqueur angestellt; da übt er sich in der Selbstaufopferung, welche er auf Erden gern spielen wollte und nicht recht loskriegen konnte; allein jetzt, wenn er den Gästen einen Krug Merseburger bringen muß, sieht man es seinem halboffnen Maule nur zu deutlich an, daß ihm die Aufopferung dieses Krugs weit mehr Überwindung kostet als die Aufopferung der ledernen Camilla. Neulich versuchte er sogar verstohlen hineinzunippen, aber da gab ihm Posa einen Circumflex hinter die Ohren, daß er sich vierzehn Tage daran erinnerte.

RATTENGIFT. Gott! wie kann der Mensch sich irren! Spinarosa erhält von Posa eine Ohrfeige! Ich vergehe! – – Und Camilla nennen Sie ledern! Nein, das ist nicht Ihr Ernst, Herr Teufel! O ich bitte Sie, wie befindet sich dieses ideale Geschöpf der Liebe, welches selbst noch in den spätern, sogenannten besten Jahren, nachdem es schon einen Sohn hat, der über den sechzehnten Geburtstag hinaus ist, dendoch des Geliebten nimmer vergißt und süße Seufzer der

Brust entsendet, als wenn es erst achtzehn alt wäre? O die Hehre durchschwärmt gewiß mit Thecla und Julia in Gesellschaft die Gefilde des ewigen Friedens!

TEUFEL. Ja, sie war im Himmel angelangt und hatte sich an die beiden Mädchen angeschlossen. Da aber Thecla einmal in Gedanken »Mutter« zu ihr sagte, so ärgerte sie sich darüber so grimmig, daß sie zu uns in die Hölle kam. Hier stand sie drei Wochen ganz einsam und setzte ihre im Himmel angefangenen Betrachtungen, ob sie eigentlich sehen könne oder nicht, ununterbrochen fort. Endlich ging durch Zufall Falstaff vorbei; er hatte wieder starken Durst nach Sekt und andren Süßigkeiten, und ich weiß nicht, wie es geschah, er hält die Camilla für ein Glas Syrup, nimmt sie in die Hand und säuft sie rein aus. Nachher klagte er mir, daß der Syrup sehr schlecht gewesen seyn müsse, weil er gräßliches Leibschneiden darauf gekriegt hätte.

RATTENGIFT. Ich verzage und verliere beinah die Courage weiter zu fragen – Wie geht es meinen tragischen Lieblingshelden, Schillers Wallenstein und Müllners Hugo?

TEUFEL. Sie sind beide in der Hölle. Hugo meinte zwar, als er starb, daß sich der Himmel ihm aufthäte, aber er hatte sich, wie es bei einem Sterbenden leicht möglich ist, versehen. Freilich nahm sein Bruder dem Cherub das rächende Schwert ab, doch nicht deswegen, um es wegzuwerfen, sondern um in eigner Person seinen Mörder damit zu köpfen, und wenn er dabei winkte und lächelte, so machte er es, wie man es mit einem jungen ungehorsamen Hunde macht, den man winkend und lächelnd zu sich lockt, um ihn nachher desto tüchtiger durchzuprügeln. – Was Wallenstein betrifft, so fanden wir, nachdem wir ihn gehörig examinirt hatten, daß er sich vortrefflich zum Rector qualificire; wir haben ihn auch sofort auf unsrem höllischen Gymnasio zu Z. angestellt und würden mit ihm im höchsten Grade zufrieden seyn, hätte er nicht den Fehler, daß er jedesmal, wenn er den Stock aufhebt, um einen nichtsnutzigen Buben zu züchtigen, so lange ausruft: »hier ist nicht Raum zu schlagen«, »wohlan, es sey«, »ich will's lieber doch nicht thun« etc., bis daß ihm der Bube von hinten einen großen papiernen Zopf angesteckt hat.

RATTENGIFT. Der Teufel mag –

(sich corrigirend mit einer Verbeugung:)

Der Herr Teufel mögen mich holen, wenn mir nicht vor Staunen und Verwunderung der Athem stehen bleibt! Doch reden Sie fort! Was machen die Dichter selber? Schiller, Shakspeare, Calderon, Dante, Ariost, Horaz, was thun, was treiben sie?

TEUFEL. Shakspeare schreibt Erläuterungen zu Franz Horn, Dante hat den Ernst Schulze zum Fenster hinausgeschmissen, Horaz hat die Maria Stuart geheirathet, Schiller seufzt über den Freiherrn von Auffenberg, Ariost hat einen neuen Regenschirm gekauft, Calderon lies't Ihre Gedichte, läßt Sie herzlich grüßen und räth Ihnen in Gesellschaft der Liddy die Waldhütte zu Schallbrunn zu besuchen, weil dieses Häuschen in einer echt romantischen Gegend läge.

RATTENGIFT. Ich Glücklicher! ich Überglücklicher! ich will auf den Dachgiebel klettern! Calderon lies't meine Gedichte! Calderon läßt mich grüßen! Ich esse vor Freuden ein Talglicht! Grüßen Sie den Herrn de la Barca tausendmal wieder, – ich wäre sein rasendster Verehrer, – ich wollte mit der Liddy das Waldhäuschen besuchen und wenn ich ihr die Beine abschlagen sollte, – ich –

TEUFEL. Genug! Ich habe nicht länger Zeit! – Wenn Sie meiner einstmals bedürfen sollten, so wissen Sie, daß ich in der Hölle wohne. Hier von dem Dorfe ist dieselbe etwas weit weg; wenn Sie aber extra schnell dahin gelangen wollen, so müssen Sie nach Berlin, Dresden oder Leipzig reisen und sich bei dem Portier in einem Hotel nach den am Abend am besuchtesten Straßen erkundigen; von diesen ist der Tartarus nur fünf Minuten entlegen, und Sie werden noch dazu auf ausgezeichnet guten, vielfältig ausgebesserten Chausséen dahin gelangen können. – Doch, es wird bald Abend! Schlafen Sie mittelmäßig!

(Er will sich entfernen.)

RATTENGIFT *(ihn aufhaltend)*. Apropos! ein einizges Wort! Darf ich nicht das Geheimniß erfahren, weswegen Sie jetzt auf die Erde gekommen sind?

TEUFEL. Weil in der Hölle gescheuert wird.

RATTENGIFT. Ich danke Ihnen für die gütige Antwort! Schlafen Sie recht wohl!

TEUFEL. Schlafen Sie mittelmäßig!

(Geht ab.)

Dritte Scene

(Eine Anhöhe vor dem Dorfe.)

MOLLFELS *(tritt auf)*. Sieh, da liegt es, das väterliche Dorf! Horch, auf seinem grauen Kirchthurme klingt die Vesperglocke! Wie anmuthig sie mir nach vierjähriger Abwesenheit entgegentönt! – Auch das alterthümliche Schloß ist noch unverändert geblieben; stolz und stattlich erhebt es sich dort aus der Mitte seines sommerlich blühenden Gartens, und in seinen mächtigen Fenstern spielt purpurn der erste Schimmer des Abendroths! – O Liddy! Liddy! wie ich dich liebe!

(ärgerlich:)

Wäre ich nur nicht so verdammt häßlich!

DER SCHULMEISTER *(tritt auf, ohne Mollfels zu bemerken)*. Hier will ich stehn bleiben, auf die Fluren meines Schulbezirks niederschauen, und meinen patriotischen Phantasien nachhängen. Wie könnte doch alles verbessert werden! Wenn die Bauern so lange in die Schule gehen müßten, bis sie etwas gelernt hätten, so müßten sie selbst am Weltende noch volle sechs Wochen bei Wasser und Brod nachsitzen. Ferner, was für eine Nutzanwendung wäre mit dem großen Eichwalde da drüben vorzunehmen? Wann werden die glücklichen Zeiten der Aufklärung erscheinen, wo man ihn in lauter Schulbänke zerschneidet, diese Schulbänke systematisch geordnet auf den Gefilden umhersetzt, lernbegierige Knäblein und Junggesellen hinzutreibt, und mich zum Director des Ganzen creirt? O, dann würde ich vermittelst eines Luftballons die Abendsonne zu meinem leuchtenden Katheder machen, – den Kirchthurm würde ich als Feder gebrauchen, – jener See wäre mein Tintenfaß, – und dort das Gebirge wäre ein Stück Speck, welches mir die Eltern und Gönner aus Dankbarkeit verehrten!

(Er versinkt in tiefes Nachdenken.)

MOLLFELS *(tritt hervor und klopft ihm auf die Schulter)*. Sie sind da in echt pädagogische Reverien gerathen, Herr Schulmeister!

SCHULMEISTER. Herr Mollfels! – Ich bin entzückt vor freudiger Überraschung! Wie hat's Ihnen in Italien, dem Lande, wo die Steine sprechen, gefallen? Gewahrt man an der Venus von Medicis noch immer keine Altersschwäche? Der Pabst hatte doch nicht mit dem Stiefel in den Dreck getreten, als Sie ihm den Fuß küßten? Ist –

MOLLFELS. Ich erzähle es bei gelegnerer Muße. Sagen Sie nur, ob hier zu Hause alles beim Alten geblieben?

SCHULMEISTER. Es hat sich in Ihrer Abwesenheit nichts Bedeutendes zugetragen. Gestern ist die Spritze in Stand gesetzt worden, um das vorgestrige Feuer zu verhüten, und der reiche Barthel, der die Kathrine geheirathet hat, in welche er so sehnsüchtig verliebt war, hat sich nach Analogie seiner Hosen, ein Hemde von Hirschleder machen lassen, weil ihm die Faustschläge seiner Frau zu weh thun. Was meine Wenigkeit betrifft, so ist es mir wie dem Vater Homer gegangen: ich habe seit zwei Jahren keinen Schweinebraten geschmeckt.

MOLLFELS. Ei, woher schließen Sie denn, daß der alte Homer keinen Schweinebraten geschmeckt hat?

SCHULMEISTER. Weil er ihn so delicat *beschreibt*, Herr Mollfels.

MOLLFELS. Sie beschreiben demnach den Branntewein wohl herzlich schlecht?

SCHULMEISTER. Nein, den Branntewein nicht, aber die Tugend.

MOLLFELS. Es gibt doch keine Regel ohne Ausnahme! Aber antworten Sie: wie steht es auf dem Schlosse? Ist Fräulein Liddy noch heiter?

SCHULMEISTER. Auf dem Schlosse ist ein Schornsteinfeger angekommen, der ein Canonicus seyn will, und schon vierzehn Tage vor seiner Geburt auf den Verlust seiner Unschuld pränumerirt zu haben scheint. – Die Heiterkeit der Baroninn und die bittre Laune ihres Onkels sind in statu quo.

MOLLFELS. Da! für die gute Nachricht ein Exemplar der Memoiren von Jacob Casanova de Seingalt in Maroquin gebunden, und dennoch ungebunden. Ich kaufte es von einem Juden, den ich nicht anders los werden konnte, und kann es nicht weiter gebrauchen!

(Geht ab.)

SCHULMEISTER. Memoiren von Jacob Casanova de Seingalt? Dieses Napoleons der Unzucht? Dieses Generals der sieghaftesten Niederlagen? Was soll ich hagres Schulmeistergesicht mit diesen Dingern machen? – Aber still! ich will sie der Frau Gerichtshalterinn als Gegenpräsent für den Topf Erbsen übersenden; sie versteht sich auf alles und wird daher auch den Jacob Casanova de Seingalt gehörig zu studiren wissen.

TOBIES *(kommt)*. Guten Abend, Herr Schulmeister!

SCHULMEISTER. Guten Abend, lieber Tobies!

(beiseit:)

Teufel, wie schaffe ich mir den Kerl vom Halse?

TOBIES. Nu, was macht Gottliebchen? Sind Sie mit ihm auf dem Schlosse gewesen?

SCHULMEISTER. Haben Sie nicht gehört, Herr Tobies, daß vor einer Stunde im Wirthshause ein Zahnarzt angekommen ist, der die Zähne umsonst auszieht?

TOBIES. Meinetwegen! Sehen Sie, ich habe ein paar Reihen Zähne, die so gesund sind, daß ich meine Heugabel daran scharf wetzen könnte.

SCHULMEISTER. Was thut das? Sie haben das Ausziehen umsonst! So was muß man mitnehmen!

TOBIES. Ja, das ist auch wahr! Man muß ein Profitchen nicht verschmähn! Ich will hingehen und mir ein paar Backenzähne ausreißen lassen!

(Er geht ab.)

SCHULMEISTER. O heilige Naivität! süße Unschuld! Du hast den Luxus der Städte verlassen und bist in die Hütte des

Landmanns gefloh'n! Tobies läßt sich die Zähne ausziehn, weil er es umsonst hat! O! O! O!

(Ab.)

Vierte Scene

(Zimmer im Schlosse.)

(Liddy und der Baron treten auf.)

BARON. Laß dich warnen, Mädchen! Ich traue dem Herrn von Wernthal nicht!

LIDDY. Er hat seine Fehler; daß er aber auch Männerwerth besitzt, hat er erst neulich im Duelle mit dem Grafen von Naubek dargethan.

BARON. Im Duelle? Oho, gestern duellirten sich zwei junge Herren darum, weil der eine auf Ehre versicherte, schon mehrmals am Schandpfahl gestanden zu haben, und der andere es ihm nicht glauben wollte. – – Gute Nacht! Ich habe genug gesprochen!

(Geht ab.)

LIDDY. Wahrlich, die Warnungen des Oheims beginnen Wirkung auf mich zu äußern! Wernthal ist nicht der, für den ich ihn bei unserer ersten Bekanntschaft hielt! – – Sonderbar, daß mir unwillkührlich ein gewisser Mollfels einfällt, – er hatte das häßlichste Gesicht, welches sich denken läßt, war aber der geistreichste und vortrefflichste Mann, den ich gekannt habe.

EIN BEDIENTE *(kommt)*. Ein Herr Mollfels wartet im Vorsaal.

LIDDY *(erstaunt)*. Wer? – Mollfels? – Wie sieht er aus?

DER BEDIENTE. Wir haben eben sieben alte Weiber aus dem Schloßteiche gezogen, welche bei'm Anblicke seines Gesichts vor Schrecken ins Wasser gesprungen waren.

LIDDY *(für sich)*. Kein Zweifel, er ist es!

(laut:)

Führ' ihn zu mir!

(Der Bediente ab.)

Es wird mir Mühe kosten, daß ich meine Verwunderung verberge.

MOLLFELS *(tritt herein)*. Ha, da erblicke ich sie wieder!

(laut:)

Fräulein, ich komme aus Italien zurück und eile Sie zu begrüßen.

LIDDY. Willkommen in der Heimath, Herr Mollfels, willkommen! – Sind Ihre Erwartungen befriedigt worden? Wie fanden Sie Rom?

MOLLFELS. Graue Ruinen blicken aus grünen Gebüschen, laute Tritte tönen durch einsame Straßen, und wer auf den Trümmern des Capitols, im Angesicht der ausgestorbenen Siebenhügelstadt die letzten Donner eines vorübergezogenen Gewitters am fernen Horizonte verhallen hört, fühlt sich freilich ganz anders ergriffen, als wenn er einen Kirchthurm in Berlin zum Standpunkt hätte.

LIDDY. Mich dünkt, in Rom müßte der Tod nicht sehr schmerzen.

MOLLFELS. Gewiß nicht! Dort schämt man sich ja beinah, daß man lebt.

LIDDY. Haben Sie in Florenz meinen Bruder gesprochen?

MOLLFELS. Hier sind Briefe von ihm und seiner Gemahlinn!

LIDDY. O geschwind!

(Sie bricht die Briefe auf.)

MOLLFELS *(betrachtet sie während des Lesens)*. Welch reitzendes Weib! Man hört die Musik ihrer Bewegungen! Wie zwei geistige Naphtafeuer glänzen die unauslöschlichen Flammen ihrer Augen und wie ein See über seiner Quelle, wogt ihr Busen über ihrem Herzen! Seelig der Erkohrene, welcher an einer solchen Stätte sein ermüdetes Haupt ausruhen kann!

(auf und abgehend:)

Nein, ich will verdammt seyn, wenn ich diesen Zustand länger ertrage! Ich muß erfahren, ob ich jemals hoffen darf oder ob ich mich an jenem Eichbaum aufhängen soll! Trotz meiner Häßlichkeit erkläre ich ihr jetzt meine Liebe, es mag biegen oder brechen!

(Er tritt vor Liddy hin:)

Fräulein, entsetzen Sie sich nicht über meinen Antrag, denn ich selber weiß recht gut, daß meine Taille die Pferde scheu zu machen pflegt, weil sie wie ein heruntergelassner Schlagbaum aussieht, – daß meine Stiefeln, ohngeachtet meine Waden darin stecken, so leer sind wie ein paar ausgehöhlte Bäume, – daß meine Ohren –

LIDDY. Um Gotteswillen, Herr Mollfels, fangen Sie an zu phantasiren?

MOLLFELS. Und meine Nase! Hohoho, meine Nase! Die Menschheit schaudert zusammen! Unförmlich wie ein Tigergekrös', roth wie ein Fuchs, platt wie eine Erzählung von der Caroline Pichler, und so kurz wie eine Secunde!

LIDDY. Wie eine Secunde! – Wie lang ist ihr rechter Arm?

MOLLFELS. Ein Schaltjahr! Mitten im Gradestehn kann ich mit ihm die Schuhe aufknöpfen! Wenn ich jedoch Gradestehn sage, so ist das natürlich nicht im Sinne eines preußischen Gardisten zu nehmen, sondern weit eher möcht' es in die Gedanken und Träume eines Leipziger Stadtsoldaten hineinpassen! Der Henker weiß es, wo mein Rücken seine unendliche Bescheidenheit gelernt hat: er macht mich zu einem stereotypen Complimente, zu einem unermüdlichen Betrachter meiner eignen Beine, welche sich wiederum nicht übel mit zwei fettgewordenen türkischen Säbeln vergleichen ließen!

LIDDY. Bleiben Sie mit den fettgewordenen Säbeln aus dem Spiele, und erlösen Sie mich endlich aus meinem Starren und Staunen! Wozu soll Ihre begeisterte Selbstschilderung denn eigentlich führen?

MOLLFELS. Dazu, daß ich vor sie hinstürze, daß ich Sie anbete, daß ich Sie liebe!

LIDDY. Nun, ich muß Ihnen einräumen, Sie verstehen Ihre Liebeserklärungen fein einzufädeln! Wenigstens schicken Sie Beschreibungen Ihrer Persönlichkeit voraus, nach denen ich eher vermuthet hätte, daß Sie wegen Ihrer Beine unter die Bäcker gehen wollten, als daß Sie mir Ihre Liebe erklären würden.

MOLLFELS. O zerreißen Sie mir nicht mit meinen Beinen das Herz! Kein Mensch kann diese beiden Pole des Abscheus, diese beiden Zerstörer der Freundschaft, diese beiden Universalmittel gegen die Liebe grimmiger hassen als ich! Wenn ich irgend einem edlen Mann, der in den Morast gefallen ist, das Leben gerettet habe, so gibt er mir eine Ohrfeige und läuft davon, wenn er von ohngefähr einen Blick auf meine Beine geworfen hat! Aber dennoch, Fräulein, zwingt mich die Macht der Leidenschaft Ihnen meinen Liebesschwur von neuem vorzustammeln! Es ist mit mir dahin gediehen, daß ich mich schäme, Rindfleisch und Senf zu essen, weil es mir für einen Liebenden zu gemein scheint, – daß ich in meiner Ekstase ein abgeschmacktes Trauerspiel geschrieben habe, dessen Inhalt zu närrisch ist, als daß ich Ihnen denselben nicht sogleich mittheilen sollte. Statt des Schicksals lasse ich darin die Gottheit der Antifatalisten, die Langeweile, herrschen. Diese wird bei Eröffnung der Scene mit Vorlesungen aus den dramatischen Werken von Eduard Gehe verehrt. Unvermuthet schallt aus dem Tempel der Ausspruch, daß die Göttinn den Untergang der erhabenen Prinzessinn Salvavenia beschließe. Das Volk heult, die Glocken läuten, die Prinzessinn jammert als ob sie dem Satan schon in den Krallen säße, und alles stürzt in wilder Verzweiflung von der Bühne. Hierauf tritt Ossian ein und ißt ein Butterbrod. Nachdem er damit fertig geworden, verändert sich die Scene in den Audienzsaal des kaiserlichen Palastes. Der Kaiser hat eine Napoleonsweste an und die Großen stehen in grauen Camaschen, welche sie vor Betrübniß aufgeknöpft haben, um seine Majestät herum. In der einen Stubenecke liegen zwei Strümpfe, welche höchst erbittert auf einander sind und sich vergiften wollen; nebenbei hängt ein plüschenes Wamms, welches im Conversationslexicon blättert und eine Tasse Thee trinkt. Doch mit mordbegierigen Geberden schleicht schon ein rachsüchtiger, hypochondrischer Borstwisch –

LIDDY. Gerechter Himmel, halten Sie ein! Ich zittre für meinen Verstand!

MOLLFELS. Ich wollte Ihnen nur zeigen, daß der meinige vor Liebe schon dahin ist.

LIDDY. Ich hoffe, es ist mit der Liebe nicht so ernstlich gemeint, denn ich bin mit dem Herrn von Wernthal verlobt.

MOLLFELS. Ei, so mag mich die Erde einschlingen, ich bin ein unglücklicher Kerl! – Verlobt? – Wahrhaftig, mir rollen die Thränen!

(mit der Hand über die Stirn fahrend:)

Wenn – wenn ich mich in diesem meinen Schmerze umbringe, so werde ich mich vermuthlich erschießen, denn wenn ich mich ersäufte, so müßt' ich fürchten, daß ich den Schnupfen bekäme, und mit dem Schnupfen vor Gottes Richterstuhle zu treten, wäre wegen des Niesens theils sehr störend, theils sehr unschicklich!

(Er geht ab.)

LIDDY. Der Mann könnte einem Mädchen mehr gefallen, als er selber denkt.

DRITTER ACT

Erste Scene

(Abend. Stube des Schulmeisters, von einer Lampe erhellt.)

(Der Schulmeister und der Schmid im Gespräch.)

SCHMID. Ja, Herr Schulmeister, er hatte einen Pferdefuß mitsammt einem Fersenbüschel!

SCHULMEISTER. Es ist der Teufel, Konrad, es ist der Teufel. Ihr könnt es in jeder Naturgeschichte lesen, daß der Teufel einen Pferdefuß hat!

SCHMID. Er rief mir auch nach, daß er der Satan wäre und drohte mir den Hals umzudrehen, wenn ich es ausplauderte.

SCHULMEISTER. Hoho, deshalb seyd ohne Sorgen! Ich habe ganz andre Absichten mit ihm vor! – Was meint Ihr, wenn wir den Herrn Urian einfingen, ihn in einen Käfig sperrten, mit ihm auf Messen und Jahrmärkten umherzögen, ihn für eine *Seejungfer*, oder um den Anschlagzettel noch auffallender zu machen, für eine *Seewittwe* ausgäben, und uns den Titel zweier Professoren der Seejungferei beilegten?

SCHMID. Wir würden steinreiche Leute!

SCHULMEISTER. Oder wir könnten ihn auch gleich als das, was er ist, als den Teufel dem Publico vorführen. Dann tränkten wir ihm das Tanzen ein, ließen ihn nach der Melodie »wie schön leucht't uns der Morgenstern!« am Stocke springen und steckten ihm, zur Verwunderung der Zuschauer, wie einem abgerichteten Löwen, den Kopf in den Hals.

SCHMID. Das Kopfindenhalsstecken möcht' ihm schwer beizubringen seyn; er hat ein ziemlich kleines Maul.

SCHULMEISTER *(mit stolzen Schritten in der Stube auf und abgehend)*. Ihr mitleidswerther, ungläubiger Thomas! Ich brachte meinen Zöglingen schon weit schwierigere Sachen bei.

SCHMID. Na, das habe ich an meinem Jürgen wenigstens noch nicht gemerkt.

SCHULMEISTER. Euer Jürgen! Der stupide Kartoffelbauch! Bei dem hätte sogar der weise Confucius, ohngeachtet er niemals Hopfen und Malz besaß, einige Fuder Hopfen und Malz verlieren müssen! –

GRETCHEN *(tritt ein)*. Guten Abend, Herr Schulmeister! Die Frau Gerichtshalterinn hat mir befohlen, Sie einen unverschämten Ochsen zu nennen und Ihnen den Jacob Casanova de Seingalt an den Kopf zu schmeißen!

SCHULMEISTER *(indem er die einzelnen Bände des Werkes aufhebt)*. Hm! hm! kann die Madam diese Bücher also nicht zur Belehrung oder zum Studio in der Küche gebrauchen?

GRETCHEN. Ach, Herr Schulmeister, wie ist er dumm! Daß solche Waare nicht zum Studio für die Küche gemacht ist, spürt jede Christenseele auf eine Meile Weges. Madam ist außer sich vor Zorn.

SCHULMEISTER. Hm! hm! hier sind aber nur *drei* Bände und ich hatte der Madam doch *vier* geschickt, – wo ist der vierte Band hingekommen?

GRETCHEN. Ja, als Madam recht im ärgsten Schimpfen war, steckte sie den vierten Band geschwind in ihren Strickbeutel.

SCHULMEISTER. Im ärgsten Schimpfen in den Strickbeutel? Ei, ei, welche verzwickte Inconsequenz!

GRETCHEN. Adies, Herr Schulmeister!

(Ab.)

SCHULMEISTER. Schmid, Schmid, jetzt ist's gefunden, wie wir den Teufel in unsre Hände kriegen! Könnt Ihr einen Vogelbauer verfertigen?

SCHMID. Ich denke, ja.

SCHULMEISTER. So lauft, lauft, und macht mir noch heute Nacht einen von Menschengröße, mit einer zwei Ellen hohen Thür. Diesen setz' ich morgen Abend in den Wald, lege die Memoiren des Jacob Casanova de Seingalt hinein und verstecke mich im Gebüsch. Nun ist bei einem Kerl, wie der Teufel, immer zu präsumiren, daß er auf's Holzstehlen ausgeht; wenn er demnach herannaht, so hoffe ich, daß die Memoiren des Jacob Casanova de Seingalt, welche der Gerichtshalterinn zufolge, die den vierten Band davon in den Strickbeutel gesteckt hat, etwas absonderlich Sündhaftes seyn müssen, ihn vermöge der magnetischen Kraft, womit das Böse den Satan anzieht, unwiderstehlich in den Käfig locken werden. Dann eile ich hervor, schlage die Thür hinter ihm zu, und flöte in die Finger!

SCHMID *(indem er dem Schulmeister ein verbindliches Compliment machen will)*. Ei, Herr Schulmeister, das haben sie ja ordentlich, philo – filon – ja, wie ein Klumpfisch auskalmüsert!

SCHULMEISTER *(klopft ihm wohlgefällig auf die Achseln)*. Philosophisch, heißt es, mein Lieber, philosophisch! Die Etymologen leiten es von »viele Strohwisch'« ab. Man darf auch nur das letzte »e« in dem viele mit einem »o« vertauschen, die Sylbe »stroh« wie ein »so« aussprechen, statt des »w« ein »f« lesen, und das Wort philosophisch ist höchst unphilosophisch, aber echt philologisch explicirt und deducirt.

SCHMID *(als wenn er ihn verstände)*. Sehr richtig, Herr Schulmeister! Deducirt! Da sitzt der Hase im Pfeffer, da kuckt die Katze in den Topf! Officier ist wieder davon verschieden! – O, o, wir Schmide sind nicht dumm, wir Schmide sind nicht dumm!

(Ab.)

SCHULMEISTER *(indem er seinen Schlafrock anzieht)*. S' ist schon spät, – ich will mir noch ein Gläschen Magenstärkung einschenken und mich dann sputen, daß ich in die Federn komme. – Doch, wer klopft da? Herein!

(Rattengift und Mollfels treten in die Stube.)

RATTENGIFT. Thut uns leid, Herr Schulmeister, daß wir Sie beim Schlafengeh'n stören! – Wissen Sie nichts gegen das Todtschießen? Der Herr Mollfels laborirt daran!

SCHULMEISTER. Wenn ich rathen dürfte, so würde ich mit acht bis zwölf Flaschen Wein dagegen quacksalbern; die würden mindestens das Übel ein wenig verschieben.

RATTENGIFT. Bene, Herr Schulmeister! Ein Dutzend Flaschen Wein! Hurtig! Die Fensterladen vorgeschoben! Wir wollen uns eine lustige Nacht machen! Nicht wahr, Herr Mollfels?

MOLLFELS. Nun, es sey, im Namen der Hölle! Qual ist die Folie der Freude und dazu will ich die meinige benutzen! Hier ist Geld! Wein herbeigeschafft, Schulmeister! Wenn ich dessenohngeachtet bei'm Erschießen beharren sollte, so habe ich Morgen Zeit genug, es nachzuholen!

SCHULMEISTER *(ist in die lebhafteste Beweglichkeit gerathen)*. Juchhei! Dudeldumdei! Das war eine männliche Sprache, Herr Mollfels, und Wein herbeischaffen ist meine Loosung!

(Er springt an die Kammerthür:)

Gottliebchen, Gottliebchen! aus dem Bette! aus dem Bette! Zieh die Laterne an, zünde die Hosen an! aus dem Bette! aus dem Bette! Du mußt mit mir in's Wirthshaus, und mir den Wein hertragen helfen!

GOTTLIEBCHEN *(kommt im halben Schlafe, mit blinzelnden Augen und im tiefsten Negligee aus der Kammer; greinerlich)*. Hih, hu, hih! Die Stube dampft! Die Türken trommeln!

SCHULMEISTER. Schlingel, rappelst du? Da! schmier' dir Wasser in die Augen! schnell! schnell! schnell! Wo hast du deine Hosen, dein Kamisol? Hier! zieh' meinen Rock an! So! er sitzt dir majestätisch! wie ein schwarzsammtnes Schleppkleid! siehst aus wie eine Theaterkönigin! Komm, komm, komm!

(Mit Gottliebchen ab.)

MOLLFELS. Ha! ha! Rattengift, diese Scene könnten Sie unbedenklich in eins Ihrer Lustspiele einfügen!

RATTENGIFT. I du mein Gott, Herr Mollfels, sind Sie bei Trost? Solch einen grobkomischen Auftritt! Heutzutage muß die Komik fein seyn, so fein, daß man sie gar nicht mehr sieht; wenn dann die Zuschauer sie dennoch bemerken, so freuen sie sich zwar nicht über das Stück, aber doch über ihren Scharfsinn, welcher da etwas gefunden hat, wo nichts zu finden war. Überhaupt ist der Deutsche viel zu gebildet und zu vernünftig, als daß er eine kecke, starke Lustigkeit ertrüge!

MOLLFELS. Ja ja, er lacht nicht eher als bis er sicher ist, daß er sich nachher wird förmliche Rechenschaft zu geben vermögen, warum er gelacht hat!

RATTENGIFT. Glauben Sie mir, wenn auch Jemand wirklich ein Stück schriebe, welches bis in die unbedeutendsten Theile auf höhere Ansichten gegründet wäre, und er wagte es, seine Ideen frei und eigenthümlich durchzuführen, so würde ihn eben deswegen der überwiegendere Theil des Publicums verkennen und vor Bäumen den Wald nicht schauen.

MOLLFELS. Sie sind gewiß mit einem in höheren Ansichten geschriebenen Lustspiel durchgefallen!

RATTENGIFT. Ach, sagen Sie nicht *durchgefallen!* es klingt so hart! *durchgesunken* lautet schon weit sanfter!

MOLLFELS. Soll ich Ihnen was vorschlagen? Dichten Sie künftig nichts als Trauerspiele. Wenn Sie denselben nur die gehörige Mittelmäßigkeit verleihen, so ist es unmöglich, daß Sie nicht den rauschendsten Applaus einärnteten. Sie müssen insbesondere den Plan der Stücke hübsch winzig und flach gestalten, sonst möchte ihn nicht jeder kurzsichtige Schaafskopf überblicken können, – Sie müssen dem Verstande und dem Forschungsgeiste der Leser nicht das Geringste zumuthen und wenn durch ein Unglück eine hervorstechende Scene mitunterlaufen sollte, sorgfältig hinterdrein bemerken, was sie abzwecke und in welcher Beziehung auf das Ganze sie zu nehmen sey, – Sie müssen beileibe alles hinlänglich weich kneten, denn das Weiche gefällt, und wenn es auch nur nasser Dreck wäre, – vorzüglich aber müssen Sie stets den Geschmack der Damen im Auge behalten, denn diese, welche noch niemals von einem wahren Dichter als berufene Richterinnen anerkannt sind, gelten jetzt im Reiche der Kunst als oberste Appellationsinstanz; ob man sie wegen ihrer kränklichen Nerven oder wegen ihrer Geschicklichkeit im Charpiezupfen dazu erwählt hat, ist eine unentschiedene Frage. Desto entschiedener ist es, Herr Rattengift, daß man Sie, wenn Sie Gewalt genug besitzen, eine dieser Regeln zu verachten, als einen blindlaufenden, verrückten, rohen Phantasten verschreit, der Schönheiten und Erbärmlichkeiten wild nebeneinander kleckst. Ständen Homer oder Shakspeare erst jetzt mit ihren Werken auf, so wären Beurtheilungen zu erwarten, in denen die Iliade ein unsinniges Gemengsel und der Lear ein bombastischer Saustall genannt würde; ja, manche Recensenten gäben vielleicht dem Homer einen wohlgemeinten Fingerzeig, sich nach der bezauberten Rose emporzubilden, oder geböten dem Shakspeare, fleißig in den Romanen der Helmina von Chezy und der Fanny Tarnow zu studiren, um daraus Menschenkenntniß zu lernen.

RATTENGIFT *(hat während Mollfels Worten mehrmals gehustet und Zeichen der Mißbilligung geäußert)*. Meine Grundsätze erlauben mir nicht, Ihren satirischen Angriffen auf die Regeln völlig beizustimmen. Die Regel scheint mir vielmehr unerläßlich; sie ist gleichsam das Beinkleid des Genies. Woran sollte der Künstler sich halten, woran erkennen, wenn ihm nicht vermittelst seines Verhältnisses zu den Kritikern –

MOLLFELS. Der Künstler soll sich an seinem eignen Genius halten, sich an seinem eignen ruhigen, klaren Bewußtseyn erkennen, und was sein Verhältniß zu den Kritikern anbelangt, so ist es folgendes: die Kritiker ziehen mühseelig die Schranken und machen sie just so weit wie ihr Gehirn, also sehr enge; das Genie tritt herein, findet sie jämmerlich schmal, zerbricht sie und wirft sie den Kritikastern an den Kopf, daß sie lautheulend aufschreien; wenn dann der gemeine Haufe dieß Gezeter hört, so sagt er in der Einfalt seines Herzens: sie kritisiren!

RATTENGIFT. Hm, hiernach wird jeder schlechtrecensirte Dichter meinen, daß Sie von seiner Partie sind.

MOLLFELS. Davon bin ich in dem Grade entfernt, daß ich den Regierungen schon oft ihre Grausamkeit gegen das Publicum vorgeworfen habe, indem sie noch immer zaudern, endlich einmal ein Schock Poeten wegen ihrer elenden Gedichte hinzurichten.

RATTENGIFT *(in unbegreiflicher Unruhe).* Nein! nein! das wäre doch zu stark! Hinzurichten! Gütiger Himmel, welche schauderhafte Idee! Heinrich Döring, Friedrich Gleich, Methusalem Müller, Karl Stein – O mir klappern die Zähne, mir klappern die Zähne!

(aufathmend:)

Ah, da kommt der Schulmeister mit Wein!

(Schulmeister und Gottliebchen, jeder mit Flaschen bepackt.)

SCHULMEISTER *(singt).* Vivat Bachus, Bachus lebe,
Bachus war ein braver Mann!

(zu Gottliebchen:)

Du alberner Pinsel, sing' doch mit!

GOTTLIEBCHEN *(quäkt).* Vivat Bachus, Bachus lebe,
Bachus war ein braver Mann!

MOLLFELS. Gottliebchen, du krächzest ja, daß sich die Steine Ohren wünschen, um sie sich nur zustopfen zu können.

SCHULMEISTER. Hähä? Hat der Bube nicht 'ne allerliebste Stimme? Ich habe schon 22 Briefe von den Sirenen in meinem Pulte liegen; sie wollen ihn durchaus unter sich engagiren, allein ich antworte ihnen jedesmal, daß er noch zu jung ist.

RATTENGIFT. Langnasiger Knittelmagister, laß das Windbeuteln und setz' Gläser auf den Tisch.

SCHULMEISTER *(sie darauf setzend).* Da stehen sie!

RATTENGIFT. Rasch denn, eingeschenkt!

SCHULMEISTER. Geduld! Geduld! eine halbe Minute!

(Er eilt an das Bett, reißt das Bettlaken herunter und wickelt es sich um den Kopf.)

MOLLFELS. Donnerwetter, was ist das für eine tolle Verkappung?

SCHULMEISTER. Bloße Vorsicht, Herr Mollfels, bloße Vorsicht! Wegen des Umfallens besaufe ich mich gern mit verbundenem Kopfe!

MOLLFELS. O du weiser, erfahrener Practicus! Als dein demüthiger Schüler ahm' ich dir stracks in deinen Vorsichtsmaaßregeln nach!

RATTENGIFT. Und ich desgleichen!

(Sie reißen zwei Bettlaken los und umwickeln sich ebenfalls die Köpfe.)

SCHULMEISTER. Wahrhaftig, ihr Herren, unsre drei Köpfe nehmen sich in den ungeheuren Bettlacken wie drei unglückliche, in die Mitte des Milcheimers gefallene Fliegen aus!

MOLLFELS. Schulmeister, erzählen Sie uns eine Geschichte aus Ihrer Jugendzeit.

RATTENGIFT. Ja ja, aus Ihrer Jugendzeit!

(Sie setzen sich um den Tisch und schenken ein.)

SCHULMEISTER *(trinkt)*. Fuimus Troes, die goldnen Flegeljahre sind dahin! – Gottliebchen, wo bist du? – Sperr die Schnauze auf, Flegel! Ein Schluk germanisirten Champagners wird deinem Patriotismus nicht schaden! – – Also, meine Herren, mit den Erzählungen aus jenen tempi passati ist's für einen Schulmeister, der sich bei seinem Eleven den Respect bewahren muß, und für einen Ehemann, der seine Frau mit Eifersucht plagt, ein kitzliches Unterfangen!

MOLLFELS. Keine Vorreden! Sie sind verliebt gewesen! Von Ihrer ersten Liebe sollen Sie Bericht abstatten!

RATTENGIFT. Hu, wie es den ausgemergelten, pädagogischen Ziegenbock durchzuckt, da er von seiner ersten Liebe hört!

SCHULMEISTER. O ihr schönen, schwärmerischen, unwiederbringlich verschwundenen Tage, wo ich – Stoßen Sie an, meine Herren: Hannchen Honigsüß soll leben!

MOLLFELS und RATTENGIFT. Sie lebe!

SCHULMEISTER. Verzeihen Sie, ich schätze dieses Mädchen so unendlich, daß ich mich unmöglich mit einem einzigen Glase auf seine Gesundheit begnügen kann!

(Er säuft in einer Reihe sechs Gläser aus.)

RATTENGIFT und MOLLFELS. Bravo, Schulmeister! Auch wir wissen Ihr Hannchen zu schätzen!

(Sie saufen gleichfalls sechs Gläser aus.)

SCHULMEISTER. Nachdem wir also allesammt Hannchen gehörig geschätzt haben, will ich in meiner Historie fortfahren. Das holde Kind war ein Engel, und ihr Vater, der Conrector an der Stadtschule, ein schäbiger filou. Er trug eine Beutelperrücke, welcher die Hunde und Katzen von frühmorgens bis Mitternacht nachstellten, weil sie dieselbe für ein Wasserrattennest hielten, und seine ledernen, lebenssatten Hosen wurden einstmals von einem unserer Geschichtschreiber in einer gelehrten Disputation über die ältesten Spuren des Verkehrs der Deutschen mit fremden Völkern, für ein Trauermonument der Phönicier ausgegeben.

RATTENGIFT und MOLLFELS. Hoho! ein Trauermonument!

(Sie trinken.)

SCHULMEISTER *(zu Gottliebchen, der müssig in einer Ecke steht)*. Du hämischer, neidischer, kaltblütiger, heimtückischer Racker, weswegen stehst du dort im Winkel und rührst keine Lippe? Du willst doch wohl nicht nüchtern bleiben und dich über unsre Schlemmerei moquiren? Sauf mir stante pede diese Bouteille aus oder ich beiße dir den linken Daumen ab!

(Gottliebchen ergreift die Bouteille und macht sich mit vielem Vergnügen darüber her.)

SCHULMEISTER *(wieder zu Rattengift und Mollfels)*. Der Conrector war also ein Harpax und wir Schüler haßten ihn eben so sehr, als wir seine Tochter liebten. Weil ich jedoch ein aufgeweckter Bursche war und er in den langen Winterabenden, an welchen er niemals ein Licht brannte, zeitverkürzender Gesellschaft bedurfte, so hatte ich bei ihm einen guten Stein im Brett, und mußte ihn regelrecht mit eintretender Dämmerung besuchen. Da saß ich mit ihm und seiner Tochter in der dunklen Stube, er zu meiner Linken, sie zu meiner Rechten. Indem ich ihm nun von seinen Editionen des Plinius vorplapperte, pflegte ich ihr verstohlen das Patschhändchen zu drücken, und wenn ich einen Gegendruck fühlte, so ging ich weiter, schlang allmählig den Arm um ihren zierlichen Hals, zupfte ihr am Busentuche, und krabbelte sie im Nacken. Zu meinem Malheur hatte sich eines Abends der Alte an ihren Platz gesetzt; ich, dem die Verwechslung unbemerkt geblieben war, fing wie gewöhnlich an zu handthieren. Zwar fiel mir Hannchens sonderbares, mit breiten Stahlknöpfen eng zugeknöpftes Kleid auf, allein ich ließ mich bei meiner verliebten Blindheit dadurch nicht stören; dem Herrn Conrector selber, welchem die Frau schon lange todt war, mochte meine Zärtlichkeit gar nicht übel behagen, denn er regte keinen Finger und schwieg mäuschenstill; endlich aber, als ich ihm in's Ohr flüsterte: »Hannchen, Hannchen, was bist du heute platt, eingeschrumpft und häßlich!« empörte ihn diese *Beleidigung seiner Schönheit* zu einer solchen Wuth, daß er mir eine Maulschelle in's Gesicht bombardirte, welche mich nicht bloß aus meiner Täuschung herausriß, sondern mir auch seine Faust so kräftig in die Backen prägte, daß mich am andren Tage alle Leute fragten, ob ich mir die natürlichen Ohrfeigen hätte einimpfen lassen!

MOLLFELLS *(halb berauscht)*. Köstlich, Schulmeisterchen, köstlich! Hast 'nem alten Conrector an der Weste gekrabbelt! O Wonne! Wonne! Wonne!

SCHULMEISTER. Das Krabbeln soll leben!

MOLLFELS. Es lebe!

(Sie saufen unmäßig.)

SCHULMEISTER. Jemine, Herr Mollfels, was bekommt der Rattengift für dicke Augen?

RATTENGIFT *(packt in der Betrunkenheit dem Schulmeister an die Brust)*. Nicht wahr? nicht wahr? Sind meine Gedichte nicht das schaalste, abgedroschenste, anspeiungswertheste Geschmiere?

SCHULMEISTER. Sie sind grade so gut wie die Poesien der Elise von Hohenhausen, gebornen von Ochs.

RATTENGIFT. Zermalme mich, Schulmeister, zertritt mich! Ich bin ein Wurm, ich bin ein ärmlicher Tropf! Meine Verse haben keinen Saft, meine Gedanken keinen Sinn! Ich bin ein Wurm, ein winziger Wurm! Schmeiß mich in den Sumpf, schmeiß mich in den Sumpf!

SCHULMEISTER *(immer trinkend und allmählig ebenfalls besoffen werdend)*. Weine nicht, Rattengiftchen, und sprich leise, damit es der Nachtwächter nicht hört! Du bist in der rage! Dir fließt das Herz über! – Ist's nicht so, Mollfels?

MOLLFELS *(den Schulmeister umhalsend)*. Ach, meine Liddy, meine Liddy!

SCHULMEISTER *(jüngferlich).* Zerzausen Sie mir nicht das Busentuch, bester Karl!

(auf Gottliebchen deutend, der seine Flasche geleert hat, und taumelnd aus der Ecke hervorkommt:)

Aber verstecken Sie sich! theuerster Freund, verstecken Sie sich! Dort kommt mein Vater!

MOLLFELS. Du bist wohl ein bischen betrunken, Liddy!

SCHULMEISTER. Leider, liebster Karl, habe ich etwas zu tief in's Glas geguckt!

RATTENGIFT *(an den Boden stürzend).* »Unsinn du siegst, und ich muß untergeh'n!«

(Er schläft ein.)

GOTTLIEBCHEN *(klettert dem Schulmeister in's Gesicht).* Du schlechter Schulmeister du! Hast mich prügelt! hast mich schlagen! hast mich schimpft! Bin betrunken! Prügle dich wieder! schlage dich wieder!

SCHULMEISTER. O mein verehrtester Vater! Vergebung! Ich kann einmal nicht anders: ich muß meinen Karl heirathen oder ich muß sterben! Seyn Sie nicht so grausam, großmüthigster der Väter! Kniebeugend bitte ich Sie, seyn Sie nicht so grausam gegen Ihre unglückseelige Tochter! Pardonnez moi, Monsieur!

MOLLFELS. Ja, Herr Baron, verzeihen Sie uns, hindern Sie nicht unser zeitliches und ewiges Glück!

(Gottliebchen purzelt auf die Erde.)

SCHULMEISTER *(froh).* Sieg, Sieg! er verzeiht, er purzelt auf die Erde! Karl, Karl, in meine Arme! Wir dürfen uns lieben!

MOLLFELS *(besieht Gottliebchen).* Wenn ich Ihren Herrn Vater näher betrachte, so scheint er mir gegen sonst verdammt klein geworden zu seyn!

SCHULMEISTER. Er hat die Masern gehabt, mein Trauter!

MOLLFELS. Uh! Uh!

SCHULMEISTER. Gott, was seufzest du?

MOLLFELS. Weh, Wehe! ich fürchte, daß ich vom Tische falle!

SCHULMEISTER. Da ist freilich nichts zu rathen als daß du darauf steigst!

MOLLFELS *(steigt auf den Tisch, damit er nicht herunterfällt, und fällt herunter).*

SCHULMEISTER *(erhebt ein schreckliches Geschrei und schlägt die Hände über dem Kopf zusammen).* O Schicksal, Schicksal, unerflehliches Schicksal! Keine menschliche Klugheit vermag dir vorzubeugen, kein Sterblicher dir zu entrinnen! Ohngeachtet Mollfels auf den Tisch klettert, muß er dennoch herunterfallen! O du grimmiges, marmorhartes Unthier!

(Er knirscht mit den Zähnen.)

MOLLFELS. Hilft mir Niemand, daß ich aufstehe? Schulmeister! Liddy! wo seyd ihr beiden?

SCHULMEISTER. Zayre, vous pleurez? Das schmerzt mich, auf Parole, das schmerzt mich! – Venez, ma chère! 'S ist draußen pechrabenschwarz! Wollen in die Kirche gehn und auf der Orgel spielen!

(Er faßt Mollfels unter den Arm und wackelt mit ihm ab.)

Zweite Scene

(Eine Wiese. Tagesanbruch.)

(Der Freiherr Mordax geht spazieren, ihm begegnen dreizehn Schneidergesellen, er macht sich die Serviette vor und schlägt sie sämmtlich todt.)

Dritte Scene

(Ein Fahrweg im Dorfe.)

(Die vier Naturhistoriker treten mit blutrünstigen Köpfen auf; jeder hat einen Kieselstein in der Hand.)

ALLE VIER ZUSAMMEN. Da haben wir uns ganz expreß mit diesen Kieselsteinen die Köpfe zerbrochen, und können doch nicht herausbringen, was der sogenannte, den Finger in's Licht steckende Canonicus für ein Kerl ist! Oh! Oh! Oh!

EINER VON IHNEN. Nicht verzagt, meine Herren! Die Wissenschaft ruft! Lassen Sie uns noch einmal probiren! Muthig! Noch einmal die Köpfe zerbrochen!

ALLE VIER. Noch einmal die Köpfe zerbrochen!

(Sie schlagen sich mit den Steinen vor die Köpfe, daß die Funken stieben, bringen nichts heraus, und entfernen sich fluchend.)

(Der Schulmeister kommt mit Mollfels und Rattengift.)

SCHULMEISTER. Das war eine verrückte Nacht! Als ich aufwachte, lag ich zu meinem Erstaunen vor dem Pedale der Kirchenorgel.

MOLLFELS. Und ich saß mit übereinandergeschlagenen Beinen auf einem Sarge des freiherrlichen Erbbegräbnisses.

RATTENGIFT. Ich lag unter Ihrem Schreibtische, Schulmeister, und Gottliebchen schnarchte neben mir wie ein Dachs.

SCHULMEISTER. Jetzt ist mein unmaaßgeblicher Vorschlag, in Gesellschaft einen Morgenimbiß zu verzehren, der uns die Nachwehen der Betrunkenheit, oder wie man schicklicher sagt, den Katzenjammer vertreibt.

RATTENGIFT. Es verdrießt mich, daß ich nicht mit dabei seyn kann; ich habe einen Auftrag an die Baroninn zu besorgen, der keinen Verzug leidet.

(Ab.)

MOLLFELS. Ich gehe mit Ihnen Schulmeister! Kommen Sie! Ich habe mächtigen Appetit!

(Beide ab.)

Vierte Scene

(Zimmer im Schlosse.)

(Rattengift und Liddy treten auf.)

RATTENGIFT. Nein, Fräulein, verweigern Sie mir das Gesuch nicht: willigen Sie in die Spazirfahrt ein. Schallbrunn ist einer der interessantesten Plätze der Erde; wie eine Schäferhütte aus Guarinis pastor fido liegt es in der grünen Einsamkeit des Eichforstes; gleich zwei langen, flüssig gewordenen Nachtigallen zwitschern zwei murmelnde Bäche durch den stillen Umkreis seiner Umgebungen, und Pilger, wie ein emsig dichtender Graf sich so gefühlvoll ausdrückt, blühen dort hinter den Stielen oder säuseln in süßer Waldandacht dahin!

LIDDY. Nett declamirt, Herr Rattengift! – Wie weit ist es bis Schallbrunn?

RATTENGIFT. Kaum eine Meile, und der Weg führt in reitzender Abwechslung über umlaubte Höhen und durch grasigte Niederungen.

LIDDY. So halten Sie sich fertig, denn der Kutscher soll anspannen und wir fahren noch diese Stunde in Begleitung meines Onkels nach dem Waldhäuschen!

(Sie geht mit Rattengift ab.)

Fünfte Scene

(Buschiger Wald. Abend.)

(Der Schulmeister kommt mit einem riesigen Vogelbauer auf dem Rücken.)

SCHULMEISTER. Die Sonne ist untergegangen, die müde Welt hat die gestirnte Schlafmütze aufgesetzt, die eine Erdenhälfte scheint jetzt todt, böse Träume schrecken hinterm Vorhang den unbeschützten Schlaf, die Zauberei beginnt den furchtbaren Dienst der bleichen Hekate, der Mord schleicht, aufgeschreckt von seinem heulenden Nachtwächter, dem Wolf, mit weit ausgeholten Räuberschritten an sein entsetzliches Geschäft, der Schmid hat mir einen Käfig zurecht gezimmert, hier in dem buschigen Dickichte will ich ihn aufstellen, aus der Ferne schallen die Axtschläge des holzstehlenden Teufels herüber, und ich müßte mich sehr trügen, wenn ihn nicht die magische Einwirkung von drei Theilen des Jacob Casanova de Seingalt, herausgegeben von Wilhelm von Schütz, hieher locken sollte! Zur Sicherheit aber verstärke ich den Effect mit weiland Althings hinterlassenen Schriften und lege sie auf den

Casanova, wie schlechten Pfeffer auf Schweineschinken.
(Er setzt den Käfig in das Gebüsch, macht die Thür auf, legt den Casanova und Althings hinterlassene Schriften hinein und tritt auf die Seite. Pause. Der Teufel kommt schnüffelnd.)

SCHULMEISTER. Ha, da ist er schon! Wie es ihm in die Nase sticht!

TEUFEL. Ich rieche hier zweierlei: links, etwas Abscheuliches, Zuchtloses, – rechts, etwas Versoffenes, die Kinder Züchtigendes.

SCHULMEISTER. Schwerenoth, das ist doch keine Anspielung auf mich?

TEUFEL *(indem er auf den Casanova zugeht)*. Das Unzüchtige zieht mich gewaltig an,

(sich zu dem Schulmeister wendend:)

aber auch das Versoffene kirrt mich nicht minder, –

(stehen bleibend:)

wenn ich nur wüßte, welches von beiden das immoralischste wäre!

(Er schnüffelt stärker.)

SCHULMEISTER. Alle Henker, mein Gewissen!

TEUFEL. Ich hab's heraus! Das Versoffene, Kinder Züchtigende ist das schlimmste, und das Abscheuliche, Zuchtlose ist, damit verglichen, die wahre Unschuld!

(Er eilt auf den Schulmeister zu:)

SCHULMEISTER *(weicht immer im Kreise vor ihm zurück)*. Kreutz-Sapperment, nun bin ich in einer sauberen Patsche! Daran dachte mein Herz nicht, daß ich schuldvoller wäre als die Memoiren des Jacob Casanova de Seingalt und Althings hinterlassene Schriften! Es ist auch nur bloße Verläumdung von dem malitiösen Herrn Mephistopheles! – Gott sey Dank, da sitzt ein abgebrochenes Stückchen von einem Kirchenstuhl, welches ich vergangene Nacht in der Betrunkenheit eingesteckt haben muß, in meiner Rocktasche! Das will ich ihm entgegen halten und ihn damit zurückscheuchen!

(Er thut es.)

TEUFEL *(prustet und prallt zurück)*. Puh! das Versoffene hat sich mit einem abgebrochenen Kirchenstuhlstückchen verbessert! Puh! – Neh, da wend' ich mich lieber zu dem Unzüchtigen, obwohl es das Moralischere ist!

(Er läuft begierig in den Käfig, und wie er eben den Casanova in der Hand hat, springt der Schulmeister herbei, und schlägt hinter ihm die Thür zu.)

TEUFEL *(aufschreiend).* Element, man sperrt mich ein, ich bin gefangen!

(heftig an den Stäben rüttelnd:)

Vergebens! vergebens! Die Stäbe sind kreuzweis gelegt, ich kann sie nicht entzweibrechen!

(Er erblickt den Schulmeister:)

O du hallunkischer, spitzbübischer, hundsföttischer – Nein, ich wollte sagen, du holder, liebenswürdiger, guter Mann! o laß mich wieder los! laß mich wieder los!

SCHULMEISTER. Prosit Mahlzeit! Mit Speck fängt man Mäuse, mit Casanova und Althing den Teufel!

(Er nimmt den Käfig auf den Rücken und trägt den Teufel darin fort.)

(Der Freiherr Mordax tritt mit seinen Spießgesellen auf.)

FREIHERR *(räuspert sich, spuckt aus und beginnt seine Anrede).* Ihr Herren Spießgesellen! Die Baronesse Liddy verweilt drüben im Waldhäuschen zu Schallbrunn! Alldieweile sie in der Güte meine Brautwerbung nicht acceptiren will, bin ich entschlossen, sie mit eurer Hülfe par force zu entführen! – Habt ihr eure Mähnen über eure Galgenphysionomien gekämmt, damit ich keine Schande mit euch einlege?

DIE SPIESSGESELLEN. Ja.

FREIHERR. Schön!

(Sie gehen ab.)

MOLLFELS *(kommt mit drei bewaffneten Bedienten).* Es streichen verdächtige Haufen durch den Wald, – Fräulein Liddy ist in Schallbrunn, – ich fürchte, ich fürchte, daß ein Anschlag gegen sie im Werke ist!

(zu den Bedienten:)

Ladet eure Pistolen; vielleicht gibt es Gelegenheit, sie einigen Schurken auf die Haut zu brennen!

(Sie laden die Pistolen und gehen ab.)

Sechste Scene

(Ärmliche Stube im Waldhäuschen zu Schallbrunn.)

(Liddy, der Baron und Rattengift treten auf.)

LIDDY. Rattengift, Sie haben uns schrecklich getäuscht! – Wenn es hier romantisch ist, so – Hu, lieber Onkel, mich schaudert! Lassen Sie anspannen, daß wir aus dieser Banditenhöhle fortkommen!

BARON. Mädchen, du zitterst! Das ist ja sonst deine Art nicht!

LIDDY. Ich flehe, lassen Sie anspannen, lassen Sie anspannen!

BARON. Heda, Hauswirth!

(Der Hauswirth tritt ein.)

Hast du meine Pferde gefüttert?

DER HAUSWIRTH. Ich füttere keine fremden Pferde!

(Geht ab.)

LIDDY. Der alte Brummbär!

BARON *(ihm nacheilend)*. Elender Kerl, nun sollst du sie füttern!

LIDDY. Onkel, wohin – Er hört mich nicht und stürmt die Treppe hinunter! – Und nicht einmal ein Licht in der düstren Stube! – Rattengift, wo sind Sie denn?

RATTENGIFT *(mit beklommener Stimme)*. Ich, gnädiges Fräulein, ich –

LIDDY. Himmel, was war das? Welch ein Geräusch auf dem Fußboden!

RATTENGIFT *(zähneklappernd)*. Es war wohl 'ne Maus, die drüber hinlief!

LIDDY. Ach, ich bebe fast vor meinem eignen Athem! Solche Bangigkeit hab' ich noch nie empfunden! – Endlich! da kommt der Onkel mit Licht!

BARON *(kommt in heftiger Bewegung, ein Licht in der Hand)*. Zeigen Sie mir Ihr Gesicht, Rattengift!

(nachdem er ihm hineingeleuchtet:)

Nein, Sie wissen nichts davon! Ich spreche Sie frei!

LIDDY. In aller Heiligen Namen, was soll dieß heißen?

BARON. Der Hauswirth ist ein verrätherischer Bube! Er läßt

eine Menge räubermäßig gekleidetes Gesindel in's Haus und versagt mir die Pferde!

LIDDY. Jesus! wir sind verloren!

BARON. Und wenn nur die Absicht auf unser Geld ginge, aber sie ist auf dich gerichtet, Liddy, auf dich!

RATTENGIFT. O wenn das ist, Liddy, so retten Sie unser Leben, retten Sie unser Leben! Noth kennt kein Gebot! Wenn Sie dem Hauptmann des Trupps in einer Privataudienz, deren etwaige Folgen sich späterhin leicht auf einer sogenannten Badereise abschütteln –

LIDDY. Armseeliger Versifex schweig, und verkriech dich mit deinem jämmerlichen Leben dort hinter den Ofen!

(eine Haarnadel losreißend:)

Ehe ein einziger dieser Bösewichte auch nur meine Hand berührt, soll diese Nadel zehnfach meine Brust durchbohren! – Auf, theurer Onkel! die Thür verrammelt! der Schwächste ist in der Gefahr oft der Stärkste!

BARON. Edles, heldenmüthiges Kind!

(Sie verrammeln die Thür.)

LIDDY. Den Tisch davorgetragen!

BARON. Der ist uns zu schwer.

LIDDY. Ich trage ihn allein!

BARON. Liddy, Liddy, du zerquetschest dir mit seiner ungeheuren Platte die Brust! – Um Gotteswillen, wo bekommst du die Kraft her?

LIDDY. Ergreifen Sie jenen Degen, und geben Sie mir ihr Jagdmesser! – Ha, die Bande naht!

(Der Freiherr und seine Spießgesellen stürmen die Thür und brechen sie nach mehreren Stößen auf; Liddy wirft einem von ihnen das Jagdmesser nach dem Kopfe; die Schaar stutzt einen Augenblick; kurz darauf hört man Mollfels Stimme; es fallen Pistolenschüsse, die Angreifenden flüchten, Mollfels stürzt herein, und seine Bedienten folgen ihm mit dem gefangenen Freiherrn.)

LIDDY. Wir sind gerettet!

(Sie liegt ohnmächtig in Mollfels Armen.)

MOLLFELS *(zum Baron, auf den Freiherrn deutend).* Der ist der Anführer dieses verruchten Überfalls, *(indem zwei Bediente mit dem Herrn von Wernthal eintreten):*

und der da, welchen wir hier in der Nähe fanden, hat, wie der Freiherr Mordax eingesteht, die Baronesse für circa 20000 Rthlr. an einen Gastwirths- und Bräute-Sammler verkauft; auch hat er sehr vorsichtig alle seine Taschen mit Zwiebeln vollgestopft, um sich nachher damit die Thränen des Bedauerns aus den Augen zu pressen!

(Die Bedienten kehren dem Herrn von Wernthal die Taschen um und es fällt eine Menge Zwiebeln heraus.)

LIDDY *(sich erholend)*. Sie, Mollfels, wagten für mich Ihr Blut; kann meine Hand Sie belohnen, so ist sie die Ihrige!

MOLLFELS. Beglückt sinke ich vor Ihnen –

LIDDY. Nicht also! Ein Mann wie Sie braucht sich vor keinem Mädchen zu beugen! Freudig drücke ich Ihnen den Vermählungskuß auf die Lippen, welche sie selbst so oft zu verspotten pflegten!

BARON. Wohlgethan! ich seegne euren Bund!

RATTENGIFT. Und ich verfertige das Hochzeitcarmen!

LIDDY *(lächelnd)*. Rattengift, Sie sind doch entsetzlich feig!

RATTENGIFT. Ich bin ein Dichter, gnädiges Fräulein!

BARON *(zu Wernthal und dem Freiherrn)*. Ihr aber, ihr Elenden, die ihr die Schande des Adels seyd, sollt unerbittlich die Strafe empfangen, die ihr verdient! Ich will euch wie die gemeinsten Verbrecher an einander knebeln lassen, – euch am hellen Mittage in die Stadt transportiren lassen, – euch –

FREIHERR *(wird hitzig)*. Mord und Tod, dieß übersteigt mir die Geduld! Mich geknebelt in die Stadt transportiren lassen! Ho, ist das der Lohn, daß ich meine Rolle so göttlich gespielt habe? Glauben Sie, ich wüßte nicht, Herr Theaterbaron, daß Sie der Schauspieler Werdy sind, und daß Sie mir nichts thun dürfen? – Schnell, Herr von Wernthal, wir wollen in's Orchester, zu den Musikanten klettern; die sind meine intimen Freunde und krümmen uns kein Haar!

(Der Freiherr und der Herr von Wernthal klettern in das Orchester.)

(Der Schulmeister tritt auf, den Teufel im Käfige auf dem Rücken.)

SCHULMEISTER. Gratulire, Herr Baron, daß Sie mit Ihrer Nichte so glücklich aus den Klauen des Freiherrn Mordax gerettet worden.

BARON. Bin ich bei Sinnen, Schulmeister? Ist das nicht der Canonicus, den Sie im Käfige auf dem Rücken schleppen?

SCHULMEISTER *(stellt den Käfig auf den Tisch)*. Hm, wenn der Teufel ein Geistlicher ist, so mag es ein Canonicus oder Bischof seyn, denn dieser frostige Schornsteinfeger ist alleben der Satan in eigner Person!

ALLE ANWESENDE, SELBST DER FREIHERR UND WERNTHAL IM ORCHESTER *(rufen voller Erstaunen)*. Was? der Satan? O Wunder!

SCHULMEISTER. Ja, zum zweitenmal habe ich den bedrängten Erdkreis von ihm erlös't, und wie einen Sperling überliefere ich ihn in einem Vogelbauer dem Menschengeschlecht zum beliebigen Verschlusse.

TEUFEL. Herr Baron, ich beschwöre Sie, befreien Sie mich aus dem Käfige, befreien Sie mich von dem Schulmeister! Er neckt mich in Einem fort, läuft mit mir durch Dick und Dünn, kitzelt mich mit langen Nesseln, streut mir in jeder Minute dreimal Sand auf den Kopf –

SCHULMEISTER. Es ist der Teufel, Herr Baron, der Teufel! Er hat es verdient! Passen Sie auf! Ich will jetzt mein Hauptexperiment mit ihm versuchen! Er soll das Gesangbuch essen und mir hinterdrein Pfötchen geben.

(Er hält dem Teufel das Gesangbuch hin:)

Iß!

(Der Teufel sträubt sich.)

Iß, Himmelhund, iß!

(Der Teufel sträubt sich noch gewaltiger.)

EIN DIENER *(kommt)*. Eine junge, schöne Dame, der Tracht nach eine Russinn, erscheint auf dem Hausflur, man weiß nicht wie.

TEUFEL *(jauchzt)*. O das ist meine Großmutter! das ist meine Großmutter! ein russisches Pelzkleid hat sie angezogen, weil sie sich zu erkälten fürchtet!

RATTENGIFT. Sie irren sich, Herr Satan! Der Bediente spricht nicht von Ihrer Großmutter, sondern von einer Dame, welche noch jung und schön ist!

TEUFEL. Du Tropf! Als ob meine Großmutter alt und häßlich wäre! Weißt du nicht, daß wir Unsterblichen ewig jung bleiben? Wenn ich dessenohngeachtet alt und runzlig geworden bin, so ist mein specieller Gram über die Erfindung der rumfordschen Suppe schuld daran.

(Des Teufels Großmutter, eine blühende Frau im modischen russischen Winteranzug, tritt herein und begrüßt die Gesellschaft mit einer stummen Verbeugung.)

DES TEUFELS GROSSMUTTER. Schulmeister, entlassen Sie meinen Enkel aus dem Käfig, und verlangen Sie für diese Gefälligkeit, was Sie wollen.

SCHULMEISTER. So verlange ich, Eure Durchlaucht, daß er mir Pfötchen gibt!

DES TEUFELS GROSSMUTTER. Gib Pfötchen!

(Der Teufel gibt dem Schulmeister Pfötchen, worauf ihn dieser aus dem Vogelbauer losläßt.)

DES TEUFELS GROSSMUTTER. So, lieber Enkel! Sey lustig! Das Schruppen in der Hölle ist vorbei! Du kannst gleich mit mir heimkehren; der heiße, dich wieder erwärmende Caffée dampft schon auf dem Tische.

TEUFEL. Vortrefflich, Großmütterchen, vortrefflich! – Aber zum Caffée habe ich gern etwas zu lesen! – Schulmeister, haben Sie vielleicht die Schriften des Professors Krug bei sich, insbesondere diejenige, welche den neuesten Stand der griechischen Sache betrifft?

SCHULMEISTER. Ja, man hat mir heute faule Häringe geschickt; vermittelst derselben faulen Häringe

(indem er mehrere Paquete aus der Tasche zieht:)

kann ich Ihnen auch noch mit den Erzählungen von van der Velde, mit den sämmtlichen Werken der ertrunkenen Louise Brachmann, und wenn ich nicht irre, sogar mit dem westöstlichen Divan und Wilhelm Meisters Wanderjahren von Goethe aufwarten.

TEUFEL. Ei, welch ein Haufen gedruckten Zeugs! – Großmutter, hast du keinen Bedienten bei dir, der ihn uns nachträgt?

DES TEUFELS GROSSMUTTER. Freilich, ich habe den Kaiser Nero mitgenommen; er steht draußen an der Treppe und putzt die Reitstiefeln, welche ich dir mitgebracht habe.

TEUFEL *(ruft)*. Nero, Nero!

DER RÖMISCHE KAISER NERO *(tritt ein, in Livree, die Reitstiefeln des Teufels in der Hand)*. Was beliebt Euer Gnaden?

TEUFEL. Her mit den Reitstiefeln!

(Er zieht sie sich an; – zu Nero:)

Was treibt dein Camerad Tiberius?

NERO. Er liegt auf der Bleiche und trocknet seine Wäsche.

TEUFEL. Da thut er klug! – – Hier, guter Nero, – nimm den Stand der griechischen Sache unter den linken, und die poetischen Werke der Louise Brachmann unter den rechten Arm, und trag' sie uns nach.

NERO. Ganz wohl, Euer Gnaden!

TEUFEL *(zu der Gesellschaft, schelmisch lachend)*. Auf Wiedersehen!

(Er, seine Großmutter und Nero, mit den Büchern unterm Arme, versinken.)

SCHULMEISTER. Was war das, Herr Baron?

BARON. Das frage ich Sie, Herr Schulmeister!

RATTENGIFT. Mir geht die Idee zu einer naiv-verrückten Ballade auf: »Nero putzt des Teufels Reitstiefeln!«

BARON. Verwunderst du dich denn nicht, Liddy?

MOLLFELS. Liddy und ich haben nicht gehörig darauf geachtet.

BARON. Das lobe ich; so ziemt es Verliebten!

(zu einem eintretenden Bedienten:)

Ist unsre Kutsche unverletzt?

DER BEDIENTE. Kein Mensch hat sie berührt.

BARON. So hol' den Flaschenkorb, der sich darin befindet.

(Der Bediente ab.)

Wir wollen uns zur Restauration einige Terrinen Punsch machen.

SCHULMEISTER *(fällt aus den Wolken)*. Herr Baron, wie vernünftig Sie sind!

(Der Bediente bringt den Flaschenkorb.)

RATTENGIFT *(am Fenster)*. Aber wer kommt dort noch mit der Laterne durch den Wald? Es scheint, daß er seinen Weg hierher richtet!

SCHULMEISTER *(ebenfalls am Fenster)*. O so schlage der Henker darein! Kommt mir der Kerl noch so spät in der Nacht durch den Wald, um uns den Punsch aussaufen zu helfen! Das ist der vermaledeite Grabbe, oder wie man ihn eigentlich nennen sollte, die zwergigte Krabbe, der Verfasser dieses Stücks! Er ist so dumm wie ein Kuhfuß, schimpft auf alle Schriftsteller und taugt selber nichts, hat verrenckte Beine, schielende Augen und ein fades Affengesicht! Schließen Sie vor ihm die Thür zu, Herr Baron, schließen Sie vor ihm die Thür zu!

GRABBE *(draußen vor der Thür)*. O du verdammter Schulmeister! Du unermeßlicher Lügenbeutel!

SCHULMEISTER. Schließen Sie die Thür zu, Herr Baron, schließen Sie die Thür zu!

LIDDY. Schulmeister, Schulmeister, wie erbittert sind Sie gegen einen Mann, der Sie geschrieben hat!

(Es klopft.)

Herein!

(Grabbe tritt herein mit einer brennenden Laterne.)

(Der Vorhang fällt.)

NAPOLEON
oder
die hundert Tage

Ein Drama in fünf Aufzügen

ERSTER AUFZUG

Erste Scene

(Paris. Unter den Arcaden des Palais-royal. Vieles Volk treibt sich durch einander, darunter Bürger, Officiere, Soldaten, Marktschreier, Savoyardenknaben und Andere. Die sprechenden Personen halten sich im Vorgrunde auf. Vitry und Chassecoeur sind zwei abgedankte Kaisergardisten.)

VITRY. Lustig, Chassecoeur, die Welt ist noch nicht untergegangen, – man hört sie noch – dort oben im zweiten Stock wird entsetzlich gelärmt.

CHASSECOEUR. So? – Ich hörte nichts – Warum lärmen sie?

VITRY. Der alte Kanonendonner steckt dir noch im Ohr. Hörst du denn nicht? Wie rollt das Geld, wie zanken sie sich – sie spielen.

CHASSECOEUR. O mein Karabiner, dürft' ich mit deiner Kolbe wieder die Kisten zerschmettern wie die Gehirne!

VITRY. Ja, ja, Vater Veilchen spielte um die Welt, und wir waren seine Croupiers.

CHASSECOEUR. Blut und Tod! Wären wir es noch!

VITRY. Na, still, nur still – In unsrem schönen Frankreich blüh'n jeden Lenz das Veilchen, der Frohsinn und die Liebe wieder neu, – Veilchenvater kommt auch zurück.

AUSRUFER EINER BILDERGALLERIE. Hier, meine Herren, ist zu sehen Ludwig der Achtzehnte, König von Frankreich und von Navarra, der Ersehnte.

AUSRUFER EINER MENAGERIE *(dem vorigen gegenüber)*. Hier, meine Herren, sehen Sie einen der letzten des aussterbenden Geschlechtes der Dronten, wackeligen Ganges, mit einem Schnabel gleich zwei Löffeln, von Isle de France und Bourbon bei Madagascar, lange von den Naturforschern ersehnt, ihn zu betrachten und zu zerlegen.

AUSRUFER DER BILDERGALLERIE. Hier ist zu sehen der Monsieur, der Herzog von Angouleme, sein Sohn, die Herzogin, dessen Gemahlin, der Herzog von Berry und das ganze bourbonische Haus.

AUSRUFER DER MENAGERIE. Hier erblicken Sie den langen Orang-Outang, gezähmt und fromm, aber noch immer beißig, den Pavian, ähnlichen Naturells, die Meerkatze, etwas toller als die beiden andern, und so genannt, weil sie über die See zu uns gekommen, den gewöhnlichen Affen, nach Linnée simia silvanus, und das ganze Geschlecht der Affen, wie es nicht einmal in dem Pflanzengarten oder den Tuillerien leibt und lebt.

EIN POLIZEIBEAMTER. Mensch, du beleidigst den König und die Prinzen.

AUSRUFER DER MENAGERIE. Wie, mein Herr, wenn ich Affen zeige? Hier mein Privilegium.

GESCHREI. Rettet! Helft dem Unglücklichen!

CHASSECOEUR. Was da?

VITRY. Aus dem zweiten Stock stürzt einer auf das Pflaster, und sein Gehirn beschmutzt die Kleider der Umstehenden. Wohl ein Spieler, der sein Alles verloren hat.

CHASSECOEUR. Oder den die Mitspieler aus dem Fenster geworfen haben, weil er betrogen oder zuviel gewonnen hat.

VITRY. Wie du rathen kannst. – Das Volk zittert und faßt ihn nicht an. Ich will ihm beispringen.

CHASSECOEUR. Pah, laß ihn liegen.

VITRY. Freund, hätt' er nun Frau und Kind, die ohne ihn verhungern müßten?

CHASSECOEUR. Mir recht lieb. Ich muß auch hungern, – ich wollte die ganze Welt hungerte mit zur Gesellschaft. – Vitry, Wir! Als wir Italien, Deutschland, Spanien, Rußland, und Gott weiß was sonst, plünderten und brandschatzten, tausend und aber tausend Damen dieser Länder caressirten oder nothzüchtigten, das Geld in Haufen auf die Straße warfen, den Kindern zum Spielwerk, weil wir jede Minute neues bekommen konnten, – hätten wir da gedacht, jetzt zusammen keine vier Sous in der Tasche zu haben, abgesetzt, der Gage beraubt zu seyn durch die schwammigen, seewässerigen, schwindsüchtelnden –

VITRY. Bonbons, oder wie es heißt. Kenne den Namen nicht genau. – Doch höre! der kleine Savoyarde.

SAVOYARDENKNABE *(mit Murmelthier und dem Dudelsack)*.

La marmotte, la marmotte,
Avec si, avec là,
La marmotte ist da.
Von den Alpen –
Schläft im Winter, –
Wacht im Sommer, –
Und tanzt in Paris.
La marmotte, la marmotte,
Avec si, avec là,
La marmotte ist da.

AUSRUFER BEI EINEM GUCKKASTEN. Meine Damen und meine Herren, hieher gefälligst. – Etwas Besseres als eine elende Marmotte, – die ganze Welt schauen Sie hier, wie sie rollt und lebt.

SAVOYARDENKNABE. Was schimpfst du mein Thierchen? Es ist wohl eben so gut als dein Guckkasten –

(zu seinem Murmelthiere:)

Armes Ding, siehst ordentlich betrübt aus, – der grobe Mensch hat dich beleidigt – O mein Schätzchen, freue dich, sey wieder munter, – Niemand glaubt dem Schimpfen – ich gebe dir auch zwei dicke, süße Wurzeln zu Mittag. Nur wieder munter!

AUSRUFER BEI DEM GUCKKASTEN. Sieh da, Zuschauer! – Willkommen! – Erlaubniß, daß ich erst die Gläser abwische – So – Treten Sie vor. – Da schauen Sie die große Schlacht an der Moskwa – Hier Bonaparte –

CHASSECOEUR. Napoleon heißt es!

AUSRUFER BEI DEM GUCKKASTEN. – Bonaparte auf weißem Schimmel –

CHASSECOEUR. Du lügst! Der Kaiser war zu Fuß und commandirte aus der Ferne. Ich hielt keine zwölf Schritt von ihm als Ordonnanz.

AUSRUFER BEI DEM GUCKKASTEN. Und da, meine Herren und Damen, erblicken Sie den großen, edlen Feldmarschall Kutusow –

CHASSECOEUR. Die alte Schlafmütze, die den Löwen zu fangen verstand, aber nicht zu halten wußte. Hätt' er mit seinen Leuten jeden Tag nur viertausend Schritt mehr gemacht, so kam kein Franzose aus Rußland.

DER AUSRUFER BEI DEM GUCKKASTEN. Und hier schauen Sie den Übergang über die Beresina!

VITRY. Eh, da schlug ich ja die Pontons mit auf!

CHASSECOEUR. Beresina! Eis und Todesschauer! – Da war ich auch – Laß doch sehen!

(Er tritt an ein Glas des Guckkastens.)

Mein Gott, wie erbärmlich! – Vitry, guck' einmal!

VITRY. Ich gucke. Dummes Zeug. Ich hatte damals nichts im Leibe und stand drei Fuß tief im Wasser, unter herüberfliegendem feindlichen Kanonenhagel. Du gabst mir einen Schnaps –

CHASSECOEUR. Es war mein vorletzter –

VITRY. Wie albern hier – weder Pioniere, Gardisten, Linie sind zu unterscheiden – Und wie wenig Leichen und Verwundete!

CHASSECOEUR *(zum Ausrufer:)* Mann, kannst du Frost, Hunger, Durst und Geschrei malen?

DER AUSRUFER BEI DEM GUCKKASTEN. Nein, mein Herr.

CHASSECOEUR. So ist das Malerhandwerk Lumperei.

DER AUSRUFER BEI DEM GUCKKASTEN. Ah, und da sehen Sie die so braven, aber jetzt geschlagenen Franzosen über die Beresina flüchten.

VITRY. Mein Herr und Freund, die Schläge, die wir damals erhielten, will ich sämmtlich auf meinen Rücken nehmen, ohne daß er davon blau wird.

CHASSECOEUR. Recht, Vitry! – Wir, nur achttausend Mann, umstellt wie ein Wildprett, schlugen uns durch sechszigtausend Schufte, und entkamen.

VITRY. Und das nannten sie Sieg!

CHASSECOEUR. Die armen russischen Teufel wissen wohl nicht, was ein rechter Sieg ist.

DER AUSRUFER BEI DEM GUCKKASTEN. Und hier, meine Damen und Herren, die große Völkerschlacht bei Leipzig – Schauen Sie: da die bemooseten grauen Thürme der alten Stadt, – da die alte Garde zu Fuß, voran der Tambour Major, mit dem großen Stab, wie er ihn todverhöhnend lustig in die Luft wirft, – hier die alte Garde zu Pferde, im gelben Kornfelde haltend, wie ein Pfeil, der abgeschossen werden soll. – Dort die braven Linientruppen schon im Gefechte. Hier die preußischen Jäger mit den kurzen Flügelhörnern –

VITRY UND CHASSECOEUR. O Preußen und Patronen!

DER AUSRUFER BEI DEM GUCKKASTEN. – und da im Regen, unter dem Galgen, den er verdient, der Blutsauger, der jämmerliche corsische Edelmann, jetzt entflohen vor dem gerechten Zorne seines rechtmäßigen Fürsten, Ludwig's des Achtzehnten, der meuchelmörd'rische Bonaparte –

VITRY. Wer sagt das?

CHASSECOEUR. Schurke, mehr werth war Er, als alle deine Ludwigs, – wenigstens zahlte er den vollen Sold.

VITRY. Den Kaiser laß ich nicht beschimpfen! Entzwei den Guckkasten!

DER AUSRUFER BEI DEM GUCKKASTEN. Hülfe! Hülfe! – Conspiration! – Gensd'armes! – Man spricht hier von Kaisern!

VITRY. Ja, und die Könige zittern!

PÖBEL *(kommt)*. Kaiser, Kaiser, – ist er wieder da?

DER AUSRUFER BEI DEM GUCKKASTEN. Was weiß ich. Meinen Kasten haben sie mir in Stücken geschlagen. Er kostet funfzig Francs.

VITRY. Bitte die Angouleme, daß sie ihn dir bezahlt. – Hier ist deines Bleibens nicht mehr.

DAS VOLK *(auf den Ausrufer losdringend)*. Der Lump – Zerreißt ihn –

EIN GENSD'ARMES *(kommt)*. Guckkasten-Kerl, fort mit dir, – du veranlassest Aufruhr –

DER AUSRUFER BEI DEM GUCKKASTEN. Ich lobe den König.

DER GENSD'ARMES. Darum brauchst du Andre nicht zu schimpfen – Fort!

DAS VOLK. Herrlich! Es lebe die Gensd'armerie!

EIN ALTER OFFICIER IN CIVILTRACHT. Chassecoeur.

CHASSECOEUR. Die Stimme kenn' ich von den Pyramiden her, als wir da unser Tricolor hoch über Cairos Minarets aufpflanzten, und der Nil zu unsern Füßen rollte. – Mein Hauptmann, seit Ägypten sah' ich dich nicht.

DER ALTE OFFICIER. Ich focht während der Zeit bald in St. Domingo, bald in Deutschland, dann bei Cattaro, dann in schwedisch Pommern, und zuletzt bei Riga und Montereau.

CHASSECOEUR. Na, ich war die Zeit über meistens in Österreich, Italien und Spanien, zuletzt in Rußland und Deutschland. Und bei Montereau kämpft' ich auch, vielleicht in deiner Nähe.

DER ALTE OFFICIER. Chassecoeur, wir haben beide eine schlechte Carriere gemacht, – ich bin Hauptmann geblieben, du, wie's scheint, Gefreiter. Und nun sind wir überdem des Dienstes entlassen.

CHASSECOEUR. Wahr – du und ich könnten so gut als Marschälle figurieren, wie die verrätherischen Schurken, der Augereau und der Marmont, vielleicht Kaiser dazu seyn, wie der Napoleon.

VITRY. La la! Den einen trägt, den andern ersäuft die Woge des Geschicks. Das Herz nur frisch, es ist die Fischblase, und hebt uns, wenn wir wollen, bis wir crepiren, sey es so oder so.

(zu einer vorübergehenden Dirne:)

Einen Kuß, mein Kind!

DER ALTE OFFICIER. Was verwahrst du an der Brust? Ist es etwas zu essen, Chassecoeur? Gib mir davon.

CHASSECOEUR. Hauptmann, ich ess' es nicht und doch macht es mich bisweilen satt und dich vielleicht auch.

VITRY. Nun geht es los mit seinen verwünschten Phrasen, und sie rühren mich doch.

CHASSECOEUR. Es ist ein Adler der Garde, von mir gerettet, als er unter tausend Leichen hinsinken wollte bei Leipzigs Elsterbrücke. Und – sonst hole mich der Satan! (wenn es einen gibt) die Sonne kommt zurück, zu der er wieder auffliegt.

DER ALTE OFFICIER. Ich glaub' es auch: jetzt ist es zwar Nacht, und die Thoren wähnen, das Licht bliebe aus. Aber so wenig wie die Sonne dort oben, kann eine Größe wie die Seinige untergehen und Er kommt wieder.

VITRY. Das wäre! Hier werf' ich meine letzten Sous in die Luft! Es lebe – Doch still –

(Er hält sich die Hand auf den Mund.)

CHASSECOEUR. Deine paar Sous konntest du sparen. Was hilft es uns, daß der Kaiser zurückkommt, wenn wir unterdeß verhungert sind?

DER ALTE OFFICIER. Wer ist der Mann, Camerad?

CHASSECOEUR. Von der jungen Garde zu Fuß, drittes Regiment, zweite Compagnie, heißt Philipp Vitry, und denkt wie ich.

DER ALTE OFFICIER. Er scheint sehr lustig, ungeachtet seines Elends.

VITRY. Das bin ich, mein Herr. Jetzt geht's schlecht. Aber gibt's künftig Gelegenheit, so habe ich zwei Hände zum Losschlagen, und gibt's keine, habe ich zwei Füße zum Tanzen.

Kommt das Weh,
Scheuch's mit Juchhe,
Schlag den König am Morgen todt,
Denke des Kaisers beim Abendbrot!

Chassecoeur, laß dich umarmen!

CHASSECOEUR. Ach, laß die ewigen Narrentheidungen! – Der springt und lacht, und mir krümmen sich die Finger vor Wuth in die flache Hand, als wären sie zehn getretene Würmer und mir knirschen die Zähne nach – Die Angouleme mag sich nach ihren Pfaffen umsehen, kommt sie in meinen Bereich –

DER ALTE OFFICIER. Camerad, hoffe –

CHASSECOEUR. Würge! Alles Lumpenzeug, so weit wir uns umsehen.

DER ALTE OFFICIER. Auch die sechs tausend verabschiedeten Offiziere der großen Armee, die sich gleich uns unter diesem Haufen herumtreiben?

CHASSECOEUR. Nein. Ich sehe und schätze sie wohl. Aber daß auch sie sich so lumpen lassen müssen! – Sieh, der da ist einer – und zwar von den Ingrimmigen, nicht still und traurig wie du –

DER ALTE OFFICIER. Freund, ich habe Familie –

CHASSECOEUR. Ja so – Doch der da hat keine. – Am abgetragenen, faserigen Überrock, den er so zornig schüttelt, an den alten Militärcamaschen, mit denen er auftritt, als ging' es über Leichen, und dem blutdunkelnden Auge erkennt man ihn mitten in dem Hefen des vornehmen und niedrigen Gesindels, eines so schlecht als das andere. Tod und Hölle, der ist von anderem Stahl als die neuen königlichen Haustruppen, vor denen jetzt Sieger von Marengo das Gewehr präsentiren müssen. Der lief nicht den Bourbons nach, als sie wegliefen – Geschmiedet ist er in den Batteriefeuern von Austerlitz oder Borodino!

VITRY. Bruder, welch ein Tag, als unsere Lanzenreiter durch die östlichen Thore von Moskau auf den Wegen nach Asien hinsprengten!

CHASSECOEUR. Ja, da konnte man noch denken in den Schatzgewölben und Harems von Persien, China und Ostindien zu schwelgen! Ach, es kommt Einem jetzt auf der Welt so erbärmlich vor, als wäre man schon sechsmal dagewesen und sechsmal gerädert worden.

(Die Emigranten Marquis Hauterive und Herr von Villeneuve kommen.)

MARQUIS VON HAUTERIVE. Nicht mehr das alte Palais royal, mein Theurer. Alles anders –

VITRY. Und darum auch wohl schlechter?

MARQUIS VON HAUTERIVE *(nach einigem Bedenken mit verachtender Miene antwortend)*. Ja, mein Freund, – schlechter.

(zu dem Herrn von Villeneuve, mit dem er etwas weiter zur Seite tritt:)

Was der Pöbel frech geworden ist.

HERR VON VILLENEUVE. Er soll schon wieder werden wie sonst, bei meinem Degen.

MARQUIS VON HAUTERIVE. Es wird schwer halten. Denn, Herr von Villeneuve, sollte man nicht glauben die Welt wäre seit den achtziger Jahren untergegangen? Es gibt nicht nur am Hofe bürgerliche Dames d'atour, sondern sie sollen auch wagen, sogar in Gegenwart des Königs sich auf die Tabourets zu setzen!

HERR VON VILLENEUVE. Schändlich, entsetzlich! Bei Gott, wäre Ludwig der Achtzehnte nicht mein angeborener König, ich könnt' ihn wegen seiner schwächlichen Nachgiebigkeit auf dieses Schwert fodern. Doch die Sache wird, *muß* Verläumdung seyn, von Antiroyalisten ausgesponnen, um den König zu erniedrigen.

MARQUIS VON HAUTERIVE. Und, Herr von Villeneuve, was sagen Sie zu den neugebackenen Fürsten, Herzogen und ihren Gemahlinnen, besonders zu der Frau des Ney, sogenannten Fürstin von der Moskwa?

HERR VON VILLENEUVE. Ich achte sie des Wortes nicht werth.

MARQUIS VON HAUTERIVE. Welche geschmacklose Kleidung, welches dummdreiste Benehmen, welche wüste Conversation; welche Arroganz! – Weiß denn die Person nicht, daß wir recht wohl wissen, daß sie eine Bäckerstochter ist?

HERR VON VILLENEUVE. Mein Herr Marquis, das kommt alles davon her, daß die hochselige Maria Antoinette zu herablassend mit der Canaille umging und den König zum selben Benehmen verleitete. Nie etwas Gutes aus Österreich für Frankreich!

MARQUIS VON HAUTERIVE. Ach, die gute alte Zeit – die damaligen eleganten, zierlichen Salons – Nun überschwemmt von dem gemeinen Vieh!

HERR VON VILLENEUVE. Es muß anders, anders, und es soll anders werden, Marquis, bei meinem Wappen. Schurken haben uns alle unsere alten Rechte und Güter geraubt, – jedes Gericht muß uns unser Eigenthum wieder zuerkennen, denn wir haben ihm nie entsagt – – Denken Sie, mein Herr, mein so hübscher Landsitz, la Merveille bei Tours, an dem die Loire so lieblich sich hinschlängelt, in dessen Taxusgängen wir beide so oft mit den Damen der Nachbarschaft uns im freundlichen Herbste von 1783 bis zum schwindenden Abendroth ergötzten, in dem ich schon als Kind stets die erste Blume des Frühlings für Adelaide, Vicomtesse von Clary brach, meiner todten aber nimmer vergessenen Geliebten, – gehört jetzt einem filzigen Fabrikherrn! Niedergerissen sind die hohen Hecken, Dampfmaschinen brausen in den Gewächshäusern und Kartoffeln haben sich an die Stelle der kostbaren Tulpenzwiebeln von Harlem gedrängt!

MARQUIS VON HAUTERIVE. Nun, Blacas d'Aulps und die Angouleme werden uns schon helfen und –

(Hauterive und Villeneuve gehen weiter.)

VITRY *(deutet ihnen nach)*. Die beiden Emigranten! Welche Rockschöße, welche Backentaschen, welche altfränkische Mienen und Gedanken, welche Gespenster aus der guten, alten und sehr dummen Zeit!

DER ALTE OFFICIER. Von der Revolution mit ihren blutigen Jahren wissen sie nichts, Philipp Vitry, – das ist vorüber, sie aber sind geblieben, wie bisweilen der Bergstrom verbraus't und das Gräslein bleibt, und vielleicht darum sich für stärker hält, als die Fluthen, welche es eben noch überschütteten und die Ufer auseinander rissen. Nicht einen Strohhalm weit sind sie aus sich und ihrem stolzen Wahn herausgegangen, und Ludwig der Achtzehnte selbst datirt ja seine Regierung seit fünf und zwanzig Jahren –

CHASSECOEUR. Was zum Todtlachen ist! – Als er regiert haben will, schossen wir in Vincennes auf obrigkeitlichen Befehl seinen Vetter und Helfershelfer, den Enghien, todt und ich selbst band ihm, da es Nacht war, die Laterne vor die Brust, um besser zu zielen.

DER ALTE OFFICIER. O daß ich so alt geworden und nicht in einer Schlacht gefallen bin, ehe die Bourbons in Paris einzogen.

(Zu einer Stuhlvermietherin:)

Dame, darf ich mich niedersetzen? Meine Füße sind sehr müde, ich kann aber nicht für den Sitz zahlen.

DIE STUHLVERMIETHERIN. Ich seh' Ihnen an, Sie sind ein Officier der großen Armee. Gebieten Sie über meine Stühle nach Belieben.

ZEITUNGSAUSRUFER. Was Wichtiges! Wichtiges! Vom Palais Bourbon, aus der Deputirtenkammer! Hier die Journale!

VIELE STIMMEN. Her damit – Lies sie vor!

EINE ALTE PUTZHÄNDLERIN. Nein, hieher Ausrufer, – hieher – Deine wichtige Nachricht gehört an diesen Tisch!

ZEITUNGSAUSRUFER. An das morsche, alte Brett?

DIE ALTE PUTZHÄNDLERIN. Respect vor ihm, Mann! Der Tisch ist classisch – Auf diesem Fleck fiel zuerst das Fünkchen, welches die Welt entzündete. Hier saß ich am zwölften Juli des Jahres siebenzehnhundert neun und achtzig, Nachmittags gegen halb vier Uhr, an einem sonnigen Tage, und selbst noch jung und heiter verkaufte ich einem fröhlichen Bräutchen aus St. Marçeau einige Spitzen. Wir scherzten über den Preis und dachten an nichts als den Hochzeittag. Da kam ein Mann mit wild fluthenden Lokken, brennenden Augen, herzzerschmetternder Stimme – es war Camille Desmoulins, – die Thränen rannen ihm aus den Augen, zwei Pistolen riß er aus der Tasche und rief: Necker hat den Abschied, eine Bartholomäusnacht ist wieder da, nehmt Waffen und wählt Cocarden, daß wir einander erkennen. Und seitdem ist er, sind der gewaltige Danton, der erhabene Herault de Sechelles, der schreckliche Robespierre unter dem Messer der Guillotine gefallen, seitdem hat der Kaiser über der Erde geleuchtet, daß man vor dem Glanze die Hand vor die Augen hielt, und ist doch dahin geschwunden wie ein Irwisch, drei meiner Söhne sind seitdem in den Schlachten geblieben, – viel, viel Blut und unzählige Seufzer hat mir die Revolution gekostet, aber sie ist mir um so theurer geworden und an diesem Tische lies die wichtigen Zeitungen! – Das ist ja jetzt mein letztes einziges Vergnügen!

VOLK. Ja, braves Mütterchen, an deinem Tische soll er sie lesen!

VITRY. Das soll er! Der Augenblick vom zwölften Juli 1789, Nachmittags halb vier Uhr, an diesem Tische erlebt, war mehr werth, als die Jahrhunderte, die ihn vielleicht verderben!

ZEITUNGSAUSRUFER. Nicht nöthig, daß ich hier lese, meine Herren. – da kommt Einer, der es euch deutlich genug sagen wird.

ADVOCAT DÜCHESNE *(stürmt durch die Menge an den Tisch der Putzhändlerin)*. Hört, hört, und nehmet euch in Acht, daß ich euch nicht mit meiner Nachricht die Ohren zersprenge! Alles, alles wird bedroht, die dummsten frechsten Hände greifen dreist in die Speichen des Schicksalrades – In der Deputirtenkammer geschehen vom Ministerium Anträge gegen die Käufer der Nationalgüter –

VOLK. Ha!

CHASSECOEUR *(lacht)*. Geht's denen auch nicht besser als uns? Eh!

DÜCHESNE. Klöster sind wieder da, die Ächtung aller Herren der Revolution, ist im Werke, Leibeigenschaft wird darauf folgen –

(Marquis von Hauterive und Herr von Villeneuve sind wieder näher getreten.)

MARQUIS VON HAUTERIVE. Nun, mein Herr, das wäre alles noch so übel nicht.

HERR VON VILLENEUVE. Das mein' ich wahrlich auch.

VOLK. Was? »So übel nicht?« »Das mein ich auch?« Zu Boden die altadligen Schurken, die dummstolzen Feiglinge!

HERR VON VILLENEUVE. Dumm, das mag seyn – *stolz* sind wir gewiß – Feiglinge aber zeugte Frankreichs Adel nimmer. – Probirt das an uns – – Zücken wir die Degen, Marquis, und lassen Sie uns untergehen wie Männer.

MARQUIS VON HAUTERIVE. Mit Freuden – Für Gott, für meinen König und mein Recht!

HERR VON VILLENEUVE. Und für die Damen unserer Jugend!

VITRY. Jetzt wohl alte Schachteln!

HERR VON VILLENEUVE. Schurke, du hast dir den Tod an den Hals gesprochen.

(Er will den Vitry durchbohren.)

VITRY. Ich glaub' es nicht – Dir aber und deinem Freunde will ich den Hals retten.

(Er entwaffnet ihn und den Marquis.)

CHASSECOEUR. Vitry, sey kein Narr – Laß mich den Hunden »Marquis und Herr von« im Gedränge Eins unter die Rippen geben – Niemand merkt es und sie sollen verrekken.

VITRY. Nein, die Kerle mögen schlecht seyn, aber sie haben Courage – Die schätz' ich überall – Hoch lebe der Muth, auch bei französischen Emigranten!

VOLK. Er lebe!

HERR VON VILLENEUVE *(zum Marquis von Hauterive, indem er mit ihm entfernt wird)*. Wer sollt' es glauben, Marquis, daß gemeines Volk doch noch so viel Gefühl für Muth und Ehre haben könnte?

MARQUIS VON HAUTERIVE. Ach, es ist mehr augenblickliche Aufwallung als echtes Gefühl.

DÜCHESNE. All dieses Volk, bis zu dem Kanzler des Königs, zu dem invaliden Advokaten d'Ambray hinauf, kennt es uns, die Weltenstürmer? Sieht es nicht die große Nation an, als wäre sie ein albernes Kind? Nicht uns, der Gnade Englands –

VOLK. Nieder die Beefsteaks!

DÜCHESNE. – der Gnade Englands verdankt seinem Irrwahn nach König Ludwig die Krone – Frankreichs Krone! so leuchtend und so gewaltig, daß sie selbst einen Riesen, der sie trüge, und schwenkte er den Trident des Neptuns noch leichter als die großbrittannische Majestät, Aug' und Haupt verblenden und zerschmettern könnte! Und noch mehr: – wenn der König uns unsere Rechte läßt, so nennt er das nicht Gerechtigkeit, sondern er sagt: er setze seiner durch Gott und Blut angeerbten –

CHASSECOEUR. Schlachtenblut, nicht Weiberblut macht adlig.

DÜCHESNE. – angeerbten Machtvollkommenheit Schranken. – Schranken! Schranken! – Wenn sie sich nur vor dem Worte hüteten: Ludwig der Sechszehnte stand vor den *Schranken*, die ihm das Volk setzte und zerschmetterte daran mit allen seinen Höflingen zu blutigem Schaum! – Wie? können uns jeden Tag ein paar Ordonnanzen im Moniteur mit drei Zeilen nehmen, was wir in fünf und zwanzig Jahren errangen? Ist das Volk denn gar nichts? Ist es das Erbtheil einiger Familien?

DIE ALTE PUTZHÄNDLERIN. Ganz, ganz so, mein Sohn, wie Camille Desmoulins!

VITRY. Da kommen Gensd'armes!

DÜCHESNE. Laß sie kommen, Freund. Ich muß es aussprechen und die Wahrheit verkünden. Selig sind die, die da blind sind, und zu sehen wähnen, aber unselig sind die Sehenden, welche bemerken, daß Blinde nichts erblicken, und dennoch handeln, als sähen sie. Der König ist gut, aber das Geschmeiß der Aasfliegen aus den Zeiten der Pompadour's verdunkelt ihm das Auge. – Hinter russischen, hinter preußischen Bayonetten wähnen sie die Nation mit Edicten niederschlagen und sich selbst erheben zu können – Aber wartet! –

CHASSECOEUR. Nur nicht zu lange, mein Herr.

DÜCHESNE. Noch ist es nicht aller Tage Abend, und wär' er da, so möchte wieder gebadet in den Wogen seines heimathlichen Mittelmeers mit neuem Glanze ein ungeheurer Meerstern aufsteigen, der die Nacht gar schnell vertriebe!

VITRY. Der Stern hat einen grünen Rock an, Obristenepauletts, weiße Weste, weiße Hosen, einen kleinen Degen, und schlägt in der Bataille die Arme unter.

CHASSECOEUR. Wir schwingen sie desto besser für ihn!

GENSD'ARMES. Aufruhrschreier – Ihr werdet verhaftet.

DÜCHESNE. Zeigt ein Gesetz, welches das erlaubt. Frei zu reden, ist nirgends verboten.

CHASSECOEUR. Frei essen wäre besser.

VOLK. Da kommt der Herzog von Orleans!

CHASSECOEUR. Der ist von der Bourbonischen Raçe noch der Erträglichste. Die krumme Nase hat er aber auch.

VIELE AUS DEM VOLK. Respect vor ihm, – Er ist der Sohn Egalités, und kämpfte für Frankreich, als sein Vater auf dem Schaffot fiel.

HERZOG VON ORLEANS. Gensd'armes, was für Leute verhaftet ihr da?

EIN GENSD'ARMES. Aufrührerische Redner, mein Fürst.

HERZOG VON ORLEANS. So laß sie frei, auf der Stelle –

(Es geschieht.)

Wehe dem Lande, das sich vor Reden und Rednern zu fürchten hat.

VOLK. Hoch Orleans, einst König.

HERZOG VON ORLEANS. Das Letztere nie, – doch stets euer Freund.

(Er entfernt sich.)

VIELE STIMMEN. Welch ein trefflicher Prinz!

CHASSECOEUR. Würde auch endlich weggejagt, wenn er je König werden sollte.

VOLK. Ha! da kommt auch der Herzog von Berry!

CHASSECOEUR. Zu Fuß, von der Revue seiner Hausgarden, der altadligen Zuckerhüte, die ihre Gewehre verstecken, wenn es regnet. O Dreikaiserschlacht bei Dresden!

VITRY. Freilich, da regnete es sehr, und wir trieben sie doch in die böhmischen Berghölen, wie das Vieh in den Stall.

CHASSECOEUR. Sieh einmal den großen weißen Federstrauß, den der Junge am Kopfe trägt! Mir thun die Augen davor weh!

VITRY. I, Freund, das ist der Helmbusch Heinrich's des Vierten, seines Ahnherrn – Seine Familie hat den Strauß so oft im Maul, daß ich fürchte, er wird endlich schmutzig.

CHASSECOEUR. Heinrich der Vierte? Was war der? Was that er?

VITRY. Er war der König von Frankreich und schlug ein paarmal einige tausend Rebellen.

CHASSECOEUR. Der Knirps! – Weiter nichts?

VITRY. Da frage die Gelehrten, ich weiß nicht Mehreres. – – Der Berry bemerkt dich, sieht die Schmarren in deinem Gesicht. – Er will dich anreden.

CHASSECOEUR. Er will durch mich einen Coup auf das Volk machen. Aber er irrt sich, der herzogliche Gelbschnabel. Ich bin nicht darnach behandelt worden, ihm entgegen zu kommen.

VITRY. Und wenn er dir nun etwas verspricht?

CHASSECOEUR. In den Dreck damit. Sie halten es doch nur so lange, als sie müssen.

HERZOG VON BERRY. Alter, braver Camerad –

CHASSECOEUR. Danke. Ich weiß nicht, daß ich je mit Eurer königlichen Hoheit zusammen gefochten.

HERZOG VON BERRY. Woher hast du die ehrenvollen Narben?

CHASSECOEUR. Das können Sie an ihren Namen hören: diese heißt Quiberon, da stürzten wir die Emigranten in das Meer, – diese heißt Marengo, da packten wir Italien, – diese – ach!

VITRY *(für sich)*. Ach, Leipzig!

CHASSECOEUR. Und wenn es gerade schlechtes Wetter oder schlechte Zeit ist, wie jetzt eben, so schmerzen diese Narben entsetzlich.

EINER AUS DEM GEFOLGE DES HERZOGS. Mensch, wer bist du, daß du so zu reden wagst?

CHASSECOEUR. Ach lieber, gnädiger Herr – Wer ich bin oder seyn soll, weiß ich nicht, aber wer ich *war*, das kann ich Ihnen sagen:

(sich stolz aufrichtend:)

Ein kaiserlicher Gardegrenadier zu Pferde, zweite Schwadron, dem Ehrenkreuze nahe.

HERZOG VON BERRY *(zu seinem Begleiter)*. Still, rege nicht alte Wunden auf.

(zu Chassecoeur:)

Ich schaffe dir eine Versorgung im Dome der Invaliden.

CHASSECOEUR. Deren bedarf ich noch nicht, Ew. königliche Hoheit.

HERZOG VON BERRY. So nimm mit meinem guten Willen vorlieb. – Es lebe der König! –

CHASSECOEUR. Hm! –

(Alles schweigt; der Herzog von Berry mit seinem Gefolge ab.)

DER ALTE OFFICIER. Warlich, wenn das so schlimm mit den Bourbons steht, wie jetzt –

VITRY. So fallen sie bald um.

DER ALTE OFFICIER. Ob sie gehöhnt oder gelobt werden, das Volk bekümmert sich nicht einmal um sie.

VITRY. Desto schlimmer, – es kennt sie nicht.

CHASSECOEUR. Dafür kennt es einen Andren desto besser. – Kommt, laß uns sehen, wo wir etwas zu essen erringen. –

(Auf den Boden stampfend:)

Oh! verdammtes Pflaster, das so viele Buben trägt!

(Ab mit Vitry und dem alten Officier.)

SAVOYARDENKNABE *(mit Murmelthier und Dudelsack).*

La marmotte, la marmotte
Avec si, avec là ect. ect.

Zweite Scene

(Paris. Große Gallerie in den Tuillerien.)

(Gedränge von Volk, viele altadelige Herren und Damen darunter. Schweizergarden stehen auf Wache. Kammerherren und Kammerdiener eilen auf und ab.)

MADAME DE SERRÉ. Gleich kommt er, kommt er aus der heiligen Messe, hier vorbei, er, das Glück Frankreichs! – Amme halte meine kleine Enkelin hoch empor, daß sie ihn ja recht sieht! Und bestecke sie mit Lilien, – hier sind noch vier!

DIE AMME *(hält ein Mädchen auf dem Arme).* Madame, Mademoiselle Victoire ist mit den weißen Cocarden schon über und über geschmückt und ich kann ihr keine mehr anheften.

MADAME DE SERRÉ. Thut nichts – Hefte, hefte – Versuch's! – Das Weiße! welch eine Farbe – welche Reinheit, welche Tugend schimmert aus ihm. – Ach, es ist ja auch das bourbonische Abzeichen.

EIN ALTER MARQUIS. Madame, treten Sie vor – der König kommt mit seinem Hause.

SCHWEIZERGARDIST. Zurück!

DER ALTE MARQUIS. Wir sind treue Unterthanen Sr. Majestät, wünschen gern Sein Antlitz zu sehen – Laß mindestens diese Dame vor.

SCHWEIZERGARDIST. Zurück!

MADAME DE SERRÉ. Das ist ein nordischer Bär! Er droht uns schon mit dem Bayonnet!

DER ALTE MARQUIS. Da ist die königliche Familie!

(König Ludwig mit dem Herzog, der Herzogin von Angouleme, dem Prinzen Condé und Gefolge tritt auf.)

MEHRERE STIMMEN. Monsieur und der Herzog von Berry fehlen!

DER ALTE MARQUIS. Wir sehen ja hier der Erlauchten genug – Es lebe der König!

MANCHE DER ANWESENDEN. Es lebe der König!

MADAME DE SERRÉ. Enkelin, rufe, ruf': es lebe der König!

EIN BÜRGER. Das »lebe der König« tönt sehr dünn!

EIN ANDERER BÜRGER. Dafür kommt es aber aus adeligen Kehlen.

MADAME DE SERRÉ. Welch ein Mann! Das ist, Herr Marquis, das ist noch ein König! Ein *geborner*! Diese heitere Miene, dieser Adel im Antlitz –

DR ALTE MARQUIS. Die unwillkürliche Grazie –

MADAME DE SERRÉ. Selbst in dem scheinbar nachlässigen Gange –

ERSTER BÜRGER *(zu dem andern)*. Der dicke Herr König hinkt ja wie der Teufel –

ZWEITER BÜRGER *(zum ersten)*. Das kommt vom Podagra.

ERSTER BÜRGER. Und das Podagra kommt vom Saufen, Fressen und –

ZWEITER BÜRGER. Sieh einmal, welch ein ernsthaftes Bocksgesicht geht ihm zur linken Seite –

ERSTER BÜRGER. Still, still! Die hagere Dame auf der rechten Seite ist Frau des Bocksgesichts, – sie selbst steht unter der Jesuitenkutte, er steht unter ihrem Pantoffel, der König steht unter ihm, und Frankreich unter allen zusammen.

ZWEITER BÜRGER. Mönchskutte also unsre Krone, Weiberpantoffel unser Scepter, und Schwächlinge, die sich davon beherrschen lassen, unsere Tyrannen! – – – Diese Procession mit ihren Pfaffen, – und der Kaiser mitten unter dem Generalstabe zu Pferde an den Linien der Sieger dahinfliegend – Vergleiche!

DER ALTE MARQUIS *(zu der Madame de Serré).* Die Herzogin von Angouleme ist wirklich noch immer sehr schön.

MADAME DE SERRÉ. Wahr, Marquis! Habsburgs Adler scheint über den Lilien Bourbons zu schweben, sieht man den erhabenen Zug ihrer Nase und den blendenden Teint ihrer Wangen!

DER ALTE MARQUIS. Sehr fein ausgedrückt, Madame – Wie fröhlich der König dasteht und in seiner treuen Nation sich umschaut.

ZWEITER BÜRGER. Nation? Höre doch, Nachbar! die paar alten, der Guillottine entlaufenen Weiber und Herren nennen sich Nation!

MADAME DE SERRÉ. Wie sollte er nicht heiter seyn, Marquis? – Wir alle, alle, sind ja seine Kinder.

ERSTER BÜRGER *(für sich).* Ja, ihr seyd *alte* Kinder, – junge hat er nicht und kann sie auch nicht mehr machen.

ZWEITER BÜRGER. Komm, laß uns fortgehen. Ich kann dieß nicht mehr hören und anschauen. Dieses Geschlecht ist schlimmer als schlimm, es ist *ekelhaft*!

MADAME DE SERRÉ. Was seh' ich? Der König winkt mir, tritt auf mich zu!

SCHWEIZERGARDIST *(zum Könige).* Zurück!

DER KÖNIG. Ich bin der König, Freund.

SCHWEIZERGARDIST. Und dieß ist mein Posten, auf den mich mein Officier gestellt hat und für den ich bezahlt werde. Zurück, oder –

DER KÖNIG. Schon gut, gut, braver Krieger –

(für sich:)

Was für ein treues, dummes Thier!

(laut:)

Madame de Serré, ich kenne Sie, und wünschte Sie zu grüßen – aber Sie sehen, meine Krieger sind so felsentreu, daß sie auch mich nicht zu Ihnen kommen lassen und im Stande wären, mich gegen mich selbst zu schützen.

MADAME DE SERRÉ. Sire, dieses ist der größte Tag meines Lebens – Ich –

(Der König mit seiner Begleitung ab.)

DER ALTE MARQUIS. Sie fällt in Ohnmacht –

MADAME DE SERRÉ. O seliger Tod! Könnt' ich jetzt sterben!

CHORUS DER ALTADLIGEN EMIGRANTEN, DAMEN UND HERREN DURCHEINANDER. O welch ein Monarch! – Welche Worte: »ich kenne Sie, wünschte Sie zu grüßen!« »So felsentreu, mich gegen mich selbst zu schützen«! – – Man sollte sie in Erz graben, – hier ein Monument errichten! – Wie groß ist er! wie huldvoll! – O kennte ihn die Canaille! begriffe Sie diesen Geist! diesen Adel! – Aber wir wollen sie zügeln, und will sie nicht begreifen, so wollen wir es sie lehren!

EIN KLEINER OFENHEIZER *(kommt aus dem Winkel)*. Ihr?

MEHRERE. Wer sprach das?

DER ALTE MARQUIS. Ein kleiner Ofenheizer – da springt er mit seiner Gabel davon.

VIELE STIMMEN. Der elende Junge! – Doch der König »ich kenne Sie«, »felsentreu« – ungeheure Worte!

DER ALTE MARQUIS. Erholen Sie sich wieder, Madame de Serré!

MADAME DE SERRÉ. Mir ist's noch immer, als wär' ich im Himmel.

DER ALTE MARQUIS. Ich bitte sehen sie auf! Da geht der königliche Oberceremonienmeister mit dem uralten Speisenapfe der Bourbons, mit dem Nef vorbei.

MADAME DE SERRÉ. Mit dem Nef! – O Gott, auch das Nef ist wieder da! Ja, Christus ist erstanden! jetzt erst glaub' ich es recht!

CHORUS DER ALTADLIGEN EMIGRANTEN, DAMEN UND HERREN DURCHEINANDER. Das Nef, das Nef! O Frankreich ist gerettet!

(Alle ab bis auf die Schweizergardisten.)

EIN HAUPTMANN DER SCHWEIZERGARDE *(tritt vor)*. Rudi, du hast den König zu barsch behandelt.

DER SCHWEIZERGARDIST. Dem Canton Lucern hab' ich geschworen, dir muß ich gehorchen, und so lang du es nicht befiehlst, ist es mir Eins, ob ich für oder wider dieses schnatternde Gesindel Jemand todtschlage.

Dritte Scene

(Königliche Zimmer in den Tuillerien.)

(König Ludwig und die Herzogin von Angouleme kommen.)

KÖNIG LUDWIG. Wo ist Berry?

HERZOGIN VON ANGOULEME. Auf der Revue, Sire, und mein Gemahl geht ihm eben entgegen.

KÖNIG LUDWIG. Revue! Revue! ich traue den Truppen nicht; sie gehorchen uns nur aus Noth, ein Theil ist feig, ein anderer falsch. Das sag' ich dir: weit lieber würd' ich in Hartwell wieder meine Kräuter und Blumen suchen, und nach Linné ihre Ordnungen bestimmen, als auf dem Thron Frankreichs sitzen.

HERZOGIN VON ANGOULEME. Sire, der Thron von Frankreich ist dein, – du erbtest ihn, und deinen spätesten Enkeln bist du schuldig, daß du ihn bewahrst. Gott führte dich auf ihn zurück, – versuche mit deinem Zagen Gott nicht.

KÖNIG LUDWIG. Du schmerzbeladene Tochter Frankreichs, Kind der beiden königlichen Menschenopfer –

HERZOGIN VON ANGOULEME. Mein Vater! mein Vater! meine Mutter!

KÖNIG LUDWIG. – du lange Eingekerkerte, – wie kommt es, daß gerade du, die des Schicksals Schwere am härtesten empfand, von allen meines Stammes die Stärkste bist, bloß im Vertrauen auf Gott?

HERZOGIN VON ANGOULEME. Gott? – Wo es an Menschen fehlt, da erscheint er! – Oheim, ich lernt' ihn kennen, dort in dem Tempel, Tempel, ja des Abgrundes der Revolution, doch für mich des Lichts. – Wer so wie ich, ein zartes Kind, da im Gefängnisse schmachtet, und bangen Ohrs die Häupter des Vaters und der Mutter von den Schaffotten rollen hört – o, wen so wie mich dieses Paris umbraus't, rebellisch, jede Straße von dem Geschrei der Mörderrotten aufdonnernd, knirschend unter den Rädern der ewig auf- und abziehenden Henkerkarren, – wer selbst eine Capet, Tag und Nacht nichts als »Capet, Capet nieder«

rufen hört, – wem, wie mir, die letzten Sterne sinken, und wer dann im unermeßlichen Dunkel gar nichts mehr fühlt, als das Zittern des eignen kleinen Herzens, – dem nahe Gott, wie mir! – Er ist der letzte, einzige, aber größte Trost. Mir nahte er, und ich ward stark und ruhig.

KÖNIG LUDWIG. Theure Nichte, ich glaube, du sagst die Wahrheit, und Trost sinkt in meine Brust, wenn ich fern von unseren Diplomaten dich höre. Bei dem ersten Tritt, den ich auf die Küsten meines Landes jüngst wieder that, durchschauerte auch mich das unbegreifliche, aber gewaltige Walten der Vorsehung! – Komm an das Fenster: da breitet *Paris* sich aus! – Welche Stürme sind nicht hingebraus't durch jene Straßen? Kein Fleckchen, das nicht von dem Blute, welches darauf vergossen, Inschrift tragen könnte, von der Bluthochzeit bis zu der Guillotine. Ungeachtet all des Scherzes, all des Schimmers, die hier gaukeln, weht es mich an, wie Moder, wenn ich diesen Steinhaufen sehe. – Noch keine drei Jahre und dort rückten mit Siegesklängen, mit feuerathmenden Geschützen, Pferd an Pferd gedrängt, und Bayonnet an Bayonnet, dicht wie Blätter und Ähren im Frühling, die Weltbezwinger stolzen Zuges von Spanien nach Moskau. Und mit seinem ruhmestrunkenen, nie gesättigten Auge sah Er in ihnen nur die Zeichen seiner Allmacht. Die mächtigen Parlamente Englands wurden bang und flüsterten wie Haufen furchtsamer Vögel, – wollten Frieden machen, er möge kosten, was er wolle, auch wenn sie an mir das heilige Gastrecht verletzen, mich aus ihrem Reiche weisen sollten. – Und nun! – Die Schlachtendonner sind verklungen, – Europa ist still, – wo die Adler raseten, blühen wieder friedlich die drei Lilien, und Er, der Große, ward ein armer Einsiedler von Elba, starrt vielleicht grade jetzt in das Meer, und erkennt in ihm das Element, welches er nie besiegen konnte, und das ihm, ein Spiegel, groß wie Er selbst, höhnisch sein Antlitz zurückwirft.

HERZOGIN VON ANGOULEME. König, nenn' ihn gewaltig, riesenhaft, ungeheuer, – doch nimmermehr groß den Mörder d'Enghiens, – nun und nimmer der groß, welcher Treue, Recht, Ehr' und Liebe dem Ruhm und der Macht aufopfert. Das kann auch der Dämon der Hölle. Die wahre Größe gibt Ruhm, Macht, jeden Außenschein für Ehre, Recht und inneres Glück dahin – Er aber that das nie – O, ich kenne ihn – dieser Kaisertiger hätte sich vor seinem Feinde, den er mit den Klauen nicht erreichen konnte, zum Wurm verwandelt, sich von ihm treten lassen, wenn er nur wußte, daß er ihm alsdann giftig in die Ferse stechen konnte.

OBERCEREMONIENMEISTER *(tritt ein).* Ihre königlichen Hoheiten, der Herzog von Angouleme und der Herzog von Berry.

KÖNIG LUDWIG. Meine geliebten Neffen mögen kommen.

(Oberceremonienmeister ab.)

(Herzog von Angouleme und Herzog von Berry treten ein.)

HERZOG VON BERRY. Sire, Sire, ich flehe, schonen Sie nicht mehr die Canaille, das Volk!

HERZOG VON ANGOULEME. Ja, Sire, es wird zu arg.

KÖNIG LUDWIG. Was ist geschehen?

HERZOGIN VON ANGOULEME. Gemahl, es ist doch kein Blut geflossen?

HERZOG VON ANGOULEME. Nein, Gemahlin.

HERZOGIN VON ANGOULEME. Also wieder Kindereien, mit denen ihr den Oheim belästigt.

HERZOG VON ANGOULEME. Vielleicht.

HERZOG VON BERRY. Sire, ich komme von dem Palais royal. Dort seh' ich einen Lump, den ich an seinen Narben, oder, wie man es nennen sollte, an den Brandmaalen aus den Schlachten des corsischen Rebellen, als einen seiner Söldner erkannte. Ich trat dem Kerl höflich entgegen, redete ihn freundlich an, und wähnte, ihn dadurch wieder auf den rechten Weg zu führen, und dem Volke zu zeigen, wie gütig ein Bourbon ist. Der Schurke beantwortete meine wohlgemeintesten Anträge mit nichts als Grobheiten, und als ich zuletzt rief »es lebe der König«, schwieg er, und der Pöbel mit ihm. – Das kann kein königlicher Prinz länger verbeißen, Sire, er müßte denn Elephantenzähne haben. Ich habe es noch einmal gethan, um Ihrem Wunsche zu folgen, – aber, Sire, ich bürge nicht so weit für mein Temperament, daß ich versichern könnte, es auch künftig zu thun.

HERZOG VON ANGOULEME. Und, Sire, wie mir Bruder Berry erzählt, ist der Orleans vorher am nemlichen Orte, wo Berry mit Soldaten gesprochen, vorbeigekommen, und alles Volk hat ihm ein Lebehoch zugerufen.

HERZOG VON BERRY. Ja, und noch mehr. Sie nannten ihn: »einst König«. Nun der Einst-König hüte sich vor uns und vor Ihnen, Sire, wenn er conspiriren sollte, und ich glaube, er thut es.

HERZOGIN VON ANGOULEME. Das wäre kein Wunder, Freund. Das Haus der Orleans wimmelte stets von Mördern der Bourbons. Sie wollen die ersten in dem Geschlecht seyn, wo sie nur die zweiten sind. Vergiftete der Regent nicht die Nachkommenschaft des großen Ludwigs? Brachte der sogenannte Egalité nicht meinen Vater auf das Schaffot?

HERZOG VON ANGOULEME. Doch der jetzige Orleans, Gemahlin, ist besser als seine Vorfahren.

HERZOGIN VON ANGOULEME. Er ist – ein Orleans.

HERZOG VON ANGOULEME. Und das –?

HERZOGIN VON ANGOULEME. Sagt alles. Jeder artet nach dem Geschlecht, aus dem er entsprossen. Zeige mir in Bonapartes Blut ein Tröpfchen von dem ewigen Adelssinn der Montmorencys! Er war stets ein gemeiner Corse.

KÖNIG LUDWIG. Ein durch Jahrhunderte geheiligter Name ist der leuchtendste Wegweiser für den Enkel. Aber es gibt Ausnahmen, und wahrlich! der einst so unbekannte Corse schmückte mein Land mit einem Ruhmeskranze, wie er kein anderes Reich dieser Erde ziert, und ich bin ihm dafür dankbar.

HERZOGIN VON ANGOULEME. Ja, Sire, Er schmückte oder befleckte es mit einem Ruhmeskranze, wie kein anderes Land ihn besitzt. Kennst du die Blätter daran? Sie triefen blutroth, wie Schlachtfelder, und werden fallen, wie die gelben Herbstblätter. – O, lob' ihn wie du willst, er war kleiner als sein Glück, und darum verließ es ihn.

KÖNIG LUDWIG. Er lebt noch, Beste. – Wenn er es wieder ergriffe?

HERZOG VON BERRY. So schlüg' ich ihm auf die Hand. Die Haustruppen, welche ich befehlige, sind auch tapfere Franzosen, noch dazu von echten Edelleuten commandirt, und seinen Abentheurern mehr als gewachsen.

KÖNIG LUDWIG. Ich habe Nachrichten. Er soll oft an Elbas nördlichem Ufer stehen, und nach Frankreich schauen – Seine Blicke bedeuteten selten Heil.

HERZOG VON BERRY. Die Blicke des armen Teufels? Des Thoren, dem sein gutes Loos den Mund so voll warf, daß er alles wieder ausspeien mußte? Dessen, der jetzt als eine lebendige Schandsäule auf seiner Insel umherwandelt? Dessen, den ich, wenn ich damals erwachsen gewesen wäre, mit zwanzigtausend Mann treuer Soldaten mitten in seiner Glorie leicht hätte nach Vincennes führen wollen?

HERZOGIN VON ANGOULEME. Wo aber waren die zwanzigtausend treuen Soldaten?

OBERCEREMONIENMEISTER *(tritt ein)*. Der Kanzler und der Minister des Hauses harren draußen.

KÖNIG LUDWIG. Ach, d'Ambray und Blacas. Laß sie eintreten.

(Oberceremonienmeister ab.)

(Graf Blacas d'Aulps und d'Ambray treten ein.)

Jetzt, Neffe Berry, frage diese erfahrenen Geschäftsmänner, ob unser Reich noch das alte ist, und wir den Corsen nicht zu fürchten brauchen?

GRAF BLACAS D'AULPS. Das Reich ist das alte, Sire, und wir brauchen ihn nicht zu fürchten, so gewiß ich hier meinen alten Degen trage.

D'AMBRAY. Sire, es ist so, wie mein College sagt. Die Nation liebt und verehrt die königliche Familie grenzenlos, – Jedermann sehnt sich nach der Verfassung, wie sie etwa 1786 noch makellos in reiner Glorie prangte, – keine Stunde, wo ich nicht Briefe von Präfecten, Generalen, Maires erhielte, die diesen Wunsch nicht aussprächen, – nur ein paar Schwindelköpfe, besser für das Irren- als für das Zuchthaus, wagen anders zu denken. Die Gensd'armerie wird auch ihnen Vernunft beibringen.

HERZOGIN VON ANGOULEME. Herr d'Ambray, wenn Sie nicht zuerst wieder die alte Achtung für Religion, für die angeborenen Herrscher, für die gesetzlichen Ordnungen herstellen, hilft Ihnen keine Gensd'armerie.

D'AMBRAY. Und, königliche Hoheit, wer sonst würde alles das herstellen?

HERZOGIN VON ANGOULEME. Die, welche die Herzen beherrschen, sie auf dem Schaffot beseeligen, – die tüchtigen Geistlichen, und vor allen die vom Neide so oft verläumdeten Väter Jesu. – Sire, führe sie wieder ein.

KÖNIG LUDWIG. Wieder! wieder! Nichte, das Wort ist nur zu sehr in der Mode! – Verwechsle mir auch nicht die Diener des Herrn mit dem Herrn selbst.

HERZOGIN VON ANGOULEME. König und Mensch, fühle deine Schwäche – Wie wolltest du den Herrn kennen lernen, ohne die auserwählten Diener, die dich zu ihm führen?

D'AMBRAY. Sire, das »wieder« möchte bis jetzt eher zu wenig, als zu sehr Mode seyn – Die Revolution riß frech ein, lassen Sie uns kühn wieder aufbauen. Warum nicht auch die Collegien der Jesuiten? Sire, die werden die heiligsten und festesten Grundlagen Ihres Thrones bilden. Und dann lassen Sie uns in den Reihen unserer Braven bis auf den gemeinsten Tambour, alle die ausmerzen, welche dem Adler des Corsen folgten, – weg mit den etwa noch existirenden Pensionen seiner Officiere, – wenn wir die Summen auch nur an loyale Präfecten und Maires verwenden, sind sie besser benutzt als jetzt, – so lange dieses Kriegsvolk nicht darbt, so lange trotzt es.

BLACAS D'AULPS. Sire, und nehmen Sie den verruchten Käufern der Nationalgüter, welche Sie, den Adel, die Kirche und uns alle beraubt, – die Sie selbst in Hartwell so oft Räuber genannt haben, die Beute wieder ab, – das Gesindel verwendet sie nur, daß es Feuer unter dem Thron anlegt.

KÖNIG LUDWIG. Mein lieber Blacas und d'Ambray, ihr habt Recht. Doch auch das Recht will mit Klugheit ausgeübt seyn. Greifen wir die Nationalgüter voreilig an, so erregen wir einen Aufstand, den wir ein paar Jahre später vermeiden konnten. – Was meinst du, Angouleme?

HERZOG VON ANGOULEME. Sire, ich denke, wie meine Gemahlin – Ich sehe und sehe schon lange, – da auf dem Dache sitzt ein wunderschöner Tauberich – könnte man ihn fangen! –

D'AMBRAY. Das öffentliche Recht, Sire, will allerdings mit Politik gehandhabt seyn. Aber das eigne bürgerliche Gesetz der Revolutionäre und Bonapartisten, ihr Code Napoléon, spricht gegen usurpirten Besitz.

BLACAS D'AULPS. Und spricht das Gesetz nicht so, dann kehren wir es um. Für elende *Assignaten* erschacherten die Plebejer unsere Ländereien!

HERZOGIN VON ANGOULEME. Assignaten! Nenne sie nicht elend! Ich sah die zitternden Hände, welche sie bei Lebensstrafe, für ihr Geld annehmen mußten. Die Assignaten waren mit *Königsblut* geschrieben, Blacas.

KÖNIG LUDWIG. Meine Herren, ich ergreife den Mittelweg. –

BLACAS D'AULPS. Der Mittelweg ist oft doppeltgefährlich.

KÖNIG LUDWIG. Hier nicht. Es sollen fürerst nur Worte vom Thron fallen, die den Nationalgutskäufern andeuten, wie sie für billigen Ersatz ihr Besitzthum an dessen Herren zurückliefern können.

HERZOGIN VON ANGOULEME. Oheim, du bist zu liberal.

D'AMBRAY UND BLACAS D'AULPS. Wir möchten dasselbe sagen.

KÖNIG LUDWIG. Der König selbst zu liberal?

HERZOGIN VON ANGOULEME. Ja, Sire, und deßhalb, weil er sich zu stark hält, als daß er glaubte, das Ungeheuer des Liberalismus fürchten zu müssen.

DER OBERCEREMONIENMEISTER *(tritt ein)*. Sire, der Brief einer Estaffette von Lyon.

KÖNIG LUDWIG. Gut – ich will ihn lesen.

(Oberceremonienmeister ab.)

KÖNIG LUDWIG *(während er den Brief lies't)*. – Nachrichten

von neuen Verschwörungen. Eine Gesellschaft der eisernen Nadel, die den Bonaparte wieder auf den Thron setzen will, ist entdeckt.

D'AMBRAY. Der Corse muß fort vom nahen Elba, auf eine abgelegene Insel, weit weg, zum Beispiel nach St. Helena oder St. Lucie.

KÖNIG LUDWIG. Nicht übel wäre das für uns und auch für ihn. Ich merk' es allgemach auch. – Wir wollen bei Talleyrand in Wien anfragen, ob und wie es mit Einwilligung der fremden Monarchen möglich zu machen ist.

D'AMBRAY. Der Talleyrand saß auch in der Nationalversammlung!

BLACAS D'AULPS. Nun, er ist doch aus einem altadligen Geschlecht und zurückgekommen zu seiner Pflicht.

KÖNIG LUDWIG. Wo ist Monsieur? Ich wünsch' ihn in dieser Angelegenheit zu befragen.

BLACAS D'AULPS. Se. königliche Hoheit erholen sich von den Wunden, welche Ihnen der Schmerz über die Nachricht des Todes Ihres treuen Dieners Bussy geschlagen hat, in der eben aufblühenden Natur auf einer Jagd im Forste von Fontainebleau.

KÖNIG LUDWIG. So will ich ihn nicht stören.

HERZOGIN VON ANGOULEME. Gemahl, der König geht – Laß uns folgen.

HERZOG VON ANGOULEME. Wie du befiehlst. – Der Tauberich, der Tauberich da oben – Welch einen Kropf hat er – Und siehe die allerliebsten Täubchen, die ihn umflattern – Ich hätt' ihn längst todtgeschossen, aber ich muß ihn lebendig haben. Unser Houdet soll ihn fangen.

HERZOGIN VON ANGOULEME. Hast du von den neuen Verschwörungen gehört?

HERZOG VON ANGOULEME. Das alberne Zeug. Laß uns nicht daran denken.

HERZOGIN VON ANGOULEME. Ach!

(Alle entfernen sich.)

Vierte Scene

(Nördliches Gestade von Elba, nicht weit von Porto Ferrajo.)

(Anbrechender Abend.)

(Napoleon steht am Ufer, Bertrand neben ihm, – eine Ordonnanz von der polnischen Legion hält zu Pferde in der Nähe.)

NAPOLEON. Bertrand, dies ist ein herrlicher Platz – Ich lieb' ihn Abends – da das Meer, der Spiegel der Sternenwelt, hinbrausend nach den Küsten von – Ach – Der Bergwerksdirektor zu Porto Ferrajo ist abgesetzt. Er hat betrogen.

BERTRAND. Ew. Majestät, der Mann war doch –

NAPOLEON. Ich hab' es gesagt – – Pole in Gedanken? wo denkst du hin?

DER POLNISCHE LEGIONSREITER. Wegreiten möcht' ich über das Meer, nach Marseille, Paris, und zuletzt nach meinem Vaterlande, aber nimmer ohne dich, mein Feldherr und mein Vater.

NAPOLEON. Ein Schiff erscheint da – Welche Flagge führt es?

BERTRAND. Man kann sie nicht erkennen. Vermuthlich ein französischer Levantefahrer, der von Marseille kommt.

NAPOLEON. Der Glückliche! er war an den Küsten Frankreichs. – Ob man im schönen Frankreich noch meiner gedenkt?

BERTRAND. Kaiser? Du fragst? – So lange die Sonne in die Prachtfenster der Paläste und in die schmalen Glasscheiben der Hütten funkelt, wird man Deiner gedenken, oder Frankreich verdiente unterzugehen.

NAPOLEON. Möglich. Aber die Leute sind vergeßlich – Der Marmont, Augereau –

BERTRAND. Die Verräther!

NAPOLEON. Ha! statt an Thaten zehrt man jetzt an Erinnerungen! Zuckte nicht einst das stolze Österreich, wie ein Wurm in dieser Hand? Nicht Preußen? Ließ ich sie beide nicht leben und bestehen? – Wie undankbar die Welt, das elende, schlechte Scheusal! – Mein eigner Schwiegervater –

BERTRAND. Verzeih' ihm, – er wurde es, weil du befahlst – Als er nicht mehr zu gehorchen brauchte, zerriß er die Bande –

NAPOLEON. Bande – sage, das Herz seiner Tochter.

BERTRAND. Was kümmert das den Stolz und die Politik der alten Herrschergeschlechter?

NAPOLEON. Die Thoren! Sie sehnen sich noch einst nach dieser kleinen Hand, wenn sie längst Asche ist, denn *Ich*, *Ich* bin es, der sie gerettet hat – Ließ ich den empörten Wogen der Revolution ihren Lauf, dämmt' ich sie nicht in ihre Ufer zurück, – schwang' ich nicht Schwert und Scepter, statt das Beil der Guillotine immer weiter stürzen zu lassen, – wahrhaftig, wie dort am Strande die Muscheln, wären all die morschen Throne, sammt den Amphibien, die darin vegetiren, hinweggeschwemmt, und schöner als jenes Abendroth begrüßten wir vielleicht die Aurora einer jungen Zeit. – Ich hielt mich zu stark, und hoffte sie selbst schaffen zu können. – O ich muß sprechen, denn ich vermag ja jetzt nicht anders. Diese Scholle Elba kenn' ich nun auch und habe sie satt. Ein Bischen Dreck! – Wie jämmerlich ein kleiner Fürst, der nicht drein schlagen kann –

BERTRAND. Werde wieder ein großer.

NAPOLEON. Ist die Canaille es werth? Ist sie nicht zu klein, um Größe zu fassen? Weil sie so niedrig war, ward ich so riesenhaft.

BERTRAND. Du warst mehr als die Welt.

NAPOLEON. Und jetzt! Bertrand, welch ein Ende! Hier hingeschmiedet, ein anderer Prometheus, den Geier im Herzen. Hingeschmiedet, nicht von der Kraft und Gewalt, sondern von der Überzahl der Schwachen und Elenden – Sohn, Mutter, von mir gerissen – Thäte man das einem Bauer?

BERTRAND. Erderschütterer, den Bauer fürchtet man nicht.

NAPOLEON. Hat Rußlands Alexander so ganz vergessen, wie er auf dem Niemen sich beugte? Hat der Preußenkönig –

BERTRAND. O Sire, den tadle nicht. Er verlor durch Deine Schlachten die schönste Rose im Schnee des Nordlands. Ich habe sie erblickt und das Auge ward mir feucht, als ich ihren Tod erfuhr.

NAPOLEON. Konnt' ich davor? – Weswegen blühte sie im Gleise meines Siegeswagens? Das Geschick trieb seine Räder zermalmend über noch viel härtere Herzen: Pichegrü, d'Enghien, Moreau –

BERTRAND. Du, selbst so Gewaltiger, glaubst ein Geschick?

NAPOLEON. Ja, es stand bei mir in Corsica, meiner meerumbraus'ten Wiege, und wird auch meinen Sarg umbrausen. In Moskaus Flammen, nachdem ich lange es vergessen, sah ich es mit seinen Fittichen sich wieder über mich erheben. – Nicht Völker oder Krieger haben mich bezwungen – Das Schicksal war es. – Was ist dir?

BERTRAND. Mein Kaiser, vielleicht – kaum wag' ich es zu sagen –

NAPOLEON. Sag' es!

BERTRAND. – vielleicht mein Freund –

NAPOLEON. Es könnte seyn. Doch glaubst du es, so schweige davon.

BERTRAND. – ich kann es nicht ertragen, Dich so zu sehen, wie jetzt, einen –

NAPOLEON. Nun?

BERTRAND. – einen Löwen im Käfich. – Auch meine Gemahlin härmt sich ab. Ihre Schönheit, ihre Heiterkeit schwinden dahin seit Deinem Fall.

NAPOLEON. Ich weiß. – Wie steht's wohl in Frankreich?

BERTRAND. Schlecht, Sire. Der König schwach, die Prinzen übermüthig, die Ultras siegend, Deine alten Krieger verhöhnt –

NAPOLEON. O mein Land, mein Land! – Man sage, was man will, ich hab' es stets geliebt! – Fühlten meine Feinde den Schmerz, der mich seinetwillen durchbrennt, – die Jämmerlinge stürben daran, wie Mücken am Lichte!

BERTRAND. Es ist gestern ein Officier aus Frankreich angekommen.

NAPOLEON. Aus Frankreich? Er komme. – Aber bemerkte ihn keiner der fremden Späher?

BERTRAND. Nein, – er schlich als italiänischer Matrose verkleidet bis zu uns.

NAPOLEON. Wie heißt er?

BERTRAND. Graf St. P–le.

NAPOLEON. Von dem hört' ich früher. – Er focht brav bei Champeaubert.

BERTRAND. Da ist er, Sire.

(Der Officier tritt vor.)

NAPOLEON. Wer sind Sie?

DER OFFICIER. Graf St. P–le, Ew. Majestät.

NAPOLEON. Was wollen Sie hier?

DER OFFICIER. Ewr. Majestät dienen.

NAPOLEON. Geht nicht, mein Herr. Habe schon Officiere genug. Ich kann Sie nicht besolden.

DER OFFICIER. Sold verlang' ich nicht.

NAPOLEON. So? – Haben Sie Briefe?

DER OFFICIER. Nein, Sire.

NAPOLEON. Adieu.

DER OFFICIER. Sire, Briefe mitzunehmen, war gefährlich. Aber ich redete mit Fouché.

NAPOLEON. Fouché – Was sagte er? 'Sagen Sie es mir, – gleich und heimlich.

(Der Officier spricht heimlich mit ihm.)

Es ist gut. – Wie ist's mit den Bourbons? Mir zahlen sie meine Gelder nicht. Ich könnte ihnen, als souverainer Fürst von Elba, Krieg erklären, wegen gebrochenen Vertrags.

DER OFFICIER. Der König übersetzt den Horaz, Monsieur geht auf die Jagd, die Angouleme betet, ihr Mann hört zu, Berry liebt die Damen.

NAPOLEON. Das Volk?

DER OFFICIER. Ärgert sich, daß Pfaffen, Betschwestern und emigrirte Edelleute es beherrschen sollen.

NAPOLEON. Das unselige Bourbonische Haus! Es wird noch einst in einem adligen Nonnenkloster aussterben. – Das Heer?

DER OFFICIER. Es schweigt.

NAPOLEON. Und denkt?

DER OFFICIER. An Sie!

NAPOLEON. Die Bourbons haben Haustruppen, rothe Compagnien?

DER OFFICIER. Die Haustruppen sind Greise oder Kinder. An den rothen Compagnien ist nichts Rothes als ihre Montur, – bei Marengo oder Austerlitz wurden sie wahrlich nicht roth gefärbt.

NAPOLEON. Die gefangenen Veteranen der großen Armee?

DER OFFICIER. Kommen täglich aus Rußland zurück –

NAPOLEON. Ha, wieder da!

DER OFFICIER. – und werden ohne Pension verabschiedet, oder mit halber Pension, die nicht bezahlt wird, entlassen –

NAPOLEON. Besser, besser stets und besser! Hätt' ich den treuesten meiner Freunde nach Paris geschickt, mein Reich zu verwalten, er hätte nicht so gut für mein Interesse gesorgt, als die Bourbons! – O meine Gardegrenadiere, wandelnde Festungswälle mir in der off'nen Schlacht, und alle, alle, die ihr Bayonette für mich aufpflanztet, Säbel für mich schwanget, bald sonn' ich mich wieder in eurem Waffenglanze, und das Gleichgewicht Europas fliegt bebend aus den Angeln!

BERTRAND. Kaiser, endlich?

NAPOLEON. Gleichgewicht! Als ob man Völker abwägen und zählen könnte! Die Erde ist am glücklichsten, wenn das größte Volk das herrschendste ist, stark genug überall sich und seine Gesetze zu erhalten, und wer ist größer, als meine Franzosen? – Congreß zu Wien! Da streiten sie sich um den Mantel des Herrn, den sie hier am Kreuze wähnen – mein Polen, mein Sachsen wird zertheilt, – Niemand wird von dem halben Bissen satt, ja, er wird Gift im Munde – Aber der Herr erstand! – – Europa, der kindisch gewordene Greis bedarf der Zuchtruthe, und was meinen Sie, St. P–le, wer könnte sie besser schwingen, als Ich?

BERTRAND. Der Prinz von Messeriano fordert Elba als sein Eigenthum zurück.

NAPOLEON. Der Knabe!

BERTRAND. Auch spricht man davon, Dich nach St. Helena zu versetzen.

NAPOLEON. Wie? wenn es mir nun gefiele, den Fuß nach Frankreich zu setzen? Nicht zwei Tage und ich bin dort.

DER OFFICIER. O Sire, Sire, dahin! Sie nur können es erlösen!

NAPOLEON. Man denkt mit mir zu spaßen. Es ist zum Todtlachen! – Meine Herren, wird nicht, so wie ich bei Toulon lande, der weltbekannte Klang meiner Kriegstrompete wie ein Blitz durch alle Busen schmettern? Wird mein Adler nicht im Augenblick von Thurm zu Thurm bis St. Denis hinfliegen?

BERTRAND UND DER OFFICIER. O lande, lande!

NAPOLEON. Graf St. P–le, wer sendet Sie? Verschworene wider die Bourbons?

DER OFFICIER. Sire, nein. Die Nation ruft sie.

NAPOLEON. Das wollt' ich – Verschworene sind immer Schurken, die nur ein Werkzeug für ihre Pläne suchen, welches sie nachher gerne wegwerfen.

DER OFFICIER. Auch Italien, aus dem ich eben komme, ist voll Unruhe. Selbst der König von Neapel bereut seinen Abfall.

NAPOLEON. Ich weiß – Er wird vernünftig aus Noth. Der und der Bernadotte – Bernadotte, welcher vom nahen Rußland alles, vom fernen Frankreich nichts zu fürchten hatte, der seine Schildwache, wenn er mit mir hielt, dicht unter den Fenstern des Czaarenschlosses zu Petersburg aufstellen konnte, sind untreu geworden, – Murat aus Tollheit, und Bernadotte aus Eifersucht auf mich – – Die Armen! Mit mir ging die Sonne unter, die diese Planeten im Schwunge erhielt – Nicht drei Jahre und Europas Fürstenhäuser schämen sich der unadligen, bloß von meiner Größe ausgebrüteten Fliegen! – Wo ist Cambronne?

BERTRAND. Hält dicht hinter uns, bei dem dich begleitenden Detachement der Uhlanen.

NAPOLEON. Pole, ruf den Commandeur der Garde!

DER POLNISCHE LEGIONSREITER. Ha! Gleich!

(Reitet fort und kommt bald darauf mit Cambronne zurück.)

NAPOLEON. General, sind die Magazine versorgt?

CAMBRONNE. Sire, wie Sie geboten.

NAPOLEON. Theilen Sie an jeden Infanteristen und jeden Reiter Rationen auf vier Tage aus. – Sind die Brigg und die beiden in Beschlag genommenen Kauffahrer im Stande, morgen mit den Truppen abzusegeln?

CAMBRONNE. Ja, Sire.

BERTRAND *(halb für sich)*. Was wird das?

NAPOLEON. Cambronne, Morgen früh fünf Uhr lassen Sie die Reveille schlagen.

CAMBRONNE. Welche? die alte oder die neue?

NAPOLEON. Die von Jena!

CAMBRONNE. O, so stampft binnen sechs Wochen das Pferd jenes Reiters auf dem Pflaster von Paris.

DER POLNISCHE LEGIONSREITER. Es bäumt sich schon, General.

NAPOLEON. Es stampft da früher: am 20. März, dem Geburtstage meines Sohns.

BERTRAND. Campbell aber mit dem englischen Geschwader?

NAPOLEON. Hindert uns nicht. Ich hab' ihn nach Livorno locken lassen, dort die Merkwürdigkeiten zu besehen, und heut' Abend zecht er daselbst Madera mit einigen seiner Landsleute, die nicht wissen, wie sie verleitet sind, ihn einladen zu lassen, so wenig als er weiß, warum er eigentlich eingeladen ist – O das Gepack!

DER OFFICIER. Also da, der ersehnte, der große Augenblick!

ALLE ANWESENDEN. Es lebe der Kaiser!

BERTRAND *(zu dem Officier)*. Wie viel haben wir gesprochen, Er Selbst mit, und Er hat alles gethan, ehe wir sprachen.

DER OFFICIER. Er ist groß und gütig – ist ein Gott.

NAPOLEON *(gegen das Meer gewendet)*. Amphitrite, gewaltige, blauäugige Jungfrau, – schon lange läßt du mich umsonst um dich buhlen, – ich soll dir schmeicheln, und ich möchte doch lieber als Mann mit Waffen dich den Händen der Krämer entringen, die dich, o Göttin, mit der Elle messen und zur Sclavin machen wollen, – aber ich weiß, du liebst ihn doch, den Sohn der Revolution – einst vergaßest du deine Launen und trugst ihn mit sichren Armen von den Pyramiden nach dem kleinen Glockenthurm von Frejus, – morgen trägst du mich von Elba noch einmal dahin. – Amphitrite, schlummre süß.

(Alle ab.)

ZWEITER AUFZUG

Erste Scene

(Paris im Jardin des Plantes.)

(Ein alter Gärtner und seine Nichte treten auf.)

DER ALTE GÄRTNER. Nicht so wild Kind, nicht gesprungen, – hier ging einst Büffon sehr ruhig und ordnete sein System.

DIE NICHTE. Onkel, Onkel, welch ein Morgen! Wie durchschimmert ihn die Frühlingssonne! Eintrinken möcht' ich ihn!

DER ALTE GÄRTNER. Du Wilde, sieh nach den Bäumen – Haben Weide und Kastanie schon Knospen?

DIE NICHTE. Ja! alle, alle, und die Silberpappeln knospen dazu – O,

Ça ira, ça ira.

DER ALTE GÄRTNER. Nichte, das sag' ich dir ernstlich, thu was du willst, aber singe mir keine politischen Lieder.

DIE NICHTE. Ça ira? politisch? Ich meinte, bald geht's los, und die Blumen brechen aus.

DER ALTE GÄRTNER. Wir können die Fenster von den Beeten nehmen – Ah, wie richten sich schon die Gräser auf. Hier Phalaris canariensis.

DIE NICHTE. Welch ein weitläuftiger Name für ein so kleines, zierliches Ding. – Man möchte die Gräschen ausreißen und küssen, so allerliebst stehen sie da.

DER ALTE GÄRTNER. Die Kanone der Sternwarte donnert schon die zehnte Stunde an. Wir müssen fleißig seyn, wollen wir vor Mittag noch etwas beschicken.

DIE NICHTE. Etwas beschicken? – Das überlaß heute den Leuten ringsum in der staubigen Stadt – Wir wollen hier das frische Grün genießen. – – Die schöne Kokosblüthe in jenem Gewächshause nehm' ich mir zum Stickmuster.

DER ALTE GÄRTNER. Stickmuster, ja. – Seit einem Jahr denkst du bei jeder Blume an Putz, Stickmuster und den unseeligen Pierre. Ich glaube, du hingest ihm den ganzen Gartenflor um den Hals, deines Onkels Herz dazu.

DIE NICHTE. Mein Herz gern, deines nicht, Onkel. In deiner Brust, die für meine Mutter und mich so treu sorgte, säß' es doch besser als an seinem Halse. – Aber, wahr ist wahr, und schön ist schön, und gut ist gut: wahr, schön und gut ist er.

DER ALTE GÄRTNER. Er stört mich hier, und der Oberintendant des Gartens hat es schon übel genommen, daß ich ihn einlasse. Er ist ein Bonapartist oder gar ein Revolutionär. –

DIE NICHTE. Wäre Pierre das (ich weiß wahrhaftig nicht, ob er es ist, denn auf sein politisches Geschwatz acht' ich so wenig wie der schlafende Müller auf das rauschende Rad), so müßten die Bonapartisten und Revolutionaire herrliche Leute seyn.

DER ALTE GÄRTNER. Kind, Kind, ehre mir die Bourbons, unsere Herren.

DIE NICHTE. Vor einem Jahre mußt' ich ja das erste Kapitel des kaiserlichen Katechismus auswendig lernen, und Napoleon anbeten. Weißt du, wie du mir drohtest, als ich bei dem Aufsagen stotterte?

DER ALTE GÄRTNER. Vor einem Jahre, Kind! – Jetzt schreiben wir 1815.

DIE NICHTE. So – 1814 und 1815, das ist der Unterschied, – Es geht wohl mit den Herrschern, wie mit den Blumen, – jedes Jahr neue. – Ach, sieh' da meine wieder grünende Ulme!

DER ALTE GÄRTNER. Der König Ludwig der Achtzehnte gibt mir mein Brot, – und da kommt der verwünschte Pierre mit Damen --

DIE NICHTE. Damen? Was? Ha, der –

DER ALTE GÄRTNER. Damen der Halle.

DIE NICHTE. So – die machen mich nicht eifersüchtig.

(Pierre und Damen der Halle.)

PIERRE. Elise, meine Elise! – Und alle Lilien ausgerottet, mein Vater!

DER ALTE GÄRTNER. Warum?

PIERRE. Der König wird fortgejagt, – Napoleon kommt wieder.

DIE DAMEN DER HALLE. Die Lilien weg! Die Lilien weg!

DER ALTE GÄRTNER. Stille, stille – Vor dem Garten stehen Gensd'armes, die dieses hören möchten.

DIE DAMEN DER HALLE. Weg Gensd'armes und Lilien!

DER ALTE GÄRTNER. Meine Damen verwechseln sie nicht das Reich der Natur mit dem Reiche der Bourbons, nicht blühende Lilien mit gemalten.

DIE DAMEN DER HALLE. Gut gesagt!

DER ALTE GÄRTNER. Bedenken Sie, daß dort die Büste Linné's steht. Auch Büff –

EINE DAME DER HALLE. Linné, was war der?

EINE ANDERE. Ein herrlicher Mann, Madame. Erst Schusterjunge in Lyon, dann Fürst von Pommern, Schweden und den Haidschnucken, und immer dabei ein eifriger Republikaner und Beschützer des botanischen Gartens.

DIE DAMEN DER HALLE. Behalte deine Blumen, Gärtner. Hoch lebe der Fürst Linné!

(Die Damen der Halle ab.)

DER ALTE GÄRTNER. Mir wirbelt der Kopf: – Linné ein Schusterjunge, dann Fürst, Republikaner, und das alles so sicher gesagt. – Ich will sie eines Besseren belehren – Linné war –

PIERRE. Still! – Rufe sie nicht zurück. Ich selbst mußte sie wider Willen hieher führen. Gott weiß, was ihnen einmal vom Linné in den Ohren geklungen hat, und was klingt, glauben sie, und erzählen es noch schallender wieder. – – Elise, schmollst du?

DIE NICHTE. Revolutionsmensch –

PIERRE. Das verstehst du nicht. – Geliebte –

DIE NICHTE. Und das »Geliebte« verstehst *du* nicht. – Ha, da die weißen Kirschblüthen – sitzen sie nicht am Baume wie junge Lämmer, die am grünen Berge klettern? – Wie schön!

PIERRE. In deinem Auge blitzen sie schöner. – Napoleon soll jetzt, wie man munkelt –

DIE NICHTE. Folge mir unter den Kirschbaum.

Zweite Scene

(Paris. Unter den Arcaden des Palais-royal.)

(Vieles Volk, Bürger, Officiere, Soldaten u. s. w., etwa wie in der ersten Scene des ersten Aufzuges.)

VITRY. Bist satt, Chassecoeur?

CHASSECOEUR. Ja, von überreifen, übersüßen Kartoffeln.

VITRY. Sollen wir zur Seelenmesse, welche die Madame über den Gebeinen ihres Vaters halten läßt?

CHASSECOEUR. Lieber zur Hölle. – Madame ist sehr gnädig. Wenn die Gebeine, für welche sie jetzt betet, nicht eher einem Schreckensmann angehören, als dem längst in Kalk vermoderten Capet, bin ich verflucht.

VITRY. Gönn' ihr die Knochen. Fleisch ist nicht daran.

ADVOCAT DÜCHESNE *(kommt)*. Was Neues!

VITRY. Das Neue ist heutzutag was Altes.

DIE ALTE PUTZHÄNDLERIN. An meinen Tisch, Herr!

VITRY. Immer die Politik am Putztische.

DÜCHESNE. Wieder tolle Streiche! – Die Emigranten werden entschädigt.

VITRY. Wofür?

DÜCHESNE. Dafür, daß sie zur Zeit der Noth wegliefen.

VITRY. Wovon entschädigt?

DÜCHESNE. Von dem Gelde und Blute der Nation.

VITRY. Chassecoeur, wir wollen künftig auch weglaufen.

CHASSECOEUR. O!

VITRY. Alter Junge, ärgere dich nicht zu arg. Aus dem jetzigen Spaß wird einmal wieder Ernst.

DÜCHESNE. Die Ultra's machen die offenbarsten Schritte, die Constitution umzustürzen.

VITRY. Ist sie ihnen noch nicht schlecht genug?

DÜCHESNE. Die Angouleme läßt die Jesuiten zurückrufen.

VITRY. Wir jagen sie wieder fort.

DÜCHESNE. In Nismes ermordet man schon die Protestanten, und Niemand wehrt.

VITRY. Freund, daran zweifle ich: sie genießen des Schutzes unseres legitimen Herrschers.

CHASSECOEUR. Teufel, was ist denn legitim?

VITRY. Das, was alt ist.

CHASSECOEUR. Wie alt?

VITRY. Weiß nicht genau.

SAVOYARDENKNABE *(mit dem Murmelthier und Dudelsack)*. La marmotte, la marmotte etc.

CHASSECOEUR. Der verdammte Junge mit seiner Bettelei. Man kann nichts vor seinem Singsang hören.

VITRY. Laß ihn. Murmelthiere sind vermuthlich legitim. Wenigstens waren sie schon unter Heinrich dem Vierten in Paris.

LOUISE. O mein Philipp!

VITRY. Bitte, Kind, nicht zu nahe, – mit Vorsicht.

LOUISE. Wie, du kennst mich nicht mehr? hast du mich nicht geliebt?

VITRY. Kenn' ich jedes Sousstück, das mir durch die Hand gegangen ist? Eben so wenig jedes Mädchen, das ich geliebt habe.

LOUISE. Ach, Philipp, unter den Fahnen der großen Armee schwurst du mir Treue.

VITRY. Auf wie lange?

LOUISE. Auf ewig.

VITRY. Das bedeutet seit dreißig Jahren so viel als gar nichts. Fahre wohl, Geliebte.

LOUISE. Ha, du –

VITRY. Geschwiegen, Mademoiselle, geschwiegen, sag' ich, – hier kommen Zeitungen.

DÜCHESNE. Was gibt es, Zeitungsverbreiter?

ZEITUNGSAUSRUFER. Sie sprechen!

DÜCHESNE. Wer?

ZEITUNGSAUSRUFER. Die beiden Felsen im Meere!

VITRY. Welche Zeit! Die Steine reden!

ZEITUNGSAUSRUFER. Carnot, Fouché – hier ihre Memoiren im Auszuge in den Zeitungen, – sie haben dem Könige die Wahrheit gesagt, ihm die Albernheiten der Restaurationsminister so deutlich vorgerückt, als wir sie uns hier sagen –

VITRY. Ach, das hilft nicht viel, denn gut sagen ist leichter als recht hören.

DÜCHESNE. Her, her die Zeitungen! Ich muß sie selbst sehen!

VOLK. Wir wollen sie auch sehen! Her, her damit!

ZEITUNGSAUSRUFER. Da habt ihr sie!

(Er wirft die Zeitungen in die Luft.)

DÜCHESNE *(ergreift, wie viele Andere, ein Blatt und lies't).* Ha – O – Richtig – Juchhe – schändlich – Wie wahr – Ja, anders, anders muß es werden, – Blut und Tod! – Gut, gut. – Herrlich! – Auf Elba rührt sich's allmählich – Im Pflanzengarten ist auch Lärm gewesen – Gut, gut, je schlechter, so besser – Das Korn gibt erst Mehl, wenn es zermalmt ist – Adieu, meine Herren, – ich muß zu Freunden.

(Ab.)

VITRY. Was ist dir? Was treibst du mit den Armen?

CHASSECOEUR. »Auf Elba rührt sich's allmählich« – Ich schwinge in Gedanken den Säbel!

VITRY. Wo ist Louise? Fort? – Nein, sieh: ein junger Engländer entführt mir ihre Reize. Wohl bekomm's, Mylord!

DRITTE SCENE

(Paris. Tuillerien. Saal der Herzogin von Angouleme.)

(Die Herzogin von Angouleme, und ihre Dame d'Atour, die Gräfin von Choisy.)

HERZOGIN VON ANGOULEME. Liebe Choisy, lies mir etwas vor. Mir schmerzt der Kopf.

GRÄFIN VON CHOISY. Gern, königliche Hoheit. – Soll ich etwas neu Erschienenes lesen?

HERZOGIN VON ANGOULEME. Thu' es. Nur keine Zeitungen. – Was das für ein öder, trüber Nachmittag ist, – selbst die heilige Messe erfreute mich nicht.

GRÄFIN VON CHOISY. Hier ist ein Gedicht vom Herrn C – n, einem der neuen Poeten.

HERZOGIN VON AUGOULEME. Lies den Seneca oder den C–n. Mir ist's eins.

GRÄFIN VON CHOISY. Ich lese, Hoheit.

(Sie lies't:)

»Es steht der Sultaninnen Erste
Am Fenster ihres Marmorschlosses.
O welche wohlgefügte Marmorquadern,
Wie schimmern sie selbst durch die Nacht!
O welche Rosen blühen in dem Zimmer,
O welche Ambradüfte hauchen da!
Doch was sind Marmorquadern, Rosen, Ambra,
Wenn die Gestalt der Sultanin, mit
Den prächt'gen Schultern, blendend weiß,
Als wäre frischer Schnee darauf gefallen,
Mit ihren Lippen, dunkelroth,
Als wehten Flammen dir entgegen,
Mit ihrem Liebesflüstern, wundersüß,
Als hauchte Duft aus Edens Pforten,
Darunter steht in ihrer Schöne!
Die Diener und die Dienerinnen
Erwarten knieend ihre Worte,
Der Sultan selbst vergißt das Reichsschwert,
Harrt in dem Hintergrunde liebeseufzend,
Und schwelgt in ihres Nackens Anschau'n.
Sie blickt hinaus: vor ihren Augen steigt
Das Heer der Sterne freudetrunken auf,
Der Bosphorus jauchzt auf mit seinen Wogen,
Die große Stambul ahnet ihre Nähe
Und bebt vor wonnigem Gefühle,
Die Küsten Asias und Europas schmeicheln

Zu den Sandalen ihres zarten Fußes, –
Sie blickt zurück, – sie faßt ihr Herz –

HERZOGIN VON ANGOULEME. Wie sinkt die Poesie. Auch in ihr Revolution. Was für falsche Verse!

GRÄFIN VON CHOISY. Wer hat denn den Versen das Gesetz gegeben, daß sie gerade seyn müssen, wie die des Racine oder eines anderen Classikers?

HERZOGIN VON ANGOULEME. Auch du eine Empörerin, Choisy? – Die Welt ist überreif. – Lies das Ende des Gedichtes.

GRÄFIN VON CHOISY. Es ist kurz:

(sie lies't:)

»Und Sie seufzt!« –

HERZOGIN VON ANGOULEME. Und Sie seufzt – – Ja, das mag wahr seyn, ungeachtet des zu kurzen Verses.

GRÄFIN VON CHOISY. Jesus Maria, wenn Er gelandet wäre!

HERZOGIN VON ANGOULEME. Wie kommst du auf den Gedanken?

GRÄFIN VON CHOISY. Königliche Hoheit, der Gedanke kommt über mich.

HERZOGIN VON ANGOULEME. Unsere Staatsmänner werden Ihn vor der Landung zu behüten wissen. – Aber die Brust ist auch mir überschwer. – Ich gehe zu meinem Oheim.

(Beide ab.)

VIERTE SCENE

(Paris. Tuillerien. Die Zimmer des Königs.)

(König Ludwig, der Herzog von Angouleme, der Herzog von Berry.)

KÖNIG LUDWIG. Recht abscheulich – abscheulich, da liegen die Brochüren von Carnot und Fouché. Beide vertheidigen, jeder auf seine eigenthümliche, tückische Weise, die sogenannten Rechte der Königsmörder und der Revolution, und beschimpfen meine Maaßregeln und die meiner treuen Minister.

HERZOG VON ANGOULEME. Ich mag die Papiere nicht anfassen.

HERZOG VON BERRY. Hängt die Kerle!

OBERCEREMONIENMEISTER *(tritt ein)*. Die Herrn Blacas d'Aulps und d'Ambray.

KÖNIG LUDWIG. Mir willkommen.

(Oberceremonienmeister ab; Blacas d'Aulps und d'Ambray treten ein.)

D'AMBRAY. Sire, der gute Marquis von Brandenburg will Sachsen haben.

BLACAS D'AULPS. Und Rußland greift nach Polen.

KÖNIG LUDWIG. Gönnet ihnen das.

BLACAS D'AULPS. Mit Erlaubniß, Sire: mit Polen mag es so werden, aber Sachsen ist ein uraltes Haus. Wir hatten Dauphinen aus ihm.

D'AMBRAY. Und, Sire, ein Theil unseres europäischen Einflusses beruht auf der fortdauernden Zerstücktheit Deutschlands – Wir dürfen da keine Macht zu sehr anwachsen lassen. – Auch Talleyrand denkt so, und hat schon protestirt.

KÖNIG LUDWIG. Talleyrand? Ich gebe nach. – Er trifft stets das Rechte.

BLACAS D'AULPS. Zugleich warnt er vor Elba.

HERZOG VON BERRY. Elba, immer und ewig Elba! Laßt doch den Namen verbieten! – Was will denn Elba? – Wir besitzen Frankreich.

D'AMBRAY. Verzeihen Eure Königliche Hoheit: Bonaparte soll mit Murat conspiriren.

HERZOG VON BERRY. Und das?

D'AMBRAY. Ist lächerlich. Aber einige Vorsicht ist auch nicht ganz unnütz.

HERZOG VON BERRY. Lieber d'Ambray, Vorsicht! – Bei zwei simplen Glückskindern! – Murat ist ein Narr, Bonaparte nicht viel Besseres, – darum figurirten sie unter dem Pöbel einige Jahre als große Hanswürste – Gottlob, die Zeit ist vorbei.

OBERCEREMONIENMEISTER *(tritt auf)*. Seine Königliche Hoheit Monsieur.

KÖNIG LUDWIG. Er komme.

(Oberceremonienmeister ab. Monsieur kommt.)

Woher Bruder?

MONSIEUR. Von der Jagd und der Messe. Manches Wildprett hab' ich geschossen.

KÖNIG LUDWIG. Wenn wir es schmausen, wollen wir der trefflichen Hand denken, die es schoß.

MONSIEUR. Sire, ich bin müde und kann am Abendessen nicht Theil nehmen. Ich bitte, mich entfernen zu dürfen, nachdem ich Ihnen hiermit meine Aufwartung gemacht. Das Wildprett ist schon in den Küchen. – – Apropos, was fällt mir doch ein? – Ja, eben hör' ich, Bonaparte ist gelandet bei Toulon.

KÖNIG LUDWIG. Wie?

MONSIEUR. Es ist so. Der Mensch scheint durchaus sich verderben zu wollen. – Sire und Bruder, ich küsse Ihnen die Hand. – Schlafen Sie gut, meine Herren.

(Ab.)

KÖNIG LUDWIG. Blacas, d'Ambray? Hörten Sie?

BLACAS D'AULPS. Monsieur sagt's. Es wird wahr seyn.

D'AMBRAY. Der Präfect Toulons muß ihn arretiren, kurz verhören und sofort erschießen lassen.

HERZOG VON BERRY. Wie dumm sind die Schurken! Wagt der Kronendieb an der Küste eines Volkes zu landen, welches er jahrelang tyrannisirte, – welches gegen ihn nur erbittert, gegen uns nur dankbar ist.

KÖNIG LUDWIG. Ich dächte doch, Berry, du zögest deine Haustruppen zusammen.

HERZOG VON BERRY. Wie Sie befehlen, Sire. Sollte den Verwegenen aber nicht schon irgend ein Dorfmaire erwischt haben?

KÖNIG LUDWIG. Wohl möglich. Doch mache deine Haustruppen immerhin marschfertig.

HERZOG VON ANGOULEME. Ach, bekümmern wir uns um den Raufbold nicht.

OBERCEREMONIENMEISTER *(tritt ein)*. Ihre Königliche Hoheit, die Herzogin von Angouleme.

KÖNIG LUDWIG. Mir sehr erwünscht.

(Oberceremonienmeister ab. – Die Herzogin von Angouleme tritt ein.)

HERZOGIN VON ANGOULEME. Mein König, ich kann nicht eher schlafen, als bis ich Deine Hand geküßt.

KÖNIG LUDWIG. Mein Bruder hat heute viel Wildprett geschossen. Ich lade dich und die Prinzen zum Mahl.

HERZOGIN VON ANGOULEME. Wo ist Monsieur?

KÖNIG LUDWIG. Wohl schon zu Bett. Er war ermüdet.

HERZOGIN VON ANGOULEME. Darf ich mich mit meinem Gemahl über eine Kleinigkeit –

HERZOG VON ANGOULEME. Den Tauberich, Gemahlin, hat Houdet erwischt!

HERZOGIN VON ANGOULEME. – unterhalten?

KÖNIG LUDWIG. Weshalb nicht? – Doch erst noch Eins: Bonaparte ist bei Toulon gelandet.

HERZOGIN VON ANGOULEME. Schütze mich der Heiland! Die Ahnung der Choisy! Gelandet! – Großer Gott, wer litt das? – Und ihr steht hier ruhig, König, Angouleme, Berry, Blacas, d'Ambray? Seyd ihr Bildsäulen?

KÖNIG LUDWIG. Nun, nun!

HERZOG VON ANGOULEME. Gemahlin, nicht so heftig. Du bekommst wieder die Migraine.

HERZOGIN VON ANGOULEME. Was Migraine – Er –!

HERZOG VON BERRY. Was will er denn mit seinen wenigen Leuten?

BLACAS D'AULPS. Königliche Hoheit, ruhig, – lassen Sie es mit der Personage gut seyn.

D'AMBRAY. Überlassen Sie ihn den Jurys.

HERZOGIN VON ANGOULEME. Ihn den Jurys? – Menschen, wißt ihr, wer seine Jurys sind? – Die Heere Europas, und kein Anderer – O Waffen, Waffen, Waffen! – Sturmglokken geläutet – Alles, alles aufgeboten, in der Kirche wie auf dem Schlachtfelde! – Gelandet – – Weh' mein Herz – – Nun macht Er seine Tigersprünge, wie einst von Ägypten nach Paris, von Eylau nach Madrid, von Madrid nach Wien, nach Moskau – O, ich fühle schon seine Krallen!

HERZOG VON ANGOULEME. Diener, Diener, sie wird ohnmächtig – cöllnisches Wasser –

BLACAS D'AULPS. Es wird schon geholt.

HERZOGIN VON ANGOULEME. Cöllnisches Wasser – Französisches Feuer schafft der für euch alle! – Ich bitte, bitte, schickt doch nach dem Telegraphen! – Ach, er wird schon mit Nachricht da seyn! –

DER OBERCEREMONIENMEISTER *(tritt ein)*. Der Oberdirector des Telegraphen.

KÖNIG LUDWIG. Komme.

(Oberceremonienmeister ab. – Der Oberdirector des Telegraphen kommt.)

OBERDIRECTOR DES TELEGRAPHEN. Sire, Bonaparte steht seit etwa anderthalb Stunden mit einigen tausend Mann vor Lyon.

HERZOG VON BERRY. Je tiefer im Lande er ist, so eher wird er gefangen.

(Oberdirector des Telegraphen auf einen Wink des Königs ab.)

HERZOGIN VON ANGOULEME. Schon vor Lyon! Seit anderthalb Stunden! – So ist er jetzt darin – vielleicht schon diesseits, uns ganz nahe! – Eure Couriere und telegraphischen Depeschen waren stets langsamer als Er!

KÖNIG LUDWIG. Was rathen Sie, meine Herren?

BLACAS D'AULPS. Lassen Sie uns, Sire, einige hundert Verdächtige, welche ihn in Lyon und Paris unterstützen könnten, verbannen, und er erlischt von selbst, wie ein Licht ohne Brennstoff.

D'AMBRAY. Wahrlich, das Beste. Ich will eine Liste solcher Übelgesinnten aufsetzen, und sie zu dem Fuße des Throns legen.

KÖNIG LUDWIG. Thu'n Sie es – ich werde sie nachsehen und beurtheilen. – Indeß jetzt den Ney gerufen, Fürsten von – Ich weiß nicht, wie der Mann sonst heißt.

(Blacas d'Aulps geht in den Vorsaal, spricht mit dem Oberceremonienmeister, und kommt zurück.)

HERZOGIN VON ANGOULEME. Der Ney, der Ney – Der unsere Zuflucht? – Kleiner und häßlicher ist sie nicht zu finden!

KÖNIG LUDWIG. Er heißt der Brave der Braven, und alle alten Krieger lieben ihn.

HERZOGIN VON ANGOULEME. Er ist einer der Frechsten unter den Schlechten, und wenn die alten Krieger ihn lieben, müssen wir ihn hassen.

OBERCEREMONIENMEISTER *(tritt ein)*. Se. Durchlaucht der Fürst von der Moskwa.

KÖNIG LUDWIG. Er trete ein.

(Oberceremonienmeister ab.)

HERZOGIN VON ANGOULEME. O hättet ihr selbst Muth, ihr bedürftet des elsasser Sergeanten nicht. Auch nicht mit einem Blick werd' ich ihn anseh'n,

(an das Fenster tretend)

lieber dort die Straßen.

MARSCHALL NEY *(tritt ein)*. Sire –

KÖNIG LUDWIG. Mein Marschall –

NEY *(für sich)*. Werden sie höflich? – vermuthlich, weil sie etwas von mir wollen. Meine Gemahlin hat mir das stets prophezeit.

KÖNIG LUDWIG. – und mein Vetter –

NEY *(für sich)*. Vetter, Vetter – Hörte das meine Gemahlin – sie jubelte!

(wieder laut, aber verlegen:)

Monarch?

BLACAS D'AULPS *(zu d'Ambray)*. Wie wenig kennt das Vieh die Etiquettensprache des Hofes.

D'AMBRAY. Wie konnte er in Bonapartes Feldlagern Vernunft lernen?

KÖNIG LUDWIG *(zu Ney)*. Ja, Fürst, – jeder Marschall Frankreichs ist Vetter, und hoffentlich auch Freund des Königs.

NEY. Bis in den Tod, Sire!

BLACAS D'AULPS *(zu d'Ambray)*. Wie groß der König ist – mit dem einzigen Worte »Vetter« hat er ihn erobert.

HERZOGIN VON ANGOULEME *(halb zu Blacas d'Aulps gewendet)*. Und wie klein der Sergeant ist, daß ihn so ein Wort besticht! Wie schwach wir, daß wir ihn bestechen!

BLACAS D'AULPS. Königliche Hoheit, Sie hörten –?

HERZOGIN VON ANGOULEME. Alles, was Sie und d'Ambray flüsterten. Mein Ohr ist aus Versailles.

(Sie tritt wieder an das Fenster.)

KÖNIG LUDWIG. Vetter, der Bonaparte ist bei Toulon gelandet.

NEY *(bestürzt)*. Wie – was? – Es ist eine Erdichtung!

KÖNIG LUDWIG. Nichts weniger. Er ist gelandet, und Sie sollen uns von ihm befreien.

NEY. Ich –? Von ihm? – Im Namen der – im Namen Gottes denn, wenn es seyn – wenn es geht.

KÖNIG LUDWIG. Wie sollt' es nicht gehen, wenn der Brave der Braven, dem der Corse seine größten Siege verdankt, einmal gegen ihn ficht? Wir mindestens trauen es Ihnen zu.

NEY. Wirklich, Sire?

KÖNIG LUDWIG. Ich gebe Ihnen die Hand darauf.

HERZOGIN VON ANGOULEME *(für sich)*. Pfui!

NEY. Das ist zuviel, König, – das verdien' ich nicht. – Offen gesagt, (denn so großer Güte gegenüber kann ich nichts mehr verbergen): ich war nicht der beste Royalist, hatte zwar über den Kaiser mich hart zu beschweren, aber die Kaiserzeit nicht ganz zu vergessen – Sire, ich mach' es wieder gut – weg aus meiner Brust die letzte Erinnerung an Ihn und seine Heerzüge – himmeltief steht er unter Ihnen – – Ja, geben Sie mir Truppen, ich zieh' ihm entgegen, und bring' ihn Ihnen gefangen oder todt! – – Wie konnt' ich so verblendet seyn – – Alles, alles an diesem Hofe ist edler, anmuthsvoller, erhabener als am buntscheckigen Lager zu St. Cloud!

KÖNIG LUDWIG. So eilen Sie, Vetter, von Familie und Freunden Abschied zu nehmen, denn Ihre Bestallung und meine Befehle folgen Ihnen auf der Ferse.

(Ney entfernt sich.)

HERZOGIN VON ANGOULEME. Da abermals ein Pröbchen von der Treue und der Kraft des neuen Adels!

HERZOG VON BERRY. Unter dem Ney dien' ich in keinem Fall.

HERZOG VON ANGOULEME. Ich auch nicht.

KÖNIG LUDWIG. Ihr behaltet die Haustruppen ausschließlich.

OBERCEREMONIENMEISTER *(tritt ein)*. Ein Courier, Majestät –

KÖNIG LUDWIG. Er komme.

(Oberceremonienmeister ab.)

Bald werd' ich aber für heute der Audienzen müde.

(Der Courier tritt auf.)

Woher?

COURIER. Sire, von Wien.

KÖNIG LUDWIG. Ihre Botschaft?

COURIER. Sie ist mündlich und schriftlich.

KÖNIG LUDWIG. Die mündliche?

COURIER. Murat greift die Österreicher an –

HERZOGIN VON ANGOULEME *(wendet sich vom Fenster)*. Ha, klaffen bereits seine Hunde um Ihn?

COURIER. Bonaparte ist in die Acht erklärt –

KÖNIG LUDWIG. Recht von dem Congresse. – Talleyrand?

COURIER. Ist heiter.

KÖNIG LUDWIG. Das ist ein gutes Zeichen. – Der Congreß selbst?

COURIER. Ist bei der Nachricht von Bonapartes Landung auseinander geflogen.

KÖNIG LUDWIG. Himmel, was?

COURIER. Ich selbst sah die Tausende der Adjutanten und Stallbedienten reiten, als Caleschen hinter Caleschen, der Kaiser von Rußland und der König von Preußen mit den ihrigen unter ihnen, aus dem Thor fuhren.

HERZOG VON BERRY. Die schwachen Menschen. Fliehen vor einem Abentheurer.

HERZOGIN VON ANGOULEME. Kanntest du den Abentheurer bei Austerlitz und bei Jena?

HERZOG VON BERRY. Nein.

HERZOGIN VON ANGOULEME. Da lernten ihn die beiden Herrscher kennen.

HERZOG VON BERRY. Ihn nicht, wohl aber sein Glück.

KÖNIG LUDWIG *(zu dem Courier)*. Ihre Schriften –

(Der Courier übergibt sie ihm.)

Sie selbst sind bis auf Weiteres entlassen.

(Courier ab.)

Talleyrand schreibt, er sey besorgter, als er in seinen Mienen merken lassen dürfe. Die Landung von Elba würde zum Weltereigniß, erdrückten wir es nicht im Keim.

HERZOG VON BERRY. Bonaparte ist toll, Talleyrand ist toll! Das ist Alles!

HERZOGIN VON ANGOULEME. Talleyrand toll? Ich weiß nicht. – Doch Bonaparte, der das wirklich thut, was Talleyrand oft heucheln soll, der kein Auge aufschlägt, keinen Schritt macht, ohne berechnet zu haben, wohin er blickt, wohin er tritt? – Schlecht ist er, ja oft klein pfiffig, – aber toll? So möcht' ich hören, was klug ist.

KÖNIG LUDWIG. Halt' ihn nicht für zu gefährlich.

HERZOGIN VON ANGOULEME. Er ist gefährlich. Frage nach bei Jacobinern und Royalisten, frage nach an den plötzlich von ihm geraubten Küsten Ägyptens oder der Nordsee, frage nach an den Mauern von Danzig und Saragossa – Wie die stilldunkle Wetternacht ist er – Erst wenn du getroffen bist, merkst du: es hat geblitzt. – Sieh, unter'm Busen bricht mir die mit Lilien geschmückte Goldspange jach auseinander – Auch das kommt unerwartet, aus Angst vor Ihm – – Ist selbst diese Kleinigkeit nicht bedeutend?

OBERCEREMONIENMEISTER *(tritt ein)*. Sire, das Nef ist aufgesetzt.

KÖNIG LUDWIG. So laßt uns speißen.

(Oberceremonienmeister ab.)

HERZOGIN VON ANGOULEME *(für sich)*. Jetzt speisen! Welch unverwüstlicher Appetit! –

(Laut:)

Majestät, darf ich Eines bitten?

KÖNIG LUDWIG. Fod're.

HERZOGIN VON ANGOULEME. Laßt sofort meinen Gemahl nach der Gegend von Lyon eilen, Berry ihn mit einem Theil der Haustruppen begleiten. Vielleicht treibt der Anblick der königlichen Prinzen den Empörern die Schaamröthe, falls sie davon etwas haben, in das Gesicht. Ich selbst bitte um Urlaub nach meiner treuen Stadt Bordeaux. Diese Perle an der See soll er mir ohne Kampf nicht nehmen.

KÖNIG LUDWIG. Du verlangst viel. Doch halb und halb hab' ich Gewährung versprochen – – Wenn die Prinzen nichts erinnern?

HERZOG VON ANGOULEME. Ich bin conform mit meiner Gemahlin, Sire.

(für sich:)

Unangenehme Reise. Das Wetter wird seit Mittag auch schlecht.

HERZOG VON BERRY. Den Spazirritt nach Lyon mach' ich zur Abwechslung mit.

KÖNIG LUDWIG. Aber heute laßt uns erst von dem Wildprett Monsieurs kosten.

HERZOGIN VON ANGOULEME. Sire, ich komme mir selbst wie ein gehetzes Wild vor und mag dergleichen nicht essen. Verschone mich mit dem Mahl – Laß mich noch diese Nacht nach Bordeaux.

KÖNIG LUDWIG. Wünschest du es, so muß ich es bewilligen, so lang auch der kurze Abschied meinem Herzen schmerzen wird.

HERZOGIN VON ANGOULEME. Ich küsse Deine Hand, Sire – – Ach, wo sehen wir uns wieder?

KÖNIG LUDWIG. In Paris.

HERZOGIN VON ANGOULEME. Und *wie*?

KÖNIG LUDWIG. Du bist zu furchtsam.

HERZOGIN VON ANGOULEME. Furchtsam? – Sire, *Waffen*, *Waffen*! *Waffen*!

(Ab. Der König, der Herzog von Angouleme, und der Herzog von Berry ebenfalls.)

BLACAS D'AULPS *(zu d'Ambray, indem er mit ihm folgt)*. Die Herzogin behandelt den Vorfall auf die überspannteste Art.

D'AMBRAY. Es ist eine Dame, Herr Graf, – da hilft nichts – die Damen lassen sich eher alles andere ausreden, als ihre Schwächen.

(Beide auch ab.)

Fünfte Scene

(Paris. Greveplatz, in der Gegend der Laterne.)

(Zwei Bürger kommen.)

ERSTER BÜRGER. Das ist eine Nacht!

ZWEITER BÜRGER. Hut in's Gesicht, Mantel enger um die Schultern! – Oben regnet's, unten marschirt Ney mit Truppen aus den Thoren. Gott weiß, was das bedeutet!

ERSTER BÜRGER. Schade um den Ney. Er war ein anderer Kerl, als er noch unter Napoleon im Feuer stand, und nicht in den bourbonischen Vorhöfen kroch.

ZWEITER BÜRGER. Still – Patrouillen –

EINE LINIENINFANTERIE-PATROUILLE *(kommt).* Wer da?

ERSTER BÜRGER. Bürger von Paris.

PATROUILLE. Begeben Sie sich nach Haus, meine Herren, – im Namen des Königs!

(Patrouille zieht vorbei.)

ERSTER BÜRGER. Freund, was ist das –? – Ha schon wieder eine Patrouille. –

ERSTER BÜRGER. Gensd'armes zu Pferde.

EIN GENSD'ARMES. Wer da? Zu Haus Leute, in eure Betten, zu euren Weibern – auf der Stelle –

ERSTER BÜRGER. Herr, ihr sprecht als wären wir Sclaven.

DER GENSD'ARMES. In den Betten ist es wärmer und besser als hier.

ZWEITER BÜRGER. Der Mann hat Recht und Verstand. Komm, Freund. Es wird hier draußen mehr und mehr unheimlich.

ERSTER BÜRGER. Nun, wär' auch eine Empörung im Ausbruch, – die Nationalgarde, wozu auch wir gehören –

ZWEITER BÜRGER. – und die ihre Officiere von den Vorstädtern an der Laterne da aufknüpfen läßt, weil sie stets an ihr Vermögen denkt, der Vorstädter an sein Nichts?

ERSTER BÜRGER. Wahr, wahr! Zu Haus, zu Haus!

DER GENSD'ARMES. Noch immer geschwatzt? Tod und Hölle, fort!

(Patrouille und die beiden Bürger ab.)

(Fouché und Carnot begegnen sich von verschiedenen Seiten. Beide sind tief in Mäntel gehüllt.)

FOUCHÉ. Ha, du bist es! – Ich schickte zu dir – du warest nicht zu Haus. Hier dacht' ich dich zu finden.

CARNOT. Als ich hörte, daß du geschickt hattest, sucht' ich dich auch hier, Otranto – oder, wie ich dich lieber nenne, Fouché.

GENSD'ARMERIE-PATROUILLE ZU FUSS *(kommt)*. Wer hier?

FOUCHÉ *(zu Carnot)*. Die Narren will ich anführen. Ich kenne ihre Losung. Sie sollen uns für zwei Mouchards erster Sorte halten.

(Zu den Gensd'armes:)

Wo ihr Officier?

OFFICIER. Da bin ich.

(Nachdem ihm Fouché etwas in das Ohr gesagt hat:)

Wünsch' Ihnen Glück im Geschäft, meine Herren.

(Die Patrouille zieht weiter.)

CARNOT. Hm, bediene dich nicht des Betruges.

FOUCHÉ. Muß man es jetzt nicht thun, wenn man unter den Schurken das Gute durchsetzen will?

CARNOT. Ha, da –

FOUCHÉ. Wie wird dir?

CARNOT. Ein unwillkührlicher Schauder ist verzeihlich: bedenke, wo wir stehen, hergebannt vom dunklen Triebe.

FOUCHÉ. Die berüchtigte Laterne des Greveplatzes faßt mit ihrem Mörderarm über uns in die Nacht und dort, in der Mitte rasselte die permanente Guillotine, als auch du im Wohlfahrtsausschuß saßest.

CARNOT. Da stand sie – das blutige Ungeheuer –

FOUCHÉ. Du selbst unterzeichnetest die Todesurtheile der Tausende und aber Tausende, welche unter ihr fielen, mit.

CARNOT. Eben deshalb bin ich bewegter als du. – Fouché, welche Eichen verloren hier ihre Kronen! Dieser Platz ist der Opferaltar Frankreichs! – Hier sanken Danton, Herault de Sechelles, Robespierre – auch der König fiel nicht weit von hier.

FOUCHÉ. Gereut es dich?

CARNOT. Nimmer! Es ging nicht anders. – Was mit den Leuten zu machen, wenn ihre Zeit vorüber war, und ihre Anhänger doch trotzen und rückwirken wollten?

FOUCHÉ. Du hast in deinem Memoire gesprochen.

CARNOT. Du in dem deinigen. – Wir sind Eins, nur unser Ausdruck ist verschieden. Aber sprechen wir auch mit den Zungen aller zwei und dreißig Winde, es hilft nichts. Drum sag' an, was ist zu *thun*?

FOUCHÉ. Die Bourbons müssen fort mit ihrer alten Zeit, – sie haben bewiesen, daß sie nichts Neues lernen können, und – erschrick nicht, Republicaner – Bonaparte muß zurück.

CARNOT. Bonaparte? Weißt du, was du sagst? Der vertilgte die Freiheit mehr als alle Tyrannen von Valois und Bourbon. Ja, man schelte den Wohlfahrtsausschuß und sein Blutsystem, wie man wolle: seine Ideen waren größer als der Egoismus des Generals Bonaparte.

FOUCHÉ. Gewiß. Aber wir bedürfen irgend eines neuen Menschen an der Spitze, und können Napoleon nicht übergeh'n. Auch ist er nicht mehr der von 1811. Sein Ruhmesglanz war sein Diadem. Im Regen von Leipzig erblich es so ziemlich, und blieb nur so viel Schimmer übrig, als wir gebrauchen mögen, ohne zu fürchten, er blitze uns abermals damit zu Boden. Er werde wieder Kaiser, jedoch kräftig gebändigt mit einer Constitution.

CARNOT. Die zerbricht er auf bekannte Manier, sobald er zwei Schlachten gewonnen hat.

FOUCHÉ. Zwei – oder sicherer *drei* Schlachten soll er nicht auf der Reihe gewinnen.

CARNOT. Mensch – ehemaliger Polizeiminister –

FOUCHÉ. Sprich den »Polizeiminister« nicht bitter aus. Frankreich besteht ohne solchen keine vier Wochen.

CARNOT. Bonaparte kann nicht zurückkommen. Ausgestoßen von aller Welt ist er auf Elba.

FOUCHÉ. *War*!

CARNOT. Wie?

FOUCHÉ. Was schreiben wir heute?

CARNOT. Den siebenzehnten März.

FOUCHÉ. Gut, so ist er schon in Auxerre.

CARNOT. Raserei!

FOUCHÉ. Nein, – lies mein Tagebuch, hier bei dem rothen Schein der furchtbaren Laterne, – am dreizehnten reis'te er von Lyon ab.

CARNOT. Unmöglich!

FOUCHÉ. Das Wort kennt Er nicht, oder will es nicht kennen, was auch etwas sagt. – – Siehst du, wie der Telegraph mit Feuerlichtern auch bei Nacht geht? Und weißt du, welche Nachricht er eben empfängt und sie nach allen Ecken an Frankreichs Präfecten und Gouverneure weiter verbreitet?

CARNOT. Nein.

FOUCHÉ. Wart' einen Augenblick – Da hab' ich den Schlüssel der Chiffre, – er verbreitet: Bonaparte ist diesseits Lyon gefangen, seine Leute sind zersprengt und er ist vor die Assisen gestellt.

CARNOT. Das klingt anders als deine Behauptungen.

FOUCHÉ. O du unschuldiges, kindliches Genie! – Wär' ich wie du, und kennte blos die Wissenschaft und die Tugend, nicht aber die Menschen! – – Wisse: in einer Stunde ist halb Frankreich getäuscht, – denn die Telegraphenlinie von Toulon lügt, und das äußerst grob, wie es für den Verstand von Blacas d'Aulps paßt. Wahrscheinlich hat Napoleon, um die Bourbons desto sicherer zu machen, dabei selbst die Hand im Spiel. Wie wäre er über Lyon heraus gekommen, hätt' er nicht schon eine Armee um sich, wären nicht Grenoble, nicht alle Truppen zu ihm übergegangen? Noch wenige Tage und er ist in Paris.

CARNOT. So mag er regieren. Aber jeder Blutstropfen empört sich bei dem Gedanken, daß er den asiatischen Despoten erneut.

FOUCHÉ. Ich wiederhole, das soll er nicht, und wären auch wir beide nur einig. – Folge mir, – ich kenne eine Wirthschaft in St. Martin, wo wir uns unbeachteter sprechen können als auf diesem Platz oder in unsren Hotels.

CARNOT. Alleswissender, was machen jetzt die Bourbons?

FOUCHÉ. Sehen nach dem Telegraphen und *glauben*, bis sie *fühlen*, daß sie irrten. Vielleicht ist auch zu dem Letzteren ihr Fell noch zu hart. Möglich, daß sie bald flüchten müssen, und doch wähnen, es sey etwa nichts mehr als eine Promenade. – Teufel, wer schnarcht da auf der Treppe? – Heda! wer seyd ihr?

CHASSECOEUR *(mit Vitry aufspringend)*. Zwei Kaisergardisten, ohne Brot und Obdach!

FOUCHÉ. Ah, die thun uns nichts! – Habt ihr etwas gehört, so sagt es nicht wieder!

(Mit Carnot ab.)

VITRY. Hast du etwas gehört?

CHASSECOEUR. Nichts Rechtes. Ich schlief schon ganz erträglich.

VITRY. Ich auch. – Wir wollen uns wieder hinlegen.

(Sie thun es.)

DRITTER AUFZUG

Erste Scene

(Paris. Greveplatz in der Nähe der Laterne. Es ist Nachmittag.)

(Volk, zum Theil müßig, zum Theil beschäftigt. Chassecoeur, Vitry und ein Schneidermeister im Vorgrunde.)

VITRY. Es ist nicht richtig, Chassecoeur! Nachts wecken uns verdächtige Gespräche, Ney ist fort mit den Truppen, die Angouleme soll schon auf dem Wege nach Bordeaux seyn, und dort geht ein kleiner Emigrant mit seinem Reisebündel – Adieu, mein Herr!

DER EMIGRANT. Wir kommen wieder, Herr von Namenlos –

(Für sich:)

O Feuer, Schwert, Schaffotte – Das ganze abtrünnige Frankreich soll brennen und bluten!

(Ab.)

CHASSECOEUR. Wer weiß, wohin der Emigrant betteln geht, und die Angouleme wird in ihrem Bordeaux beten wollen, daß sie ein Kind bekömmt, wie die Jungfrau Maria, ohne Hülfe ihres Mannes, weil ihr diese Hülfe doch nicht helfen kann. – Hol's der Teufel!

SCHNEIDERMEISTER. Meine Herren, meine Herren, die Herzoge Angouleme und Berry fahren aus der Stadt, auch die Herren Blacas d'Aulps und d'Ambray haben seit einer Viertelstunde Reisepelze an. – Es wird wieder lustig.

CHASSECOEUR. Convulsivischer Wurm, wer bist du?

SCHNEIDERMEISTER. Herr Mensch, ein pariser Kleiderfabricant, der Sie, wenn Sie seine Ehre beleidigen, mit dieser Nadel sieben und siebenzigmal durchbohrt, ehe Sie ihm eine einzige Wunde mit dem Degen anflicken!

CHASSECOEUR. Ich zittre schon.

FRAU DES SCHNEIDERMEISTERS *(kommt)*. Mann, lieber Mann, find' ich dich endlich, – o nach Haus! Auch unsre Straße ist voll Lärm und Bewegung! Man sagt der Kaiser käme zurück.

CHASSECOEUR. Sollt' es seyn? – O!

SCHNEIDERMEISTER. Dummes, infames Weib, sprich leiser –

(Leise:)

Käm er zurück, so wäre das viel für Frankreichs Ehre und für meine Wohlfahrt. – Geh, Nadeln und Zwirn angeschafft, soviel du kannst! Wir machen bald Monturen! – Ich sondire hier nur noch ein bischen die Stimmung von Paris, – es ist der beste Platz dazu. – Drum geh, ich komme gleich nach.

FRAU DES SCHNEIDERMEISTERS. Gleich? – Ist das gewiß?

SCHNEIDERMEISTER. Meinst du, ich würde dich und meine Würmchen in der Gefahr allein lassen?

(Frau des Schneidermeisters ab.)

Jesus! heiliger Geist! Da kommt der König! Und welchen Rock trägt er! De anno 1790 – Geschmack, Geschmack, du sinkst in das Meer! Das verschulden die Engländer!

EINE DAME DER HALLE *(tritt auf)*. Ach Gott, ich weine – wie erschütternd geht es in der Deputirtenkammer her. – Alle Deputirten wollen sich für den König opfern –

VITRY. *Thun sie* es auch?

DIE DAME DER HALLE. Sie hätten es gewiß gethan, wenn er nicht zu schnell Abschied genommen hätte. Und wie sprach er! Thränen, sag' ich, Thränen im Auge! Mit einem battistenen Schnupftuch voll gestickter Lilien wischte er sie ab – ach, die Lilien werden unter solchen Tropfen nur zu herbe genäßt.

VITRY. Da hält der Königsmann mit seiner Kutsche im Gedränge.

CHASSECOEUR. Er wird etwas herschwatzen, was wir in dieser Entfernung gar nicht hören, und von den Nächststehenden kaum drei, ohne daß sie es begreifen.

VITRY. Desto mehr Respect haben sie davor.

VIELE AUS DEM VOLK. Still! still! – Der große Monarch!

SCHNEIDERMEISTER. Erhöbe sich der König nur nicht, bliebe er nur ruhig sitzen, und verdeckte seine Frackschöße, denn von allen im Universum sind sie die abscheulichsten. Weit auseinander klaffend! Ist das französisch? Es ist nicht einmal englisch – es ist barbarisch! An dem Kleide den Mann – wer sich albern kleidet, ist albern – Aus mit unserm schönen Lande! So gewiß die Revolution nicht entstehen konnte, wenn man Reifrock, Perücke und Puder beibehalten und sich daher wohl gehütet hätte, einander auf den Leib oder in die Haare zu kommen, so sicher kann die königliche Würde nicht bestehen, wenn der König durch seine Frackschöße eine Sache zeigt, die zwar auch groß und gewaltig, aber nichts minder als majestätisch ist.

(Man hört den König reden.)

EINE DAME DER HALLE. Ach – das ist zum Herzbrechen –

VOLK. Lang lebe der König!

(Die Kutsche des Königs fährt weiter.)

SCHNEIDERMEISTER. Was sprach er?

DIE DAME DER HALLE. O, mein Herr, welche Zunge vermag es wieder zu sagen? »Die rührendsten Beweise der Liebe hätt' er von seinem Volke erhalten! wenige Verräther störten Frankreichs Glück! Er wolle sich an die Spitze der Armee stellen!« O, der wahre Sohn Heinrichs des Vierten!

CHASSECOEUR. Der alte podagrische – will an die Spitze der Armee?

SCHNEIDERMEISTER. Alles sehr gut, meine Dame, aber weshalb läuft er fort, wenn so rührende Beweise der Liebe und so wenig Verräther da sind? – Volk, Volk, laß dich durch Mitleid und Edelmuth nicht um deine Klugheit betrügen! Der König will nach Wien und dort auf dem Congresse Frankreichs beste Provinzen verschenken! Dafür sollen ihm die Russen helfen, alle Nicht-Emigranten zu unterdrücken! Das ist schon lange im Werk gewesen!

VOLK *(wüthend)*. Der verfluchte bourbonische Heuchler! Ihm nach – fanget, fesselt ihn!

SCHNEIDERMEISTER. Recht so – und soll er verbluten, so thu' er es an unseren treuen Herzen!

(Für sich:)

Das verdirbt die Kleider und nützt meinem Geschäft.

MEHRERE STIMMEN. Er ist schon fort – über alle Berge!

EIN ÄLTLICHES FRAUENZIMMER. Schimpft nach Belieben – Er war doch ein guter Mann.

CHASSECOEUR. Ja, er aß Rostbeef, aber keine Ofenschrauben.

VITRY. Du schilderst ihn. Was da?

LEUTE VERSCHIEDENEN STANDES *(stürzen herein)*. Napoleon ist gelandet –

CHASSECOEUR. Vitry!

VITRY. Chassecoeur! das Veilchen blüht!

SCHNEIDERMEISTER. Die beiden Gardisten springen auf, als ging' es zum Tanze!

DIE LEUTE. – und bei Chalons für Saone ist er gehängt worden!

CHASSECOEUR. Wer sagt das?

DIE LEUTE. Der Moniteur und der Telegraph.

VITRY. Sey ruhig, Chassecoeur. – Wenn die beiden zusammen es sagen, so ist es doppelte Lüge. Warum liefe der König sonst weg?

ANDERES VOLK *(stürzt herein)*. Der Kaiser ist in Fontainebleau!

SCHNEIDERMEISTER. Donner und Hagel! – Neys Armee?

VOLK. Ist zu ihm übergegangen, und hat ihm den Marschall mitgebracht!

SCHNEIDERMEISTER. Die armen Bourbons!

VITRY *(zu Chassecoeur)*. Von nun an laß das Raisonniren – nicht mehr nöthig – denk' an deine Waffen.

CHASSECOEUR. Sie liegen geputzt und blank im Winkel.

VITRY. Die meinigen auch!

SCHNEIDERMEISTER *(zu einem Nebenstehenden)*. Paß auf, jetzt stift' ich eine Revolution.

DER NEBENSTEHENDE. Wodurch?

SCHNEIDERMEISTER. Narr, durch diesen Pflasterstein – – Ich blicke, blicke und blicke auf ihn hin.

SAVOYARDENKNABE. »La marmotte« –

(Er stockt und deutet auf den Schneidermeister:)

Was hat der Mensch?

ANDERE UMSTEHENDE. Was sieht der?

NOCH ANDERE. Was geschieht?

(Es drängt sich allmählig eine große Volksmasse um den Schneidermeister.)

SCHNEIDERMEISTER *(halb laut)*. Hm – Hum – Oh!

VOLK. Großer Gott! Was ist?

SCHNEIDERMEISTER *(murmelt)*. Gefahr – Paris – Die Seine – Aristokraten –

EINER AUS DER MASSE. Was sagt er?

EIN ANDERER. Verstehst du nicht? Die Aristokraten wollen Paris untergraben, es mit Pulver von Vincennes in die Luft sprengen, wollen die Seine ableiten, und die Zufuhr sperren!

WEIBER. Wir Unglücklichen! o, unsere Kinder!

MÄNNER. Waffen! Waffen! – Die Arsenale erbrochen! – Waffen! Waffen!

EIN BÜRGER *(kommt)*. Meine Herren, es ist wahr – man will die Seine ableiten – Hier hab' ich eine Schaufel – sie lag an ihrem Ufer – Zeugniß genug!

VOLK IM VORDERGRUNDE. Die Schaufel – o, die Schaufeln!

VOLK IM MITTELGRUNDE. Man minirt unter der Seine – Zehntausend Schaufeln sind entdeckt!

VOLK IM HINTERGRUNDE. Auf! auf! Wir wollen uns wehren für Leben, Weib und Kind, oder was es sonst seyn mag!

SCHNEIDERMEISTER *(für sich)*. Das Letzte klingt lustig – »Was es seyn mag!« – Sie wissen nicht, was sie wollen, und werden nehmen, was sie bekommen. – Ich aber weiß mein Theil, – neue Regierung, neue Kleider!

(Halb für sich:)

Das Brot – Gott, das Brot –

VOLK. Die Bäcker, die Müller erwürgt! Sie sind von den Ministern bestochen, uns aushungern zu lassen! Es findet sich kein Brot mehr in der Stadt! Brot, Brot, Brot!

SCHNEIDERMEISTER. Wie sie auf einmal hungrig werden! – Aber – o wer kommt da? – Weh! die Vorstadt St. Antoine! Die ganze Stadtsippschaft, mit welcher ich mich bis jetzt vergnügte, rettet weder mich noch sich gegen das Belieben dieser Bestien von Habenichts und Herren von Schlagzu! – Ach, wir lebten unter dem achtzenten Ludwig so glücklich!

EIN NEBENSTEHENDER. Auch *du*?

SCHNEIDERMEISTER. Freilich. Wie sonst hätt' ich so kühn scherzen können?

(Er horcht auf:)

Und Himmel! schon das alte, wilde ça ira – Mir fröstelt's im Blut! Es wird weiß, wie Schnee!

VORSTÄDTER VON ST. ANTOINE *(treten auf, singend)*.

Ah! ça ira, ça ira,
Suivant les maximes de l'Evangile,
Ah ça ira, ça ira, ça ira,
Du legislateur tout s'accomplira.

EIN BÜRGER. Wie paßt das heute?

SCHNEIDERMEISTER. Ça ira, mein Herr, heißt so viel als »Kopf ab, wo es uns gefällt«. Mit dem Inhalt ist es einerlei, aber die Bedeutung und Wirkung ist dieselbe. – Wir Armen!

VITRY. Ja, Chassecoeur, so etwas hast du in Rußland nicht gesehen, – das sind die echten Ohnehosen und Schonungslosen – Ihre Piken sind schlimmer als die der feigen Kosaken!

VORSTÄDTER VON ST. ANTOINE.

Ah! ça ira, ça ira, ça ira,
Celui qui s'éleve, on l'abaissera,
Celui qui s'abaisse, on l'élevera,
Ah! ça ira, ça ira, ça ira.
Le peuple armée toujours se gardera,
Le clergé regrette le bien qu'il a,
Ah! ça ira, ça ira, ça ira,
Par justice la nation l'aura,
Ah! ça ira, ça ira, ça ira.

SCHNEIDERMEISTER. Welche Orchesterbegleitung! Ein zerlumpter Bärenführer mit der Trommel und ein schmutziger Junge mit einem Triangel! Na, Opern, jetzt ist es aus mit euch!

VORSTÄDTER VON ST. ANTOINE.

Pierrot et Margot chantent à la guinguette,
Ah! ça ira, ça ira, ça ira,
Rejouissons nous, le bon temps viendra,
Ah! ça ira, ça ira, ça ira.

SCHNEIDERMEISTER. Wie gern lief' ich weg – die verwünschte Neugierde! Es sieht zu curios aus – O – da ist Jouve, der Kopfabhacker von Versailles und Avignon, wieder an der Spitze, eine ellenhohe rothe Mütze auf dem Kopfe – Seit zwanzig Jahren sah' ich ihn nicht – – Und da tragen sie auf den Schultern eine Hure, in ihrer Jugend, als Gott vom Wohlfahrtsausschuß abgesetzt war, Göttin der Vernunft, und jetzt dieselbe noch einmal, aber recht gealtert.

VORSTÄDTER VON ST. ANTOINE. Hoch die Vernunft!

ANDERE. Die Hölle mit ihr!

WIEDER ANDERE. Und der Himmel breche zusammen!

NOCH ANDERE. Der Teufel soll Gott seyn!

ALLE. Das soll er, er ist ein braver Kerl!

JOUVE. Das ist er, Brüder, aber eben darum der Verläumdete, der Unterdrückte –

(Zu dem Schneidermeister:)

Lumpenhund, was blinzelst du mit den Augen?

SCHNEIDERMEISTER. Vor Freude, mein Herr, daß in Frankreich auch der Teufel zu Recht und Ehre kommt.

VIELE VORSTÄDTER. Jouve, laß den Mann geh'n – er ist so übel nicht –

JOUVE. Dann ist er schlecht genug – Wer nicht für uns ist, der ist wider uns – Dieser, merk' ich, ist ein Schuft, der seine Courage da hat, wo er nichts zu fürchten braucht, – der die Fahne auf der einen Seite weiß, auf der anderen dreifarbig trägt, und sie nach dem Winde schwingt. – Seht, wie er anfängt, sich hin und her zu wenden – er möchte jetzt gern fort, nach Haus, sich dort mit seiner Familie hinter dem Ofen verstecken, bisweilen an die Fensterladen schleichen, durch die Ritzen gucken, und ohne Gefahr bemerken, was es auf der Straße für Unheil gibt, um gleich darauf in Sicherheit darüber zu schwatzen –

Derlei Memmen sind schändlicher als die öffentlichen Mordbrenner – – Schneiderfetzen, (denn so etwas wirst du seyn) Courage, Scheere, Nadeln heraus, – hier mein Schmiedehammer – Wehre dich oder crepire!

SCHNEIDERMEISTER. Weh mir!

JOUVE. Nieder!

(Er schlägt ihn zur Erde.)

VORSTÄDTER UND ANDERES VOLK. Ha! Blut! Blut! Blut! Schaut, schaut, schaut, da fließt, da flammt es – Gehirn, Gehirn, da spritzt es, da raucht es – Wie herrlich! Wie süß!

JOUVE. Schneiderblut und Schneidergehirn – Besseres Blut thut uns noth – Wer noch keine rothe Mütze hat, färbe sich, bis wir edleres haben, mit diesem Blute das Haar.

(Viele Vorstädter thun es.)

Vorwärts – die Tuillerien angesteckt – Es lebe die Freiheit!

ALLE VORSTÄDTER. Sie lebe!

EIN VORSTÄDTER. Da kommt Nationalgarde!

JOUVE. Geh' du hin, und sag' ihren Anführern, sie möchten sich mit ihren Leuten auf der Stelle, und zwar mit gekrümmtem Buckel nach Hause begeben, sonst würd' ich ihnen in der Manier, wie ich sie 1789 in Versailles lernte, ihre Köpfe, falls sie etwas von Kopf haben möchten, dergestalt abhacken, daß dieselben, ehe sie den Mund zum Schrei aufsperren könnten, auf dem Boden lägen. –

(Der von Jouve Angeredete ab.)

– Wer ein guter Patriot ist, folgt mir nach! Hacket dem verrätherischen Schneider die Finger ab, und steckt sie in den Mund als Zigarren der Nation!

VIELE VORSTÄDTER. Her die Finger! – Ach, er hat nur zehn!

JOUVE. Geduld, es gibt Verräther genug, um noch tausende zu erhalten. Bekommen wir den König oder den Kaiser in die Hände, sie gehören beide mit dazu.

CHASSECOEUR. Der Kaiser?

VITRY. Camerad, still – den Kaiser und uns hat die Revolution gemacht, diese aber machten die Revolution und den Kaiser.

JOUVE. Welcher Bengel wagte mir in die Rede zu fallen und nach dem Kaiser zu fragen?

VITRY. Da hast du es, Chassecoeur.

CHASSECOEUR. Ein kaiserlicher Gardegrenadier zu Pferde.

JOUVE. Leute, der Kerl macht sich Titel – An den Arm der Laterne mit ihm!

VORSTÄDTER. An den Laternenarm den Verräther!

VITRY. Bitte, bitte, schont ihn, ihr Helden der Revolution –

VORSTÄDTER. Ah –

VITRY. Schöne, allerschönste Göttin der Vernunft, leg' ein Wort für den Unvernünftigen ein – Es geziemt der Vernunft, die Tollen zu bemitleiden.

GÖTTIN DER VERNUNFT. Jouve, laß den Narren närrisch seyn. Er ist so geboren und in der Armee so erzogen – er kann es nicht ändern.

JOUVE. Du sagst es, Göttin. – Aber du kaiserlicher Gardegrenadier zu Pferde, merke dir mit deinem schwachen Verstande die Kleinigkeit: soll dir nicht hineingeschlagen werden, so reiße gegen französische Bürger das Maul nicht zu weit auf.

CHASSECOEUR. Hölle –

VITRY. Sacht! – der Kaiser ist gewiß bald da.

ADVOCAT DÜCHESNE *(kommt)*. Meine Herren –

VITRY *(beiseit zu ihm)*. Herr Redner, still – Die da verstehen den Teufel von Ihrem Brei, und wen sie nicht verstehen, den bewundern sie nicht, wie unsre Bekannten im Palaisroyal, sondern sie bringen ihn um.

(Gensd'armerie zu Pferde kommt.)

EIN HAUPTMANN DER GENSD'ARMES. Auseinander, Pöbel!

JOUVE *(zu einem seiner Nebenmänner)*. Schleich' dich hinter das Pferd des Gensd'armeshauptmanns, reiß' ihn rücklings herunter – ich falle ihn und seinen Gaul von vorn an.

(Jouves Nebenmann ab.)

Was wollen Sie, mein Herr?

HAUPTMANN DER GENSD'ARMES. Nur Ruhe.

JOUVE. Die soll Ihnen werden, in zwei Minuten. – Leute, habt ihr recht starke Stricke? Der Kerl ist fett und schwer.

HAUPTMANN DER GENSD'ARMES. Empörung! Schießt, haut ein, Gensd'armes!

JOUVE. Wer ist mehr, ein Gensd'armes oder ein Franzose? Ihr hauet nicht ein, Bürger Gensd'armes, aber euren elenden Hauptmann hängen wir an jene Laterne, so gewiß als ihn mein Freund in diesem Augenblick vom Pferde reißt.

HAUPTMANN DER GENSD'ARMES. Rettet mich, Cameraden!

JOUVE. Findest deine Cameraden in der Hölle.

(Er schlägt das Pferd des Hauptmanns der Gensd'armes nieder.)

VORSTÄDTER. In die Luft den Kerl! Hopsa!

HAUPTMANN DER GENSD'ARMES. Schändlich – – Thut alles, nur meinem Halse nicht zu weh –

(Er hängt:)

Ach!

(Er stirbt.)

JOUVE. Wo sind die anderen Gensd'armes?

EIN VORSTÄDTER. Schnell auseinander und fortgeritten.

JOUVE. Das war von ihnen weise gehandelt!

(Aufhorchend:)

Was für Trompeten?

CHASSECOEUR UND VITRY. Ha!

(horchen auch auf.)

VOLK. Dort zahllose Reiterei!

EINIGE. Kennt ihr die klirrenden Kalpaks von Blech und Stahl? Es sind polnische Lanzenreiter.

JOUVE. In Ordnung, Brüder – Man will uns im Namen des längst hingerichteten Kaisers überrumpeln! – Da Trommeln?

EIN ANKOMMENDER. Die Infanterie von Ney, an den Tschakkos das Tricolor!

JOUVE. Satan, von jener Seite?

DER ANGEKOMMENE. Artillerie, bedeckt von den Kuirassiren Milhauds.

JOUVE. Wie konnte der kleine Corporal das alles so schnell ordnen? – Er ist doch ein tüchtigerer Kerl als Mirabeau,

Robespierre oder ich – Schade, daß er tyrannisirt! – Links? und hinter uns?

DER ANGEKOMMENE. Links die Garde zu Fuß mit der alten Parademusik, hinter uns die Garde zu Pferd, – so weit man blickt nichts als Bärenmützen!

CHASSECOEUR UND VITRY. Unsre Cameraden, unsre Cameraden – In Reih und Glied mit ihnen – Jetzt Pöbel zittre! –

(Sie eilen zu der vorbeirückenden Garde.)

JOUVE. Vorstädter, Ruhe! – Wir spielen nicht mehr mit Ludwig's Gensd'armes, sondern mit Ihm. Er ist ein schlechter Kerl, aber sein Handwerk versteht er. Paris liegt in seinen Ketten, eh' es ihn nahe ahnte. –

EIN VORSTÄDTER. Da 'ne Kröte von einer Kutsche – Dragoner um sie her – Was wollen die bei dem erbärmlichen Dinge? Ich möcht' es visitiren.

JOUVE. Der Blick aus dem Kutschschlag war vom Auge des Mannes von Austerlitz.

MEHRERE STIMMEN. Wieder zwei Kutschen mit kaiserlichen Wappen!

JOUVE. Voll von Prinzen und Prinzessinnen des kaiserlichen Hauses. – Wo Aas, da die Raben, sonst begreif's der Henker, wo diese Personen auf einmal herkommen.

(Für sich:)

Der Imperator zurück, und in der Mode, so lang es dauert. Ich mache sie mit und trage morgen wieder einen eleganten Frack. Die Jacobinermützen überdauern am Ende doch Alles.

(Laut:)

Es beginnt zu dämmern! Hausbewohner, Lichter an die Fenster, zu Ehren des Kaisers und der Nation! – Damen von Paris, muß man euch erinnern? Das Volk erwartet schon lange von euren schönen Händen dreifarbige Cokarden!

(Die Fenster werden erhellt, – Damen eilen an dieselben und werfen die Cokarden in Menge unter das Volk.)

VOLK. Heil den Damen von Paris!

EIN KRÄMER TRITT MIT SEINER FRAU AUS DEM GEWÖLBE. Liebe

Frau, laß die weißen Cokarden, die sie wegwerfen, morgen mit dem Frühesten aufsuchen, und sorgfältig in einen Koffer packen – Vor einem Jahre macht' ich es eben so mit den dreifarbigen, habe drei Koffer davon voll und pass' auf, ich setze sie jetzt reißend ab.

(Ruft:)

Hier dreifarbige Cokarden, das Stück zu einem Sous!

JOUVE. Hund, du wagst die Farben der Nation zu *verkaufen*? – Du kommst meiner Laune gelegen!

(Zu seinen Leuten:)

Nehmt ihm die Cokarden!

(Wieder zu dem Krämer:)

Dir schaff' ich dafür das Tricolor umsonst: sieh, diese Faust ballt sich unter deiner Nase, und du wirst weiß, – jetzt erwürgt sie dich und du wirst blau wie der heitere Himmel, – nunmehr zerstampf' ich deinen Kopf, und du wirst roth vor Blut.

FRAU DES KRÄMERS. Gott, o Gott!

JOUVE. Die Gans fällt in Ohnmacht – nothzüchtigt sie, wenn sie so viel werth ist, aber im Namen des Kaisers!

ALLE. Jouve hoch und abermals hoch!

JOUVE. Bährenführer pfeif' und trommle, Triangler klingle!

(Es geschieht.)

Nach den Tuillerien!

(Alle ab.)

Zweite Scene

(Vor den Tuillerien. – Abenddämmerung. – Alte Gardegrenadiere zu Fuß, und polnische Lanzenreiter auf Wache. Überall Volk.)

ALTER GARDEGRENADIER. Was hast du da?

EIN ANDERER ALTER GARDEGRENADIER. Betten aus dem Schloß.

ALTER GARDEGRENADIER. Wer schlief darin?

DER ANDERE. Die königlichen Haustruppen.

ALTER GARDEGRENADIER. Die haben ja einen Geschmack wie die Wickelkinder der – Ich wenigstens kannte außer Stroh und Straßenpflaster seit vierzehn Jahren kein Bett, und schlafe so besser, je härter ich liege.

DER ANDERE. Volk, nimm dich in Acht! Es stäuben Federn! *(Er wirft die Betten unter das Volk, und legt sich zum Schlafe auf das Pflaster, viele seiner Cameraden ebenfalls. – Das Volk streitet sich um die Betten und reißt sie bei der Gelegenheit zu Stücken.)*

JOUVE *(kommt mit seinen Vorstädtern. Für sich).* Wie es hier stehen mag? – Ha, schlimm – Hat der Kaiser hunderttausend Mann, die so wie diese für ihn sich in den Dreck lagern, so macht ganz Europa mit allen diplomatischen Sophas nichts gegen ihn.

EIN BÜRGER. Auf die Seite, Platz gemacht!

EIN VORSTÄDTER. Weshalb, Kerl?

DER BÜRGER. Es sprengen zwanzig, dreißig Estafetten aus dem Thor des Pallastes.

EIN ANDERER BÜRGER. Und da kommen gerade dreißig wieder an – Gleich und gleich hebt sich!

ERSTER BÜRGER. Da fliegen Adjutanten heraus!

ZWEITER BÜRGER. Und da jagen Caleschen herein!

JOUVE *(für sich).* Er ist da – und schon reißt er Frankreich in seinen Strudel – – Aber hier ein kaiserlicher Wagen, die Hortense darin – Die Wache liegt zum Theil schlafend auf dem Boden – Macht sie nicht die Honneurs oder kommt sie in Unordnung, so fass' ich frischen Muth, stürme noch heute Nacht die Tuillerien, und pflanze auf seiner Leiche den Freiheitsbaum auf!

SCHILDWACHE *(ruft).* In's Gewehr! – Königin Hortense! *(Die ganze Wache kommt in Bewegung, und hält gleich darauf zu Pferde und zu Fuß in Ordnung.)*

OFFICIER DER GARDEGRENADIERE ZU FUSS. Präsentirt das Gewehr! Trommel gerührt!

OFFICIER DER POLNISCHEN LANZENREITER. Säbel heraus! Trompete geblasen!

(Trommeln und Trompeten.)

VOLK. Es lebe Hortense!

HORTENSE *(blickt aus dem Wagenfenster)*. Ich danke!

VIELE DES VOLKES. Die ist doch hübscher als die Angouleme.

JOUVE *(für sich)*. Hier ist nichts zu machen – Die Leute sind zu einexercirt und zu begeistert – Weg meine Träume – Es lebe der Kaiser!

VOLK. Hoch der Kaiser!

OFFICIER DER GARDEGRENADIERE ZU FUSS. Gewehr ab!

(Es geschieht.)

OFFICIER DER POLNISCHEN LANZENREITER. Säbel ein!

(Es geschieht.)

DIE OFFICIERE. Nun schlaft, bis die Schildwachen euch wecken.

DRITTE SCENE

(Abend. Zimmer in den Tuillerien. Erleuchtet. Napoleon. Viele dienstthuende Officiere um ihn. Andere sitzen und schreiben.)

NAPOLEON. Wo Cambronne?

OFFICIER. Sire, er visitirt die Wachen.

NAPOLEON. Diese Zimmer – Ich bin wieder zu Haus, und Frankreich ist mein! – Hier wandelten also vor ein paar Stunden Blacas d'Aulps und d'Ambray? Ah,

(halb laut:)

S'il est un temps pour la folie,
il en est un pour la raison.

Wem gehörten diese Bücher?

OFFICIER. Dem König Ludwig.

NAPOLEON. Ich bin doch neugierig –

(Er blickt in mehrere:)

Gebete! – Mit Gebeten und Jesuiten zwingt man nicht mehr die Welt – Die Bücher beiseit, und Landcharten auf den Tisch –

(Zu einem Officier:)

Lassen Sie in die Zeitungen setzen: binnen drei Wochen würden die Kaiserin und der König von Rom hier seyn.

(Adjutant ab. Napoleon für sich:)

O mein Sohn – in den Krallen von Habsburg – Ich kann's, ich mag's nicht denken!

(Zu einem schreibenden Officier:)

Die Depechen?

DER OFFICIER. Sind fertig, Sire.

NAPOLEON. Fort mit ihnen in die Provinzen. – – Hier neue! – Welch sonderbares Ding von einem Stuhl!

EIN OFFICIER. Des Königs Rollstuhl.

NAPOLEON *(setzt sich hinein)*. In dem sitzt es sich freilich bequem – in dem konnte man leicht vergessen, daß es in Frankreich und auf Elba ganz anders war, als in diesem Zimmer.

(Wieder aufstehend:)

Schließt den Stuhl beiseit.

EIN KAMMERHERR *(tritt ein)*. Sire, hier Depechen – schriftliche Nachrichten von dem Telegraphen –

NAPOLEON. Her damit – – Die Depeche ist albern –

(Er wirft sie weg.)

– Da Aufruhr in der Vendée – General Travot kennt den Distrikt seit zwanzig Jahren – Er soll hin mit zehntausend Mann – Schnell, schnell das expedirt, ihr Schreibenden! Die Truppen nimmt er aus Nantes und Angers. – – – Hier – o, alles, alles seit dem April von 1814 in Frankreich Ruin, Festungen und bürgerliche Ordnungen – bloß mit den Einkünften der Pfaffen steht's gut – wenigstens beschweren sich die Gemeinden über das Unmaß derselben.

(Zu den Schreibenden:)

Die Missionskreuze auf den Marktplätzen sollen fort, – kein Geistlicher unter Bischofsrang erhält mehr Gehalt als ein Bezirksrichter.

– Nochmals der Telegraph? – Murat marschirt. Konnt' er denn nicht warten, bis Ich gerüstet war? Die Übereilung ist schlimm für ihn und etwas Schade für mich. – Zwölf Zimmer sollen in Toulon königlich eingerichtet, und ihm überlassen werden, kommt er auf der Flucht dahin. – Bildet sich der Mensch ein, er könne in Einem Feldzuge mit seinem neapolitanischen Gesindel Italien organisiren – Das ist eine Arbeit für Jahrhunderte – Geistliche und weltliche Politik haben zu fleißig dafür gesorgt.

KAMMERHERR *(tritt ein)*. Der König flüchtet, wie man erfahren, über Lille.

NAPOLEON. Alle Behörden und alle Festungscommandanten sollen ihn laufen lassen, so viel er kann. Hab' ich ihn, so macht er mir Plage, hab' ich ihn nicht, so bin ich mit der Plage verschont und er thut mir keinen Schaden.

(Kammerherr ab.)

EIN OFFICIER. Sire, das Volk ruft Ihnen immer donnernder Vivat –

NAPOLEON. Schon gut.

DER OFFICIER. Und es fleht, Sire, Sich einen Augenblick am Fenster zu zeigen, um sein Sehnen nach Ihrem Antlitz zu stillen.

NAPOLEON. Die Canaille wird anmaßend – Die Bourbons haben, so hochadlig sie sind, die Zügel doch recht schlaff gehalten – – Nun –

(Er geht einen Augenblick an das Fenster, lautes Geschrei: »es lebe der Kaiser« erschallt. Er tritt zurück, und)

DER KAMMERHERR *(kommt wieder)*. Neue Depechen –

NAPOLEON. Gut. Übrigens verbitt' ich, mir künftig jedesmal die Couriere und Depechen förmlich anzumelden. Wer Beruf oder Muth hat, mir etwas zu bringen, mit mir zu sprechen, komme unangemeldet. Europa blickt voll Erwartung hieher, und läßt mir keine Zeit zur Etiquette.

KAMMERHERR. Wie Sie befehlen, Sire.

NAPOLEON. Apropos – Standen Sie bei Ludwig dem Achtzehnten im Dienst?

KAMMERHERR. Sire, ja – einige Zeit.

NAPOLEON *(für sich)*. »Sire, ja – einige Zeit« – Ein stotternder Zweideutler.

(Laut:)

Meines Dienstes sind Sie entlassen.

(Kammerherr ab. Couriere, Ordonanzen treten ein.)

Die Botschaften – Ah, Gilly hat den Angouleme bei Lyon gefangen –

(Zu einem Officier:)

Der Telegraph hat nach Lyon zu berichten, daß General Gilly den Herzog von Angouleme im ersten besten Seehafen denen, die ihn zu besitzen wünschen, ausliefre.

(Officier ab.)

Wieder der Telegraph – Die Angouleme ist nach tapferer Gegenwehr aus Bordeaux vertrieben. – Sie ist der einzige bourbonische Sprößling, der Hosen zu tragen verdiente. – – Was bringst du?

EINE ORDONANZ. Dieses, Sire.

NAPOLEON. Auch vom Telegraphen. – Pah, der Congreß in Wien ist auseinander. Daß *der* auseinander lief, wußt' ich, als ich von Elba den Fuß in das Schiff setzte. – – Und du?

EINE ANDERE ORDONANZ. Depechen von Montmedy.

NAPOLEON *(während er lies't)*. In Preußen marschirt's – Der sonst so sparsame Staat schickt seine Soldaten sogar auf der Post an unsre Nordgrenze – Die Niederlande machen es eben so – – Nun, kommt ihr mir zu voreilig entgegen, so rechnet's euch selbst zu, wenn ihr mich zu früh findet.

(Zu den Schreibenden:)

Ist alles fertig?

DIE SCHREIBENDEN. Ja, Sire.

NAPOLEON. So schickt es fort.

(Mehrere ab.)

– – Du hast?

EINE ORDONANZ. Telegraphische Nachrichten von Brest und von Toulon –

NAPOLEON. Ha, England –

(Er lies't:)

– Die englischen Flotten überall an Frankreichs Küsten mit ausgesteckter, rother, großer Kriegesflagge – Orlogs, kommt meinen Strandbatterien nicht zu nahe! – – Und ganz Frankreich ist von den Herren in St. James in den Blokadezustand erklärt? – Ei, warum verbieten sie uns nicht auch das Athmen?

BERTRAND *(kommt)*. Sire, hier die Ausfertigungen –

NAPOLEON. Bist fleißig gewesen; ich glaube, du hast in drei Tagen weder unterwegs noch hier geschlafen.

BERTRAND. Konnt' ich's vor Freude? – Da wollt' ich denn doch bei dem Wachen auch etwas thätig seyn.

NAPOLEON. Was macht deine Frau?

BERTRAND. Sitzt am Stickrahmen, springt wieder auf, tanzt, küßt ihr Kind, empfängt Bekannte, glüht vor Freude und Gesundheit, und ruft einmal über das andere: es lebe Gott, es lebe der Kaiser, und jetzt mögen wir dazu leben!

NAPOLEON. Grüße sie von mir – Nun?

BERTRAND. Sire, noch etwas –

NAPOLEON. Ich merke, was Schlimmes – Entdeck' es, – ich bin kein Bourbon, – wer wie sie das Schlimme nicht erblicken will, vermeidet es nicht.

BERTRAND. Die Telegraphen melden von allen Seiten, daß nirgends, vom kleinsten deutschen Fürstenhofe bis nach Wien, Berlin und der Newa deine Briefe angenommen sind.

NAPOLEON. So will Ich Selbst sie den Herren bringen, und dreimal hunderttausend Mann dazu. – Künftig läßt du in jedem officiellen Schreiben, das »Wir« und das »von Gottes Gnaden« aus. Ich bin Ich, das heißt Napoleon Bonaparte, der sich in zwei Jahren Selbst schuf, während Jahrtausend lange erbrechtliche Zeugungen nicht vermochten, aus denen, die sich da scheuen, meine Briefe anzurühren, etwas Tüchtiges zu schaffen. – Jetzt durchzuckt es mich wie ein Blitz, und ich sehe klar in die tiefsten Gefilde der Zukunft: es wäre klüger von mir gewesen, hätt' ich –

Sind einmal alle Vorurtheile der alten Zeit umgewälzt, so schadet es den Enkeln meines Sohnes noch in späten Jahrhunderten, daß sie von einer als kaiserliche Prinzessin geborenen Mutter entsprungen und dadurch der Anhänglichkeit an lächerliche Ahnenideen verdächtig sind!

BERTRAND. Auch haben alle Mitglieder des Congresses –

NAPOLEON. Zaud're nicht –

BERTRAND. – eine Art Acht über dich ausgesprochen.

NAPOLEON. Es ist spaßhaft. Geächtet? Mich? Warum?

BERTRAND. Sire –

NAPOLEON. Ich will dir es sagen: alle die Leute mit all ihren Generalen, den alten, tollen Blücher vielleicht ausgenommen, beben nicht vor Frankreich, wie es jetzt ist, sondern vor meinem Genie. – Geächtet! Ich! Ich kann mir die schönen Phrasen denken, in welchen die Ächtung ausposaunt ist – vom »Störer des Weltfriedens, Eroberer, Tyrannen« wird's darin wimmeln. – Eh, eine treffliche Sprache im Munde der Theiler von Polen – Vermieden sie nur die politische Scheinsucht, – würden sie nur nicht zugleich kleinliche Heuchler, indem sie große Gewaltthaten begehen, – aber da wird alles mit erlogenen Beweggründen motivirt, jeder Raub mit glatten Worten ausgeputzt, und beides dient blos die Bewältiger und Räuber verhaßter und verächtlicher und die Unterdrückten und Beraubten erbitterter zu machen! – Geächtet! – Weil ich als Kaiser, als unabhängiger Fürst von Elba, den Bourbons, die mir meine Pension nicht zahlten, Krieg gemacht? Hat Rußland je so viel Ursach zum Krieg mit den Osmanen gehab? – O Gott sey gelobt, daß ich Waffen genug habe, um meinen Grimm nicht wie ein armer Sultan verbeißen zu müssen! – Bertrand, am dreizehnten Juni, Abends sieben Uhr, steh' ich mit meiner ganzen Armee bei Avesnes und weder sie soll wissen, wie sie dort zusammengekommen ist, noch der Feind mich eher ahnen, als bis ich mitten in seinen Cantonnirungen hause. – Nimm diese Charte, – die Marschrouten hab' ich schon darauf bezeichnet, – laß bis morgen früh an die Heertheile und Platzcommandanten die nöthigen Befehle ergangen seyn.

(Bertrand ab. Fouché und Carnot treten auf.)

NAPOLEON *(Für sich)*. Die beiden zusammen? – Ich hätte jeden lieber einzeln – Doch der freie Eintritt ist einmal erlaubt.

FOUCHÉ. Sire, unsre Glückwünsche zur Wiederbesteigung Ihres Thrones.

NAPOLEON. Otranto, – Sie übernehmen wieder das Portefeuille des Polizeiministers.

FOUCHÉ. Sire –

NAPOLEON. Und Ihnen, Graf Carnot, Dank für die Vertheidigung von Antwerpen.

CARNOT. Leider war sie vergeblich, – ich mußt' es auf Befehl des Königs übergeben.

NAPOLEON. Thut nichts. Belgien entläuft uns doch nicht. Wissen Sie, meine Herren, daß bereits ganz Europa gegen uns proclamirt und marschirt.

FOUCHÉ. Wir wissen es.

NAPOLEON. Was thun wir?

CARNOT. Sire, geben Sie Frankreich eine liberale Constitution, mit sichren Garantien, und die Despoten Europas erzittern, während der Bürger von Paris fröhlich sein Vaudeville singt.

NAPOLEON. So auch sprach neulich ein braver junger Mann, Labedoyere. »Liberalismus«, »Constitution« lauten gut, aber Carnot, Sie erfuhren selbst, wie wenig die Menge davon versteht. Der gute, wohlmeinende Advocat aus Arras, Robespierre, mußte zum Schreckensmann werden, als er die Republik aufrecht erhalten wollte, und Sie selbst waren sein College. Dafür haben die Zeitungsschreiber ihn und Sie so mit Tinte übergossen, daß es lange währen wird, ehe der Strom der Geschichte beide wieder weiß wäscht. – – – Was ich für den Augenblick thun kann, soll indeß geschehen – Die Zukunft schaffe weiter. Alles was in der neuen bourbonischen Charte nach Feudalismus und Pfaffenthum schmeckt, will ich durch eine Zusatzacte wegschaffen, und diese Acte auf einem Maifelde, ähnlich jenem der fränkischen Kaiser, publiciren lassen. Aber, aber, glauben Sie, meine Herren, Charten und Constitutionen sind zerreißbarer als das Papier, auf welches man sie druckt.

FOUCHÉ. Sire, eine Druckerei bedeutet jetzt mehr als eine römische Legion.

CARNOT. Und bedeutete sie weniger als eine französische Compagnie – besser, das Gute wollen, als das Schlechte thun.

NAPOLEON. Sie, Carnot, sind mein Minister des Innern.

CARNOT. Sire, Sie geben mir ein Amt, dessen Geschäfte ich nicht kenne.

NAPOLEON. Das Kriegsministerium wär' ihnen lieber, aber Davoust ist der dermaligen Armee bekannter als Sie – Er hat es. – Drum nehmen Sie den Minister des Innern an, wär's auch nur als nicht verschmähtes Zeichen meines Zutrauens, und seyen Sie ohne Sorge, ob Sie dazu passen, – Sie passen zu jedem großen Staatsdienst, denn Sie sind weise, kühn und brav. – Meine Herren, für heute gute Nacht.

FOUCHÉ *(mit Carnot abgehend, flüstert diesem zu)*. Die alte Manier, als wäre gar kein Elba gewesen.

NAPOLEON. Der listig kühne Fouché und der ehrliche Republicaner Carnot sind immer zehnmal besser als der klug feige Talleyrand, welcher mit dem Winde schifft, und nachher sagt, er hätte ihn gemacht. Weh ihm, irrt er sich einmal um die Breite eines Haares, der Seiltänzer! Weh ihm, irrt er sich jetzt an mir!

(Hortense tritt ein.)

Warum kommst du erst jetzt? Du bist seit einer Stunde hier. – Ich hörte deinen Wagen.

HORTENSE. So genau weiß das mein Kaiser? Ich sollte mir schmeicheln.

NAPOLEON. Und deine Reisekleider abgelegt – in Goldstoff – Welch ein Gürtel, – eine Sammlung von Diamanten.

HORTENSE. Ich schmückte mich, um dich in würdiger Tracht zu grüßen.

NAPOLEON. Frischer Lorbeer im Haar? – Davon muß ich bald ein paar Blätter verdienen.

HORTENSE. Ach, seit wir uns nicht gesehen, Kaiser, ist manches, manches Schmerzliche über deine Familie ergangen, – du sprühtest Funken, wüßtest du, wie undankbar, wie schlecht die Menschen sind! Allein das Geschick that doch den härtesten Schlag –

NAPOLEON. Hortense, ich bitte, laß deine Gewohnheit, mache mich nicht schwermüthig – Ich habe andere Geschäfte. –

HORTENSE. Einen Augenblick hast du übrig für das Angedenken an Die, die Jahre lang nur dich dachte – die bescheidene Blume, welche du der prächtigen Rose des stolzen Österreichs opfertest, – sank dahin.

NAPOLEON. Josephine! – – Hortense, du bist hart – O, ihr Tod hat mir schon genug schmerzvolle Nächte gekostet – Ja, Sie war mein guter Stern! – Mit ihr erlosch mein Glück! – – – Selige Tage, wo ich in Italiens Gefilden den Tod verachtete, und nur siegte, um ihr meine Triumphe zu melden! Das hat mich zum Helden geschaffen! – Sprach sie von mir noch in den letzten Stunden?

HORTENSE. Als sie nicht mehr sprechen konnte, blickte sie auf das goldne N über ihrem Betthimmel, und ließ sich die Hand auf das Herz legen.

NAPOLEON. Ha! – – Genug, Hortense. Es ist überhaupt alles anders geworden. Ich bin, wie in einer Wüste. Berthier ist fern, Duroc, Bessieres sind längst gefallen, Junot hat sich aus dem Fenster zu Tode gestürzt, Louise und meinen Sohn hält man zurück, und noch schlimmer als das alles, viele sind weder gestorben, noch haben sie sich entfernt, aber sie wurden Verräther. Selbst der Ney – Er ist der Muthigste meiner Marschälle, doch an Character der Schwächste. Du hättest das Gesicht sehen müssen, mit dem er vor mich trat, als seine Truppen zu mir abfielen. Er hatte im Ernst gegen mich kämpfen wollen, und konnte nun nicht das Auge aufschlagen. Als ich ihm aber entgegen ging und that als wüßt' ich nichts, ward er wie ein geretteter armer Sünder, wäre mir fast zu Füßen gefallen, und ich bin überzeugt, er streitet nächstens verwegener für mich als je.

HORTENSE. Ich würd' ihn nicht wieder anstellen.

NAPOLEON. Ich muß es thun – Sein Name hat einen guten Klang im Heere.

HORTENSE. Es gibt Einen unter deinen Ministern, der treuer ist als alle deine Marschälle – Er harrt im Vorsaal, Wonne im Auge –

NAPOLEON. Das ist Maret.

HORTENSE. Du erräthst ihn.

NAPOLEON. Keine Kunst, – er ist gewandt wie ein Aal, klammert sich aber auch eben so fest an. – Er bekommt das Staatssecretariat zurück.

HORTENSE. Auch deine Brüder: Lucian –

NAPOLEON. Der Präsident der Fünfhundert naht sich dem Kaiser? O weh, ich muß ihm hülfsbedürftig, seiner Großmuth würdig erscheinen.

HORTENSE. Auch Joseph, Jerome –

NAPOLEON. Die beiden unterscheid' ich nicht. Jeder fühlt sich in dem Teiche wohl, in den ich ihn setze.

HORTENSE. Beurtheile nicht alle so hart. Bedenke, was würde die Welt, wären wir alle wie du!

NAPOLEON. Nun, die würde nicht so übel.

HORTENSE. Ewiger Krieg und Lärm würde aus ihr –

NAPOLEON. Hortense –

HORTENSE. Verzeihe, Kaiser – – Bin ich zu frei, ist deine Güte schuld. – Aber wie viele Kuirassiere, Dragoner, Batterien, Grenadiere, Voltigeurs, ziehen wohl schon auf allen Straßen? – O gesteh' es nur – Ich kenne dich. – Dir donnern bereits tausend Kanonen im Haupte – – Schone, schone die Jugend Frankreichs, schone die Mütter, welche mit zerriss'nen Herzen ihre Söhne in den Tod senden!

NAPOLEON. Die Truppen, welche jetzt marschiren, sind Veteranen aus Spanien und Rußland, haben schwerlich noch Mütter, und hätten sie deren, welche Französin wäre so schlecht, ihren Sohn nicht gern dem Vaterlande auf dem Felde der Ehre zu opfern? Wo stirbt er besser?

HORTENSE. Feld der Ehre – sage oft: Feld der –

(Sie stockt.)

NAPOLEON. Sprich.

HORTENSE. – der Eitelkeit.

NAPOLEON. Der Albernheit beschuldigen mich die faden Zeitungsschreiber. – Hortense, denke du besser von mir: nie kämpft' ich ohne Grund. Zog ich nach Spanien, so war es, um die Heimtücke des Cabinets von Madrid zu strafen, die letzten Bourbonen des Continents, welche mich nie aufrichtig lieben konnten, aus meinem Rücken zu entfernen, den Engländern mit einem gewaltigen Bollwerk das Mittelmeer zu schließen. Zog ich nach Rußland, so war es, endlich mit einem Schlag zu entscheiden, ob südlicher Geist oder nordische Knuten die Welt beherrschen sollten. Jetzt hätt' ich indeß gern Frieden – doch Groß und Klein ist gegen mich, und ich muß kämpfen.

HORTENSE. Du mußt – ja, weil du willst.

NAPOLEON. Ihr Weiber! Wer euch belehren will, beschwört das Feuer. – Hortense tanze, – du verstehst es meisterhaft, – aber nie wieder ein Wort über Politik.

EINE ORDONANZ *(tritt ein)*. Paris ist illuminirt.

NAPOLEON. Mir lieb, – so haben die Lichtzieher vielen Absatz.

(Zu Hortense:)

Komm mit in den Vorsaal, Maret und die Brüder zu überraschen.

(Zu den Schreibenden:)

Meine Herren, schnell!

(Mit Hortense ab.)

VIERTER AUFZUG

Erste Scene

(Paris. Das Marsfeld. Eine große, mit rothem Sammet überzogene Bühne ist im Hintergrunde errichtet. Mitten auf derselben der Thronsitz des Kaisers, – ringsum, amphitheatralisch geordnet, die Sitze der Pairs und der Deputirten. Kanonen donnern, Truppen und Nationalgarden ziehen auf. Volk überall. Jouve im blauen Frack darunter.)

EIN JUNGE. Eine Zigarre, mein Herr, à la reine Hortense.

JOUVE. Her damit, Bengel. Was kostet der Stümmel?

DER JUNGE. Zwei Sous, denn heute –

JOUVE. Denn heute machen wohlfeile Constitutionen schlechte Zigarren theuer. Da – drei Sous!

DER JUNGE. Gnädiger Herr –

EINE DAME. Wie schrecklich donnern die Kanonen – von allen Seiten, den ganzen Morgen schon.

JOUVE. Es sind die bestellten Salven vom Invalidenhause, von Montmartre und Vincennes.

DIE DAME. Heute ist doch ein großer Tag.

JOUVE. Wenigstens knallt er sehr. – Mademoiselle, oder, wie ich glauben muß, Madame, weil Ihre Schönheit schon irgend Jemand zur Heirath bezaubert haben wird, –

DIE DAME *(für sich)*. Wie galant der Herr ist!

JOUVE. – lassen Sie uns weiter links gehen – Von hier aus erblicken wir nichts.

(Für sich:)

Auch eine vor Eitelkeit lächelnde Bestie, – vielleicht gut genug zur Zerstreuung.

DIE DAME. Mein Herr, wie dringen wir so weit durch? Es ist überall Volk.

JOUVE. Volk! Weiter nichts? Auseinander der Dreck –

(Er ruft:)

Ein Adler! ein Adler! Da fliegt er – von der Militärschule herüber – Welches günstige Zeichen!

VOLK *(durcheinander)*. Ein Adler! ein Adler! – Siehst du ihn? Nein – Da ist er! – Das ist ja eine Wolke – – Wolke? Ein Haufen Adler, wollt ihr sagen!

JOUVE. Nun, meine Dame, lassen Sie die Herren den Himmel betrachten, – wir kommen auf der Erde desto weiter.

DIE DAME. Sie sind ein Genie, mein Herr, und ihre Hände sind sehr kräftig.

JOUVE. Es geht mir wie einigen Monarchen: zum Amusement schmiede ich bisweilen.

DIE DAME. Mein Wagen hält nicht weit von uns. – Fahren Sie mit mir nach Haus zum Souper?

JOUVE. Ohne andere Begleitung?

DIE DAME. Nur Ihre Ehre soll mich führen.

JOUVE *(für sich)*. Wer weiß, wohin wir dann gerathen.

(Laut:)

Ich nehme die Einladung an, und Sie sollen meine Ehre Ihrer Erwartung gemäß finden. – – Oh, da stehen schon die allerliebsten Weihnachtspuppen, die Nationalgarden, – dort sprengen Mamelucken oder gut verkleidete Franzosen heran – da brüstet sich die alte, da die neue Garde zu Pferd und zu Fuß mit dem schnöden Trabantenstolze –

DIE DAME. Wie Sie alles scharf und richtig bezeichnen!

JOUVE. Der Erzbischof von Paris mit seinen Pfaffen fängt an die Ceremonie einzuräuchern – Wenn die Religion von dem vielen Dampf, den sie machen muß, nur nicht bald selbst verdampft! –

DIE DAME. Sehen, sehen Sie! Pairs, Deputirte, Senatoren setzen sich auf ihre Plätze! – Welche prächtige Mäntel sie tragen!

JOUVE. Und da steigt Bonaparte auf das Gerüst mit seinen gleichfalls aufgeputzten Ministern.

DONNERNDES GESCHREI DER TRUPPEN UND DES VOLKES. Hoch lebe der Kaiser!

DIE DAME. Er ist wahrlich ein großer Mann.

JOUVE. Er verstand, auf unsren Nacken sich zu erheben.

DIE DAME. Wie Sie sagen? – Wie ernst-majestätisch er blickt.

JOUVE. So lang er weiß, daß ihn die Menge anblickt. Zu Hause ist er nach den Umständen mürrisch, lustig, schwatzhaft, wie jeder Andere. Geht er aus, so überlegt er, wenn er im Zweifel ist, erst mit dem Comödianten Talma Minenspiel und Faltenwurf.

(Für sich:)

'S ist ja alles Comödie – Es wird nächstens schwer halten Theaterprinzessinnen von echten zu unterscheiden.

DIE DAME. Da tritt ein Herr vor, die additionelle Zusatznote zu lesen.

JOUVE. Ja, er spuckt schon aus.

DIE DAME. Diese Note wird die Revolution beendigen.

JOUVE. Auf das Ende, Madame, folgt stets wieder ein Anfang.

(Er horcht auf:)

Ah, er lies't – Wahrhaftig, wie ich vermuthete, der alte Brei in neuen Schüsseln – »Die Pairskammer erblich« – Daß grade ein Bonaparte nicht spüren will, wie erbärmlich die aristokratische Erblichkeit ist – »Der Kaiser ernennt die Pairs« – Früher hieß es »der König ernennt sie« – »Kein Mitglied der Repräsentantenkammer kann wegen Schulden verhaftet werden« – Da werden sich die Bankerotteurs in Masse hineinmachen – »Der Kaiser bezeichnet aus der Pairskammer die Präsidenten der Wahlcollegien auf Lebenslang« – Er wird seine Leute schon finden – »Der Gottesdienst frei« – Das Präsent kostet nichts – Ich wollte, es hieße: »unbedingt freie Presse«. – Gottlob, der Herr Vorleser ist zu Ende.

DIE DAME. Der Kaiser hebt die Hand in die Höhe und beschwört die Acte!

JOUVE. Und die Pairs und Deputirten der Wahlcollegien äffen ihm nach.

DIE DAME. Das Volk erhebt sich – Wir müssen auch schwören –

SAVOYARDENKNABE. La marmotte, la marmotte –

JOUVE. Junge, laß das Singen, – man beschwört hier die Zusatzacte der Charte der französischen Nation.

SAVOYARDENKNABE. Weiter nichts? Ich bin auch ein patentirter Franzose.

(Er reckt drei Finger empor.)

JOUVE *(für sich)*. Heiligkeit des Eides! – Schaffotte und Laternen an seine Stelle! Sie wirken besser!

DAS VOLK. Wir beschwören die Constitution und die additionelle Charte!

JOUVE. Madame, Madame, – wir schwören mit!

DIE DAME. Ist's Zeit? – Was die Dienstmagd da prächtige Straußfedern trägt –

JOUVE. Geschwind, geschwind lassen Sie sich dadurch nicht aufhalten –

(Er und die Dame:)

Wir schwören mit!

(Er für sich:)

Fünfmal hunderttausend Meineidige, mich selbst mit eingeschlossen, ohne daß ein Blitz auf sie fällt, sind doch eine interessante Erscheinung! Was haben wir nicht alles beschworen und gebrochen, die erste, die zweite, die dritte Constitution, die Satzungen Napoleons, die Charte der Bourbons –

DIE DAME. Der Kaiser entfernt sich. Welch herrliche Musik die Truppen haben!

JOUVE. Madame, Ihren Arm?

DIE DAME. Mit Vergnügen, mein Herr.

JOUVE *(für sich)*. Die ehebrecherische Coquette! – – – Ob nicht im unerforschten Innern der Erde schwarze Höllenlegionen lauern und endlich einmal an das Licht brechen, um all den Schandflitter der Oberfläche zu vernichten? Oder ob nicht einmal Cometen mit feuerrothen, zu Berge stehenden Haaren – Doch was sollten unsre Albernheiten, was sollte ein elendes, der Verwesung entgegentaumelndes Gewimmel, wie dieser Haufen, Erdentiefen oder Sternhöhen empören?

(Laut:)

Kommen Sie, Madame.

Zweite Scene

(Paris. Ein Zimmer in den Tuillerien.)

(Napoleon und Hortense treten ein.)

NAPOLEON. Nun geht's in das Feld, Hortense. – Ich und meine Armee werden unsre Schuldigkeit zu thun wissen.

HORTENSE. Ahnt' ich nicht, daß es so kommen würde? – Bitte, Sire, nimm dieses Etui.

NAPOLEON. Wahrlich, schön überzogen – Adler, Bienen, Veilchen darauf gestickt. – Und darin? Allerliebste Sachen! Ein ganzes kostbares Schreibzeug en miniature darunter!

HORTENSE. Länder, womit du zu spielen gewohnt bist, kann ich dir nicht geben. Nimm die Kleinigkeit, und denke dabei der großen Liebe der armen Hortense.

NAPOLEON. – Wann sticktest du den Überzug?

HORTENSE. Als – o – als du fern warest.

NAPOLEON. Auch etwas wie Thränen darauf gefallen?

HORTENSE. Harter, fragst du? – Es waren trübe Stunden – ja, entsetzliche!

NAPOLEON. Hätt' ich doch nicht gefragt – – Dein Etui vergess' ich nicht unter den Donnern der Schlacht.

HORTENSE. Und, Kaiser, schone deiner Gesundheit, – du thust es leider nie.

NAPOLEON. Was ist auch zu schonen in einem Feldzuge?

HORTENSE. Feldzug, Feldzug! – Ach, laß uns flüchten?

NAPOLEON. Wohin?

HORTENSE. Nach Nordamerika.

NAPOLEON. Gute, dahin flüchte ein Bürger, der sich einmal gegen seinen Monarchen empört hat; Napoleon aber kann nicht flüchten, kann sich nicht verstecken. Ist er nicht vernichtet, oder nicht behütet wie Feuer, so stürzt Europa zürnend oder liebend ihm nach. – Nordamerika wird übrigens binnen vierzig Jahren ein größeres Carthago, der atlantische Ocean ein größeres Mittelmeer, um welches die alte und neue Welt sich lagern – Wie lange, liebe

Hortense, währt das aber? Zwei, drei ärmliche Jahrhunderte und dann wandeln auf den Inseln und Küsten der noch grenzenloseren Südsee die Herrscher des Menschengeschlechts.

HORTENSE. Bei jedem Anlaß in den entferntesten politischen Ideen!

(Bertrand kommt.)

NAPOLEON. Alles im Marsch?

BERTRAND. Ja, Sire.

NAPOLEON. Die Truppen sollen die Adler mit Flor umhängen, bis sie einen Sieg errungen haben. Besonders das Augenmerk auf die Artillerie und schwere Reiterei gerichtet, denn wir müssen diesesmal rascher als je niederschmettern und zuschlagen – Drouot commandirt die erstere, Milhaud die andere, zu den Cavalleristen meistentheils Elsasser oder Normannen genommen, – sie reiten am besten, aber einige Gascogner unter sie gemengt, damit sie durch die verleitet werden, auch *toll* darauf los zu reiten, – die Kuirasse sollen ein Drittel dichter als früher seyn, um recht nah dem Feinde in's Auge blicken zu können, – Kriegsmanifeste nicht nöthig, weil ich Formalien nicht mehr beobachte, – für die Armee ein paar Proclamationen gegen die Preußen und Engländer, denen wir zuerst begegnen, – meine Schnautzbärte lesen sie zwar nicht, wickeln sie um die Patronen, aber mancher meint doch unbesehens, es wäre etwas darin, – von den alten dotirten, zu Herzogen und Fürsten gemachten Marschällen bloß der Ney mit mir nach Norden, – nütz' es mir nicht, daß Europa glaubt, er sey freiwillig zu mir übergegangen, auch ihn behielt' ich vielleicht nicht, – die Mehrzahl jener Herren waren tüchtigere und redlichere Corporale als Generale, – mehrere sonstige Anordnungen kennst du, und ich bitte, besorg' alles so gut wie du meine Marschordres besorgt hast, wofür ich dir auch danke.

BERTRAND. Den Dank verdien' ich nicht, denn für dich zu arbeiten ist mir Ehre und Freude.

(Er entfernt sich.)

HORTENSE. Wenn der Mann all das behält und expedirt, was du ihm eben und jede Stunde aufträgst, so ist er ein Genie, fast größer als du selbst!

NAPOLEON. Käm' es auf das bloße Talent, und nicht auf die Thatkraft an, durch welche es in Bewegung gesetzt wird, so wäre Berthier statt meiner Kaiser der Franzosen.

(Er klingelt. Ein Ordonnanz-Officier tritt ein:)

Sind die Mitglieder des Ministeriums versammelt?

ORDONNANZ-OFFICIER. Ja, Sire.

NAPOLEON. So will ich noch einmal bei ihnen präsidiren, und selbst sehen, was und wie sie arbeiten.

HORTENSE. Und dann –

NAPOLEON. Mach' ich einen Staatsbesuch in der Pairs- und einen in der Deputirtenkammer.

HORTENSE. Zuletzt aber?

NAPOLEON. Nehm' ich Abschied von dir und besiege die Coalition, oder erblicke dich nie wieder.

HORTENSE. Trifft das Letztere ein, so sey mir die Blindheit willkommen.

(Beide ab.)

Dritte Scene

(Paris. Platz vor dem kaiserlichen Marstall.)

(Drei kaiserliche Piqueurs treten auf.)

ERSTER PIQUEUR. Den jungen Araber vor.

DRITTER PIQUEUR. Das arme Geschöpf!

(Geht ab.)

ERSTER PIQUEUR. Was hilft das Bedauern? Der Kaiser zieht vermuthlich in's Feld, reitet schnell, aber schlecht, und wir müssen das Thier mit uns'rem Unterricht so lange quälen, bis wir sicher sind, daß es ihn nicht abwirft.

DRITTER PIQUEUR *(kommt mit dem Pferde zurück)*. Da ist der Araber.

ERSTER PIQUEUR. Ein treffliches Gewächs! – Hussa, über den Block!

(Das Pferd setzt über einen Holzblock.)

Ha! muckt die Creatur? – Sie zuckte bei dem Übersetzen mit dem linken Vorderbein.

(Er schlägt heftig auf das Pferd.)

DRITTER PIQUEUR. Schone das Thier!

ERSTER PIQUEUR. Eh, junger Mensch – kennst du den Kaiser genau?

DRITTER PIQUEUR. Nein. Ich bin ja erst seit drei Tagen in seinem Dienst.

ERSTER PIQUEUR. So wisse, er haut bisweilen mit seiner Reitpeitsche ärger auf seinen Piqueur als dieser auf sein Pferd, wenn es nicht so sicher springt als dieses da lernen soll.

ZWEITER PIQUEUR. Es ist wahr, – ich weiß es von Eßlingen her.

ERSTER PIQUEUR. Die gelad'nen Pistolen!

(Er schießt zwei Pistolen vor den Ohren des Pferdes ab.)

Es bäumt sich – Prügelt es!

(Es geschieht.)

Die Kanonen herbei.

(Ein Commando der Artillerie fährt mit einigen Kanonen vor.)

Das Pferd mitten unter die Geschütze – Brennt ab!

(Es geschieht.)

Schlagt den Gaul – Er zittert!

DRITTER PIQUEUR. O Gott, das unselige Pferd!

ERSTER PIQUEUR. Es muß mit dem Kaiser in die Schlacht, und da gilt keine Furcht vor Geknall. – Bayonette her – Blinzelt ihm damit dicht vor den Augen.

(Es geschieht.)

Ah, da erschrickt es nicht mehr.

ZWEITER PIQUEUR. Bravo, Araber!

ERSTER PIQUEUR. Pst! Laß das Schmeicheln – Es möchte sich verwöhnen – Der Kaiser schmeichelt ihm auch nicht. – Jetzt setze dich darauf und tumml' es in die Runde, bis es über und über Schweiß ist!

(Der zweite Piqueur thut es.)

So – so – – Und nun mit ihm in die Schwemme, wo das

Wasser am kältesten – Auch die Sporen in seine Seiten, daß es lernt wie sein Blut fließt.

(Zweiter Piqueur mit dem Pferde ab.)

Bei Gott, des Kaisers Pferd seyn, ist eben so schwer als sein Piqueur oder sein Minister. – Teufel, da kommt der Oberstallmeister – Gewiß wieder Befehl über Befehl, einer eiliger als der andere – Unter dem Kaiser sind die Stunden tausendmal kleiner als die Geschäfte.

OBERSTALLMEISTER *(mit Gefolge zu Pferde)*. Erster Piqueur, in einer Stunde mit allen Reitpferden und Feldequipagen im schnellsten Marsch nach Laon. Dort das Weitere.

ERSTER PIQUEUR. Hab' ich Zeit zum Abschied von Frau und Kind?

OBERSTALLMEISTER. Nein.

ERSTER PIQUEUR. Auch gut. So spar' ich meine paar Thränen für schicklichere Gelegenheit. – – Aber das ist verflucht, Herr Oberstallmeister: mein bester College ritt eben mit dem besten Gaul in die Schwemme, und kehrt kaum in einer Stunde – – Doch wartet – ich hohl' ihn ein, oder –

(Zum dritten Piqueur:)

Den Soliman aus dem Stall, – ist er auch der eigensinnigste, steifste aller Gäule, so ist er doch zugleich der tollste und schnellste, beinah wie –

(Dritter Piqueur führt das Pferd Soliman vor.)

ERSTER PIQUEUR *(sich auf den Soliman setzend)*. Herr Oberstallmeister, der Kaiser liefert binnen vierzehn Tagen eine große Bataille, oder ich kenne seine Marstallsgebote sehr schlecht.

(Er braus't mit dem Pferde davon.)

VIERTE SCENE

(Nachmittag. Preußisches Feldlager bei Ligny. Viele Feuer. Soldaten aller Waffengattungen um und zwischen demselben. Einige rauchen, andere kochen, andere striegeln ihre Pferde etc. Marketender und Marketenderinnen an vielen

Orten. An einem Feuer im Vordergrunde sitzen auf Holzblöcken ein ostpreußischer Feldwebel und ein Berliner Freiwilliger. Ein schlesischer Infanterist steht bei ihnen. Über den Flammen hängt ein Kessel.)

DER BERLINER. Schlesier, da hast du zwei Münzgroschen. Hole mich von jene Marketenderin einen blauen Zwirn, und vor dir einen halben.

(Der Schlesier geht.)

Herr Feldwebel –

FELDWEBEL. Was ist?

BERLINER. Ihre Pfeife ist leer – Darf ein Berliner Bürgersohn Sie etwas Tabak anbieten?

FELDWEBEL. Habe noch selbst Tabak. Danke.

(Der Schlesier kommt zurück.)

BERLINER *(trinkt)*. Das wärmt! – – Herr Feldwebel, wir bekommen schlechtes Wetter – der Himmel ist gräulich grau.

FELDWEBEL. Das ist er.

BERLINER. Wie lange liegen wir wohl noch hier?

FELDWEBEL. Bis wir aufstehn.

BERLINER *(für sich)*. Der Kerl ist, wie ein berühmter Autor sagt, göttlich grob. Statt mir mit ihm zu ennuyiren, will ich lesen und mir bilden.

(Er zieht ein Buch aus der Tasche. Dann laut:)

Schlesier, wenn Huhn und Krieckente gar gekocht sind, verkündest du es mich.

FELDWEBEL. Woher habt ihr das Geflügel?

BERLINER. Requirirt, requirirt – Herr Feldwebel, Sie essen mit.

FELDWEBEL. Gern.

BERLINER. Herr Feldwebel, was halten Sie von diese Campagne?

FELDWEBEL. Wir müssen tüchtig auf die Franzosen losschlagen.

BERLINER. Versteht sich, so weh es mich thun wird. – Wann sind wir wohl in Paris?

FELDWEBEL. Sobald wir einrücken.

BERLINER. Waren Sie schon einmal da?

FELDWEBEL. Ja, 1814.

BERLINER. Ist es so schön wie unsre große Hauptstadt?

FELDWEBEL. So ziemlich.

SCHLESIER. Huhn und Ente sind gar.

BERLINER. Herr Feldwebel, so wollen wir die verfluchten Luder mit einander theilen. – Da, Sie die Ente, ich das Huhn – Kamm, Schnabel und Füße sind dein Theil, Schlesier.

FELDWEBEL. Behandle den Burschen nicht wie einen Hund.

BERLINER. Es ist man ein Wasserpole, ohne Bildung, aus die Gegend von Ratibor. Der Kamm schmeckt ihm wie Syrup.

FELDWEBEL. Camerad Schlesier, hier hast du von meiner Ente das halbe Bruststück.

BERLINER. Herr Feldwebel, kennen Sie die Gebrüder Schlegel?

FELDWEBEL. Nein.

BERLINER. Die kennen Ihnen auch nicht, aber kennten sie Ihnen, so würden sie sagen, Sie wären äußerst sentimental.

FELDWEBEL. Alle Donner, ein ostpreußischer im Regiment geborener und aufgewachsener vierzigjähriger Feldwebel sentimental?

BERLINER. Ja ja, Ihr Herz ist weicher als sie ahnen. Es geht Sie, wie Alexander dem Großen, als er seinen Freund zu geschwind todtgeschlagen hatte.

FELDWEBEL. Warum nicht gar wie Napoleon, als er aus Rußland flüchtete?

BERLINER. Napoleon? – O, der ist auch noch lange kein Iffland! – – Kannten Sie Iffland?

FELDWEBEL. War er nicht Comödiant?

BERLINER. Comödiant! Sey Gott mich gnädig! – Ein Schauspieler, ein darstellender Künstler, ein Mime war er wie keiner unter die Sonne. Lesen, studiren Sie die Journale – – ach, Sie hätten die großartige Characteristik sehen sollen, mit welcher er wundersam eindrang in den Geist der Rolle – Na, Lemm, Beschort sind auch sehr schätzbare Talente, aber – Wer kommt da zu Pferde?

FELDWEBEL. Aufgestanden! Der Feldmarschall und General Gneisenau!

BERLINER. Der Feldmarschall ist doch ein großer Kopf.

FELDWEBEL. Woran merkst du das?

BERLINER. Das sieht man ja, so wie er die Mütze abnimmt.

(Blücher und Gneisenau sind bis in den Vorgrund gesprengt. Adjutanten hinter ihnen.)

BLÜCHER. Camerad, was für ein Buch das?

BERLINER. Isabella von Mirando oder die Kuirassierbeute –

BLÜCHER. Wirf's in das Feuer. – Feldwebel, Sie kenn' ich.

FELDWEBEL. An der Katzbach präsentirt' ich Ewr. Durchlaucht zwei von mir gefangene Franzosen.

BLÜCHER. Wahr. Und Sie haben kein eisernes Kreuz? – Hier das meinige. Heften Sie es sogleich an die Brust, und wenn die Kugeln pfeifen, denken Sie bei ihm: es ist doch alles Kreuz, Jammer und Elend, aber das beste Kreuz ist doch immer das des Königs – – Wisset Leute, Bonaparte soll in der Nähe seyn, angekommen wie ein Dieb in der Nacht. Ist es so, so haben wir morgen früh Bataille, und wenn das Heer will, morgen Abend Sieg.

GNEISENAU. Der Posten von St. Amand muß verstärkt werden.

BLÜCHER. Nicht vielmehr der von Sombref? Er liegt dem Feinde näher.

GNEISENAU. Der französische Kaiser –

BLÜCHER. Nenne den Schurken nicht Kaiser, der meiner Königin das Herz brach.

GNEISENAU. Napoleon wird uns gern von den Engländern trennen, auf die Seite werfen wollen, und, du kennst ihn, da wird er ohne sich umzusehen die Stellung zuerst angreifen, die uns zunächst mit ihnen verbindet, und, diese ist: St. Amand.

BLÜCHER. Du hast Recht, Freund. – St. Amand mit fünf Infanterie- und drei Dragoner-Regimentern verstärkt.

(Mehrere Adjutanten ab.)

Couriere zu Wellington – Gruß ihm, und die Bitte, er möge vorrücken – Andere zu Bülow: der breche sofort mit seinem Corps auf und sey morgen mit Tagesanbruch hier.

GNEISENAU. Jetzt erfahren wir ein Mehreres. – Da schickt Ziethen drei Husaren von der Vorhut.

(Drei ziethensche Husaren jagen heran.)

BLÜCHER. Es könnten verkleidete französische Spione seyn. Dem Bonaparte ist keine List fremd. – Die Parole?

EIN ZIETHENSCHER HUSAR. Zorndorf!

BLÜCHER. Richtig. – Was gibt es?

DER ZIETHENSCHE HUSAR. Französische Truppen zu Fuß und zu Pferde, wie Sand am Meer, in Charleroi, Chatelet, Marchienne, Avesnes. Ihre Voltigeurs drängen sich schon an uns und schießen aus Strauch und Busch.

GNEISENAU. Haben die Feinde viele Kanonen?

DER ZIETHENSCHE HUSAR. Unabsehbare Züge.

BLÜCHER. Sogenannte Kaisergardisten unter ihnen?

DER ZIETHENSCHE HUSAR. Regiment an Regiment.

BLÜCHER. So ist Er mit seiner ganzen Armee da, und hat uns überrascht. Doch, es soll ihm wenig helfen, denn er macht uns nicht bestürzt. – Zurück zu Ziethen – er ziehe sich fechtend bis Sombref.

(Die drei ziethenschen Husaren wieder ab.)

GNEISENAU. Allarm, Feldherr?

BLÜCHER. Versteht sich, auf der Stelle! Überall Rappel! Der Generalmarsch durch's Lager – Neue Patronen ausgetheilt, die Güte der alten untersucht!

(Viele Adjutanten ab.)

Und wir beiden, Freund Gneisenau, einen Ritt nach Charleroi hin – Es sieht sich nicht besser als mit eignen Augen.

(Mit Gneisenau ab. Gleich darauf Rappel und Generalmarsch im ganzen preußischen Bivouac. Alle zerstreut gewesenen Soldaten eilen zu ihren Compagnien und Schwadronen, rasch sich waffnend und ordnend.)

FELDWEBEL. Adieu, Berliner und Schlesier – Gott mit euch in der Schlacht!

(Ab.)

BERLINER. Herr Schlesier, holen Sie für uns beide noch einen großen Kümmel.

(Schlesier geht.)

Mein Jesus, welch ungeheurer Unterschied, wenn man erwartet, ob es losgeht, oder wenn es losgeht. Vorher besah ich die Gefahr halb mit Lust, fast wie einen schön gemalten Bären, – jetzt wird der Bär lebendig, und mich bebt der Hemdschlapp. O hätte meine Mutter mir bei sich behalten, mir nie geboren, ich brauchte doch nicht zu sterben, – oder wär' ich doch kein Freiwilliger geworden – Ach, der mußt' ich werden, sonst hätten sie mir unfreiwillig dazu gemacht!

(Schlesier kommt mit dem Schnaps zurück.)

BERLINER. Zittern Sie nicht vor die Bataille?

SCHLESIER. Nein.

BERLINER. Gnädiger Himmel, wie kommt denn das?

SCHLESIER. Es hilft ja zu nichts, – ich muß doch mit vorrücken.

BERLINER *(für sich)*. Das gesteh' ich, der weiß sich in die Umstände zu finden. Diesem könnte die Polizei Rock und Camisol wegnehmen und er wäre grenzenlos zufrieden!

(Laut:)

Wissen Sie auch, warum wir kämpfen?

SCHLESIER. Das hört man auf allen Wegen – Für König, Freiheit, Vaterland –

BERLINER. Was halten Sie von die Freiheit?

SCHLESIER. Man sagt, sie wäre was Gutes.

BERLINER *(für sich)*. – – Wie ich ahnte, – pure Dummheit – wasserpolackisches Vieh! – Der hat gut sprechen, hat gut crepiren! Ob der dahin sinkt oder nicht, – es ist man ein Ochs weniger oder mehr, – aber ein Kopf wie der meinige – Jammerschade wär' es! –

(Laut:)

Da, trinken Sie das Glas aus.

SCHLESIER *(leert das Glas. Dann)*. Leben Sie wohl, – ich muß zu meinem Regiment.

(Ab.)

BERLINER. Was? Auch du Brutus, dem ich so viele halbe Schnäpse gegeben? – Gott, o Gott, nun bin ich ja ganz allein mit meiner Angst!

EIN ZWEITER BERLINER FREIWILLIGER *(kommt).* Schul-, Kriegs-Camerad, was hier gezaudert? Mit mir zu unsrer Compagnie. Man erschießt dich, bist du nicht sogleich da.

ERSTER BERLINER. Herr Regierungsrath –

DER ANDERE BERLINER. Zum Geier den Regierungsrath! Wer denkt an Rang und Titel, wenn der Corse mit seinen Horden hereinbricht, um Preußens und Deutschlands Ehre zu zertreten? – Ich bin Freiwilliger und Gemeiner wie du.

ERSTER BERLINER. Das ist richtig mit Preußens Ehre, denn die Franzosen haben in Berlin erschrecklich geschändet – Unsre Magd Lotte weiß auch davon zu sagen – – Aber vor dem Erschießen, wenn ich zu spät komme, ist mich nun gar nicht bange, – zwischen dem und mir steht noch ein deutsches Standrecht, und das schont das Pulver.

DER ANDERE BERLINER. Horch, der Zapfenstreich unsres Regiments!

ERSTER BERLINER. Sehr mißtönig! sehr schlechte Noten!

DER ANDERE BERLINER. Fort mit mir!

ERSTER BERLINER. Ich wollte, Sie würden verwundet – Wie schnell trüg' ich Ihnen aus die Schlacht!

(Der andere Berliner reißt ihn mit sich fort. Blücher und Gneisenau kommen zurück.)

BLÜCHER. Teufel, man muß sich in Acht nehmen – die französischen Tirailleure sind ja schon überall wie das Unkraut – Da tanzmeistert wieder ein Haufen aus der Holzung! – – Heda, von jenem brandenburgischen Husarenregiment zwei Schwadronen hieher!

(Die zwei Schwadronen sprengen auf seinen Wink heran.)

Husaren, in die Trompete gestoßen, und heraus die Preußenschwerter!

(Es geschieht.)

Ha, wie das blitzt – Es thut Einem wohl wie ein warmer Sonnenstrahl am kalten Wintertag. – – Seht ihr jene vorausgelaufenen Franzosenhunde? Wetterleuchtet unter ihnen mit euren Säbeln und jagt sie zurück wie der Habicht die jungen Hühner.

DIE HUSAREN. Wir jagen sie!

(Sie sprengen fort.)

BLÜCHER. Hast du geseh'n, Gneisenau, wie der welsche Grünrock seine Raubrotten herausgeputzt hat? Selbst als er nach Rußland zog, prunkten seine Reitergarden nicht mit so prachtvollen, hohen, rothen Federn!

GNEISENAU. Auch die paar Kuirassiere, die ich erblickte, waren wie mit Erz übergossen.

BLÜCHER. Hatten aber auch dabei wieder die schöngeputztesten Lappen Bärenfelles vorn am Helm –

GNEISENAU. Ohne Flitter geht's bei den Franzosen nicht ab.

BLÜCHER. Ein Narr verarg' es ihnen, daß sie bei Tüchtigem und Großem auch den Glanz lieben, wenn ihnen der Schimmer nur nicht meistens die Hauptsache würde. – Und ihre Reiter verdienen die herrliche Montur wahrhaftig nicht, – ein gutes Pferd schämt sich einen von ihnen zu tragen, – sie reiten wie die Judenjungen, nicht bügel-, nicht sattelfest.

GNEISENAU. Aber so wilder und verwegener.

BLÜCHER. Ei was, die Verwegenheit einer schlechten Reiterei ist einer guten gegenüber nichts als blindes Feuer. Fast all' unsre Landwehruhlanen sind eben vom Pfluge genommene Bauern, aber keiner darunter, der nicht die Zügel besser hält als siebentausend Franzosen, und könnt' ich heute Nacht die Herren mit einem Cavallerie-Überfall regaliren, wie einst bei Hainau und Laon, so wollt' ich dir beweisen –

GNEISENAU. Eine Überrumpelung ist unmöglich – die feindlichen Vorposten sind zu zahlreich.

BLÜCHER. Leider, – sorge du für die unsrigen. – Ich sehe mich derweilen im Heere um und finde hoffentlich überall den alten Kriegsmuth.

(Er und Gneisenau auf entgegengesetzten Seiten ab.)

Fünfte Scene

(Andere Gegend des preußischen Feldlagers. Abenddämmerung. Ein Bataillon freiwilliger Jäger in Reih' und Glied.)

DER MAJOR. Es fehlt Niemand – – Büchsen ab – Aus dem Glied getreten und an den Wachtfeuern ausgeruht, bis das Flügelhorn ruft.

ERSTER JÄGER. Herr Major, setzen Sie sich in den Kreis, der sich um dieses Wachtfeuer lagert. Er enthält Ihre besten Bekannten.

MAJOR. Gern, Brüder, deren Major zu seyn, mir die höchste Ehre ist. – Wann auch wohl säh' man sich so gern bei dem Schein der geselligen Flamme noch einmal gegenseitig in das befreundete, lebensfrische Antlitz als am Vorabend der Schlacht?

(Major und sechs Jäger setzen sich um das Feuer.)

VIERTER JÄGER. Freunde, denken wir unserer Lieben – Wie mancher zärtliche, besorgte Blick von Müttern, Schwestern, Bräuten richtet sich hierher!

MAJOR. Mit ihnen das Auge des Königs.

DRITTER JÄGER. So umwölke der Himmel seine Sterne noch dichter als er schon thut, – uns leuchten bessere Sonnen als er besitzt.

ERSTER JÄGER. Große Augenblicke erwecken große Erinnerungen: es war doch eine wundervolle, Alles entflammende Zeit, als wir im Februar 1813 den Aufruf des Königes vernahmen und sofort Breslaus Straßen zu eng wurden für unsere bis zum Tode für das Vaterland begeisterten Schaaren, – als wir dann in den furchtbaren Schlachten von Lützen und Bautzen zurückgedrängt, aber nicht besiegt, sondern immer kühner, immer stolzer wurden, als selbst Rußlands Kaiser mit seinen Veteranen von Eylau und Borodino, denen wir die Ehre des Vorkampfes nicht gönnten, uns als staunende Zuschauer ihr bewunderndes Hurrah zurufen mußten – Welchen Klang hatten da alle großen Worte!

ZWEITER JÄGER. Ja, das ganze Heer war wie electrisch, – Berliner und Schlesier, Pommer und Märker, alle Eine freudige, aber übergewaltige Gluth, so wie es hieß »auf den Feind!« – Jetzt ist's ziemlich anders: die Feigheit unserer Diplomaten ließ auf Wiens Congresse sich die Früchte unserer Tapferkeit rauben. Hielt man den Congreß im Feldlager der siegenden Nationen, so möchte für die Souverainität Kniphausens und für Aufbewahrung manches anderen Zeugs nicht so außerordentlich besser gesorgt seyn, als für das Interesse Europas, und insbesondere Preußens. Wir Preußen opferten das Meiste, den größern Lohn erhielten die Anderen.

MAJOR. Was bedeutet der Quadratmeilengewinn gegen die Sternenkrone, die das dreimal erneuerte, aber dreimal wieder mit ihr geschmückte Preußenheer der beiden vergangenen Jahre umflicht? Die Lappen von Ländereien, welche Österreich, Rußland, England und Holland sich anflickten, fallen einstens doch ab, aber wahrlich die blutrothen Arcture der Schlachten, in denen wir vor allen die Kette des Weltherrschers zerreißen halfen, funkeln noch nach Jahrhunderten vom Himmel, und zeigen, wenn Preußen längst untergegangen, den spätesten Geschlechtern die Stellen, wo es prangte.

SECHSTER JÄGER. Das, Herr Major, hilft alles nichts gegen den Spruch »besser ist besser«, und besser war es, wenn Preußen, wenn Deutschland sich mehr consolidirten.

FÜNFTER JÄGER. Alter Bruder Studio, ich sag's auch: Ruhm ist gut, ein fideler Bursch ist auch gut, aber ein rundes Stück Land hält den Ruhm, ein rundes Stück Geld den Burschen am besten zusammen.

ZWEITER JÄGER. Denken Sie an sich selbst, Herr Major – Goldnere Träume als die jetzigen, umglänzten uns, als wir mit hochschlagender, in der Hitze der Schlacht entblößter Brust, durch die Gärten von Leipzig dem Feinde in die Flanken drängten – Preußens Hoheit, der Kaiserthron Deutschlands, dem sie als schützender Cherub zur Seite stand, warfen ihre Stralen mitten durch den Qualm der Geschütze. Der Rhein war wieder frei und deutsch, wie er geboren, in der Mosel und der Maas spiegelten sich nur deutsche Gauen, – das schöne Elsaß, das freundliche Lothringen, das herrliche Burgund mit seinen sonne- und weinglühenden Gebirgen, – wie grüßten wir sie schon als zurückgewonnene Glieder deutscher Genossenschaft! – Und dermalen?

MAJOR. Unser König ist nicht Schuld, ward nicht alles, wie wir wollten. Er wollte wie wir.

FÜNFTER JÄGER. Er hätte seinen Willen nur durchsetzen und den Augenblick ergreifen sollen, – nichts in der Welt konnte ihn damals hindern, und hätt' er auch die vom sonst so bedenklichen Österreich so leichtsinnig aufgegebene römisch-deutsche Krone als ein herrenlos gewordenes Gut in Besitz genommen und sich auf das Haupt gedrückt.

DRITTER JÄGER. Er konnt' es wagen, – wir wären gern für ihn gefallen, und Hunderttausende mit uns.

MAJOR. Wer fiele nicht gern für einen Herrscher, so ritterlich, gerecht und edel als Er?

SECHSTER JÄGER. Ja, Napoleon ist auch groß, ist riesengroß, – aber er ist es nur für sich, und ist darum der Feind des übrigen Menschengeschlechtes, – unser König ist es für Alle.

MAJOR. Marketenderin!

(Marketenderin kommt.)

Führst du einige Flaschen erträglichen Weines? – Guten hast du nicht, und kannst ihn auch im Felde nicht haben.

MARKETENDERIN. Herr Major, ich hole Ihnen doch vier bis fünf sehr gute Flaschen.

(Sie geht.)

MAJOR. Kinder, noch einmal wechselseitig die Hand – Männerfreundschaft in der Lust wie in dem Kampf – Es gibt nichts Höheres. – Da – da – Ihr haltet Thränen zurück – Laßt sie rinnen – sie fließen edlen Abschiedsgefühlen, – wer sich deren schämt, wer die nicht besitzt, hat sie aus der Brust verbannt, weil er sich davor fürchtet.

ZWEITER JÄGER. So kalt der Regen zu tröpfeln beginnt, so rauh der Wind weht, so nahe der corsische Löwe liegt, und vermuthlich schon auf den Hinterfüßen steht, und die Vordertatzen nach uns ausreckt, – wahrhaftig, mir ist's hier wohler um das Herz, als wenn ich in der gut geheizten Stube am Theetisch sitze, daselbst Geschwätz vernehme, was die Secunde darauf vergessen ist, oder gar selbstgefällige belletristische Vorlesungen anhöre, bei denen ich mein Aufgähnen in Bewunderungsausrufungen verstecken muß.

FÜNFTER JÄGER. Überleb' ich diesen Feldzug, so wird mir das Andenken an euch manche flaue Theevisite, in der ich sonst nichts gefühlt hätte, sehr heiß machen.

MAJOR. Was bloß Theevisiten! Nicht nur bei ihnen, – auch in Sturm und Noth, unter Kanonenkugeln und unter Friedenssonnen, vor dem Trauungsaltar und vor dem Grabeshügel, brenne in unseren Brüsten im ersten Glanze stets der Name eines Jeden von uns – Seht, die Marketenderin hat den Wein gebracht, und er ist unendlich trefflicher als ich vermuthete – das Weib ist eine brave Seele, sie kennt unsere Art, und hat für einen Augenblick, wie den gegenwärtigen, trefflichen Hochheimer aus dem Mutterfäßchen aufgespart. – Angestoßen!

ZWEITER JÄGER. Zuerst denn:

»die Todten sollen leben«,

und über alle hinaus die auf den Schlachtfeldern von 1813 und 1814 hingesunkenen vaterländischen Helden!

MAJOR. »Die Todten sollen leben«, und mit ihnen der, welcher es schrieb: der erhabene, wetterleuchtende Schiller!

Alle.

Schiller hoch!

FÜNFTER JÄGER. Schillers Jünger nicht vergessen, der grade durch seinen Tod bewies, daß er ihm nicht nachklimperte, sondern nachfühlte.

MAJOR. Theodor Körner, hoch trotz seiner ofenhockerischen Recensenten!

ERSTER JÄGER. Wir wär' es, wir sängen seine wilde Jagd?

MAJOR. Ein herrlicher Einfall – Die Hornmusik des Bataillons begleite uns!

(Die Hornisten des Bataillons treten herbei.)

Angefangen!

MAJOR UND JÄGER *(singen, unter Begleitung der Hörner).*

»Was glänzt dort vom Walde im Sonnenschein?
Hör's näher und näher erbrausen.
Es zieht sich herunter in düsteren Reih'n,
Und gellende Hörner schallen darein,
Und erfüllen die Seele mit Grausen.
Und wenn ihr die schwarzen Gesellen fragt,
Das ist Lützows wilde, verwegene Jagd!«

VIERTER JÄGER. Wer ließe sich nicht gern von Kartätschen zerschmettern bei diesem Liede und seiner Musik?

MAJOR UND JÄGER.

»Was zieht dort rasch durch den finstern Wald,
Und streift von Bergen zu Bergen?
Es legt sich in nächtlichen Hinterhalt,
Das Hurrah jauchzt, und die Büchse knallt,
Es fallen die fränkischen Schergen.
Und wenn ihr die schwarzen Jäger fragt,
Das ist Lützows wilde, verwegene Jagd.«

»Wo die Reben dort glühen, dort braußt der Rhein,
Der Wüthrich geborgen sich meinte,
Da naht es schnell mit Gewitterschein,
Und wirft sich mit rüst'gen Armen hinein,
Und springt an's Ufer der Feinde.
Und wenn ihr die schwarzen Schwimmer fragt,
Das ist Lützows wilde, verwegene Jagd.«

»Was braußt dort im Thale die laute Schlacht,
Was schlagen die Schwerter zusammen?
Wildherzige Reiter schlagen die Schlacht,
Und der Funke der Freiheit ist glühend erwacht,
Und lodert in blutigen Flammen.
Und wenn ihr die schwarzen Reiter fragt,
Das ist Lützows wilde, verwegene Jagd.«

BLÜCHER *(kommt zu Fuß von einigen Adjutanten begleitet).* Recht, Kinder – ihr haltet mit eurem Singen und Musiciren das Lager wacher als ich mit zwanzig Tags- und Nachtsbefehlen.

DER MAJOR UND DIE JÄGER *(springen auf).* Der Feldmarschall hoch, und noch einmal und tausendmal hoch!

(Tusch der Hörner.)

BLÜCHER. Danke, danke. – ich bitte, hört nur wieder auf, – still die Hörner, – es ist genug.

DER MAJOR. Ich muß gestehen, Feldherr, wir haben eben bei unseren Toasten an alle Welt gedacht, und Sie, das uns Nächste, Liebste vergessen.

BLÜCHER. Major, das nehm' ich nicht übel. Man sucht zuerst das, was man nicht bei der Hand hat. – Burschen, bleibt morgen so lustig wie heute.

(Ein preußischer Unterofficier und mehrere Gemeine treten auf mit dem General Grafen Bourmont und einem Adjutanten desselben.)

DER UNTEROFFICIER. Herr Feldmarschall –

BLÜCHER. Was bringst du?

UNTEROFFICIER. Zwei Franzosen.

BLÜCHER. Weiter nichts?

(Er blickt seitwärts über die Achseln nach Bourmont und dessen Adjutanten. Dann zu den Jägern:)

Man wird finster, wird man in eurer heiteren Gesellschaft durch solchen Anblick gestört.

(Zu Bourmont:)

Wer sind Sie und Ihr Nebenmann?

BOURMONT. Er ist mein Adjutant, und ich, Herr Feldmarschall, erscheine hier freiwillig, und bin Graf Bourmont, General im sogenannten kaiserlichen Heere –

BLÜCHER. Dennoch nunmehr ein Überläufer aus demselbigen Heere?

BOURMONT. Ich werde Ihnen alle Operationspläne Bonapartes entdecken.

BLÜCHER. Französische Entdeckungen mag ich nicht, – überdem sehen Sie grade nicht darnach aus, als hätt' er Ihnen viel von seinen Operationen zum Besten gegeben.

BOURMONT. Solchen Empfang hätten treue Diener König Ludwigs des Achtzehnen, für den auch Sie kämpfen, für den auch wir mit Ihnen und Ihren Truppen streiten wollen, nicht erwartet.

BLÜCHER. Kennen Sie Deutschland?

BOURMONT. Ich habe Achtung für die lobenswürdige, loyale Nation, welche es bewohnt.

BLÜCHER. So wissen Sie denn, Herr Graf, wenn wir kämpfen, so kämpfen wir just für dieses Land mit der von Ihnen geachteten, lobenswürdigen, loyalen Nation, – unser Blut opfern wir, daß nicht abermals ein Tyrann, wie Bonaparte es ist, von seinen Bivouacs aus uns und die Welt wie Negersclaven commandirt, – aber Gott soll uns behüten, daß wir für Ihren Sire Louis dix huit, den ich, als er emigrirt war, in Hamm sammt seinen Maitressen, recht gut kennen und schätzen lernte, nur an ein Degengehenk faßten, – unsrethalb mag er auf Frankreichs Thron oder auf seinem N – – sitzen, Kirschen oder Rostbeef essen, – abscheulich, wenn das Blut, welches wir verlieren, bloß für Herrn Ludwig den Achtzehnten hingeströmt seyn sollte.

BOURMONT. Ich ersuche, mich sofort in das englische Lager bringen zu lassen, Herr Blücher.

BLÜCHER. Ich heiße Blücher, Fürst von Wahlstadt, bin königlich-preußischer Feldmarschall, dutze mich gern mit jedem braven deutschen Füselier, aber mit Ihnen und Ihres Gleichen nicht, – verlange daher von Ihnen die geziemende Titulatur oder es –

BOURMONT. Eure Durchlaucht, es war verzeihliche Unvorsicht, wenn ich –

BLÜCHER. Schon gut. Machen Sie Ihre Unvorsicht durch einen Schwanz von Entschuldigungen nur nicht länger.

(Zu dem Unterofficier und dessen Soldaten.)

Schafft den Herrn mit seinem Begleiter zu den Engländern, und meldet dem Wellington dabei, es wäre mir eins, ob er sie zu König Ludwig schickte oder sie festhielte, – aber weder er noch ich dürften Überläufern trauen.

BOURMONT. Ha!

BLÜCHER. Pah!

(Zu den Jägern:)

Kinder, singt wieder darauf los!

(Bourmont und sein Adjutant werden fortgeführt, – Blücher mit seiner Begleitung ab.)

DRITTER JÄGER. Wetter, der Feldmarschall ist ein Mann von Schrot und Korn. Wie schrumpften die beiden Franzosen zusammen, als er mit dem Fürsten Wahlstadt herausrückte.

SECHSTER JÄGER. Ja, und er ist darum so tüchtig, weil seine Nase im Feuer der Schlacht nicht weiß wird, – weil er immer grade aus sieht, wo andere links und rechts die Augen verdrehen, – weil er dem Napoleon ohne Furcht auf den Leib geht, und dabei denkt: »hab' ich dich, pack' ich dich«, – weil er die Franzosen so offenbar haßt, als er die Deutschen liebt, – und kurz und wahr: Blücher ist ein rascher Mann, der mehr als ein Anderer 1813 und 1814 dem Corsen das Genick brach, weil er so ehrlich und kühn in die Welt sah, wie der Corse verschmitzt und verwegen.

SECHSTE SCENE

(Vor Ligny. Das französische Heer. Kanonen werden aufgefahren, die Kaisergarden stehen in Schlachtordnung, die Infanterie- und Cavallerieregimenter der Linie marschiren an beiden Seiten auf. Napoleon liegt, bis an die Brust lose von einem grünen Mantel überdeckt, schlummernd auf der Lafette einer Kanone. Eine Menge Adjutanten und Ordonnanzen zu Pferd und zu Fuß, vom General bis zum Gemeinen, Chassecoeur und Vitry darunter, in seiner Nähe. Desgleichen viele Piqueurs mit gesattelten Handpferden. Bertrand und Cambronne stehen, ersterer rechts, der zweite links an seiner Seite, – der Obrist und Adjutant Labedoyere nicht weit von ihnen.)

VITRY. Chassecoeur, nun hast du, was du wolltest – Da schläft er, und die Gewitter der Schlacht umziehen uns, als wären es seine Träume. – Wie kann er schlafen? – Vor uns Preußen, vom Himmel Regen, um uns schlachtdurstende, aufmarschirende Franzosen.

CHASSECOEUR. Der Kaiser kann, was er will. So sah' ich ihn schon oft.

VITRY. Lies, bis der Lärm losgeht die Proclamation.

CHASSECOEUR. Was steht darin?

(Die Proclamation flüchtig überblickend:)

Die »Preußen« – Ja, die Hunde hass' ich. – Und »die Alliirten haben zwölf Millionen Polen, eine Million Sachsen, sechs Millionen Belgier an sich gerissen« – Meinetwegen noch neun und neunzig Millionen von all dem Volke dazu, aber nur kein Haar des Kaisers!

VITRY *(übergibt die Proclamation einem Sergeanten der in der Nähe haltenden Garde zu Fuß)*. Da – die heutige Proclamation.

SERGEANT. Proclamation? – Um die Patrone damit und sie den Preußen in den Leib gejagt – Die Canaillen rücken doch schon von jenen Höhen heran.

EIN CAPITAIN DER VOLTIGEURS *(kommt)*. Den Kaiser geweckt – Die Schlacht beginnt.

CAMBRONNE. Mein Herr, was schreien Sie dicht vor dem Ohr des Kaisers? Mit Ruhe und Anstand gesprochen!

DER CAPITAIN. Die Preußen fahren dort Batterien auf.

CAMBRONNE. Lassen sie von den Preußen die ganze Hölle auffahren – Der Kaiser schlummert.

BERTRAND. Und die Rast ist ihm zu gönnen.

DER CAPITAIN. Aber, meine Herren, die Armee geräth in Gefahr –

BERTRAND. Sie irren, Freund. Wäre das, so hätt' er diese Stunde nicht zum Schlafen gewählt.

(Der Capitain der Voltigeurs zieht sich zurück. – Mehrere andere Officiere sind im Gespräch miteinander.)

ERSTER OFFICIER. Die Preußen schieben uns Batterien unter die Nase – fast riech' ich die Lunten.

ZWEITER OFFICIER. Man sieht ihren Achtzehnpfündnern bereits tief in die dunklen, hohlen Augen.

ERSTER OFFICIER. Die Augen werden bald hell seyn und unsere Reihen licht machen.

DRITTER OFFICIER. In der That, ich wollte der Kaiser wachte auf oder würde geweckt, ehe die feindlichen Batterien sich festwurzeln – Aber man darf ja kaum vom Erwecken etwas sagen, denn der Cambronne und Bertrand stehen neben seiner Lagerstätte wie die zurückdrohenden Cherubim an der Pforte des Paradieses.

EIN IN DER FERNE IN DIE SCHLACHTLINIE RÜCKENDES REGIMENT *(singt)*.

Allons enfans de la patrie,
Le jour de glorie est arrivé.
Contre nous de la tyrannie
L'étendard sanglant est levé. –

CAMBRONNE. Ein Adjutant an jenes Regiment – Der Kaiser liebt die Marseillaise nicht – Man soll mit ihr aufhören.

LABEDOYERE. Herr General, die Marseillaise ist ein liberales Lied, passend für den Zeitgeist – Das Volk siegte mit ihm bei Valmy und Jemappes.

CAMBRONNE. Herr Obrist – »Liberal«? »Zeitgeist« – Die elende Kanonade von »Valmy« und das jämmerliche Tirailleurgefecht von »Jemappes«? – Wissen Sie, wo wir stehen? Unter den Waffen der großen Armee. Da gibt es keinen anderen Liberalismus als Ihm zu gehorchen, keinen anderen Geist als den Seinigen, keine anderen Gefechte als die à la Cairo, Austerlitz, Jena und der Moskwa.

LABEDOYERE. Weh, ich habe mich geirrt, – ich dachte, endlich die freisinnige Zeit, von den Umständen selbst bedungen, leuchten zu sehen, und es blinken schon wieder nichts als Bayonette, Säbel, Kuirasse und Kanonen.

CAMBRONNE. Sehen Sie, Herr Obrist, ein wenig an den Schwadronen und Bataillonen dieser Schnautzbärte hinunter, und zeigen Sie mir unter ihnen Einen, dem der Kaiser nicht lieber ist, als alle die zeitgeistigen Phrasen.

BERTRAND. Mein junger und tapferer Labedoyere, – verzagen Sie nicht ganz, halten Sie Sich an den Kaiser – Er kann die Welt eher umgestalten als die Welt ihn, und ich versichere, er hat in seiner großen Brust auch einen Platz für Ihren Liberalismus, und schützt und fördert ihn da, wo er des Schutzes und der Förderung werth ist.

CAMBRONNE. Der Kaiser erwacht!

EIN OFFICIER. Nun bin ich neugierig, was er zu den preußischen Batterien sagt, deren Auffahren er verschlief.

NAPOLEON *(steht auf, – der Mantel, welcher ihn bedeckte, fällt zur Seite)*. Alles wie ich befohlen?

BERTRAND. Jedes Regiment an seinem Posten.

NAPOLEON. Was ist das dort?

BERTRAND. Sire, preußische Batterien.

NAPOLEON. Albernes Zeug, – die sollen die feindliche Armee maskiren und sind zu weit vorgerückt. Sie haben nicht Zeit zum Schuß, fällt man ihnen in die Flanke. Das fünf und fünfzigste Regiment am rechten Flügel thue das, im Geschwindschritt, – zwei Kuirassierschwadronen begleiten es.

VITRY. Chassecoeur, er ist wach!

CHASSECOEUR. Man merkt es: das Regiment und die Kuirassiere marschiren, die Batterien jagen zurück, und da – sehen wir die ganze preußische Armee.

VITRY. Was wohl die Officiere, welche hier eben schwazten, davon halten?

NAPOLEON. Generalcommandant der Artillerie –

DROUOT *(tritt vor)*. Sire –?

NAPOLEON. Die preußischen Colonnen entwickeln sich – Ligny ist die Mitte und der Schlüssel ihrer Schlachtordnung – merken Sie sich das – – Und nun lassen Sie uns anfangen.

DROUOT. Sie befehlen –

(Zu der Artillerie:)

Abgeprotzt!

(Es geschieht.)

Jener Zwölfpfündner den Signalschuß!

(Der Zwölfpfündner wird abgefeuert. Sofort donnern auch alle französischen Batterien, Heergeschrei, Trommeln, Trom-

peten, Janitscharenmusik dazwischen. Infanterie und Cavallerie rückt vor, nur die Garde bleibt stehen. Die Preußen bewegen sich gleichermaßen unter gewaltigem Artillerie- und Kleingewehrfeuer den Franzosen entgegen.)

NAPOLEON. Ha! meine Schlachtendonner wieder – – In mir wird's still – – –

(Er schlägt die Arme übereinander.)

CAMBRONNE. Wer sollte sich nicht freuen, der ihn jetzt sieht? – Welche Ruhe, welche stillglänzende Blicke!

BERTRAND. Ja, nun ist's mit ihm als stiegen heitere Sommerhimmel in seiner Brust auf, und erfüllten sie mit Wonne und Klarheit. Still und lächelnd wie jetzt, sah' ich ihn in jeder Schlacht, selbst bei Leipzig.

NAPOLEON *(für sich)*. Josephine – Hortense – Das Etui – – Und mein Sohn!

ADJUTANTEN *(sprengen heran)*. Rechts, bei Sombref, drängen uns die Preußen zurück.

NAPOLEON. Die zurückgedrängten Truppen sollen sich an den rechten Flügel der Garde schließen.

(Kanonenkugeln schlagen in die Erde.)

VITRY *(ergreift einige und wirft sie fort)*. Canaillen, ihr könntet ricochettiren!

NAPOLEON. Wie heißt du?

VITRY. Philipp Vitry.

NAPOLEON. Du bist Hauptmann.

CHASSECOEUR. Gift und Tod, was hat der Kerl für Glück.

VITRY. Sire, trauen Sie mir Ehre zu?

NAPOLEON. Hätt' ich dich sonst zum Hauptmann gemacht?

VITRY. So versichr' ich auf meine Ehre, hier dieser Chassecoeur verdient eher Hauptmann zu seyn als ich. Er dient schon seit Quiberon und rettete bei Leipzig einen Adler – Bitte, Sire, lassen Sie mich Gemeiner bleiben, und ernennen Sie ihn statt meiner zum Hauptmann.

NAPOLEON. Ihr seyd beide Hauptleute.

CHASSECOEUR. Mein Kaiser, wobei?

NAPOLEON. In meiner Suite.

EIN FLÜGELADJUTANT *(sprengt heran)*. Graf Vandamme muß

das eben von ihm genommene St. Amand wieder räumen. Die Preußen sind zahllos und wüthig wie die Teufel.

NAPOLEON. Ob die Preußen St. Amand oder Otaheiti haben, ist in diesem Augenblick gleichgültig. – Aber melden Sie Vandamme: es wäre mir lieb, wenn er durch wiederholte hartnäckige Angriffe den Feind glauben machte, ich hielte etwas auf die Stellung. Blüchers Generalstab wär' im Stande die Position bei Ligny wegen St. Amands noch mehr zu schwächen, als er schon gethan hat.

(Der Flügeladjutant ab:)

Ordonnanzen zu Gerard: daß er bei Ligny allmählig auch die Truppen der schweren Waffengattungen in das Gefecht führt.

(Mehrere Ordonnanzen ab.)

EIN FUSSGARDIST *(wird von einer Kugel getroffen).* Jesus Maria!

NEBENSTEHENDE CAMERADEN. Karl wird fromm!

WIEDER EIN GARDIST *(dem eine Kanonenkugel den Leib aufreißt).* Es lebe der Kaiser!

GARDE UND HEER. Er lebe!

NAPOLEON. Diese Kugeln kommen von Sombref. Vier Reservebatterien vor, unsre von dorther weichenden Truppen besser zu bedecken.

EIN ADJUTANT *(hervorsprengend).* Der Fürst von der Moskwa bittet um Hülfe. Die englische Armee enfilirt mit ihm bei Quatrebras eine Schlacht.

NAPOLEON. Der Fürst von der Moskwa ist ein – Sie, mein Herr, melden ihm: ich wüßte, Wellington tanze noch in Brüssel, und er, der Marschall Ney, hätt' es nur mit dem englischen Vortrab zu thun. Nicht erschrecken soll er sich von ihm lassen, – kühn zurückwerfen, oder doch aufhalten, bis ich hier gesiegt habe, soll er ihn. Dann läuft er von selbst.

(Der Adjutant ab.)

Daß doch die meisten Menschen Aug' und gesunde Vernunft verlieren, sobald sie das Glück haben, mit zwanzig oder dreißigtausend Mann selbstständig auf dem Schlachtfelde zu stehen.

(Zu mehreren Adjutanten:)

Schnell zum General Erlon. Er trenne und bedrohe mit seinem Corps zwischen Quatrebas und St. Amand die Engländer und die Preußen, – er schont aber seine Truppen, oder Bülow möchte bei St. Amand ankommen; wäre das, so stürzt er ihm entgegen.

(Adjutanten ab. Zwei andere sprengen noch hintereinander heran.)

ERSTER ADJUTANT. General Gerard nimmt Ligny mit dem Bayonnet –

ZWEITER ADJUTANT. Die Preußen treiben ihn Schritt vor Schritt wieder hinaus –

NAPOLEON. Drei Voltigeurregimenter sollen sich debandiren, und dort die Preußen überall, von jedem Vorsprung, jedem Fenster her, beängstigen helfen.

(Adjutanten ab.)

EIN ADJUTANT *(jagt herbei).* Zwischen St. Amand und Ligny wird es schwarz wie die Nacht von sich anhäufender feindlicher Cavallerie.

NAPOLEON. Die reitende Artillerie mit Kartätschen wider sie vor.

(Reitende Artillerie jagt vor und schießt, kommt aber gleich darauf in Eile und Unordnung zurück.)

Was? Der wilde Blücher bricht doch los? – Milhauds Kuirassiermassen auf ihn ein.

(Milhauds Kuirassiere stürmen los.)

EIN OFFICIER. Ah, wie leuchtet und klirrt auf einmal die Luft von gezückten Schwertern.

EIN ANDERER OFFICIER. Und horch, jetzt treffen sie Blüchers Horden – Wie ingrimmig und gräßlich wiehern die gegeneinander kämpfenden Pferde!

NAPOLEON. Bertrand, was sagst du zu der Schlacht?

BERTRAND. Die Preußen fechten besser wie bei Jena.

NAPOLEON. Geschlagen werden sie doch, nur ein paar Stunden später.

(Adjutanten kommen.)

ERSTER ADJUTANT. Milhauds Kuirassiere treiben die feindliche Reiterei zurück –

ZWEITER ADJUTANT *(später)*. Blücher erholt sich und Milhaud weicht –

NAPOLEON. Pajols Reiter dem Milhaud verhängten Zügels zu Hülfe.

(Adjutanten ab.)

Ha, da Einer von Gerard mit siegtrunkenem Antlitz – Wie bei Ligny?

DER HERANSPRENGENDE ADJUTANT. Die westliche Seite ist unter unsren Kolben, und ganz Europa entreißt sie uns nicht wieder!

NAPOLEON. Ein Pferd!

(Es wird ihm ein Pferd gebracht, und er setzt sich auf.)

VITRY. Chassecoeur, nun muß die Garde daran, – der Feind ist mürbe.

CHASSECOEUR. Mürb' oder hart, die Garde macht ihn zu Brei.

NAPOLEON. Lieber Drouot, ein Kreuzfeuer des schwersten Geschützes auf Lignys Ostseite.

DROUOT. Wehe dem Mutterkinde, das noch darin ist! – Schwere Artillerie marsch!

(Mit der schweren Artillerie ab.)

NAPOLEON. Cambronne, alle Garden zum Sturm auf Ligny!

CAMBRONNE. Alte und junge Garden, zu Pferd und zu Fuß: den Kaiser salutirt!

DIE OFFICIERE DER GARDE *(den Befehl Cambronnes weiter rufend)*. Den Kaiser salutirt!

DIE GARDE *(salutierend)*. Der Kaiser hoch!

CAMBRONNE. Und nun Bayonnette gefällt, Säbel geschwungen, – unser der letzte Trümmer von Ligny, oder der Tod!

(Ab mit der Garde.)

NAPOLEON. Estafetten nach Paris: ich hätte gesiegt, – während Blücher mir mit seiner Reiterei meinen linken Flügel habe zerbrechen wollen, hätt' ich sein Centrum durchbrochen, und so weiter, wie jedes Auge es hier sieht. Zugleich der Municipalität durch den Moniteur angedeutet, sie möchte mit Abnahme der Vormundschaftsrechnungen nicht so nachlässig seyn, wie im vorigen Jahr, oder mein Zorn träfe sie ärger als die Preußen.

(Adjutanten und Ordonnanzen ab. Sombref, Ligny, St. Amand lodern vor der französischen Schlachtlinie in lichten Flammen, – hinter ihr Quatrebras, Pierrepont, Frasnes, Geminoncourt und andere Ortschaften eben so.)

NAPOLEON *(sieht sich nach den Feuersbrünsten um)*. Ist's nun meine Schuld, daß ich mit einem unermeßlichen, weit und weiter sich ausdehnenden Flammendiadem, wie dieses, meine Stirn schmücken muß? Oder ist das trübselige Fünkchen, die elende Ächtungsacte von Wien, welche diesen Weltbrand veranlaßt?

ADJUTANTEN *(heransprengend)*. Sire, Drouots Batterien haben auch die Ostseite von Ligny zu Staub gemacht – sie schweigen, weil die Garden schon über die Trümmer vorrücken, – nur einzelne preußische Jäger stecken noch hier und da hinter Hecken und Gräben.

NAPOLEON. Ligny ganz mein! – Das Thor Europas ist erbrochen und ich stürme hindurch bis –

BERTRAND *(für sich)*. Da spiegeln die goldglänzenden Kuppeln von Moskau sich schon wieder in seinem Auge.

NAPOLEON. Den schwarzen Krepp von den Legionsadlern, daß sie die wieder aufsteigende Sonne des Sieges sehen!

(Zu Adjutanten und Ordonnanzen:)

Grouchy verfolgt mit seinem Corps die Preußen, – unter ihm noch Vandamme und Pajol mit ihren Heertheilen, – er kann nicht rasch und kühn genug seyn, darf sich durch keine Demonstration, keine Position aufhalten lassen.

(Viele Adjutanten und Ordonnanzen ab.)

Wir, Bertrand, besehen einige Augenblicke das Schlachtfeld, und dann mit der großen Armee links, um mit Ney den Vortrab der Engländer auf ihre Hauptmacht zu werfen, diese zu vertilgen, und übermorgen in Brüssel zu schlafen.

(Napoleon, Bertrand und die kaiserliche Suite ab.)

FÜNFTER AUFZUG

Erste Scene

(Abend. Ein Hotel in Brüssel. Viele große Säle, prächtig erleuchtet. Herzog von Wellington mit Gefolge, Damen und Officiere höchsten Ranges darunter, tritt ein. Der Herzog von Braunschweig kommt etwas später, den sogenannten »schwarzen Becker«, seinen Kammerdiener, zur Seite. Er setzt sich in eine Nische des vordersten Saales. Der schwarze Becker bleibt neben ihm stehen.)

HERZOG VON BRAUNSCHWEIG. Becker, hast du alle meine Papiere in Ordnung?

SCHWARZER BECKER. Ja, Eure Durchlaucht.

HERZOG VON BRAUNSCHWEIG. Du bist ein braver Kerl, sorgst wohl zuerst für dich, dann aber zunächst für mich – Mehr kann man von einem Menschenkinde nicht verlangen –

SCHWARZER BECKER. Herr Herzog –

HERZOG VON BRAUNSCHWEIG. Laß das gut seyn – So braun dein Gesicht, und so schwarz dein Haar ist – du bist mir lieber als viele der Herren, welche mich in Braunschweig bei meiner Rückkehr mit ihren nichtssagenden Fratzen und wohlfrisirten Perücken devotest empfingen, und dennoch mit – und mit den – unter einer Decke spielen möchten. Schwarzer Becker, vernichte jedes Papier, von dem es dir nicht gut scheint, daß es an das Licht komme – die alten Correspondenzen mit – – – –, und Gott weiß, mit wem sonst noch – fort damit! 'S ist alles Lumpenzeug.

SCHWARZER BECKER. Sie befehlen Durchlaucht.

HERZOG VON BRAUNSCHWEIG. Becker, ich falle bald – mir sagt's die Ahnung so deutlich, daß ich nicht zweiflen mag. Es thut mir leid um meinen unmündigen ältesten Jungen, – man wird ihn vielleicht so – – und sich in solche Schaaffelle zu kleiden wissen, daß, wenn er in die welfischen Brausejahre kommt und mündig wird, und dann den ganzen Spuk der ausheimischen, einländischen und persönlichen Interessen erblickt, er glaubt noch toller werden zu dürfen, als die, welche – – Wenn ich nicht mehr bin, Becker, so laß dich nicht im Braunschweigischen nieder, – gib dann das wild bewegte Leben auf, heirathe irgend wo anderwärts eine tüchtige Person, und denke bisweilen an mich, wenn du recht glücklich bist.

SCHWARZER BECKER. Herzog –

HERZOG VON BRAUNSCHWEIG. Laß das Weinen. Nichts verlachenswerther. – Ich sage dir, in diesen Tagen fall' ich –

SCHWARZER BECKER. Durchlaucht, gewiß Phantasien –

HERZOG VON BRAUNSCHWEIG. Mag seyn, aber immer noch besser als Wellingtons Tanzlust – Er meint, er hätt' es mit einem Jourdan zu thun – Bonaparte wird ihm den Unterschied zeigen.

SCHWARZER BECKER. Bonaparte ist noch in Paris.

HERZOG VON BRAUNSCHWEIG. Leicht möglich und eben so leicht nicht. Er ist in der Regel da, wo man ihn nicht vermuthet.

SCHWARZER BECKER. Durchlaucht, zerstreuen Sie Sich – Hören Sie die Musik! Da das: God save the King!

HERZOG VON BRAUNSCHWEIG. So lang es dauert. – Sind die Braunschweiger bereit?

SCHWARZER BECKER. Immer unter Waffen.

HERZOG VON BRAUNSCHWEIG. Gut.

SCHWARZER BECKER. Durchlaucht, welch ein Schimmer von Uniformen – Da selbst der ehrliche Britte Picton in größtem Staat – Und gar der Herzog von Wellington, der Prinz von Oranien –

HERZOG VON BRAUNSCHWEIG. Der Herr Herzog halten immer den Mund auf, und hören doch oft recht schwer. – Nehmen die englischen Krebse sich nicht besser in Acht, so müssen sie bald nach gewohnter Manier zurück in die See, wie bei Corunna und Vlissingen.

SCHWARZER BECKER. Da naht eine Damendeputation – Sie

hat uns an den Todtenköpfen der Tschackos erkannt, und will Ew. Durchlaucht mit Lorbeeren bekränzen.

HERZOG VON BRAUNSCHWEIG. Gehe zu den Damen, mache deine höflichsten Verbeugungen, und sag' ihnen: ich dankte für die Ehre.

SCHWARZER BECKER. Wie Ew. Durchlaucht gebieten.

(Er richtet den Befehl des Herzogs mit größter Höflichkeit aus, die Damen ziehen sich zurück, und er geht wieder zum Herzog.)

HERZOG VON BRAUNSCHWEIG. Schaffe mir einen Whisky.

(Der schwarze Becker geht und bringt den Whisky.)

EIN ENGLISCHER ARTILLERIEOBRIST *(eine junge Dame hereinführend)*. Adeline – Was ich so lange in Londons ersten Cirkeln gesucht, – hier, auf dem Feldzug, find' ich es auf einmal in Dir – entzückender Schönheitsglanz und unversiegbare Liebe.

ADELINE. Wer weiß, wie viele herrlichere Blumen du vorbeigingst, ohne sie zu sehen, und wie zufällig dein Blick grade auf mich fiel.

ARTILLERIEOBRIST. Nein, nein, – kein Zufall – Mein guter Genius selbst führte mich in deine bräutlichen Arme.

ADELINE. Siehe dort die Fürstin Ligne, die Herzogin von Chimay, die Gräfinnen von Barlaymont, und so manche Andere – Welche Gestalten! welche Grazien! Welch überreicher Schmuck strahlt von ihrem Haar und Gewand, und wie armselig ist er gegen sie selbst! – Edward, es ist unmöglich, daß du mich liebst, wenn du solche Göttinnen siehst.

ARTILLERIEOBRIST. Deine Bescheidenheit ist göttlicher als all jener Prunk. – Oft schrien die ehernen Stimmen der Geschütze um mich, flogen Pulverwagen, Reiter und Pferde, Ingenieure und Bombenkessel in meiner Nähe auf, – an keine Dame Europas hätt' ich gedacht in dem Getümmel, – aber an dein Auge gewiß, ja an die Spitze deines kleinen Fingers.

ADELINE. Edward, nimm den Abschied – mache den Feldzug nicht mit.

ARTILLERIEOBRIST. Es kommt zu keinem Feldzug, Geliebte. – Der Corse scheint keine Armee zusammen bringen zu können – Wir marschiren wohl ohne Aufenthalt nach Paris –

ADELINE. Ach, wären wir auf deiner Stammburg, in den grünenden Auen von Sheffield!

ARTILLERIEOBRIST. Der Prinz von Oranien fass't die Hand der Fürstin Ligne, Wellington die der Herzogin von Chimay – Alles arrangirt sich – Der Ball beginnt – Horch! die Musik braus't los, ein Ätna feuersprühender Töne – Treten wir in die Reihen.

ADELINE. Musik! Musik! – Was rufen all die Töne? – mir nichts als deinen Namen!

(Der Artillerieobrist tritt mit Adeline in die Tanzreihen.)

HERZOG VON BRAUNSCHWEIG. Noch einen Whisky, Becker.

(Der schwarze Becker holt den Whisky.)

SCHWARZER BECKER. Da beginnen sie eine Gallopade.

HERZOG VON BRAUNSCHWEIG. Wer weiß, ob nicht schon die Kuirassire des Milhaud hieher gallopiren.

HERZOG VON WELLINGTON. Lauter die Musik! – Herzogin, Sie glühen – Der Tanz greift Sie an.

HERZOGIN VON CHIMAY. In den Armen des Siegers von Salamanca nimmer.

(Dumpfe, aber sehr entfernte Töne.)

HERZOG VON BRAUNSCHWEIG *(springt auf)*. Becker, was ist das?

SCHWARZER BECKER *(aus einem Fenster sehend)*. Ein Gewitter zieht auf.

(Wieder entfernte, immer lautere Töne.)

HERZOG VON BRAUNSCHWEIG. Gewitter? Gewitter? – Ob aber am Himmel oder auf der Erde? – Melde Wellington, ich glaubte *Kanonenschüsse* zu hören.

SCHWARZER BECKER *(geht zu dem Herzog von Wellington)*. Der Herzog von Braunschweig vernimmt Kanonenschüsse –

HERZOG VON WELLINGTON. Ei, woher denn? – Hält er etwa diese Pauken oder die Donner des Unwetters dafür? – Vorwärts der Tanz! – Napoleon ist noch in Paris, oder daraus wieder nach Süden vertrieben. – Seine paar Bataillone bei Charleroi haben keine Kanonen, und unsere überstarken Avantgarden sind Blücher bei Ligny und meine Truppentheile bei Quatrebras – Vorwärts der Tanz!

SCHWARZER BECKER *(zu dem Herzog von Braunschweig zurückkehrend).* Wellington hält die Töne nicht für Kanonenschüsse.

(Lautere und stets lautere Klänge.)

HERZOG VON BRAUNSCHWEIG. So kenn' ich sie besser als der Herr von Ciudad Rodrigo – Es sind die Klänge, unter denen mein Vater fiel! Ein schlechter Sohn, der sie hört und nicht von Rache entflammt ihnen entgegen stürzt – Folge mir!

(Mit dem schwarzen Becker ab. Gleich darauf die Allarmmusik der Braunschweiger.)

HERZOGIN VON CHIMAY. Hören Sie –?

HERZOG VON WELLINGTON. Ruhig, Beste, so schön Ihnen auch die Unruhe steht. – Der Braunschweig hat seine kriegerische Laune, läßt Allarm schlagen, und übt seine Truppen in der Wachsamkeit.

(Immer nähere Kanonenschüsse.)

ADELINE. Wehe, was donnert da? – Das sind doch nicht – Da schreckt auch der Herzog auf!

ARTILLERIEOBRIST. Adeline, – vor deinem forschenden Blick kann ich nicht lügen – Du hörst – o Gott – feindliche Kanonen!

ADELINE. Jesus Christus! – Wie hast du dich geirrt – Napoleon marschirt doch heran!

ARTILLERIEOBRIST. Wer könnte in ihm sich nicht irren? Er ist wie ein neuer plötzlich aufgetauchter, unerforschter Erdtheil –

ADELINE. Oh, wer stürzt da herein? – Das sind nicht Menschen – Das sind Teufel.

(Adjutanten Blüchers stürzen in die Scene.)

ARTILLERIEOBRIST. So nenne sie nicht – preußische Cameraden sind's noch schwarz vom Pulverdampfe der Bataille.

EINER DER PREUSSISCHEN ADJUTANTEN. Wo der Herzog von Wellington?

EIN ENGLISCHER OFFICIER. Dort steht er.

PREUSSISCHER ADJUTANT. Durchlaucht –

HERZOG VON WELLINGTON. Sie kommen?

PREUSSISCHER ADJUTANT. Aus der Schlacht.

HERZOGIN VON CHIMAY. Also dennoch –?

HERZOG VON WELLINGTON. Ruhig, ruhig, Herzogin!

HERZOGIN VON CHIMAY. Unmöglich, Herzog – Selbst Ihr Befehl bezwingt meinen Schrecken nicht – Wie stäubt der Ball auseinander –

VOLK *(auf der Straße)*. Der Feind! der Feind! er kommt! er kommt!

HERZOGIN VON CHIMAY. Gott! ganz Brüssel in Bewegung!

VOLK. Der Feind! der Feind! Brüssel brennt schon Feuer! Feuer! Feuer!

HERZOG VON WELLINGTON. Madame, trauen Sie diesem tollen Straßengeschrei nicht – Aber fahren Sie zu Haus, – eine zahlreiche Sauvegarde begleitet Sie.

(Herzogin von Chimay ab.)

PREUSSISCHER ADJUTANT. Herzog, Napoleon erschien mit seiner Armee urplötzlich vor Ligny, Ney vor Quatrebras –

HERZOG VON WELLINGTON. Feldmarschall Blücher und mein Vortrab?

PREUSSISCHER ADJUTANT. Sind beide geschlagen, und ziehen sich hieher zurück.

HERZOG VON WELLINGTON. Was meint der Feldmarschall?

PREUSSISCHER ADJUTANT. Er hofft, Ihr Heer vor Brüssel schlagfertig aufgestellt zu finden, sonst schlägt er die zweite Schlacht auch ohne es.

HERZOG VON WELLINGTON. Bülows Corps?

PREUSSISCHER ADJUTANT. Hat an der Schlacht nicht Theil genommen, und stößt bald zu uns.

HERZOG VON WELLINGTON. Und Blücher kommt, wenn ich Stand halte?

PREUSSISCHER ADJUTANT. Er sagte es.

HERZOG VON WELLINGTON. So glaub' ich es. – Sagen Sie ihm, Sie hätten mich leider in erbärmlichen Tanzschuhen getroffen, die ich leichtsinnig genug angezogen, – aber ich wollte selbst dieser Schuhe nicht werth seyn, träf' er mein Heer nicht in Schlachtordnung vor dem Walde von Soignies.

(Die preußischen Adjutanten ab.)

Allarm! Allarm! Alle Truppen vorgeschoben nach Waterloo!

ARTILLERIEOBRIST. Geliebte –

ADELINE. Bleibe!

ARTILLERIEOBRIST. Darf ich? – Schon rasseln meine Batterien über das Pflaster!

ADELINE. Oh, diese Räder – Sie gehen durch mein Herz!

ARTILLERIEOBRIST. Adeline, auch durch das meinige – Doch ich muß, ich muß – Wehe mir, die Rosenhimmel der Liebe auf deinen Wangen erbleichen – Welch ein schmerzliches Bild nehm' ich mit in den Kampf – – Lebe wohl! Vielleicht sehn'n wir uns wieder! – Diener, meine Braut zu ihrer Mutter geführt!

(Ab, – Adeline, in Ohnmacht, wird fortgeführt. – Draußen marschirt Cavallerie, Artillerie, Infanterie, unter letzterer DIE HOCHLÄNDISCHEN REGIMENTER, *singend unter Begleitung der Sackpfeife).*

Clan Douglas, Clan Douglas,
Die Mutter, sie weint –
Was »weint«!
Dort trotzet der Feind!

Clan Douglas, Clan Douglas,
Fluß Avon blinkt schön –
Was »schön«!
Die Sachsen dran steh'n!

Clan Douglas, Clan Douglas,
Wie stürzt er Berg ab –
Was »ab«!
Wir kühn in das Grab!

Clan Douglas, Clan Douglas,
Was jammert die Braut –

Was »Braut«!
Der Feind ist schon laut!

Clan Douglas, Clan Douglas,
Wie steil unser Stieg –
Was »Stieg«!
Zu Rache und Sieg,
Clan Douglas, Clan Douglas,
Clan Douglas!

HERZOG VON WELLINGTON. Wetter, die Bergschotten sind eine brave, treue Nation, – Lieder auf die sächsischen Eroberer de anno 500 nach Christi Geburt begeistern sie noch heute gegen die Franzosen. – – Meine Herren vom Generalstabe: Bonaparte hat uns getäuscht und überrascht, aber das alles läßt sich gut machen durch Festigkeit. Wir waren eben im Tanz begriffen, und sehr heiter, – seyen wir in der Schlacht auch so, und die Franzosen sollen bestürzt aussehen, wenn sie ihre Erbfeinde nicht im Tanz, sondern gewaffnet und ruhig sich gegenüber erblicken. Vertheilen Sie sich in den Cantonnements, sorgen Sie, daß jeder Befehlshaber seine Schuldigkeit thut. Ja keine Unordnung unter den Truppen, – die strengste Disciplin geübt, – aber den Leuten Lebensmittel gegeben, so viel aufzutreiben. Adieu!

(Ab, – die Officiere gleichfalls.)

ERSTER AUFWÄRTER. Abgeräumt – Das Volk ist fort.

ZWEITER AUFWÄRTER. Alle Reste in die Tasche – Da Kuchen über Kuchen –

ERSTER AUFWÄRTER. Halbvolle Weinflaschen stehen dabei. Nehmt und trinkt sie aus mit den Hausmamsellen.

(Für sich:)

Ah, da find' ich eine Brillantnadel. –

ZWEITER AUFWÄRTER. Himmel, wie das marschirt und trottirt!

ERSTER AUFWÄRTER. Ich hoffe, die Franzosen gewinnen doch. Ich sage lieber »Monsieur« als »Myn Her« oder »Ihro Hochedelmögenden«. – – Daß die Küchenmädchen die

Teller besser putzen, keinen gelben Rand darum lassen, sonst soll die Canaillen – – Hurtig, mit mir hinunter – Eine Menge Officiere sprengt vor die Hausthür, und fordert noch einen Schluck, die Courage zu begießen.

(Die Aufwärter ab.)

Zweite Scene

(Heerstraße in der Gegend von Wavre. Die preußische Armee auf dem Rückzug. Blücher, eine lange irdene Pfeife rauchend, und Gneisenau neben ihm, im Hintergrunde zu Pferde auf einem Hügel. Linie und Landwehr, hin und wieder in Schwadrone oder Compagnien geordnet, meistens aber aufgelös't, reiten und marschieren durcheinander. Artilleriezüge und Fuhrwerke jeder Art darunter. Auf den Kanonen und Wagen liegen und sitzen Verwundete und Gesunde. Jeden Augenblick stürzen Marode. Aus der Ferne ununterbrochener Kanonendonner. Alles eilt vorwärts. Es regnet.)

DER TRAINKNECHT EINER KANONE *(zu seinen Pferden)*. Hot – ha! – Fritz, hot – links liegt ein Verwundeter – Hans, ha – – rechts ein freiwilliger Jäger mit einem Hemde, so fein, daß Einem das Herz weh thut, darüber zu fahren.

DER BERLINER FREIWILLIGE. Dieses ist schrecklich erhaben – Ob mein Wasserpolacke todt ist?

DER OSTPREUSSISCHE FELDWEBEL. He, Berliner – wie geht's?

BERLINER. Sieh, der Herr Feldwebel – leben Sie noch? – Es schmerzt mir vor Freude.

FELDWEBEL. Auch immer frische Courag?

BERLINER. Courage? Weiter nichts? An die hab' ich mir bald gewöhnt. Es sind mich gestern tausend Kugeln um den Kopf geflogen, und keine traf mir. Geht das so fort, so bin ich bald gar nicht mehr vor mich bange.

FELDWEBEL. Das ist mir lieb – Adieu –

BERLINER. Herr Feldwebel –

FELDWEBEL. Nun?

BERLINER. Sie steht die große Nase, die Sie haben, sehr gut – Wahrhaftig, ich möcht' Ihnen damit auf dem Brandenburger Thore sehen, neben die Siegsgöttin, die jetzt wieder oben steht – Aber, Herr Feldwebel, ich muß Sie doch an etwas erinnern – Die deutsche Sprache, wie ich sie bei Herrn Professor Heinsius gelernt, verstehn Sie nicht im Mindesten. Es heißt nicht wie Sie sagen: »es ist mir lieb« sondern »es ist mich lieb.«

FELDWEBEL. Weshalb?

BERLINER. Deshalb, Herr Feldwebel – – – Nämlich: sagen Sie nicht: »mich wurde die Kuh gestohlen?« – He?

FELDWEBEL. Ich sage so ohngefähr.

BERLINER. Also? Verstehn Sie? – »Mich wurde die Kuh gestohlen« und »mich ist es lieb« – Das ist tout égal.

FELDWEBEL. Möglich –

(Geht weiter.)

BERLINER. Daß diese arme Würmer aus der Provinz durchaus nicht das Deutsche richtig sprechen lernen, oft gar zweifeln, daß in diese Hinsicht nichts über die Residenzer geht!

(Feindliche Granaten und Haubitzen fallen, einige dicht neben dem Berliner. Er springt zurück.)

Daß dir der Donner! – Ganz gesund ist's hier nicht! – – Was hilft's aber! Ich bin im Tumult, und kann nicht hinaus – Und am Ende sind die Franzosen hinter die Königsmauer schlimmer, als die hinter uns – Ephrim! Ephrim! Was läufst du?

EPHRAIM. Ferdinand, su meine Cumpanie –

BERLINER. Die ist weit voraus.

EPHRAIM. Weit voraus? – O wär' ich dann doch so eher bei sie!

BERLINER. Ephrim! Hast einen Schuh im Dreck stecken lassen.

EPHRAIM. Laß ihn stecken, obgleich er kostet anderthalb Thaler – Ach, halte mir nicht auf, laß mir vorwärts, mein Jugendfreund!

BERLINER. Wir gehen ja vorwärts! – Wie kommt es, Ephrim,

daß du deinen Namen wieder kennst? Vor zwei Jahre in Berlin sahst du dir bei dem »Ephrim« nicht um, – »Ibrahim, Ibrahim« hieß es bei alle deine Bekannte, Mutter, Schwester und Bruder.

EPHRAIM. Steckte der liebe Gott hier, er würde viel fragen, wie er hieße, sondern er nähme die Flügel des Sturmwindes und flöge vor die Geschosse davon wie ein Lämmergeier.

BERLINER. Spielt der kleine Moses auch noch immer »auf die Fleit?«, und hören eure »Leit« noch immer »su« mit offnem Maul und harten Ohren?

EPHRAIM. Wie kann ich hier wissen, was meiner Schwester Kind thut in die Hauptstadt?

(Kartätschenschüsse schmettern in das flüchtige Heer.)

Au wai, was ist alles Gold gegen einen Kartätschenschuß?

BERLINER. Ephrim, lauf doch nicht so – – Bist hungrig, Ephrim?

EPHRAIM. Ich bin es, ich bin es!

BERLINER. Ephrim, als wir noch auf die Schule gingen, betrogst du mir im Spiel um fünf Münzgroschen – Als ich sie nicht bezahlen wollte, sagtest du es meinem Vater, und ich bekam Prügel ärger als ein junger Gott.

EPHRAIM. Das ist nicht wahr, ist nicht wahr – irrst dir – eure Magd, eure Magd, die Lotte, hat es gesagt an deinen Vater – Sie hatte belauscht unser Spiel – Nie gestand ich, daß ich deinem Vater gesagt hätte von die Sache.

BERLINER. Daß du dieses nicht gestanden hast, Ephrim, glaub' ich dich auf's Wort – Willst essen, Ephrim?

EPHRAIM. Ja, ja, ja –

BERLINER. So siehe zu, wie du etwas bekommst, denn dieses Stück Rindfleisch –

EPHRAIM. Ist gut, ist gut – Her damit!

BERLINER. Ich will es lieber selbst essen, denn es ist nicht kauscher, Ephrim – es könnte dir um Vater Abrahams alten Schooß bringen und den gönn' ich dich allzusehr –

EPHRAIM. Schweinehund, ich bin wohl ein Jude –

BERLINER. Nicht ganz, nicht ganz – Dein blondes Haar verräth einen Christen, der zwischen deinem Vater und deine Mutter – na, Ephrim, du kennst ja die musicalischen Intermezzos aus die Visiten bei Mauschels kleinen Concerten –

EPHRAIM. Du Hund, wenn ich auch bin ein Jude, bin ich doch ein Bürger und ein Berliner Freiwilliger wie du – da!

(Er gibt dem Berliner eine gewaltige Ohrfeige. Der Berliner will sie ihm grade wieder geben, als eine Kanonenkugel dem Ephraim den Kopf abreißt.)

BERLINER *(stürzt zur Seite)*. Ah, wie furchtbar rächt mir das Geschick!

(Sich wieder aufrichtend:)

Ephrim, warst doch ein guter Kerl – Bist ja todt! –

(Die verfolgenden Franzosen beschießen die preußische Armee heftiger und die Flüchtigen suchen sich rascher vorwärts zu drängen. Blücher und Gneisenau sprengen vor.)

GNEISENAU. Halt!

(Viele Soldaten eilen ohngeachtet dieses Commandos weiter.)

Steht, sag' ich, steht – Wer den Fuß rührt, eine Waffe wegwirft, wird auf der Stelle erschossen!

(Die Armee steht.)

BLÜCHER. Kerle, seyd ihr furchtsamer als mein Gaul? Er bäumt sich vor Lust, da er Kanonen hört, und ihr lauft krummen Buckels davon?

(Französische Kugeln fallen dichter und dichter.)

GNEISENAU. Feldherr, das Gehölz da – es nistet sich feindliche Artillerie hinein –

BLÜCHER. So soll die unsrige sich nach ihr umgucken – Sie hat ohnehin mit ihren zerbrochenen Rädern Zeit genug.

BERLINER. Der Blücher ist göttlich!

BLÜCHER. Nun, Kanoniere, losgebrennt! – – Ich will mittlerweile sehen, ob ich dem Volk im Holze nicht einen Haufen Jäger unserer Arrieregarde in den Rücken werfe. – Du, Berliner –

BERLINER. Wie, Herr Feldmarschall, Sie kennen mir?

BLÜCHER. Ich sah dich vorgestern im Bivouac – Halt' einige Augenblicke meine Pfeife in Brand.

BERLINER. Nur einige Augenblicke? Viele Jahrtausende, wenn Sie befehlen.

BLÜCHER. Gneisenau, ich bin gleich zurück.

(Jagt fort.)

GNEISENAU. Meine Herren Officiere – Eifriger, eifriger! – Schneller, besser die Truppen geordnet – Unsre Leute sind tüchtig, stets so brav als ihre Anführer. Vernichtete dieser Rückzug irgend eine Compagnie, die Schande fiele lediglich auf ihren Hauptmann.

BLÜCHER *(wieder heransprengend)*. Höre zu, Gneisenau – Die Jäger machen sich schon mit »Piff« und »Paff«in das Gebüsch –

GNEISENAU. Die Kanoniere hier waren auch nicht faul –

BLÜCHER. Wahrhaftig nicht, sie haben den »Quivive's« so geantwortet, daß dieselben umkehren und die Schnauze halten, – unser Rückzug bleibt eine Stunde lang ungestört. – Meine Pfeife!

BERLINER. Hier, Herr Feldmarschall! – – Und darf ich bitten?

BLÜCHER. Ja.

BERLINER. Lassen Sie mir zu die freiwilligen Jäger, die da dicht mit dem Feinde scharmuziren. Seit die Zeit, daß ich aus Ihre Pfeife rauchte, ist's mich, als hätt ich mir an einem Vulkan voll gesogen, wie ein unmündiges Kind, und ich crepire vor Schlachtwuth, – denn außerdem daß mir dieses Rauchen begeistert hat, ist's zweitens klarer als ein reines Bierglas bei Wisotzky, daß mir hier die Franzosen unvermutheter und eher treffen, als wenn ich die Hallunken in das Gesicht sehe, ihre mörderische Bewegungen observire, mir hinter einen Baum stelle, und, selbst ziemlich gesichert, sie zuerst todt zu schießen versuche.

BLÜCHER. Du bist ein klug-braver Kerl. Mache dich sogleich zu den freiwilligen Jägern.

BERLINER. Dann, Herr Feldmarschall, brechen Sie ein Endchen von Ihre Pfeife, und verehren Sie es mich?

BLÜCHER. Wozu?

BERLINER. Zum Andenken, und dann auch, um mir bei die Jäger, da ich eine andere Uniform trage als sie, damit zu legitimiren.

BLÜCHER. Da hast du es, toller Patron.

BERLINER. Sehr gut gesagt, sehr schön, wenn ich auch am Inhalt des Ausdruckes zu zweifeln wage – Herr Feldmarschall, Sie sollen von mir sehr viel hören, oder schlimmstens doch gar nichts.

(Ab.)

GNEISENAU. Feldmarschall, rechts Musik – jetzt der alte Dessauer – da »Uso voran« – und nun wieder ein neuer Walzer!

BLÜCHER. Gott sey gelobt, also endlich Bülow mit den Pommern! Reit' ihm entgegen, und lies ihm wegen seines ordnungswidrigen Ausbleibens die Leviten.

GNEISENAU. Was helfen die bei ihm? – Er wiegt sich in den Steigbügeln, sieht sich in der Gegend um, und läßt die Vorwürfe zum einen Ohr herein, zum andern hinaus.

BLÜCHER. Freilich, so thut er – Aber, bei Gott, der leichte Sinn, welcher bei jedem Subalternen der Todesstrafe werth wäre, ist nicht strafbar bei dem Helden von Dennewitz. Vielleicht rettete er jüngst mit ihm Deutschland. Als wir 1813 noch immer zweifelten, den Corsen, sobald er uns persönlich gegenüberstand, anzugreifen, rief er nichts als: »hole der Kuckkuck das Zaudern! drauf los! den Versuch gewagt! ihr sollt sehen, er ist einer Mutter Sohn wie wir!«

(Gneisenau reitet zu Bülow, welcher, zu Pferde, mit seinem Armeecorps unter Feldmusik in größter Ordnung in die preußischen Linien rückt.)

BÜLOW. Guten Tag, lieber Gneisenau.

GNEISENAU. Bülow, des guten Tages bedürfen wir.

BÜLOW. Ihr seyd abscheulich mitgenommen. – Was macht Blücher?

GNEISENAU. Dort hält er, gesund und frisch.

BÜLOW. Das freut mich. Er ist ein Degen, den weder Alter, Blut noch Wetter blind oder rostig machen. – – Sapperment, wie ist eure Artillerie, Infanterie, Cavallerie in Wirrwarr! 'Ne wahre Höllenwirthschaft! – Und was von dort? Flintenschüsse? So nah habt ihr den Feind auf den Hacken?

GNEISENAU. Tirailleurgefechte –

BÜLOW. Meine Pommern machen bald aus den Gefechten wieder eine Schlacht. – Sieh' einmal die Teufelskerle an: beschmutzt bis über das Ohr, aber Gesichter frisch und kernig, wie eben ausgeschältes Obst, und auf den Beinen munter, als ging' es auf der Jacobsleiter zum Himmel – Ein Gichtbrüchiger wird bei dem Anblick gesund. – Will die alte Garde des Imperators Pommern fressen, bekommt sie harte Nüsse zu knacken.

GNEISENAU. Du hast gut reden – Unsere Corps sind seit zwei Tagen im Feuer – Deines sah noch keine französische Lunte.

BÜLOW. Im Feuer, Feuer – Feuer hätt' euch bei diesem Unwetter erwärmen und erfreuen sollen. – Meine Leute prügeln sich noch, wer von ihnen zuerst Napoleons Mörser erstürmt, sie zu Kochkesseln zu gebrauchen.

GNEISENAU. Wir wollen das abwarten. – Der Feldmarschall hat aber, wie ich dir im Ernst sage, im Sinn, dich vor eine Militärcommission zu stellen. Du mußtest gestern, der Ordre gemäß, bei Ligny seyn, und *konntest* da seyn, wenn auch später als dir befohlen. Die Schlacht hätte eine andere Wendung bekommen.

BÜLOW. Wahrhaftig, eine schöne andere Wendung! Abends, als ihr schon geschlagen war't, und uns in der ersten Fluchtwuth angesteckt und mitgerissen hättet, wären wir eingetroffen, vom übermäßigen Marsch marode, und leeren Magens dazu. – Eh, ich hab' erst Mann und Pferd sich sättigen, alles Tritt vor Tritt marschiren lassen, und da ist nun mein Corps, tüchtiger als je. – Der Feldmarschall achtet die Vernunft mehr als seine Ordres, und somit bin ich entschuldigt.

GNEISENAU. Bilde den Vortrab des Heeres – Ziethen stößt mit der Masse der Reiterei gleich zu dir. Der Marsch geht über Wavre nach den Waldhöhen von Soignies.

BÜLOW. Gut, mein Freund.

(Gneisenau ab.)

Tambours, den Armeemarsch! – So! – – Und nun einen

Kirchmeßwalzer, Hautboisten ! – – Brave pommersche Jungen, ist's nicht als wären wir auf einer Bauerhochzeit bei Pasewalk? Gibt's etwas lustigeres als einen Feldzug?

(Er und die Pommern ziehen weiter.)

GNEISENAU *(wieder neben Blücher)*. Feldmarschall, der Bülow spricht und denkt über sein spätes Eintreffen so wie ich vermuthete –

BLÜCHER. Aber sein Corps?

GNEISENAU. Ist in einem herrlichen Zustande.

BLÜCHER. Das ist die Hauptsache, und ich nehm' ihm sein gestriges Ausbleiben nicht übel.

(Zu dem Heere:)

Cameraden, gestern sind wir mordmäßig geschlagen – Tröstet euch, und schlaget die Franzosen morgen mordmäßiger wieder. – Die Engländer warten auf uns vor dem Walde von Soignies. Kommen wir bei ihnen nicht zeitig an, so sind sie verloren, kommen wir zeitig, so helfen wir ihnen mitgewinnen. – Also, dreist in diesen Dreck getreten, wir treten so früher auf die gebohnten Dielen des Louvre – – – Hölle, was für Physiognomien sitzen ganz behaglich in ihren großen Halstüchern auf jenen Feldwägen?

GNEISENAU. Feldchirurgen.

BLÜCHER. Herunter mit den Balbiergesellen, in den Kugelregen mit dem Volk, daß es dort die Verwundeten verbindet, und hier ihnen Platz macht – – Ein paar gute Schuster mit tüchtigen Gesellen wären dem Heere nöthiger als dieses ganze in Eil' aufgeraffte Feldscheerergesindel.

EIN HERANSPRENGENDER ADJUTANT. Die Franzosen drängen sich näher und näher in uns'ren Rücken –

BLÜCHER. Nur nicht all zu bestürzt, – sie können uns ja desto eher in – – Melden Sie so etwas der Arrieregarde. Der Sieg liegt vor uns – Dorthin!

(Alle rücken weiter.)

Dritte Scene

(Hohlweg vor dem Walde von Soignies. Mitten durch ihn die Straße nach Brüssel. Gebüsche auf beiden Seiten. Diese, so wie die Ufer des Hohlwegs sind von Detaschements englischer Linientruppen, englischer Jäger und hannoverischer Scharfschützen besetzt. Hinter der Schlucht auf den Höhen von Mont Saint Jean steht das Gros des wellingtonschen Heeres, – rechts von ihr das Vorwerk Houguemont, – in einiger Entfernung vor ihr das Gehöft la Haye Sainte, etwas weiter hin das Haus la Belle Alliance, und noch entfernter die Meierei Caillou, – links die Dörfer Planchenoit, Papellotte, Frichemont etc.)

EIN ENGLISCHER JÄGER. Wie heißt diese Gegend?

EIN SERGEANT DER ENGLISCHEN JÄGER. Weiß nicht, James, – wir taufen sie bald mit Schlachtenblut.

JAMES. Ja, Sergeant. Schlacht gibt's. Die Vorposten sind darnach gestellt.

SERGEANT. Gott verdamme, jedesmal, wenn man mit den Franzosen zu thun hat, regnet's wie aus zerschlagenen Fässern. Wars's nicht auch in Spanien immer so?

JAMES. 'S ist ja Suppenschlucker-Volk.

SERGEANT. Siehe, wie da Einige von ihnen über den Dreck hüpfen, jämmerlich leicht wie die Kibitze über den Sand.

JAMES. Warte, jenen naseweisen Leichtfuß, will ich mit einem schönen Stückchen Blei schwer machen.

SERGEANT. Prosit die Mahlzeit, James, – er riecht Lunte und versteckt sich hinter einer Erdhöhe.

DER AM HOHLWEG COMMANDIRENDE ENGLISCHE GENERAL *(sprengt vor)*. Was ist das da linker Hand? Nebel, Dampf oder Feind? – Der verhenkerte Gußregen wäscht mir vor Aug' und Fernrohr alle Gegenstände durcheinander.

JAMES. Herr General, 's ist der gewöhnliche große Leichenqualm, der drei Tage lang vor der Schlacht auf den Feldern umherzieht.

SERGEANT. James, sey kein Narr – Es ist Nebel, General, aber sehr entfernt.

GENERAL. Hum – Der Nebel hält mir zu lange auf einem Fleck.

EIN HAUPTMANN DER HANNOVERISCHEN SCHARFSCHÜTZEN. Mein General –

GENERAL. Nun?

DER HAUPTMANN. Ich habe unter meiner Compagnie einen sechzehnjährigen Burschen von den Harzjägern – Er sieht und schießt unglaublich weit –

GENERAL. Rufen Sie ihn.

DER HAUPTMANN. Fritz! Fritz!

(Fritz kommt.)

Was dort links für Nebel?

FRITZ. Nebel? Nebel? – Herr Hauptmann, ich sehe keinen.

(Er wischt sich die Augen.)

SERGEANT. James, der ist scharfsichtig!

JAMES. Wie eine Nachteule.

DER HAUPTMANN. Was siehst du denn eigentlich?

FRITZ. Das ist ja ganz deutlich. – Dort hält, tief in graue Mäntel gehüllt, ein Regiment französischer Dragoner, und guckt mit lauernden Katzenaugen hieher.

GENERAL. Dacht' ich's doch!

SERGEANT. Wenn der Junge nicht lügt, so ist –

JAMES. Er ist –

GENERAL. Das feindliche Gesindel will sich an uns nisten, um uns recht sicher, zur ungelegensten Zeit, mit den Krallen zu fassen.

FRITZ. Soll ich ihm zeigen, daß wir es sehen? Schieß' ich einen heraus?

SERGEANT. Der Bengel ist toll. Auf diese Entfernung treffen –

JAMES. Wie gesagt, der Junge ist ein Kobold aus Norddeutschland, und ein christlicher northumberländischer Jäger hütet sich ihn anzublicken.

GENERAL. Schieß, Junge.

FRITZ. Wie gern!

(Er zielt kurze Zeit und schießt.)

Hahaha! Da liegt des Königs Wildprett, sagt mein Vater, und erquickt treuer Unterthanen Beutel und Magen, wenn wir am Blocksberge ein Sechzehnender wilddieben.

GENERAL. Wer fiel?

FRITZ. Der Obrist, und die Übrigen galloppiren davon, wie ein Rudel Hirschkühe, wenn der Bock aus ihrer Mitte geschossen wird.

GENERAL. Gott verdamme, der vermeinte Nebel zerstiebt auch im Hui.

EIN ALTER HANNOVERISCHER SCHARFSCHÜTZ *(tritt vor)*. Verfluchter Dachshund, infamer Köter, was belügst du mich, deinen Vater? Das Hirn schlag' ich dir ein!

(Zum General:)

Gnädiger Herr, wenn ich je mein Gewehr auf ein königliches Wild abgedrückt habe, will ich nie den Hahn auf eins gespannt – – Ach, kurz und gut, der Bengel lügt!

DER SCHÜTZENHAUPTMANN. Alter Borstenkopf, »wer sich entschuldigt, eh' man klagt« –

GENERAL. Beruhige dich, – triff du die Franzosen so brav wie dein Junge, und ihr seyd dem Könige die liebsten Schützen in Schlacht und Wald.

FRITZ. Hussa, hinter uns vom Berge kommt wieder eine Menge Leute – Schieß' ich darein?

GENERAL. Bist du toll, Junge? – Das sind Linienbataillone von Mont Saint Jean, uns zur Hülfe geschickt.

FRITZ. O dürft ich nur immer schießen – Der Pulvergeruch ist mir nun einmal in der Nase.

GENERAL. Was saus't?

SERGEANT. Eine bonapartische Paßkugel – Da schlägt sie in den Baum.

GENERAL. Fritz, nun schieß, schieß in die Franzosen, so lang Athem und Pulver nicht ausgehn –

(Laut:)

Alles an die Ufer des Hohlwegs – Büchsen und Flinten frisch geladen, – den Flinten die Bayonette aufgeschraubt! – Donner, da drängen sie sich schon herein – Feuer!

EIN FRANZÖSISCHER HAUPTMANN *(an der Spitze der sich in den Hohlweg stürzenden Colonne)*. Laßt sie schießen, Cameraden! Hört ihr die Paßkugeln über uns, und seht ihr, wie sie dem Feinde Pferd und Mann hinschmettern?

Sie kommen aus französischen Geschützen und sind die gewaltigen, helfenden Begleiter, aus der Ferne uns nachgesandt von dem Kaiser!

EIN ANDRER FRANZÖSISCHER HAUPTMANN. Schurke der, welcher einen Schuß thut, bevor wir diesen Chausséerand erklettert haben.

EIN ENGLISCHER LINIESOLDAT. Wächst das Volk aus dem Boden wie die Ameisen? –

(Einen der am Chausséerande emporgekletterten Franzosen mit dem Bayonnett durchbohrend und wegschleudernd).

Zurück, du Hungerleider!

EIN FRANZÖSISCHER SOLDAT *(vor Wuth schäumend, schwingt sich auf die Höhe des Chausséerandes und wirft den Engländer auf die Bayonnette der ihm nachdringenden Franzosen).* Und an den Spieß, du Sattfresser! – – Mir nach – mir nach –

FRANZÖSISCHE ADJUTANTEN *(sprengen heran).* Im Namen des Kaisers: zurück! Er sieht eine Überzahl englischer Linie und Artillerie sich gegen euch vom Berge stürzen – Zurück auf einige Augenblicke –

DIE FRANZOSEN. Beefsteaks, wir kommen wieder!

(Sie ziehen sich unter stark erwiederten Gewehrsalven zurück.)

EIN ENGLISCHER OBRIST *(zu seinem Adjutanten).* Was für Flammen glänzen rechts hoch aus diesem Rauch?

DER ADJUTANT. Der Lage nach das brennende Houguemont.

DER OBRIST. Auch das schon? – Die Schlacht wird allgemein.

ADJUTANT. Sie ist es. Schauen Sie, la Haye Sainte lodert auch schon. – Ha, was da?

OBRIST. Das ohrzerschneidende Geschrei unserer Verwundeten – – Himmel, warum steht das rechte Altengland da oben noch stets ruhig unter den Waffen?

ADJUTANT. Der Herzog pflegt, wie er es nennt, seinen Augenblick zu erwarten.

OBRIST. Bonaparte ist erfinderischer und kühner: er schafft sich nöthigenfalls den Augenblick. – Ah, wieder Kugeln über Kugeln hieher! Der Feind vergißt uns nicht.

ADJUTANT. Herr Obrist, jetzt aber geht Altengland auf Mont Saint Jean auch los – Da – alle Batterien – Hören Sie!

OBRIST. Es ist, als rasselten alle Heerschaaren der Hölle in eisernen Harnischen über unsere Häupter – Ha, und jetzt wettert ihnen die Artillerie der Franzosen entgegen – Ohne feige zu seyn, bückt man sich unwillkürlich. – – Wahrlich, ich habe noch keine Schlacht gekannt – Vittoria, wo man sich besinnen und athmen konnte, war Kinderspiel – Hier jedoch: meilenweit die Luft nichts als zermalmender Donnerschlag und erstickender Rauch, – darin Blitze der Kanonen, flammende Dörfer, wie Irrlichter, immer verschwunden, immer wieder da – der Boden bebend unter den Sturmschritten der Heere, wie ein blutiges, ein zertretenes Herz, – Geschrei laut ausgestoßen, kaum vernommen – – Adjutant, das Alles, weil dort bei Caillou der kleine Mann steht? – Keine Antwort? – Gott, er ist gefallen! – Und dort naht wieder der feindliche Vortrab – Mir lieb – So fluth' ich mit unter die tobenden Wasser, denn einsam ruhig kann ich in diesem sturmempörten Ocean mich doch nicht halten.

FRITZ. Vater, hier geht es ja gar nicht so her wie auf dem Exercierplatz.

DER ALTE HANNOVERSCHE SCHARFSCHÜTZ. Dummer Junge, auf dem Exercierplatz schießt man blind, aber hier hat alles geladen.

Vierte Scene

(Die Höhen von Mont Saint Jean. Auf ihnen Wellingtons Heer. Im Vor- und Mittelgrunde die Infanterie in Quarrées, – zwischen diesen die Artillerie, ununterbrochen feuernd, – im Hintergrunde, welcher von dem Walde von Soignies umgränzt wird, die Reiterei und die Reserven. Französische Kanonenkugeln schmettern überall in die Heerhaufen.)

(Wellington mit seinem Generalstabe, neben ihm General Lord Somerset.)

LORD SOMERSET. Ich beschwöre dich, Herzog, laß uns nicht weiter hier müssig stehen, und die braven Leute, ohne daß sie einen Finger an den Hahn der Flinte legen dürfen, hinschmettern von den Geschützen des Corsen.

HERZOG VON WELLINGTON. Unsere Kanoniere sind nicht müssig.

LORD SOMERSET. Aber alle andern Truppen sind's, – laß sie endlich die Bayonette fällen, die Säbel ziehen, und den gallischen Hähnen entgegenstürmen.

HERZOG VON WELLINGTON. Unmöglich – Europa's, ja, des Erdkreises Schicksal schwebt in dieser Stunde auf dem Spiel – wir dürfen nicht eher wagen, bis wir des Erfolges gewiß sind, und ich fürchte, wenn Blücher nicht bald kommt, haben wir mit *Ihm* bei *Caillou* schon sehr viel gewagt.

LORD SOMERSET. O träf' ihn doch eine, eine von hunderttausend Kugeln, die dahin fliegen – – Herzog, sollen denn diese Höhen die riesenhafte Schlachtbank werden, auf welcher Altengland sich opfert für die undankbare Welt?

HERZOG VON WELLINGTON. Wenn es zum Äußersten kommt – ja.

LORD SOMERSET. O schau' dort – wieder eine ganze Reihe der braven Bergschotten hinsinkend wie Ähren vor der Sichel – – Und hier – das erste Glied des Leibregiments eben so – Das zweite marschirt lächelnd ein, Milch und Blut auf den Wangen, die frischeste Jugend, die jemals im heiteren England schimmerte – ha, und da winseln sie auch schon im Staube – – Mutterherzen, Mutterherzen, wie wird's euch zerreißen, – mein Herz ist schon zu Trümmer!

HERZOG VON WELLINGTON. Und zertrümmert das Gehirn dazu – wir müssen ausharren bis die Hülfe naht.

ADJUTANTEN *(heransprengend)*. Die Franzosen nehmen Belle Alliance und drängen auf der Chaussée hieher vor.

HERZOG VON WELLINGTON. Kartätschen über die Chaussée!

(Englisches Kartätschenfeuer, – auf einmal ein französischer

Kanonendonner, der allen frühern Schlachtlärm, so arg er gewesen ist, übertönt. Die Engländer stürzen dichter als zuvor.)

LORD SOMERSET. Teufel – meine Locken – reißt mich nicht mit – Sechs-, Zwölf-, Vierundzwanzig-Pfündner fliegen darüber hin. – – Wie? wird das Höllengetöse, welches uns eben erschütterte, noch ärger?

HERZOG VON WELLINGTON. Es wird's. – Auch ich finde Ihn und seine Mittel und die Art, wie er sie gebraucht, gewaltiger als ich gedacht. Ich meinte einen etwas besseren General als Massena oder Soult, die wahrlich auch tüchtige Feldherrn sind, in Ihm zu treffen – – Aber da ist gar keine Ähnlichkeit, – wo die aufhören, fängt Er erst an – Doch darum nur um so mehr Ruhe und Ausdauer – das Ungeheure überstürzt am leichtesten – Er läßt uns hier nur die Wahl zwischen Sieg und Tod, – eben darum erringen wir vielleicht den ersteren.

VERSPRENGTE ENGLISCHE DRAGONER *(denen während des folgenden Gesprächs, bis Milhaud erscheint, – in stets dichtern Haufen andere folgen).* Hinter unsere Batterien! hinter unsere Batterien!

HERZOG VON WELLINGTON. Flüchtlinge, schämt euch, – haltet – Was gibt's?

DIE DRAGONER. Bonapartes Kuirassiere in unserem Rücken – Nichts hält ihnen Stand!

HERZOG VON WELLINGTON. Hm, – da schweigen auch seine Kanonen, weil sie sonst in seine eigne jetzt herankommende Cavallerie schießen würden, – recht klar – erst wollt' er unsre Reihen mit Kugeln lüften, dann mit den Haudegen der Kuirassiere vertilgen – So leicht geht es nicht, mein Herr!
– Die Lücken des Quarrées gefüllt – in die Quarrées Batterien – Die Reserven näher gerückt – Die vorderste Reihe des Fußvolks auf die Kniee – die zweite schießt – Bayonette vorgestreckt – die Reiterei fürerst beiseit!

LORD SOMERSET. Laß mich an die Spitze meiner Gardecavallerie!

HERZOG VON WELLINGTON. Nein, dazu ist's noch nicht Zeit, und die Kuirassiere Milhauds, ungeschwächt, wie sie noch sind, hieltest du doch nicht auf.

LORD SOMERSET. Wie? Mit Pferden und Reitern wie die meinigen –

HERZOG VON WELLINGTON. Folge mir in jenes Quarrée –

(Mit ihm zu dem Quarrée gehend:)

Ja, ihr seyd brav – Aber Milhauds Kuirassiere, so schlecht die Menge der französischen Cavallerie seyn mag, sind die Elite der ältesten, fast unter jedem Himmelsstrich, gegen jede Nation geprüften Schlachtenreiter –

(Sich einen Augenblick umwendend:)

Da kommen sie – Betrachte sie – Sind ihre Gesichter nicht gelb und hart wie der Messing ihrer Helme und Sturmketten? Sehen sie nicht aus, als hätten sie unter Spaniens Sonne oder Rußlands Schneegestöber sich Tag für Tag mit Blut abgewaschen?

MILHAUD *(zu seinen Kuirassierdivisionen).* Cameraden, eingehauen! – Ha, welche Wollust, diesen Narren, die Ihn nicht einmal kennen wollen, dicht vor ihrer Fronte in die Zähne zu rufen: hoch lebe der Kaiser!

DIE KUIRASSIERE. Hoch lebe der Kaiser!

MILHAUD. Und hoch unsre Schwerter, um so tiefer auf die Lumpen niederzuflammen!

(Die Kuirassiere versuchen einzuhauen, Gewehrsalven empfangen sie. Manche stürzen, aber an den Panzern der Meisten rollen die Flintenkugeln ab.)

Was? Hat uns der Kaiser nicht feste Westen gegeben? – – Und Schade, oder wir finden Schlüssel, die Thore dieser Vierecke zu sprengen!

(Mit der linken Hand ein Pistol hervorreißend und es auf einen englischen in Reih' und Glied stehenden Hauptmann anschlagend:)

Hauptmann da – wahre deine Epaulette, daß sie nicht schmutzig wird –

(Er schießt ihn zu Boden, und sprengt über den Leichnam in das Quarrée:)

Hohussa!

EINER DER KUIRASSIERE *(mit den übrigen nachsprengend).* Fahne her!

ENGLISCHER FAHNENTRÄGER. Eher mein Leben!

KUIRASSIER. So nimm den Tod!

(Haut ihn nieder und nimmt die Fahne. – Die Artillerie des Quarrées schießt mit Kartätschen.)

MILHAUD. Diese Kanonen übergeritten!

(Er stürmt mit den Kuirassieren auf sie ein. Die Kanoniere brennen noch einmal die Geschütze ab und flüchten.)

Ha, unser die Kanonen! – Vernagelt sie!

MEHRERE KUIRASSIERE *(springen von den Pferden).* Das verstehen wir! Der Teufel selbst soll sie nicht weiter gebrauchen können!

MILHAUD. Vorwärts, vorwärts in und über die anderen Quarrées! Das feindliche Heer aufgerollt vom Aufgang bis zum Niedergang! Der Gott der Siege umathmet unsre Helme!

HERZOG VON WELLINGTON. Lord Somerset, jetzt an die Spitze der Gardecavallerie, und warte meines Wortes.

LORD SOMERSET. Endlich – Gott sey gelobt!

EIN ENGLISCHER OFFICIER. Da haut der Milhaud das vierte Quarré zusammen!

HERZOG VON WELLINGTON. Diesesmal scheitert er hier an dem fünften! – Sechzig Reservekanonen herein!

MILHAUD. Vier Quarrées zu Stücken – In das fünfte!

HERZOG VON WELLINGTON. Herr General, es öffnet sich von selbst –

(Das Quarrée öffnet sich und sechszig schwere Geschütze desselben geben Feuer.)

MILHAUD. Heiliger Name Gottes – – Vorwärts in diese Höllenküche, und werden wir auch selbst darin gebraten – – Camerad, wo dein rechter Fuß?

EIN KUIRASSIER. Mein Fuß? – Sacrament, da fliegt er hin, der Deserteur!

MILHAUD. Halte dich am Sattelknopf, wirst du ohnmächtig – – Nur drauf und dran! – – Nein, es geht nicht – Wir behalten sonst kein ganzes Pferd zum Zurückkommen! –

Adieu, meine Herren – wir sprechen uns heute noch einmal, gleich nach dem zweiten Kugelsegen des Kaisers.

(Mit den Kuirassieren ab.)

HERZOG VON WELLINGTON. Jetzt, Somerset, gib ihnen das Geleit!

LORD SOMERSET. Den Schurken nach, Cavallerie König Georgs des Dritten!

(Ab mit der englischen Gardecavallerie.)

HERZOG VON WELLINGTON. Zwei Adjutanten nach dem linken Flügel – Cooke und Clinton sollen Houguemont wieder zu nehmen versuchen – Der Feind wird vielleicht durch die Diversion verwirrt.

(Zwei Adjutanten eilen fort, – Lord Somerset kommt mit der Gardecavallerie zurück.)

HERZOG VON WELLINGTON. Schon zurück?

LORD SOMERSET. Wir haben sie bis unter die Bayonette ihrer Infanterie getrieben – Mancher Kuiraß von Nancy liegt im Koth. – – General Picton ist eben gefallen.

HERZOG VON WELLINGTON. Auch der? – So sehr er mein Freund war, ich kann ihn jetzt nicht betrauren – Es ist keine Zeit dazu, und der Tod würgt heute so allgemein, daß er etwas ganz Gewöhnliches scheint.

(Der französische Kanonendonner hebt wieder so furchtbar an, wie kurz vor der Ankunft der Milhaud'schen Kuirassiere.)

Ha, von Caillou her zum zweiten Angriff geschossen und gebrüllt! – Seyd gefaßt! Milhaud sprengt bald neugestärkt hieher!

EIN OFFICIER DES GENERALSTABES. Noch ein paar solcher Angriffe, und unsere Armee ist nicht mehr. Wäre kein Rückzug möglich durch den Wald von Soignies?

HERZOG VON WELLINGTON. Mein Herr, ein Rückzug ist doppelt unmöglich. Erstlich erlaubt ihn unsere Ehre nicht, und dann ist die Heerstraße durch den Wald so voll von flüchtigem Gesindel und Fuhrwerk, daß nicht eine Compagnie, geschweige siebenzig tausend Mann darauf zehn Schritt in Ordnung machen können. – O wäre der alte Blücher erst da! – – Was ist die Glocke, Somerset?

LORD SOMERSET. Die Glocke von Waterloo schlug eben halb vier.

HERZOG VON WELLINGTON. Dorfthürmchen von Waterloo, du schlugst den Beginn der schwersten, unvergeßlichsten halben Stunde meines Lebens! – Um vier Uhr wollte Blücher im Forst von Frichemont seyn. – – Himmel, wenn er nun nicht – Ordonnanzen nach dem Forst, ob sie nicht endlich eine preußische Landwehrkappe erblicken!

LORD SOMERSET. Der zweite feindliche Reiterschwall naht!

HERZOG VON WELLINGTON. Altengland treibe ihn zurück wie den ersten. – Ich setze mich auf diesen Feldstuhl und weiche nicht davon, bis wir gesiegt haben oder eine Kugel mich davon wirft.

Fünfte Scene

(Kleine Anhöhe von Caillou. Napoleon hält auf ihr zu Pferde. Bertrand, Cambronne und seine Suite um ihn. Die Garden hinter ihm. Neben ihm der Pächter Lacoste. Milhaud und seine Kuirassiere kommen eben von ihrem zweiten abgeschlagenen Angriff zurück.)

NAPOLEON. General, wie ist's da oben?

MILHAUD. Sire, die Engländer wehren sich matter als bei unserer ersten Attaque.

NAPOLEON. Bereiten Sie sich zu der dritten – Alle irgend überflüssigen Regimentsgeschütze dort zu Drouot – Die Zeit drängt, und was ihr an Länge fehlt, müssen wir durch Schnelle und Stärke ersetzen.

(Adjutanten ab, – die französische Kanonade wird immer gewaltiger.)

PÄCHTER LACOSTE. Jesus Maria!

NAPOLEON *(blickt ihn finster an)*. Was gibt's?

PÄCHTER LACOSTE. Sire, Verzeihung – ich fürchte mich – mir ist das nicht gewohnt!

NAPOLEON. Wann kamen die Engländer hier an?

PÄCHTER LACOSTE. Gestern, Sire – Morgens neun oder zehn Uhr.

NAPOLEON. Waren sie marode?

PÄCHTER LACOSTE. Die, welche auf meinem Pachthof sich einquartirten, waren es, und wie es mir schien, auch alle übrigen, – aber es währte nicht lange, so restaurirten sie sich bei zahllosen Marketenderfeuern.

NAPOLEON. Das Haus Belle Alliance vor uns – – Hat es Gehöfte, Hecken um sich?

PÄCHTER LACOSTE. Nein, es liegt offen an der Chaussée.

NAPOLEON. – Ist Milhaud bereit?

CAMBRONNE. Ja, Sire.

NAPOLEON. Kellermann stößt mit seinen Reitern zu ihm und er versucht, während Drouots Batterien so lange einhalten, den dritten Angriff.

(Adjutanten ab.)

PÄCHTER LACOSTE. Weh, meine Frau und meine Kinder!

CAMBRONNE. Bauer, halte das Maul.

PÄCHTER LACOSTE. Hier fallen engländische Kugeln!

CAMBRONNE. Laß dich das nicht kümmern. Verlierst du dein bischen Leben, was verlierst du Großes?

NAPOLEON. Wellingtons Heer wehrt sich mit den Krämpfen der Verzweiflung. Sechs reitende Batterien dem Milhaud nachgesandt. Man soll auf Mont Saint Jean Posto fassen, es koste was es will. Ney ebenfalls dahin über la Haye Sainte, und mache seine Überweisheit bei Quatrebras gut durch strenge Befolgung meines Befehls. Kann er Haye Sainte nicht nehmen, so läßt er es sammt dessen feindlicher Besatzung am Wege liegen. – In einer halben Stunde muß Mont Saint Jean mein seyn, oder ich erneue die Tage von Lodi und stelle mich selbst an die Spitze der Colonnen!

(Viele Adjutanten ab.)

Auf unsrem rechten Flügel ist's zu still – Dahin zum Graf Erlon – ihm gesagt: auf dem Berge jenseits Papelotte, in den Vierecken des linken englischen Flügels, wachse ein Marschallsstab von Frankreich.

(Adjutanten ab, – andere kommen.)

EIN ADJUTANT. Der Fürst von der Moskwa ist über la Haye Sainte hinaus, – da aber wehren sich die Engländer hinter Verhacken wie Rasende, und das Blut fließt in Strömen.

NAPOLEON. Und wogt es wie Meeresfluth, wenn wir nur siegen! Der Sieg soll des Blutes werth seyn. Der Stern des illegitimen, geächteten Napoleon von 1815 soll den Völkern freundlicher leuchten, als der Comet des Erderoberers von 1811.

(Viele Verwundete, auf Ambulancen, werden vorbei gefahren.)

Ihr Armen wißt auch nicht, weßhalb ihr seufzet und stöhnt. – Nach vierzig Jahren commentirten es euch Gassenlieder!

ADJUTANTEN *(heransprengend)*. Die letzten englischen Reserven rücken in das Feuer –

NAPOLEON. Milhaud, Drouot und Ney sollen desto heftiger sie angreifen. Was da links? In der Gegend von Houguemont?

BERTRAND. Kanonendonner naht von dort – Prinz Jerome wird bedrängt.

NAPOLEON. Was bedrängt! – Der Feind ist dort schwach, und neckt ihn eben darum mit Manoeuvers! – Zwei Schwadronen Gardelançiers mir nach!

(Er galloppirt in Begleitung zweier Schwadronen Gardelançiers nach Houguemont, – der Kanonendonner, welcher von dort sich näherte, verliert sich bald darauf in der Ferne.)

EIN OFFICIER DER GARDEGRENADIERE ZU PFERDE. Der Milhaud macht heute beneidenswerthe Chocs – wir bekommen zu thun, müssen wir mit seinen Kuirassieren wetteifern.

EIN ANDERER OFFICIER DER GARDEGRENADIERE ZU PFERDE. Er ist im spanischen Kriege nicht umsonst braun geworden.

DER ERSTE OFFICIER. Er erinnert an Murat.

DER ANDERE OFFICIER. So ziemlich – aber mehr an seinen Muth als an seine Gewandtheit. Eine brillante Attaque, wie die des Murat bei Wagram, erleben wir wohl nicht wieder.

DER ERSTE OFFICIER. Murat that auch besser, ließ er, statt um

Neapels Lumpenthron sich zu raufen, seinen Federbusch hier wehen!

DER ANDERE OFFICIER. Kronen müssen einen eignen verlokkenden Glanz haben, sonst begreif' ich nie, wie ein Franzose nicht lieber Gemeiner im ersten besten Linienregiment seines Vaterlandes seyn will, als König von Neapel, oder Kaiser von Rußland.

(Napoleon und Gefolge kommen zurück.)

BERTRAND. Sire, es ist doch wahr: vorgestern ist der Herzog von Braunschweig gefallen – Gefangene Officiere seines Corps versicherten es mir eben in Houguemont.

NAPOLEON. Ein Husarengeneral weniger. – – Lacoste, der Geschützdonner rechts? Von Wavre?

PÄCHTER LACOSTE. Sire, ja.

NAPOLEON. Grouchy treibt also die Preußen in die Dyle.

BERTRAND. Die Kanonade ist lebhaft, Sire – die Preußen leisten starken Widerstand.

NAPOLEON. Schwerlich, oder Grouchy wär' ein äußerst erbärmlicher Verfolger gewesen, – sie waren zu sehr geschlagen, – selbst Bülows Corps muß von der flüchtigen Masse mit in den allgemeinen Strudel gerissen seyn. – Graf Lobau schiebe jedoch zur Vorsicht seine Teten bis in das Gehölz zwischen hier und Wavre.

(Großes Krachen von Mont Saint Jean her, – ungeheure Flammenmassen fliegen dort in die Luft.)

CAMBRONNE. Brav, Drouot, das war ein Meisterschuß – zwanzig englische Pulverwagen gingen gewiß darauf!

NAPOLEON. Bertrand – Cambronne –

CAMBRONNE. Sire, ist es Zeit?

NAPOLEON. Ja.

CAMBRONNE UND BERTRAND. Garden, sturmfertig!

NAPOLEON. Es geht grade aus, über la Haye Sainte, wo Milhaud und Ney sich an euch schließen. – Was pfeift da?

LACOSTE. Wehe, Meuchelmörder in unsren Reihen – ganz nahe Büchsenkugeln!

EIN OFFICIER DER SUITE. Sire – Flügelhörner – Preußische Jäger keine zweihundert Schritt von uns.

NAPOLEON. Einige Dragoner hin, die an der Dyle versprengten jungen Tollköpfe zu ergreifen.

EIN ADJUTANT *(heransprengend)*. Vom Graf Lobau: das ganze Gehölz von Frichemont ist voll von Preußen.

ZWEITER ADJUTANT *(später)*. Von Lobau: schon leichtes preußisches Geschütz im Walde von Frichemont. – Der General eilt ihrem Angriff entgegen zu kommen.

DRITTER ADJUTANT. Vom Graf Erlon: am linken Flügel der Engländer, auf der Höhe des Waldes von Frichemont erscheinen Blücher und Bülow mit zahllosen Heerhaufen, und Raketen über Raketen verkünden Wellington ihre Ankunft.

NAPOLEON. Blücher? Bülow? – Ihre Corps müssen Trümmer seyn.

ADJUTANT. Sire, nein. Zug auf Zug, endlos, rücken sie aus dem Walde – immer breiter wird ihre Fronte – ein Geschützfeuer entwickeln sie auf den Anhöhen über dem anderen – ein durch die Wolken brechender Strahl der Abendsonne zeigte sie der halben Armee in voller Kampfordnung.

NAPOLEON *(für sich)*. Der Strahl war nicht von der Sonne von Austerlitz.

BERTRAND. Brechen Himmel und Erde ein? – Der Kaiser zuckte mit der Lippe! – – Sire, Sire, die Schlacht geht doch nicht verloren?

NAPOLEON. Grouchy hat viel daran verdorben –

(Für sich:)

Daß das Schicksal des großen Frankreichs von der Dummheit, Nachlässigkeit oder Schlechtigkeit eines einzigen Elenden abhängen kann! –

EIN HERANSPRENGENDER ADJUTANT. Graf Lobau bittet Verstärkung – Ziethen kommt ihm und der Armee in den Rücken.

NAPOLEON. Mouton soll sich in Planchenoit so verzweifelt wehren, wie einstens auf der Insel, von welcher er den Namen Lobau trägt.

ANDERE ADJUTANTEN. Von Erlon: Bülow hat Papelotte erstürmt.

NAPOLEON. Meine schlechtesten Truppen gewesen, die Papelotte so schnell sich nehmen ließen. – Erlon läßt nur seine Arrieregarde den Preußen gegenüber, und marschirt links ab zu Ney.

(Adjutanten ab.)

ANDERE ADJUTANTEN. Vom Marschall Ney und General Milhaud: die ganze englische Linie setzt sich gegen uns in Bewegung.

NAPOLEON. Zurück zum Marschall und zu Milhaud: gleich käm' ich selbst – sie sollten sich halten bei la Haye Sainte, bei Gefahr ihrer Köpfe!

(Zu den Adjutanten und Ordonnanzen seiner Suite:)

Meine Herren, im Fluge zu allen Corps, welche nicht bei la Haye Sainte fechten, – sie sollen alle dahin, ob auch die Feinde, mit denen sie grade fechten, sie verfolgen oder nicht.

(Viele Adjutanten und Ordonnanzen ab nach allen Seiten.)

EIN ANKOMMENDER ADJUTANT. Drouot bittet um Munition –

NAPOLEON. Alle Artilleriemunition zu ihm.

EIN ANDERER ADJUTANT. General Drouots Kanonen drohen vor Hitze zu springen, und er wünscht –

NAPOLEON. Er schießt bis die Kanonen springen.

VIELE ADJUTANTEN. Ziethen pflanzt in unsrem Rücken Geschütze auf.

NAPOLEON. Das merk' ich – Dort stürzt Friant mit zerschmetterter Stirn.

ANDERE ADJUTANTEN. Von Milhaud und Ney: Blücher treibt starke Colonnen auf Belle Alliance, und versucht beide Generale von hier abzuschneiden.

NAPOLEON. Die Engländer?

EIN ADJUTANT. Rücken mehr und mehr vor. – Ney kämpft in wilder Verzweiflung.

NAPOLEON. Seine schwache, schädliche Manier. – Milhauds Kuirassiere?

DER ADJUTANT. Die Mehrzahl schon gefallen.

NAPOLEON *(wendet sich zu den Garden, mit gewaltiger Stimme)*. Garden, kann es eine irdische Kraft, so könnt ihr die

Schlacht retten und Frankreich! Noch nie ließt ihr mich in euch irren, – auch heute zähl' ich auf euch –

CAMBRONNE. Kaiser, zähle, und du findest lauter Treffer!

NAPOLEON. Den Kaiser werf' ich weg von mir –

(vom Pferde springend:)

ich bin wieder der General von Lodi, und mit dem Degen in der Hand führ' ich selbst euch auf Mont Saint Jean!

DIE GARDE. Über die Sterne der Kaiser!

BERTRAND. Kaiser, Kaiser – Entsetzlich – Da steht er, der Hut vom Kopf gefallen, den Degen in der Faust, wie der Gewöhnlichste seiner Souslieutenants – Sire, die Pflicht gebietet dir, dein Leben nicht so auszusetzen, wie du im Begriff bist!

NAPOLEON. Wie ich im Begriff bin? Schmettern hier nicht die Kugeln schon so dicht, wie irgendwo auf dem Schlachtfelde?

BERTRAND. Gewiß, Sire, doch daß du grade so wie jetzt –

NAPOLEON. Wie »grade so?« Was heißt das? – Zeige den Platz ehrenvoller als dieser meinige, an der Spitze meiner Garden, unter den Todesdonnern der Schlacht?

CAMBRONNE. Hört ihr, was der Kaiser sagt? – Die Musik dazu.

GARDEMUSIK SPIELT.

»Où peut on être mieux,
Qu'au sein de sa famille!«

BERTRAND. Verdammt das Pferd, welches mich trägt, wenn der Kaiser zu Fuß ist! Ich werde Gemeiner, und kämpf' als solcher!

ALLE OFFICIERE DER SUITE. Wir auch!

(Sie springen von den Pferden und ziehen die Degen.)

NAPOLEON. Wo die Granitcolonne von Marengo?

CAMBRONNE. Sie tritt schon vor, und wünscht dich zunächst zu begleiten.

NAPOLEON. Das soll sie auch. Ihre Soldaten waren die Genossen meines schönsten Tages, – so sollen sie auch Genossen und Helfer an meinem bösesten seyn! – – Garden aller Waffenarten mir nach!

CAMBRONNE. Herr Pächter Lacoste, leben Sie nun recht wohl und laufen Sie von hier was Sie können – Grüßen Sie die Frau und die lieben Kinder, und wenn Sie nach zehn Jahren mit denselben wieder zum tausendstenmale einen Kuchen essen, oder ihren Töchtern neue Kleider schenken, so freuen Sie sich ja von Neuem über Ihre Existenz und Ihr Glück – Wir gehen jenen Kanonenmündungen entgegen und bedürfen Ihrer Elendigkeit nicht mehr! –
– Donner, welch ein Kugelregen – Die Melodie!

GARDEMUSIK SPIELT:

»Freuet euch des Lebens,
Weil noch das Lämpchen glüht!«

EINER DER GARDEHAUTBOISTEN *(stürzt)*. O, wie süß ist der Tod!

(Alle gegen Mont Saint Jean.)

Sechste Scene

(Heerstraße vor dem Hause Belle Alliance.)

NAPOLEON *(mit den Garden im Vorüberziehen)*. Graf Lobau ist bereits von den Preußen aus Planchenoit geworfen – Er soll sich auf uns zurückziehen, und einige Compagnien seiner Arrieregarde in dieses Haus werfen, um den verfolgenden Feind aufzuhalten und zu necken.

(Adjutanten ab. Napoleon und die Garden marschiren weiter: – Das Corps des Grafen Lobau, im Gefecht mit den Pommern unter Bülow, rückt allmählig über die Scene, dem Kaiser nach. Graf Lobau erscheint selbst.)

LOBAU. Verwünschte Übermacht – kann denn weder Geist noch Verzweiflung gegen sie retten?

BÜLOW *(mit den Pommern)*. Jungen, das Pulver nicht geschont – Das ist heut ein herrlicher Tag!

LOBAU. Immer wieder vor, alle Regimenter!

BÜLOW. Immer ihnen entgegen, alle Pommern! – –

LOBAU. Feuer!

BÜLOW. Gleichfalls!

LOBAU. Unmöglich sich gegen diese Unzahl zu halten – – Drei Compagnien in jenes Haus – – Alle Übrigen mit nach Mont Saint Jean!

BÜLOW. Vier Bataillone stürmen dieses Haus, – alle Übrigen hinterdrein nach Mont Saint Jean!

(Das Bülow'sche Corps folgt dem des Grafen Lobau, – nur vier Bataillone bleiben zurück, und erstürmen ungeachtet der heftigen Gegenwehr der Franzosen, welche aus Thüren und Fenstern schießen, während des Folgenden Belle Alliance.)

ZIETHEN *(mit zahllosen Reiterschaaren)*. Bülow, gegrüßt! Es geht gut – wir sind Ihm von hier bis Mont Saint Jean im Rücken und in der Seite, und die Engländer klopfen Ihm auch schon vor die Brust!

BÜLOW. Ja, Victoria, Ziethen! Höre, wie er auf dem Berge mit all seinen Kanonen noch einmal aufschreit von wegen des Rücken-, Seiten- und Brustweh's!

ZIETHEN. Ha, welch Geschrei: »Die Garde flieht! Rette sich, wer sich retten kann!«

BÜLOW. Der ganze Mont Saint Jean wankt unter flüchtig werdenden Franzosen!

ZIETHEN. Wie sich das Volk durcheinanderwälzt – Cavallerie, Infanterie, Artillerie – ein verwirrter, unauflösbarer Knäuel!

BÜLOW. Na, englische und preußische Geschütze lösen tüchtig am Knäuel, – ich will auch von dort ein paar passable Batterien hinein spielen lassen –

ZIETHEN. Thu' es, und ob auch einige von deinen Kugeln in meine Reihen schlagen werden, – ich stürze mich doch mit der Cavallerie unter den Feind, ihn so eher zu vertilgen.

BÜLOW. Pommern, die Gewehre verkehrt genommen – zur Abwechslung! – Warum grade immer das Bayonnet oben? – Die Franzosen zu Brei!

EINE MASSE FRANZÖSISCHER REITER *(im Vorbeisausen)*. Alles verloren – der Kaiser todt! die Garden todt! – zurück nach Genappes, nach Genappes!

EINE MASSE FRANZÖSISCHER INFANTERIE *(noch etwas geordnet)*. Zurück nach Genappes! nach Genappes!

EINE MASSE FRANZÖSISCHER REITENDER ARTILLERIE. Fußvolk Platz da, Platz!

EIN FRANZÖSISCHER INFANTERIEOFFICIER. Es geht nicht – Bayonnette vor gegen die Unsinnigen!

ARTILLERISTEN. Was Bayonnette! Pferde und Kanonen darüber weg!

(Sie fahren über einen Theil der Infanterie.)

BÜLOW. Pommern! können wir die Kanonen nicht nehmen? Sind denn unter euch nicht einige ehemalige Ackerknechte, die besser als jene feindlichen Infanteristen ein paar Pferde aufzuhalten und ein paar Räder zu zerbrechen wissen?

(Viele Soldaten seines Corps sprengen vor, und nehmen die Kanonen.)

Recht so! – Dreißig treffliche Zwölfpfündner! – Laßt sie ihren alten Herren mit ihren Kugeln Valet sagen! – Und, Burschen, lauft, springt, reitet und stürzt da nicht das bonapartische Heer, soweit man in der Dämmerung sehen kann – dahin, wo es am dicksten ist!

(Ab mit seinem Corps.)

SIEBENTE SCENE

(Blachfeld auf der anderen Seite des Hauses Belle Alliance. Napoleon mit Bertrand und Officieren, zu Fuß, – zwei Schwadrone der Gardegrenadiere in geschlossener Ordnung zur Bedeckung um sie, und Cambronne mit dem Überbleibsel der Granitcolonne von Marengo hinter ihnen.)

NAPOLEON. Wir müssen hier mitten durch das Feld zurück, – die Chaussée ist zerfahren und überdem von den Preußen erstürmt – – Der Abend wird kalt – Meinen Mantel und mein Pferd.

(Bertrand hängt ihm den Mantel um, – ein Pferd wird vorgeführt.)

Solch eine Flucht kennt die Geschichte nicht – Verrätherei, Zufall und Mißgeschick machen das tapferste Heer furchtsamer als ein Kind – Es ist aus – Wir haben seit Elba etwa hundert Tage groß geträumt – – Bertrand, was ist? Du schweigst?

BERTRAND. Sire – sprechen – jetzt – – – o Gott! – Sieh diese Gardegrenadiere – Congreven lodern in ihren Reihen, und sie schweigen doch! – – Nur Eines, du, in dessen Ruhmesglanz ich einzig lebte, sey billig, laß mich auch auf ewig dein künftiges Unglück theilen.

(Er fällt dem Kaiser zu Füßen.)

NAPOLEON. Steh' auf – du brichst mit mir das Brot des Elendes. – Aber deine Frau?

BERTRAND. Sire, sie wird dir in Thränen danken, wie ich?

NAPOLEON *(zurückblickend)*. Da stürzen die feindlichen Truppen siegjubelnd heran, wähnen die Tyrannei vertrieben, den ewigen Frieden erobert, die goldne Zeit rückgeführt zu haben – Die Armen! Statt eines großen Tyrannen, wie sie mich zu nennen belieben, werden sie bald lauter kleine besitzen, – statt ihnen ewigen Frieden zu geben, wird man sie in einen ewigen Geistesschlaf einzulullen versuchen, – statt der goldnen Zeit, wird eine sehr irdene, zerbröckliche kommen, voll Halbheit, albernen Lugs und Tandes, – von gewaltigen Schlachtthaten und Heroen wird man freilich nichts hören, desto mehr aber von diplomatischen Assembléen, Convenienzbesuchen hoher Häupter, von Comödianten, Geigenspielern und Opernhuren – – bis der Weltgeist ersteht, an die Schleusen rührt, hinter denen die Wogen der Revolution und meines Kaiserthumes lauern, und sie von ihnen aufbrechen läßt, daß die Lücke gefüllt werde, welche nach meinem Austritt zurückbleibt.

CAMBRONNE. Mein Kaiser, gegenüber nahen die Engländer, seitwärts die Preußen – Es ist Zeit, daß du fliehest, oder daß –

NAPOLEON. Oder?

CAMBRONNE. Imperator, falle!

NAPOLEON. General, mein Glück fällt – Ich falle nicht.

CAMBRONNE. Verzeihung, Kaiser! Du hast Recht!

NAPOLEON. Den Mantel mir fester zugemacht. – Es regnet

immer stärker. – – Bertrand, besteige ein Pferd, – thun Sie eben so meine Herren Officiere. – Reitende Gardegrenadiere, bahnt uns den Weg! – Granitcolonne, lebe wohl!

(Er, Bertrand, die ihn begleitenden Officiere sind zu Pferd gestiegen und reiten mit den Gardegrenadieren fort.)

CAMBRONNE. Er ist fort – Was will der andere Dreck, den man Erde, Stern oder Sonne nennt, noch bedeuten? – Er hat uns »lebe wohl« gesagt, und leicht das Auge gewischt – das heißt: sterbt meiner würdig! es geht nicht anders. – Also, Cameraden, die Schnurrbärte hübsch zurecht gedreht – bald sind wir im Himmel oder in der Hölle, und ein braver Franzose erscheint im Himmel wie in der Hölle geputzt!

(Englische und preußische Reiterei von allen Seiten.)

Seht ihr, wie unsere Spediteure uns umdrängen! – Also, Tambour, tüchtig auf dein Kalbsfell geschlagen – Bedenke, von all den hunderttausend Trommeln, die in den glorreichen Feldzügen des Kaisers erklangen, ist die deinige die letzte! – Und schlage *lustig*, – auch dazu hast du Grund, – du quälst dich mit Trommelschlag fortan nicht wieder!

(Der Tambour trommelt ununterbrochen laut und kräftig darauf los.)

Schießt!

EIN ENGLISCHER DRAGONEROFFICIER. Unsinnige, laßt das Schießen –

CAMBRONNE. Schießt!

DER DRAGONEROFFICIER. – ihr entkommt doch nicht –

CAMBRONNE. Schießt!

DER DRAGONEROFFICIER. Wahnsinniges Volk – Ergebt euch!

CAMBRONNE. Laffe, die Garde stirbt, aber sie ergibt sich nicht! – Schießt so lang ihr athmet!

ENGLISCHE UND PREUSSISCHE REITEREI *(einhauend)*. Nieder die grauen Trabanten des Tyrannen!

CAMBRONNE. Nieder –? Granitcolonne, hoch und stolz wie die Sonne, und gefallen herrlich wie sie!

DIE GRANITCOLONNE. Schon gut – sieh' nur –

(Die Granitcolonne sammt Cambronne wird nach verzwei-

feltem Kampfe zusammengehauen. Die alliirte Reiterei rückt weiter, andere englische und preußische Truppen gleichfalls.)

BLÜCHER *(mit Gneisenau und Gefolge heransprengend)*. Wo mein großer Waffenbruder von Saint Jean?

GNEISENAU. Da kommt er!

HERZOG VON WELLINGTON *(heransprengend)*. Guten Abend, Feldmarschall!

BLÜCHER. Herzog, der Abend ist des Tages werth!

HERZOG VON WELLINGTON. Die Hand her, Helfer in der Noth!

BLÜCHER. Zum »schönen Bunde«, wie der Ort hier heißt! – – Engländer, Preußen, Generale, Unterofficiere, Gemeine – ich kann nicht weiter rücken bis ich mir die Brust gelüftet, meine Feldmütze abgezogen, und euch gesagt habe: ihr alle, alle seyd meine hochachtbaren Waffengefährten, gleich brav in Glück und Noth – Wird die Zukunft eurer würdig – Heil dann! – Wird sie es nicht, dann tröstet euch damit, daß eure Aufopferung eine bessere verdiente! – – Wellington, laß deine Leute etwas rasten, – sie hatten heute die drückendste Arbeit – Dafür übernehmen wir so eifriger die Verfolgung, und verlaß dich darauf, sie soll unseren Sieg vollenden, wie noch keinen andern! – Vorwärts, Preußen!

DIE HERMANNSSCHLACHT

[Endgültige Fassung]

EINGANG

1

Der Teutoburger Wald
Berghöhe zwischen Aliso und Detmold

(Eine Manipel ersteigt sie.)

MANIPELFÜHRER. Die Heerstraße gehalten!

EIN SOLDAT. Wer sieht sie unter dem Schneegewirr und Baumgeschling? Das ist ein Marsch: oft gleitet man mehr zurück als man vorwärts kommt. – Ah, Heißhunger! Ich setze mich. Ein Stückchen Brot –

MANIPELFÜHRER. Kennst du den Inhalt dieses Schreibens vom Präfekten des Niederrheins an den Prokonsul Varus?

DER SOLDAT. Wie sollt ich?

MANIPELFÜHRER. Ich kenn ihn auch nicht, und muß dennoch den Brief überbringen, ohne zu murren und müde zu tun.

(Er zieht eine Liste hervor.)

»Lucius Cassius Vero, aus Ariminum, dreißig Jahre Soldat.« Bist du's?

VERO. Wär ich ein anderer!

MANIPELFÜHRER. Kommilitonen, wie straft man Ungehorsam des Legionars?

EIN VETERAN. Mit dem Tode durch Rutenhiebe seiner Gefährten.

MANIPELFÜHRER *(löscht in der Liste)*. So ists.

VERO. Er löscht meinen Namen, bald werden mein Rücken und mein Leben auch ausgelöscht.

DER VETERAN. Nicht unruhig. Wir hauen aus allen Kräften, lassen einen alten Freund nicht lange zappeln, machens mit ihm kurz ab. Sei ein Römer, halt dich grade!

(Er entblößt dem Vero den Rücken, und es wird gegeißelt.)

VERO. Götter!

DER VETERAN. Nicht geschrieen. Du stirbst eines ehrenvollen Todes. Paß auf!

(Vero stürzt und verröchelt.)

Weg ist er zu den andren.

MANIPELFÜHRER. – Geknirsch in den Bäumen?

DER VETERAN. Windbrüche. Ich kenne sie aus der Zeit des Drusus, als wir den Elbstrom überschreiten wollten, und jenseits durch die vor ihm niedersinkenden Fichtengehölze das Riesenweib erschien.

MANIPELFÜHRER. Posse.

DER VETERAN. Das soll mir lieb sein.

MANIPELFÜHRER. – – Was wollte das Traumgebild?

DER VETERAN. Es winkte mit langen Leichenfingern zurück, Nebelstreifen und Frost kamen über unser Heer, der Feldherr schwieg, ließ aber bald abziehn, und starb kurz darauf am kalten Fieber, wie man sagte.

MANIPELFÜHRER. Dort zwei Cherusker. Fangt sie.

(Der eine Cherusker wird ergriffen, der andere entwischt.)

Weshalb treibst du dich in der beschneiten Wildnis umher, just da wir marschieren?

DER CHERUSKER. Tut ihr nicht Gleiches?

MANIPELFÜHRER. Wir haben Marschbefehl. Was guckst du uns an von Kopf bis Fuß?

EIN SOLDAT. Beim Mavors, jetzt sieht er gar nach meinem gestern in den Sträuchen zerrissenen Knopfloch.

DER CHERUSKER *(nachdem er gehustet hat)*. Man besieht seine Leute doch erst. – Ich habe Frau und Kind in meinem Kotten. Die dürfen nicht frieren, darum such ich Fallholz und Reisig für sie. Und das ist Notbefehl.

MANIPELFÜHRER. Wie weit noch bis zum Lager des Quintilius?

DER CHERUSKER. Was wollt ihr da?

MANIPELFÜHRER. Hund, kümmerts dich!

DER CHERUSKER *(für sich)*. Man darf auch nicht mehr fragen. – Einen Quintilius kenn ich nicht.

MANIPELFÜHRER. So kennst du ihn unter seinem andren Titel und Namen: Prokonsul Varus.

DER CHERUSKER. Fahraus! Ja, der haust hoch an der Grotenburg in der Wohnung unsres Fürsten, in den unter Wimpern und Eichen und Buchen umschauenden Hünenringen.

(Lauernd.)

Mein Landesherr wird wohl dort sein und dich gut empfangen?

MANIPELFÜHRER. So viel ich weiß, ist er noch abwesend, als unser Agent im Norden.

DER CHERUSKER *(für sich)*. Nun betrügt er sie alle, oder nie trieb ich meinen Grauschimmel nachts auf des Nachbars Weide. – Sich bei den Fremden anstellen und von ihnen verschicken lassen? Ein Fürst? Glaubs der Teufel! Ich täts nicht und bin ein armer Bauer.

MANIPELFÜHRER. Führ uns zu den Ringen. Hier dein Lohn.

DER CHERUSKER. Doch nicht Giftiges? Ne, es klappert wie gutes Silber.

(In sich:)

Hinführen muß ich sie, ich nahm den Lohn dafür. Aber die Wege sollen sie nicht kennen und wiederfinden lernen und geleitete ich sie neunzigmal hin und her.

(Laut:)

Folgt mir, wenns beliebt.

(Er marschiert mit der Manipel abwechselnd bergauf und bergunter.)

MANIPELFÜHRER. Noch nicht da?

DER CHERUSKER. Nur noch 'nen Katzensprung.

MEHRERE SOLDATEN. Jupiter, so sprachen unsre früheren Boten auch, und ein Katzensprung begriff jedesmal ein paar Meilen.

MANIPELFÜHRER. Eure Katzen haben lange Pfoten.

DER CHERUSKER. Je nachdem. Zerrt man sie bis sie die Krallen ausrecken, dann ist nicht gut bei ihnen wohnen. – Rechts!

MANIPELFÜHRER. Abseit?

DER CHERUSKER. Das Luder von Weg dreht sich nicht anders. Wir müssen nach. – Was die Raben und Eulen früh abends schreien, und jener Wald wird schwarz von Dohlen. Auf den Gehöften bellen auch die Hunde, ganz zur ungewohnten Zeit. Nächstens viel Aas.

EIN ALTES WEIB *(hinkt an einer Krücke vorbei).* Guten Abend, liebe Männchen.

DER CHERUSKER. Antwortet ihr nicht, sonst hat sie uns. Die triefäugige Hexe aus Lippspring ists. Uns die Schwindsucht an den Hals zu zaubern, ist der so leicht, als äß ich einen Topf Grütze. – Über dies Gewässer – behutsam auf seinem Windeise. Weiter, lustig! Hier wieder zurück über die Berlebecke, so nennt man nämlich den scilicet, wie ihr bei jeder Gelegenheit sagt, oder über den Bach, wie wir sagen.

MANIPELFÜHRER. Enden deine Zickzacke nicht bald, so –

DER CHERUSKER. Sie enden. Hier stehen wir vor der Grotenburg mit ihren schneeglänzenden Waldungen. Wie mitten darunter die Hünenringe dampfen und sieden! Die Fürstin läßt allzu gut kochen und braten für euch Spitzbuben. Sie sollt es Landeskindern geben. – Doch – wer weiß, wie es da oben eigentlich steht und hergeht. – Hingeführt hab ich euch. Wie ihr hinaufkommt, sorgt selbst.

(Entwischt.)

MANIPELFÜHRER. Ein Lump! – Axtträger lüftet den Weg durch das dichte Holz.

(Zwei Axtträger treten vor und hauen Bahn.)

ERSTER. Laß deinen Ellbogen aus meiner Seite.

ZWEITER. Schau links um.

ERSTER. In die Nacht?

ZWEITER. Siehst du nicht neben dir den großen, struppigten Wolf?

ERSTER. Ha – Gespenst –

ZWEITER. Das Beil nach ihm!

(Er wirft es. Ein Cherusker geht vorüber und verschwindet im Gebüsch.)

MANIPELFÜHRER. Was stört euch in der Arbeit? Was schritt da vorbei?

STIMME AUS DEM WALDE. Ein Wehrwolf und Wehrmanne!

MANIPELFÜHRER *(bezwingt seinen Schauder).* Haut weiter und bekümmert euch nur um euer Geschäft.

2

Der große Hünenring an der Grotenburg
Hermanns Wohnung darin. Weiter Hausflur. Mittag

THUSNELDA. Die Völker[1]. Essenszeit.

(Das Volk kommt und setzt sich an den langen Speisetisch. Sie auch.)

GROSSMAGD. Die Suppe –

THUSNELDA. Nicht sonderlich, wie ich schmecke, und die Portionen recht spärlich. Meine Leute sollen arbeiten, aber auch tüchtig essen.

HAUSHOFMEISTER. Beginnen wir.

(Er nimmt seine Bärenfellmütze ab, die Knechte und Jungen folgen seinem Beispiel, auch die Mägde tun andächtig, aller Augen sind indes immer auf die dampfende Suppe gerichtet. Thusnelda beobachtet.)

Schweinejunge bete!

THUSNELDA. Warum betet bei eurem Tisch stets der Jüngste? Ich wollte dich schon oft darum fragen, Alter. Andere Sorgen machten es mich vergessen.

HAUSHOFMEISTER. Ja – nein – Wenn ichs wüßte – – Es ist uralte Sitte, Fürstin, und du weißt: »was die Alten sungen, pfeifen die Jungen.« – Doch – vielleicht – es fällt mir was ein: er muß wahrscheinlich sein Geplapper machen, weil er der Jüngste ist, und noch keine Zeit gehabt hat, soviel zu sündigen als wir übrigen.

DER SCHWEINEJUNGE *(ist aufgestanden, hat mit frommer Gebärde Unverständliches hingemurmelt, setzt sich eiligst und ißt)*. Ich bin fertig.

DAS GESINDE. Wodan gelobt!

THUSNELDA. Daß dich, das Schüsselgeklirr! Sie hauen in den Braten als hätten sie einen Feind vor sich auf den Tellern! – Die Speise behagt. Was kann der Hausfrau lieber sein?

EIN PFÖRTNER *(kommt)*. Der welsche Oberfeldherr läßt sich melden.

[1] So nennt man in einem bedeutenden Teil Westfalens auf den Meierhöfen noch jetzt Knechte, Mägde, Beisassen und Einlieger.

THUSNELDA *(sinkt in Gedanken).* – wohl kann der Hausfrau etwas lieber sein als Schüsselgeklirr: das Vaterland und der Gemahl. – Hermann, den Tag, wo wir im grünen Laubgegitter des Buchenhains nach langem heimlichen Sehnen uns begegneten, und mehr zitterten, erbleichten und erröteten als die bunt durch die Blätter spielenden Strahlen der Morgensonne, – muß ich ihn vergessen? – Damals vermutete ich in dem Geliebten auch Deutschlands Befreier und du wardst Roms Skl – –

(Laut)

Wer spricht? Wer wagts ihn zu verleumden? Ein Sklav, ein römischer Speichellecker war, ist und wird er nun und nimmer! Da unten läg er ja am Fuße dieser seiner Grotenburg zerschmettert von seinem berghohen Fall! – Und wärs doch möglich?

DER PFÖRTNER. Herrin?

THUSNELDA. Ach, ich vergaß. Laß den Römer ein.

(Pförtner ab. Pause.)

VARUS *(eintretend).* Gruß, Fürstin.

THUSNELDA. Dank, Prokonsul. Nimm Platz.

VARUS. Unter dem Gesinde?

THUSNELDA. Sitz' ich nicht auch darunter? Mein Gesinde ehrt mich, ich ehr es wieder. So gleichen Herren und Diener sich aus.

VARUS. Ländlich, sittlich, doch italisch ists nicht.

(Er setzt sich.)

THUSNELDA. Speise mit: Linsen, Erbsen, und Wildschweinsbraten.

VARUS. Die Hülsenfrüchte scheinen trefflich. Mein Gaumen ist nur noch zu wenig daran gewöhnt. Aber der Braten wird um so ansprechender, kräftiger und delikater sein –

(Er ißt, und niest gleich darauf.)

Kastor und Pollux, das beißt in die Zunge und stinkt in die Nase!

THUSNELDA. Der Eber ist ranzig. Wir lassen ihn mit Vorsatz so werden. Er erhält dadurch einen eigentümlicheren, schärferen Geschmack.

VARUS. De gustibus non est disputandum. Ich bin satt.

THUSNELDA *(zum Gesinde)*. Seid ihr es auch?

DAS GESINDE. Ja.

THUSNELDA *(mißtrauisch)*. Lügt nicht. Eßt noch.

DAS GESINDE. Wir können nicht mehr.

THUSNELDA. Räumt ab, Mägde. – Knechte, wo habt ihr eure Augen? Müssen euch die Pferde mit den ihrigen suchen? Dort blicken sie hungernd und durstend über die leeren Krippen auf die Tenne. Pfui, wer speist selbst und versäumt sein angebundenes Vieh?

KNECHTE *(beschämt, die Pferde fütternd und tränkend)*. Die hat die Augen überall.

EINER. Mir wirds grün und gelb vor den meinigen, wenn ich die ihrigen so blau auffunkeln sehe.

VARUS. Hohe Frau, wie beklag ich dich wegen des Getriebs, in welchem du dich bewegen mußt. Wie leicht dir, dich an Roms gebildetere Sitten zu gewöhnen. Gar Livia, die Kaisergemahlin, sehnt sich nach dir.

THUSNELDA. Sie kann ja hieherkommen. Was klirrt?

(Zu einer Magd:)

Das Salzfaß zerbrochen? Wer einmal etwas zerbricht, macht immer Stücke – Fort aus meinem Dienst. Heule nicht, es geht nicht anders. Nimm diesen goldnen Ring mit.

VARUS. Du bist so hart als mild.

THUSNELDA. Kann man in Cheruska anders? Um uns: die rauhe, karge Natur voll Sand und Wald, die uns zwingt, das Geringste zu beachten, damit wir einen mäßigen Wohlstand bewahren. In uns: das Herz, welches auch starr und streng sein sollte, und doch oft weichliche Gefühle nicht zu unterdrücken vermag. In eurem Süden solls besser sein.

VARUS. Wie ich dir schon gesagt habe, du würdest bald unter duftenden Olivenhainen die von Regen und Frost schauernden Wälder des Nordens verachten.

THUSNELDA. Sind sie verächtlich, weshalb kommt ihr so weit her, sie zu erobern?

VARUS. Darüber zu reden, ist hier nicht Ort noch Zeit. Nur

dies will ich dir vorläufig andeuten: wir mußten hier einige eurer Lande einstweilen besetzen, weil von Osten her germanische und slavische Völkerstämme einzubrechen drohen, denen ihr nicht hättet widerstehen können.

THUSNELDA. Nu – – Wo ist mein Mann?

VARUS. Er spürt den Harz aus, und kehrt bald heim.

THUSNELDA *(wird finster, lehnt den Kopf auf die rechte Hand und ihre linke spielt mit einigen Brosamen).* Ei, wollt ihr wohl so liegen, wie ich will, oder seid ihr tapferer und widerspenstiger als freie Männer?

VARUS. Plötzlich ernst?

THUSNELDA. Ich wüßte nicht. Ich spiele nur mit Krumen.

(Für sich:)

»Er spürt den Harz aus«! Ward er ein Hühnerhund und schnuppert für dies Volk?

VARUS *(steht auf).* Wie ich sehe, stör ich dich.

THUSNELDA. Du tust es nicht im mindesten. Daß ich eben an meinen abwesenden Gatten dachte, verzeihst du wohl.

VARUS. – Bist du römisch gesinnt? So echt, wie dein Gemahl?

THUSNELDA. Mich wundert die Frage. Wie sollt und müßt ich nicht? Ich bin nur Hermanns Hausfrau, er ist der eurige, und was er denkt und tut muß mir Gesetz sein.

(Sie gerät in eine augenblickliche Aufwallung.)

Doch hütet euch vor unsren Blondköpfen. Es versteckt sich viel dahinter.

VARUS. Wie fein du dich zur Zielscheibe deines Scherzes machst. So lang dein Haupt unter den Blondköpfen glänzt, bin ich sicher. – Lebe wohl.

(Ab.)

THUSNELDA. Ich heuchelte Freundlichkeit, und mache mir nun Vorwürfe. Still ihr Nachkläffer im Busen! – Wodan, strafe mich, erlöse nur das Land um dessetwillen ich log – Meine Berge mit den prächtigen Waldkämmen wollen sie niedertreten, unsre braven Burschen sollen in ihren Schlachtlinien dienen und verbluten – Ich leids nicht, und gibt Hermann die Schmach zu, werd ich der Kämpfer: Ich!

3

Das Bruch bei Detmold

(Der Prätor auf erhöhtem Sitz. Etwas tiefer neben ihm ein Schreiber. Vor ihnen prozessierende Cherusker.)

PRÄTOR. Ein Kohlenbecken unter meine Füße. Das schneit und gefriert hier noch im März. Wir müssen nächstens ein Forum bauen mit Dach und Ofen.

SCHREIBER. Mich wundert nur, daß deine Milde das nicht längst geschehen ließ. Holz, Sandsteine, und sonstige Materialien finden sich dahier in Menge, Bauern, Pferde und Spanndienste in Überfluß.

PRÄTOR. Eröffne die Sitzung.

SCHREIBER *(liest in seinem Album und ruft dann)*. Erneste Klopp contra Kater major.

PRÄTOR *(sieht auch ins Album)*. Katermeier heißt der Mann.

SCHREIBER. Tut nichts, Herr. Es kommt bei dem Volk wenig auf den Namen an. Es ist doch Vieh. Scheren wir es soviel wie möglich über einen Kamm.

PRÄTOR. Was tat dir Katermeier?

DIE KLOPP. Gott, ach Gott!

PRÄTOR. Heraus mit der Sache und laß die Götter weg.

DIE KLOPP. Er machte mir das vierte Kind und gab mir keinen Heller.

PRÄTOR. Du arme Hure.

SCHREIBER. Vorsichtig. Eine Hure scheint sie noch nicht. Die großen Lehrer Capito und Labeo streiten sich zwar über manche Rechtskontroverse –

PRÄTOR. Ja, auch über des Kaisers Bart.

SCHREIBER. – jedoch sind sie darin eins, daß viel, multum, fünfundzwanzigtausend bedeute, indem Cäsar in seinen Kommentarien die Stärke seines Heeres in Gallien so bezeichnet, und dieses Heer nur aus jener Anzahl bestand. Die Klägerin sieht aber nicht aus, als ob sie schon durch fünfundzwanzigtausendmaliges Unterliegen zu der Vielheit gediehen sei, welche der Begriff von einer Hure erfordert. Sie ist bloß eine Geschwächte, vulgo stu –

PRÄTOR. Halt' die Hand vor deinen übergelehrten Mund. *»Kurzab und ohne Erläuterung des Wie und Warum«* heißt der Kappzaun für Germanen, denn je mehr du bei ihnen erläuterst und belehrst, je störriger werden sie.

(Zur Klopp:)

Du überlieferst deine vier Kinder dem Staat. Der Verklagte erhält 5000 Sestertien für sein wohlerworbenes Vierkinderrecht –

SCHREIBER. Ius quatour liberorum, versteht ihr?

KATERMEIER. Eher als den Rechtsspruch hätt ich den Einsturz des Himmels vermutet. – Wo empfang ich das Geld?

SCHREIBER. Bei dem Quästor, nach Vorweisung dieses Zettels.

KATERMEIER. Gut.

(Beiseit:)

Hunde, sinds doch. Sie wedelten sonst nicht so mit einem Schwanz von trügerischem Edelmut.

SCHREIBER. Warte. Die Sporteln wird man von der Summe abziehn. Sie sind in dem Schein bemerkt.

KATERMEIER *(für sich)*. – Dacht ichs nicht? – Ich gehe nach Haus und nicht zu dem rechenmeisterischen Quästor. Der spezifikatzt (wie sie sagen) mir so viel Gebühren, daß ich auf die fünftausend Sestertien noch sechstausend zugeben muß. – Stinchen, siehst du? Du hättest es entweder nicht von mir leiden oder mich doch nicht verklagen sollen!

DIE KLOPP. Du hättest es mir nicht antun sollen! Ich lege dir unsre Kinder vor deine Schwelle.

KATERMEIER. Das tu. Ich will den kleinen Plagen schon vorsichtig aus dem Wege gehn.

(Ab.)

DIE KLOPP. Und ihr Spitzbuben, Landsverkäufer, Katzenverkäufer, Links- und Rechtsverdreher, wer bezahlt meine Unschuld? Er hat sie, fort ist er, und ich muß hungern!

SCHREIBER. Gerichtsdiener stopft der Person den Rachen.

DIE KLOPP. Rachen? Mund hast du zu sagen. Doch Rachen! O hätt ich den, und dich Federfuchser unter meinen Zähnen, du solltest bald merken, wie du zu mausern anfingst!

PRÄTOR. Höre nicht auf ohnmächtige Wut. Verzeih ihr.

(Zu Gerichtsdienern:)

Führt sie fort und peitscht sie an der Gerichtsmark für ihr freches Maul zum Abschied.

VOLK. Sie durchpeitschen? Sie ist eine Freie!

(Die Gerichtsdiener haben ihr die Arme auf dem Rücken zusammengebunden und halten ihr den Mund zu.)

SCHREIBER. Mit Erlaubnis, ihr Herren, sie ward jetzt eine Gebundene.

(Die Klopp wird abgeführt.)

– Dietrich, Kläger, einerseits, contra Rammshagel, andrerseits. Kläger, trag deine Beschwerde vor.

DIETRICH. Ich lieh ihm zehn Goldstücke eures Geprägs –

SCHREIBER. Ein mutuum?

DIETRICH. Dumm wars.

SCHREIBER. Lernt Latein und erwägt, daß wir nur aus Nachsicht euer Idiom gebrauchen.

PRÄTOR *(zum Schreiber)*. Den leichtzüngigen Galliern brachten wir innerhalb zehn Jahren unsre Sprache bei, diese hartmäuligen Germanen zwingen uns die ihrige auf.

SCHREIBER. Mit den Wölfen heulen, solange man sie noch nicht ganz im Jagdnetz hat.

(Wieder zu Dietrich:)

Warum, wozu, auf welche Art und Weise liehest du ihm das Geld?

DIETRICH. Zu Stapelage, im Wirtshaus. Ich schoß es ihm vor zum Knöcheln.

PRÄTOR. Abgemacht. Beklagter ist frei. Spielschuld gilt nicht.

DIETRICH. Hölle und Himmel, die ist ja eine Ehrenschuld!

SCHREIBER *(zum Prätor)*. Was mögen die Buben unter Ehre verstehen?

RAMMSHAGEL. Dietrich, ich zahle dir nach einem halben Jahr. Ich kann nicht eher. Mein ältester Junge starb vorige Woche, und die Ärzte oder Quacksalber kosteten mir Geld über Geld, haben ihn auch auf ewig geheilt, in die kühle Erde. Gut. Ihn schmerzt nichts mehr. Er hats besser als sein überlebender Vater. – Hättest mich nicht bei denen verklagen sollen.

DIETRICH. Da sie weit herkommen –

RAMMSHAGEL. Meintest du es wäre viel daran? Pah, sie suchten nicht vierhundert Meilen von Haus, hätten sie etwas daheim. – Schenk mir ein paar Monde Frist; meine letzte Milchkuh erhältst du morgen auf Abschlag. Ich und die Meinen können uns gut mit Wasser behelfen.

DIETRICH. Alte Haut, behalte deine Kuh für dein Weib und deine Kinder. Ich schicke euch morgen eine zweite.

SCHREIBER. Der Ehebruch! Beteiligte, vor.

VOLK. Schrecklich! Wo die Geschworenen?

SCHREIBER. Eorum haud necessitas. Hic acta!

VOLK. Was pfeift der Gelbschnabel wieder? Wärs Gutes, wir verständen es.

(Dumpfe Stimmen.)

Fürst, Hermann, warum bist du fern von uns und lässest uns verloren und allein? Kehre zurück: wir haben Fürsten nötig!

SCHREIBER. Silentium! – Amelung, sprich.

AMELUNG. Jenes Weib ist seit zehn Jahren meine Frau. Vorgestern erfahr ich zufällig, doch um so mehr zu meinem Entsetzen, daß es schon vor sechs Jahren die Ehe brach.

PRÄTOR. Ist das alles? – Ehebruch und dergleichen dummes Zeug verjährt in fünf Jahren. Hättest du den Mund gehalten, man wüßte nichts von deinen Hörnern.

SCHREIBER. Ja, Amelung: si tacuisses philosophus mansisses!

VOLK. Ehebruch verjährt? Was wird alt?

PRÄTOR. Eure Kehlen schwerlich, wenn sie so unverschämt schreien. Seht neben mir die Arznei für Halsübel: Liktorenbeile.

SCHREIBER. Ah – der Hermann!

(Hermann kommt.)

DAS VOLK *(stürzt ihm zu Füßen)*. Herrscher und Gebieter!

HERMANN. Wir Deutschen sind gelehrig. Schon Kniebeugen euch angewöhnt? Steht auf oder es setzt Fußtritte. Ich bin ein Fürst, und mag kein Häuptling kriechender Sklaven sein.

(Zum Prätor:)

Verzeihe, Lucius Curio. Dergleichen euch so plump und bis ins Übertriebene nachgeahmte Gebräuche duld ich nicht, so lang man sie ohne eure Zierlichkeit und euren angeborenen Anstand ausübt. Ihr beschenktet uns mit der Freiheit, – ach, hättet ihr uns zugleich eure Bildung im selben Maße mitteilen können.

PRÄTOR *(beiseit)*. Er ist doch ein Schwachkopf.

HERMANN. Wo ist der Prokonsul?

PRÄTOR. Er lagert, wie gewöhnlich, an deinen Hünenringen. – Was bringst du uns Neues von deiner Kundschaftsreise an die Weser und den herzynischen Wald?

HERMANN. Verdächtige Kriegsrüstungen überall. Wir müssen mit gewaffneter Faust anfragen, was sie bedeuten.

VOLK. Wie freundlich tut er mit dem Ausländer, und uns, die wir nach seinen Blicken dürsten, beachtet er kaum.

EIN ALTER CHERUSKER. Haltet das Maul. Er hat was vor, oder ich kenne keine von weißen Zähnen mit Gewalt im Gebiß gehaltene Unterlippe.

PRÄTOR. Das heutige Gericht ist aus.

VOLK. Fürst, wann richtest du?

PRÄTOR. Der Pöbel fragt und tut äußerst frech.

HERMANN. Wie du siehst: gegen mich. Er will noch immer nicht recht sich romanisieren lassen und betrachtet mich als einen Überläufer. Ihr habt kräftigere Maßregeln als bisher gegen ihn zu ergreifen, oder ihr setzt euch selbst und seine euch getreuen Herrscher den größten Gefahren aus.

PRÄTOR. Noch strengere Maßregeln? Das hält schwer. Doch wir werden auch dergleichen wohl noch auffinden, Freund.

HERMANN *(für sich)*. Schön, tretet nur den Wurm, je ärger je besser, unter dem Schmerz wächst er zur Riesenschlange und umringelt und zerquetscht euch aus jeder Schlucht, von jeder Höhe, jedem Baum unserer Gebirge.

PRÄTOR. Übrigens fürchte gar nichts. Dich umschart ja Varus mit den drei trefflichsten Legionen Roms, und hundertfunfzigtausend aus euren Gauen nebenbei.

HERMANN *(für sich)*. Wir Deutschen »nebenbei!« Na – –! Paß auf!

(Laut:)

Seid vorsichtig. Der Germane ist voller Hinterhalt wie seine Wälder.

PRÄTOR. Das weiß ich. Das versteckte Wesen der Waldungen, ihr magisches Blätterrauschen gewöhnen ihn daran. Er hat indes noch nicht soviel Vorsicht und Erfahrung als das Wildbret in ihnen –

HERMANN. Bist du auch schon so was von Jäger?

PRÄTOR *(überhört die Frage)*. Pah, der Germane ist noch Barbar, niedriger fast als seine Tiere.

HERMANN. Ich auch?

PRÄTOR *(erst bestürzt, dann sammelt er sich)*. Du wardst lange in Rom unter den Prätorianern gebildet und exerziert. Du wurdest eine Ausnahme, und Ausnahmen schätzt man so mehr, je seltner sie sind.

HERMANN. Eine Ausnahme also. – Komm mit, Freund.

PRÄTOR. Ich habe noch einige Geschäfte. Leb wohl bis nächstens. – Scriba!

DER SCHREIBER. Herr?

PRÄTOR. Revidiere diese Protokolle. Mach aus Groschen Taler. Verstehst du? Dein Anteil soll dir nicht fehlen. Wir kennen uns.

SCHREIBER. Scio.

4

Haus im oberen Hünenring. Zimmer

(Thusnelda und Thumelico.)

THUMELICO. Mutter!

THUSNELDA. Was begehrst du, mein Junge?

THUMELICO. Ein kleines Butterbrot, nicht größer als meine Hand.

THUSNELDA. Ein großes, ein ganz großes sollst du haben! Iß,

trink und freue dich des Augenblicks ehe die schweren Jahre kommen. Hols dir in der Küche.

(Thumelico eilt fort. Hermann tritt ein. Thusnelda zittert, und wird glutrot.)

HERMANN. Mein Land bleibt auch im Winter das Land der Rose, wie die Barden es benennen. Deine Wangen bezeugen es. – Du wendest dich ab und hältst die Hand vor die Augen?

THUSNELDA. Deine neue römische Ritterrüstung blendet.

HERMANN. Auch diesen Siegelring sandte mir der Kaiser.

THUSNELDA. Wehe, Weh! Der erste im heißen Süden geschmiedete Ring, der dich, mich, den ganzen Norden an Italien kettet.

HERMANN. Tränen? Pfui.

THUSNELDA. Freilich, ein Vaterlandsverräter ist der Träne nicht wert. Wer aber kann sie zurückhalten?

HERMANN. Weine aus. Ich setze mich so lang bis du fertig bist.

THUSNELDA. Du! Erniedrigt durch diese goldnen Schuppen zu einem Goldkäfer! Bist du ein echter Held in Eisen oder ein augustischer Schmetterling in bunten Flügeldecken?

HERMANN. Fürstin und Frau, kennst du Fürsten und Männer?

THUSNELDA. Einst wähnt ich allerlei davon. Es waren Träume.

HERMANN. Weiberlist ist unergründlich, sagt man. Glaubst du, die Männer hätten vom Mutter- oder Vaterwitz nicht auch etwas? – Was ist besser, Knecht oder freier Herr?

THUSNELDA. Was willst du sagen?

HERMANN. Gesetzt, ich hätte die Römer und dich getäuscht, Stahl gewetzt, während du Zwirn gefädelt hast. Sie hätten sich umsonst gefreut, du hättest dich umsonst geängstet?

THUSNELDA. Herr, Erretter, Hermann! Jetzt begreif ich alles, ich umarme dich! Die Freude ists, die meine Arme beflügelt, und nun stürz ich vor Reue dir zu Füßen! Ich Unglückliche, trag mir meine Vorwürfe nicht nach! ’s ist Landessitte, eine Beleidigung nicht zu vergessen.

HERMANN. Daß du mir aus Liebe zum Vaterlande böse wardst, deshalb sei ruhig. Und höre: erst führ ich die Welschen zum Harz, sich eine Portion Köpfe daran zu zerbrechen, mir auch Gelegenheit zu geben, daß ich mit den Harzern ein Bündnis schließe, und des weiteren. Ich kann, da der Abzug dahin gleich vor sich geht, jetzt nicht mehr sagen.

THUSNELDA. Weil du nicht willst.

HERMANN. Welcher Zweifel – ich sage dir ja das Beste und Gefährlichste! – Während der Zeit, daß sie von hier fern sind, läßt du ihre Heerstraßen verderben, nur ja nicht die den Cheruskern rechts und links bekannten Wald- und Seitenwege, und bei Zertrümmerung der Heerstraßen läßt du Verhacke machen, und sagst, das wären Einrichtungen zum künftigen neu erfundenen, vom Prokonsul befohlenen Straßenbau. Alle Mannschaft die im Lande streitfähig ist, sammelst du, indem du sie zu diesem Geschäft beorderst. Dein Vater, der (erlaub mir es so mild als möglich auszudrücken) dem Feinde ergebene Segest, wird sicher zu dir kommen, und anfragen, du wirst klug sein und seinen Argwohn ihm zu benehmen wissen. Wie? überlaß ich dir.

THUSNELDA. Du übergibst mir schwere Aufträge.

HERMANN. Vollführe sie, es wird weder uns, noch unsren spätsten Enkeln schaden. Nicht von Feinden gefesselt, frei und groß werden wir, sie und Deutschland. Die Verantwortung für *diese* Sünde übernehm ich mit Freude, sollt ich auch ewig in der Hölle dafür büßen.

THUSNELDA. Held, ich werde nach Kräften deine Gebote erfüllen.

HERMANN. Neldchen, lebe wohl.

(Ab.)

5

Fuß der Grotenburg

(Die 18. 19. und 20ste Legion in Marschordnung. Kriegsmusik.)

VARUS *(geht durch die Reihen)*. Dein Schwert.

LEGIONAR. Hier.

VARUS. Die Klinge hat Rost.

LEGIONAR. Eingefressenes Blut. Weiß nicht mehr, aus welchem Gefecht. Es ist nicht abzuwaschen.

VARUS. Zeig mir die Brust. Sie atmet schwer. – Viele Wunden. Doch das Hemd ist grob und schlecht.

LEGIONAR. Es ward mir so geliefert.

VARUS. Es wurden mir schönere Proben gezeigt.

(Zu zwei Liktoren:)

Verhaftet die betreffenden Lieferanten – Jene drei, die da von fern ängstlich meiner Musterung zusehen, sind es, – und beschlagt ihr Vermögen.

(Er geht weiter:)

Deine offne Narbe an der linken Schläfe? weshalb brauchst du keinen Wundarzt, Alter?

ZWEITER LEGIONAR. Bleibe sie lieber frisch und offen, als daß die Ärzte sie flicken und verfumfeien. Ich empfing sie jenes Morgens, als der göttliche Julius am Rubikon zauderte und sann, und wir lange unter den Pfeilen der gegenüberstehenden Pompejaner auf seinen Entschluß warten mußten.

VARUS *(greift einen Augenblick grüßend an seinen Helm)*. Alle Ehre deiner Narbe. Sie ist eins der Kommata der Weltgeschichte.

(Zu einem dritten Legionar:)

Was beugst du dein Haupt?

DRITTER LEGIONAR. Aktium.

VARUS *(für sich)*. Es wäre ein endloses Geschäft weiter zu fragen. Fast alle diese beeisten Häupter tragen in Narben die Schriftzüge ihrer Siege. Und diese Heroen mit Knochen aus Erz und Haaren von Silber muß ich gegen das nordische Gepack und sein abscheuliches Klima verwenden? – Achtzehnte, Neunzehnte, Zwanzigste, ihr drei ersten Kriegsdiamanten des Reichs, wetteifert nur untereinander, und Germanien ist unser.

EIN QUÄSTOR *(kommt)*. Die Bundestruppen sind gemustert und gezählt. Siebenzigtausend Mann.

VARUS. Das Fußvolk?

QUÄSTOR. Buntes Gemengsel. Der eine trägt Hirschgeweih oder Auerhahnsfedern und dergleichen auf dem Kopf, der andere hat in einen Knoten zusammengeschürztes Kopfhaar, dem dritten weht es lose wie Mähnen um die Schläfen, der vierte hat einen verrosteten Kessel so aufgestülpt, daß man sein geistreiches Gesicht kaum sieht, und die übrige Uniform besteht aus Röcken von Luchs-, Bär-, Elentiers-Fellen und ich weiß kaum, was sonst noch, alles immer quer und toll durcheinander.

VARUS. Die Reiterei?

QUÄSTOR. Der kann man ihren Aufputz und ihre Wildheit verzeihen. Unsere Turmen sind Flederwische gegen diese bergauf und bergunter fliegenden Scharen. Jeden Augenblick glaubt man, das Volk bräche den Hals, und es kümmert sich im rasendsten Galopp höchstens um die Kinnketten seiner Gäule.

VARUS. Diese Reiterei hat sogleich der unsrigen sich anzuschließen.

(Der Quästor ab. Hermann kommt.)

Du zögertest lang.

HERMANN. Ich grüßte erst mit ein paar Worten zu Hause. Dann macht ich noch diese Wegkarte nach dem Harz, schickte weit umher nach Hülfe, selbst bis zu den auf ihren im Meer bebenden Ländern wohnenden Chauken. Meine Nachbarn: die Marsen und Brukterer sind natürlich nicht die letzten, die ich einlud. Von dem Rhein kommen uns auch die Ubier und die tapferen tenktrischen Reiter zu Hülfe. Kurz, bald ist mehr als halb Deutschland da, um euch seinen übermütigen Rest überwinden zu helfen.

VARUS. Dein Eifer für die gute Sache verdient alles Lob. Wie sehr beförderst du dadurch in diesen Landen die Humanität und Zivilisation.

HERMANN *(für sich)*. Humanität? Ein Lateiner und Eroberer hat doch prächtige Ausdrücke für Tyrannei. Zivilisation? Das lautet schon richtiger, denn ich will euch zivilisieren und bei uns einbürgern, fest, sicher, drei Fuß tief in die Erde und Hügel von acht Fuß darüber. Oder noch besser, euer Fleisch den Raben, eure Knochen dem Regen, daß sie gebleicht werden wie das beste Garn!

RÖMISCHE SOLDATEN. Donnerts?

HERMANN. Nein. Mein Stallknecht brummt, weil er einen Verweis bekommen hat, daß er den Sattelriem nachlässig zuknöpfte.

VARUS. Schone er künftig seiner ungeheuren Lunge. Brummfliegen tötet man leicht unversehens. -- Vorwärts, marsch!

HERMANN *(blickt auf die an der Spitze des Heeres marschierenden Römer)*. Die gleißenden Schurken! Wie sie unsren edlen Boden mit fremdem Waffenprunk beflecken!

(Er sieht sich um.)

Deutschland, verlaß mich nicht mit deinen Fluren, Bergen, Tälern, und Männern! Ich kämpfe ja nur deinethalb: die Feinde sollen deine Waldungen nicht zum Schiffsbau zerschlagen, dir deine Herrlichkeit, deinen Söhnen ihr Blut und ihre Freiheit nicht nehmen! – Du mit ewigem Grün prangender Rhein, du donnernde Donau, du, meine Weser, und du leuchtende Elbe, die ihr alle in so vielen Schlachten uns zur Seite wart, helfende, blitzende unendliche Schwerter, – ihr solltet speichelleckend fluten unter dem Brückengekett des Römers? Nein, wir sind dankbar, und werden euch erlösen.

VARUS. Was ist dir, mein Lieber?

HERMANN. Mein Bester, mich drücken meine Halbstiefeln. Sie sind eben aus Rom bezogen, indes wird mein Fuß sie bald ausweiten.

VARUS. Gabst du deinen Hülfsvölkern gute Anführer?

HERMANN. Es hält schwer einen guten Hauptmann zu finden, doch gab ich ihnen die besten Befehlshaber, welche ich auftreiben konnte.

VARUS. Ist deine Gegenwart bei den Bundsgenossen nötig?

HERMANN. Dann und wann, wenn ich was von Unordnung unter ihnen erfahre, oder sie inspiziere. Im übrigen werden sie stets den Fußstapfen der Legionen folgen, wie Hühnerhunde der Fährte.

VARUS. Du hast den Horatius Flaccus schlecht studiert, sonst würdest du solch gemeines Gleichnis nicht gebrauchen. – – Zur Sache: ich schicke zu den Hülfstruppen noch einige Kriegstribunen, um ihre Bewegungen dem römischen Kriegsbrauch genau anzupassen.

HERMANN *(für sich)*. Befehlshaber und Spione zugleich, heißt das.

VARUS. Und du, Wegkundiger, der du deinen braven Völkern nicht nötig bist, bleibst in der Regel bei mir, sowohl um uns deine Karte an Ort und Stelle zu erläutern, als mir überhaupt Aufschluß über die Landstriche, welche wir betreten, und deren Bewohner zu geben.

HERMANN *(für sich)*. Überschlauer Fuchs, du! Da macht er mich zur Geißel! – Na! ich will euch peitschen!

VARUS. Also: führ uns wider die Aufrührer.

HERMANN *(indem er, Varus und das Gefolge die Pferde besteigen, für sich)*. Schnell gehts in Rom. Die Harzleute sind schon Aufrührer, ehe sie Untertanen waren.

(Laut:)

Du befiehlst. Ich gehorche. Ich leit euch hin und zurück zu großen Siegs- und Todesschlachten!

VARUS. Mir lieb!

HERMANN. Mir auch!

6

Oberer Hünenring. Eine Stube

(Thusnelda und Thumelico.)

THUSNELDA. Einen Kuß, Junge! Noch einen, und noch tausende – ich werde nicht satt.

THUMELICO. Deine Küsse tun weh.

THUSNELDA. Kind, ich bin zu froh. Nicht wahr, nun wirst du zehntausend Jahr alt, wie deines Vaters Lorbeerkranz, welcher ewig jugendlich und frisch die befreiten Völker umgrünen, beschatten und bei Freiheitskämpfen umsäuseln wird?

THUMELICO. Ja, Mutter, wenns geht, werd ich gern so alt.

EIN KNECHT *(tritt ein)*. Herzog Segest.

THUSNELDA. Meinen Sohn in sein Zimmer. Mein Vater braucht nicht anzufragen, um einzutreten.

SEGEST *(kommt)*. Guten Morgen.

THUSNELDA. Setze dich.

SEGEST. Die Hand an der Stirn?

THUSNELDA. Du warst lange nicht hier.

SEGEST. Darüber denkst du schmerzlich nach?

THUSNELDA. – – Wie triffts, daß du heut kommst, just da er fern ist.

SEGEST. Ich kenne keinen Er. Wen meinst du?

THUSNELDA. Meinen Gemahl.

SEGEST. Es trifft sich wie damals als ich fern von jener Falkenburg war, er dich daraus entführte, und den Namen meiner Veste als echter Raubvogel betätigte, der dem Greis das Köstlichste, die Tochter und ihr Herz entriß.

THUSNELDA. Vater, ich bitte! Vergangenheit ist böse Asche. Stäube die Funken nicht auf, welche Jahre lang unter ihr fortglimmen können. – Er liebte mich, ich ihn. Du gabst deine Einwilligung, und brachst dein Wort als du merktest, er wolle nur dein Schwiegersohn, nicht dein Knecht sein.

SEGEST. Er beleidigte mich.

THUSNELDA. Nie. Oder kann er dazu, wenn er unter dem Volk größer ward als du? Dacht er daran? Tats nicht sein angeborenes hehres Wesen?

SEGEST. Lassen wir das Hehre gut sein. Meistens besteht es aus nichts als glänzenden Kniffen. – Wo ist er jetzt?

THUSNELDA. Wo er nicht sein sollte: bei den Bestürmern des Harzes!

(Sie sinkt in einen Sessel.)

SEGEST *(besorgt)*. Liebe Tochter – – –

THUSNELDA *(sich erholend)*. Du hast noch ein »lieb« für mich? Der Ton hat Kraft und mein Fieberanfall verfliegt. Ich habe in den letzten Tagen zu viel Wirrsale erlebt, die Ernährung der Legionen, die Sorge –

SEGEST. Schon gut. Hüte dich vor dem Zugwind. Es ist März und gewiß hast du dich unvorsichtig erkältet.

(Für sich:)

– Das Gerücht von Hermanns Abfall ist falsch. Wie könnte er sonst unter meinen römischen Freunden marschieren?

THUSNELDA. Hier bringt dir die Magd den Imbiß.

SEGEST. Du hattest ihn mir gleich, als ich kam, zu bieten, nicht hinterdrein, da ich gehe.

THUSNELDA. Die Bestürzung – ich hatte dich geraume Zeit nicht gesehen – ich bekenne meinen Fehler.

SEGEST. Dadurch verbesserst du ihn nicht, machst ihn nur offenbarer. Lebe wohl.

(Er geht.)

THUSNELDA *(am Fenster)*. Diesmal hat er mit seinem Vorwurf Recht! Ich handle so nachlässig gegen meine Gäste nicht wieder! – Wie er hinunterschreitet, die schweren Verschläge der Gehöfte fliegen vor seiner Hand auf wie eine Kette wilder Hühner vor der Armbrust des Jägers. Er ist mein Vater! Beide Augen gäb ich, hielt' er mit uns und nicht mit der urbs, wie sie das von Soldaten, Raub, Mord, List und Hohn sprühende Scheusal nennen!

7

Am südwestlichen Fuß des Harzes

(Das Innere von Hermanns Zelt. Hermann und ein Chatte.)

HERMANN. Was für Narrenpossen zeigst du mir?

DER CHATTE. Kerbstöcke, welche dir, wenn du die deinigen dagegen hältst, beweisen werden, daß sie ineinander passen, und ich der bin, welcher ich war.

HERMANN *(sieht ihn scharf an)*. Ich erinnre mich deiner, und kenne dich ehrliche Haut. Du warst in meiner Nähe, als wir am Niederrhein gegen die Gallier fechten mußten. – Dein sicherster Kerbstock ist dein ehrliches Gesicht. – Was hast du zu melden?

DER CHATTE. Laß mich zu Atem kommen. Drei Tage und drei Nächte lief ich zu dir und vergaß Essen, Trinken und Schlaf.

HERMANN. Deine Hand.

DER CHATTE. Die Gnade! Himmel, wer ist glücklicher als ich?

HERMANN. Vielleicht ein Fürst, dem solche Bauern dienen.

DER CHATTE. – Ja, was ich zu berichten habe: deine heimlichen Aufforderungen fanden in jedem Ohr einen fruchtbaren Boden und donnerndes Trommelfell, von der Werra, Fulda stürmen alle Waffenfähigen heran. Wir halten kaum die Kinder zurück. He, das tun die unmäßigen Steuern, der Hochmut und die Gewalttätigkeiten der Eindringlinge! Sie wollten erobern, uns das Blut auspressen, hättens auch tun können, wären sie sachter zu Werk gegangen, doch nun kriegen sie mit deiner Hülfe alle tausend Schwerenot –

HERMANN. Sei du auch sachter. – Wie stark seid ihr?

DER CHATTE. Sechstausend Mann zu Pferd, zwölftausend zu Fuß.

HERMANN. Wo steht ihr?

DER CHATTE. Zwischen den Quellen der Lippe und Ems.

HERMANN. Eile dahin zurück, rate Geduld –

DER CHATTE. Mit der hälts schwer.

HERMANN. Sie soll nur ein paar Tage dauern. Wer siegen will, muß auch zu lauern und zu warten wissen. Dann aber, wann das teutoburger Waldgebirg vor Kriegs- und Waffenlärm aufbrüllt, wie ein ungeheurer aus Gebirgen gegliedmaßter Auerstier, mit den rauschenden Mähnen seiner Forsten; – merkt ihr dann, daß die Legionen stiller werden, so brecht auf aus eurem Standlager und sperrt den Überbleibseln die Flucht.

DER CHATTE. Nimms nicht übel: abgenagte Knochen mögen wir so wenig als deine Cherusker. Wir sind früher und bevor die Forsten vom Geschrei der Römer still werden, zu deiner Hülfe da, der Chatte will auch ein Blatt von eurem Siegeskranz, mit dem du bloß dich und deine Cherusker zu schmücken gedenkst.

(Ab.)

HERMANN. Die Eifersucht laß ich mir gefallen.

VARUS *(hinter der Szene)*. Halt. Gefolg, warte.

(Er tritt ein.)

Bin ich nicht raschen Entschlusses?

HERMANN. Ich verstehe dich nicht.

VARUS. Bei diesem gegen alle Berechnung zu früh eingebrochenem Tauwetter erstürmen wir den jetzt so schlüpfrigen Harz nicht. Leg deinen Harnisch an. Wir brechen auf und ziehn wieder nach Cheruska, zu deiner Grotenburg.

HERMANN. Immerhin wär ein letzter Versuch gegen den Harz ratsam, schon wegen des Berichts nach Rom.

VARUS. O zu dem Bericht hab ich meine gewandten Schreiber, sie machen auf ihrem Papier Gold aus Blei, aus einer verunglückten Unternehmung den herrlichsten Sieg. – Unnützes Römerblut soll jene Klippen nicht schmücken.

HERMANN *(für sich)*. Hegs auf! Es wird eine ewige goldne Krone meines Landes!

VARUS *(während Hermann sich die Rüstung anlegt)*. Ich verschiebe den Angriff bis zum Sommer. Da werden meine Legionen dich lehren, wie Südländer die Hitze aushalten, ohne flau zu werden.

HERMANN. Wir Nordländer sind mehr an Sturm, Regen und Schnee gewöhnt.

VARUS. Bist du fertig mit deinem Anzug?

HERMANN. Nur diese Spange noch –

VARUS. Weshalb läßt du dich nicht von deinen Dienern ankleiden?

HERMANN. Ich habe nicht gern fremde Fäuste am Leib. – Knecht!

(Ein Knecht tritt ein.)

Wir reisen nach Haus. – Sattle –

DER KNECHT. Ist schon geschehen. Ich hörte von der Abreise. Die Gäule stehn bereit.

HERMANN. So führe sie vor die Zelttür.

VARUS. Das geht bei euch geschwind.

HERMANN. Meine Kerle haben Heimweh.

VARUS. An der Schwäche leidet ihr noch?

HERMANN. Wir haben noch nicht die Welt erobert, um überall heimisch zu sein, wie ihr.

VARUS. Wir marschieren mit ein paar Gewaltmärschen zurück über die Weser, zu deinen Hünenringen. Du bleibst beratend in meiner Nähe – doch deine Cherusker und überhaupt sämtliche germanische Bundsgenossen haben sich außerhalb der Heerstraße, zur Seite meiner Krieger zu halten. Sie mögen auf den Höhen rechter Hand mitmarschieren.

HERMANN. Dann inspizier ich sie bisweilen, ab und zu.

VARUS. Das verbiet ich dir.

HERMANN. Nur ihr Herrscher, der ihre Sprache und Sitten kennt, kann jene Horden zügeln. Laß mich dann und wann sie ordnen, oder ich melde dein mißtrauisches, unverzeihliches Betragen gegen mich, welches unsrem gemeinsamen Unternehmen bis jetzt schon viel geschadet hat, dem Kaiser.

VARUS *(lächelnd)*. Das wäre!

HERMANN. Genügt dir das nicht, so meld ichs nicht allein dem dahinkränkelnden Schatten des Octavianus Augustus, sondern auch seinem adoptierten Sohn und Nachfolger – Wie heißt er doch? Ein Paket Briefe, welches meine Freunde an ihn absenden werden, liegt schon seit längerer Zeit bereit.

VARUS *(Schrecken und Schauder unterdrückend)*. Schäme dich. Wie so leicht vergißt du die erhabensten Namen. Unter ihnen den Namen eines Mannes, welcher die siegsgewaltige Hand auf Rätiens Gebirge legte –

HERMANN *(beiseit)*. – dergestalt daß alle Täler Blutkessel wurden, und die Witwen und Waisen die um seine Finger gekrümmten prächtig von Tränen schimmernden Triumphringe –

VARUS. Tiberius heißt der Held und Erbe! Reite meinetwegen dann und wann zu deinem Pöbel, komm indes stets bald zurück, und unterlaß deine unnützen Schreibereien, die man im Kapitol doch nur als Lappalien behandeln, oder gar, mit meinen offiziellen Gegenberichten verglichen, an dem Autor bestrafen würde. – Sitzen wir auf.

HERMANN. Wie du befiehlst.

ERSTER TAG

Morgen. Die Legionen in Marsch. Varus und Hermann zu Pferde vor ihnen. Die deutschen Hülfstruppen rechts auf den Bergen

VARUS. Da blitzt?

HERMANN. Die Weser.

VARUS. Jüngst trug ihr Rücken noch die mächtigsten Eisblöcke. Jetzt ist alles aufgelöst.

HERMANN. Es löst sich bei uns manches ehe man daran denkt. Das Wetter ist hier zu Lande launisch.

(Er sieht den Varus starr und trüb an.)

VARUS. Du bist ersichtlich nicht wohl.

HERMANN. Ein unbedeutender Fieberschauer. Die Luft ist zu regnicht, und naßkalt.

VARUS. Der Feldarzt!

DER FELDARZT *(tritt vor)*. Ich bin allemal derjenige, welcher in deiner Nähe harrt, Herr, und freue mich unendlich, wenn ich jetzt Gelegenheit gefunden haben soll, an dir meine Kunst zu praktizieren und dir meinen guten Willen zu zeigen.

VARUS. Kuriere den Herrn da.

FELDARZT. Was fehlt ihm?

VARUS. Sklav, weiß ichs? Siehe zu.

FELDARZT. Ja so. – – Er leidet offenbar an Magenbeschwerden und ist zu vollblütig. Ein Klystier und ein Aderlaß werden ihn bald restaurieren –

(Zu Hermann:)

Erlaube mir, deinen Puls zu fühlen. – Sehr stark – 150 Schläge in der Minute. Meine Lanzette soll ihn besänftigen.

(Er zieht sein Besteck heraus.)

HERMANN. Pfuscher, hüte dich vor der meinigen, dieser hier:

(er rüttelt seine Streitaxt.)

Ich habe mich erholt.

VARUS. So schnell und stark, daß der Sklav davonläuft.

HERMANN. Weswegen nennst du ihn Sklav, und zwar mit einer gewissen Geringschätzung?

VARUS. Musikanten, Mimen, Astrologen, Astronomen, Mediziner, und andere Land- und Leutebetrieger, sind bei uns nur Sklaven.

HERMANN. Und einen dieser saubren Herrn berufst du, daß er mich heile?

VARUS. Ich dachte man tut des Guten nicht zuviel. Nützt der Kerl nicht, so schadet er doch auch nicht.

HERMANN. Freilich, ja. Ich danke dir.

(Für sich:)

Fast hätt ich geglaubt er wäre aus echter Freundschaft so besorgt um mich gewesen, und ich wäre fast empfindsam geworden. Doch ihm saß wohl nur im Kopf, daß er an mir einen guten Wegweiser verlieren möge.

(Laut:)

Die Truppen sind eingeschifft. Unzählige Boote tanzen auf den Wellen. Treten wir in das unserige.

(Während des Einsteigens, für sich:)
Bin ich Charon?

VARUS. Die Weser hat fast die Größe des Tiberstroms.

HERMANN. Ihr Busen hat noch kein Rom aufgesäugt, sonst mein' ich unmaßgeblich, daß sie viermal so breit ist als euer Fluß.

VARUS. Holla, das Boot stürzt um!

HERMANN. Wir sind in der Mitte des Wassers, – da reißt es, – aber nicht bang: es reißt nicht ab wie ein Zwirnfaden, die Schiffer müssen nur mächtiger rudern.

VARUS. Außer der Zwirn-, Garn- und Leinewandfabrikation habt ihr wohl wenig Manufakturen im Lande?

HERMANN *(hört nicht auf den Spott)*. Wir sind am Ufer. – Steigen wir aus.

EIN VEXILLAR. Beim Pluto, gibts denn in dieser Gegend keinen besseren Weg für uns als just diesen? Bald schwellende Bäche, bald klebrigter Sand, regentriefende Wälder und morastige Wiesen? Die Germanen oben auf den Bergen habens zehnmal so gut als wir.

ZWEITER VEXILLAR. Frag den Hermann. Er reitet dem Varus zur Linken und flüstert immer in sein Ohr als wär er sein Orakel! Guck, da hat er ihm wieder was Angenehmes gesagt: der Prokonsul lächelt.

ERSTER VEXILLAR. Er sollte dem glatten Ohrwurm weniger trauen.

VARUS. Der Scherz, den du mir erzählst, ist allerliebst. Er bezeugt, welche Naivität auch unter Naturmenschen, woraus doch meistenteils dein Volk besteht, wohnen kann. Er wäre was für Theokrit, für unseren feineren, ausgebildeteren Virgil freilich nicht. – Wie? – Fürst, links so weit mein Auge blickt, niederbrennende Dörfer und daraus eilende Einwohner?

HERMANN. Die Memmen sind bang vor der Ankunft unsres Heers, und haben aus Angst die Kohlen zu löschen vergessen.

VARUS. Alle Bergkuppen hinter uns, vor uns, um uns, werden lebendig!

HERMANN. Von den Flüchtlingen.

VARUS. Flüchtlinge? In Waffen?

HERMANN. Gönn ihnen die. Sie retteten das Beste was sie hatten, ihren letzten Schutz und ihre letzte Wehr.

VARUS. Dein Hülfsvolk weicht zu ihnen!

HERMANN. Es will sie verjagen.

VARUS. Ohne meinen Befehl?

HERMANN. Der Deutsche tut des Guten gern zuviel, auch unangefragt.

VARUS. Der Germane ist noch viel zu dumm, als daß er nicht anfragen müßte, eh er etwas beginnt. Hole die Leute sofort von den Bergen zurück, und ich will ihnen diesmal ihren Subordinationsfehler verzeihen.

HERMANN. Quintilius Varus, das Verzeihen ist an uns, das heißt: an meinen Landsleuten und an mir!

(Er sprengt auf die zur rechten Hand liegende Dörenschlucht, welche von Deutschen wimmelt.)

Werden wir endlich eine Faust, und sind wir nicht mehr die listig vom Feinde auseinandergestückelten Fingerchen? – Marsen, Cherusker, Brukterer, ihr Nationen alle, die ich um mich sehe – Heil uns, es gibt noch genug Brüder und Genossen in des Vaterlandes weiten Auen! – – Ihr breitschulterigen Enkel der Cimbern, Ambronen und Teutonen, vergaßet ihr so leicht und so lange die Gefilde von Aquä Sextiä und Verona? Soll das Blut eurer Großeltern ungerächt ewig dort die Äcker düngen? Rüttelte mein Ahn, der Teutobach vor Freude an seinen Ketten als ihn Marius durch die Straßen der Tiberstadt führte, wie ein wildes Tier, das man dem Pöbel zu seinem Zeitvertreib zeigt? Würd's mir und euch nicht bald eben so oder gar noch schlimmer ergehen? – Schämt euch vor meinem Pferde. Ihr zaudert und überlegt. Es schäumt bereits vor Zorn!

EIN ALTER CHERUSKER. Drück auch dem Vieh nicht so hart die Sporen in den Balg. Das Luder fühlt wie ein anderer Mensch.

HERMANN. Er ist da, der Tag der Rache und Roms Siegestraum ist aus! Ihr, meine Untertanen, leidet keine Willkür von mir, euerm angeborenen Herrscher und duckt euch nun unter fremde Tyrannen? Pfui!

VIELE CHERUSKER. Er wird wieder unser!

HERMANN. Wars immer! Welch ein Dummbart wär ich, wollt ich was sein ohne mein Volk? Kein Joch, und wär es sterngeschmückt oder wetterleuchtend, wie der Himmelsbogen, soll fortan uns niederzwängen oder einschüchtern. – Jene Ratten da unten sind in der Falle unsrer Täler und Gebirge. Und hinter ihnen die Männer des Harzes, welche sie selbst aufstöberten, hier auf der Höhe wir, Cherusker, Brukterer, Marsen, Tenkterer und viele andre edle Stämme – gegenüber blitzen von der Elbe die blutlechzenden Speere unserer Verbündeten, und dort im Mittag regen sich auf den Hügeln schon die vorschnellen chattischen Reiter, um den Rest der systematisierten, einexerzierten betitulierten Raubhorden, wenn wir etwas davon entlassen sollten, mit Schwertern in vernichtenden Empfang zu nehmen. Nur der Gewaltige, welcher über Böhmen seinen Herrscherstab gelegt hat, bleibt trotz allem Freiheitsschrei taub, und nur aus Eifersucht auf mich. Marbod, kämst du nur, ich begnügte mich gern mit der zweiten Stelle. Doch kämpfen wir mit doppelter Kraft, so haben wir allein Ehre!

INGOMAR. Wärst du nicht mein Neffe, und schickte es sich für einen Oheim, sein Schwesterkind zu loben, ich sagte: Junge, du hast es klüger eingerichtet als ich getan hätte.

EIN ALTER. Aber, aber –

HERMANN. Was hast du auf der Zunge?

DER ALTE. Du hast den Kaiser jahrelang getäuscht und betrogen!

HERMANN. Betrog er uns nicht auch? Ich gebrauchte gleiche Waffen gegen gleiche. Macht ihr mit eurem Messer es anders, wenn euch ein Bär mit seinen Zähnen packt?

DER ALTE. Ein Kaiser und ein Bär ist ein Unterschied. Ich sage nichts. Nur dieses: besser und ehrlicher ist auch besser und ehrlicher als –

HERMANN. Halts Maul mit deinen kleinlichen Bedenklichkeiten. Geh in deine Rotte!

(Der Alte entfernt sich. Hermann faßt an seinen Panzer.)

Erz der Cäsaren, unter die Füße!

(Er löst die Spangen.)

Kerker, springe auf!

(Er zertritt die Rüstung.)

Tyranneneis! Ich fror nur zu lang in dir! –

(Sein Schwert wegwerfend.)

Fort meuchelmörderischer Dolch, ich will ein deutsches Schwert, breit und hell, und dreimal so lang als dieser Skorpionsstachel! – O hätt ich meinen Hermelin und meine alten Waffen.

EIN GRAUER KNECHT. Hier ist alles, Mantel, Schild und Degen.

HERMANN. Was?! – Arnold, mein alter, treuer Bursch, wie kommt das?

ARNOLD. Das kommt so: als du abfielst und von uns gingest, dacht ich, er kehrt schon wieder, wird unter dem fremden Volk schon zur Besinnung gelangen, – er hat mir seine Kleidung und seine Waffen anvertraut, um sie zu putzen, und bei seiner Abreise zwar vergessen nach ihnen zu fragen, ich aber will jeden Morgen daran bürsten und glätten wie sonst, er könnte jeden Nachmittag zurück sein und sich hinein stecken wollen.

HERMANN. Daß du dich fleißig gequält hast, sieht man. Der Schild ist abgeschabt als wär er zehntausendmal umgeschruppt, und der Hermelin hat fußlange Zasern. – – Graukopf, werde nicht böse über meinen Scherz. Du hast es gut gemeint. Fürerst nimm diese Rolle Gold, und meine Liebe.

ARNOLD. Wenn du erlaubst, so teil ich das alles mit meinen Gefährten.

HERMANN. Das sei. Nächstens mehr.

(Sich den Mantel umlegend.)

Ha, wie warm werd' ich!

(Schild und Speer ergreifend.)

Rom sieh zu, wie wir Germanen zu siegen oder zu fallen wissen!

DIE DEUTSCHEN *(untereinander)*. Auch in unsren Kleidern wieder? Nun ist er auch in unsren Seelen. Hoch Hermann!

(Sie stoßen in ihre Stierhörner.)

HERMANN. Bin ich in euren Seelen, braucht ihr das nicht auszublasen. Behaltets lieber bei euch, so bleib ich einheimischer. – Aber kommt der Feind, so wird Musik beim Kampf nicht schaden. Und er naht!

VARUS. Verräterei, die schwärzeste Verräterei! Links, rechts, hinten, vorn, überall empörte Germanen! – Legat, wie sind wir von dem Hermann betrogen!

EGGIUS. Du vielleicht, ich nicht, denn ich hatte nichts mit ihm zu schaffen, und tat nur, was du gebotest. Indes dein Irtum kann den Besten treffen. Ich zähle jetzt achtzig Jahre, werde auch noch immer, ungeachtet meiner Erfahrungen, Tag für Tag mehr überlistet und getäuscht.

VARUS. Über den Bach hier und dann bergauf! Sturm! Du voraus mit deiner Legion.

EGGIUS. Neunzehnte! 'nen Keil gebildet! Vorwärts!

HERMANN. Reiterei der Marsen, eil entgegen, wehr ihnen den Übergang über die Werre.

(Die marsischen Reiter galoppieren hinunter, werden aber zurückgeworfen. Hermann zu den wieder ankommenden Marsen.)

Schön! Ihr wißt, daß man euch wie alles Gute für die günstigste Gelegenheit sparen und nicht unnütz verquakkeln muß. – Ihr solltet die Römer zurückweisen und statt dessen holt ihr sie her!

DER MARSENHÄUPTLING. Ehre deinen Befehlen. Doch das Unmögliche vermochten wir gegen die Übermacht nicht zu leisten. – Hör und siehe, was wir können: Marsen, der Cheruskafürst hat uns beleidigt und verkannt, rächen wirs durch Heldentod!

(Es stürzt mit den Marsen unter die Römer und fällt mit seinen Leuten nach einem heftigen Gefecht.)

HERMANN *(hat ihnen nachgesehen, und faßt an seine Augen)*.

Das regnet, – man wird ganz naß –

(Laut:)

Cheruskas Reiterei!

(Diese Reiterei sprengt heran.)

Was sollen jene elenden welschen Turmen und Krippenreiter um das feindliche Heer stolzieren?

EIN CHERUSKISCHER REITER. Sie sitzen zu Pferd als wären Katzen auf Hunde gebunden.

HERMANN. Lehrt sie den Tod, und fangt ihre schönen Hengste und Stuten.

(Die cheruskische Reiterei sprengt hinunter, zerstreut die Turmen, von deren Mitgliedern indes sich viele hinter die Legionen flüchten, und kehrt mit gefangenen Pferden zurück.)

EIN RÜCKKEHRENDER CHERUSKER. Kein Gott!

ZWEITER. Bei Gott nicht!

ERSTER. Rettet das Volk noch einige der besten Stücke seines Getiers!

ZWEITER: Was erwischtest du?

ERSTER. Diesen Rappen, mit zwei weißen Flecken an jedem Fuß, die ihn zieren möchten, wären sie nicht ungleicher Größe.

ZWEITER. Ich erbeutete gar nichts.

ERSTER. So brauchst du dich auch nicht um eine schlechte Beute zu ärgern.

EGGIUS *(rückt mit der neunzehnten Legion herauf)*. Besser Schritt gehalten!

HERMANN *(beiseit)*. Stirn, bleib mir kalt! Es wird ungeheure Gefahr!

(Laut, zu seiner Vorhut:)

Sacht! Weicht nicht zu geschwind! Beim Weichen ist man nie zu langsam!

(Thusnelda, in einem Wagen, dessen braune Renner sie selbst lenkt, erscheint auf der Höhe.)

DAS DEUTSCHE HEER *(sich umblickend)*. Eine Walküre über uns!

HERMANN. Viel Besseres: mein Weib, bei mir in der Stunde

der Gefahr! – – Und fürchtest du nicht vor den römischen Geschossen?

THUSNELDA. Du bist ja mit mir unter ihnen. – Ich bring euch Speis und Trank und zwanzigtausend Mann. – Laß das zürnende Rütteln an meinem Wagen. Die Speichen könnten leicht auseinandergehen. Zu Haus ist alles, ungeachtet meiner Abwesenheit in Ordnung.

HERMANN. Kein Zorn, nur Freude rüttelt an dem Wagen.

THUSNELDA. Nimm dieses Tuch und trockne deine Stirn, du bist erhitzt. Das darf ein Feldherr nicht sein, wie ich glaube.

HERMANN. Zu Zeiten wohl!

INGOMAR. Neffe –

HERMANN. Oheim?

INGOMAR. Deine Frau ist kein Weib.

HERMANN. Alle Wetter, was denn?

INGOMAR. Kanns nicht recht sagen. Doch gegen ihre Stirn tausch ich nicht die Sonne, nicht den Blitz gegen ihr Lächeln, und ihren Mut und Verstand betreffend –

THUSNELDA. Schon zuviel, Oheim.

INGOMAR. Nun spricht sie gar mit mir!

HERMANN. Werde nicht verliebt, Alter, und mache mich nicht eifersüchtig.

INGOMAR. Wie ihre Augen durch das Heer rollen! Wer das aushält, hat statt des Herzens, noch weniger als einen Kiesel im Leibe, denn selbst der Kiesel sprühte Funken! – Ich will, Ihr zu Ehren, Feindesleichen machen, und mich darunter zerstreuen!

HERMANN. Warte bis die vorderste Neunzehnte an jene schmale Wegstelle kommt und ihre alte vierschrötige Taktik dünn und einfach machen muß.

INGOMAR. Mit dem Warten gewann ich mein Lebstag noch keinen Pfennig. – Trabanten, folgt mir!

HERMANN. Bergunter ist er. Wenn da nur nicht schon die Sigambrer sich in seine Seiten schwenkten, und seine Nachhut mordeten.

THUSNELDA. Sind die Sigambrer nicht Deutsche?

HERMANN. Dermalen Römlinge. Blätterabfall der Eiche, die in Europas Mitte prangt. Sie kann viel entbehren, und bleibt stark.

THUSNELDA. Das sage nicht. Man muß haushälterisch sein, und sei man überreich.

INGOMAR *(aus der Tiefe)*. Kerle, seid ihr toll? Laßt euch abschlachten wie das liebe Vieh?

INGOMARS TRABANTEN. Wehren wir uns nicht noch im Sinken?

EINER DER TRABANTEN *(verwundet, im Todeskrampf)*. Bengel, den ich am Kragen habe, Specht, der du weither flogst, du fliegst nicht so weit zurück!

(Er stürzt mit einem erdrosselten Römer zur Erde, und stirbt gleich darauf selbst.)

HERMANN. Ihr Reitertrupps der Tenkterer rettet Ingomar und die Trümmer seiner Scharen, der Gedanke an euren Rhein dabei nicht zu vergessen!

DIE TENKTERER. Der Rhein!

(Sie stürmen hinunter und bringen nach einer Pause Ingomar und zwei seiner Trabanten herauf.)

HERMANN. Umgesehen: rechts und links nisten sich Veliten ins Buschwerk – – Brukterer, jetzt beweist, daß ihr abgefeimte Wilddiebe seid, und mir manches Stück wegschosset – ihr kennt hier jeden Baum und jeden Schleichweg –

DIE BRUKTERER. Herr?

HERMANN. Tuts nicht wieder und säubert heute das Holz von den zweibeinigen Ebern in Menschengestalt.

DER HÄUPTLING DER BRUKTERER *(pfeift mehrmals durch die Finger)*. Tuwith!

ERSTER BRUKTERER. Die Zeichen! – Ich muß auf jenen Anstand.

ZWEITER. Ich in dieses Gesträuch.

DRITTER. Wir müssen hinter jene Lärchtannen.

(Der Anführer pfeift noch einmal mit hellerem Ton.)

DIE BRUKTERER. Ha, nun dran und drauf!

(Die Brukterer verbreiten sich im Walde. Bald darauf stürzt der Rest der Veliten blutend aus ihm zu den Legionen.)

HERMANN. – – Oheim, wo sind deine übrigen Trabanten?

INGOMAR. Schaust du endlich nach mir um?

HERMANN. Ich hatte bislang nach was anderem zu sehen.

INGOMAR. Meine Leute liegen unten, sind auch nicht gefangen worden, vielmehr gottlob! auf ehrliche Art mausetot.

HERMANN. Opfere künftig deinem unüberlegtem Mut nicht tapfere Männer.

INGOMAR. Unüberlegt? Schrie und schreit der greise Eggius nicht schon an diesen Höhen? Hielt ich ihn nicht auf und macht ich ihn nicht verdutzt?

HERMANN. Damit er, über deine Niederlage ermuntert, nun desto trotziger den Berg ersteigt? – Da tut ers schon.

INGOMAR *(um den sich neue Waghälse gesammelt haben).* Das halte ein Verräter aus! Stürzen wir ihm entgegen, das Heer uns nach, und mein Hals der erste, welcher aufs Spiel gesetzt wird!

HERMANN *(zu seinem Heer, welches sich in Bewegung setzen will).* Wer ohne meinen Befehl den Fuß bewegt, dem tanzt der Kopf vom Rumpf!

(Den Ingomar vom Pferde reißend:)

Und du, alter Fasler, geh künftig zu ebener Erde, daß man weniger dich sieht und hört, und du dein edles Roß nicht zu Torensprüngen mißbrauchst.

INGOMAR. Das deinem Mutterbruder?

HERMANN. Allgemeine Blutsverwandschaft, nicht Mutterbruderei gilt in der Schlacht!

INGOMAR. Zuweilen sagst du ein wahres Wort, aber den Schimpf, den du mir angetan, vergeß ich in meinem Leben nicht. Du sollst sehen!

HERMANN. Vergiß die vermeintliche Beleidigung nur so lange, bis wir den Feind vernichtet haben. Dann will ich deine Rache erwarten. – – Du schläfst, Thusnelda?

THUSNELDA *(senkt ihr Haupt noch tiefer, blickt ihn bedeutungsvoll an, und schließt die Augenlider fester als zuvor).*

HERMANN. Ich verstehe.

(Laut:)

Die Fürstin, welche euch im Kampfe Lebensmittel brachte,

schläft im Vertrauen auf eure Waffen – Wer stritte nicht für ihren Schlaf und ihren Schutz?

DIE DEUTSCHEN. Wir alle!

EGGIUS *(voran mit der neunzehnten Legion, Varus aus der Mitte der achtzehnten sein ganzes Heer leitend, hinten die zwanzigste)*. Fünffingrige Manipelzeichen, weist dorthin auf die Höhe, und den Adler der bis heute alle Berge überflügelte, auch auf sie getragen!

HERMANN. Dicht und dichter drängen sie sich mit ihren toten Vögeln heran! Meine Leute, nur getrost, und schaut auf: da über euch steigen unsre *lebendigen* Adler empor, schütteln Regen und Unwetter von ihren Fittigen, uns zum Heil, dem nicht daran gewöhnten Feinde zum Verderb, und zucken von Nord nach Süd und von Süd nach Nord, wie die grimmig bewegten die Welt durchrollenden Augenwimpern des Wodan!

EGGIUS *(fast auf der Höhe)*. Sturm!

HERMANN. Wind heißt es!

(Er wirft seinen Wurfspieß und einer der vordersten Römer stürzt von demselben durchbohrt zur Erde. Die Legionare starren einen Augenblick.)

INGOMAR. Den hast du niet- und nagelfest gemacht. Er macht sich nicht los, wie sehr er sich auch um den Speer windet.

EGGIUS. Was ist das für ein Zaudern wegen eines einzigen Gefallenen? Vor!

HERMANN. Wir stehen hier an Deutschlands Pforten – Sei'n wir wackre Riegel – Brechen die Römer durch und erreichen ihre siebentürmige Feste Aliso, dort hinter uns, so sammeln sie sich da von neuem, erwarten Hülfe vom Rhein, uns zum zweiten Mal zu unterdrücken!

EIN CHERUSKER *(zu einem anderen)*. Bartold.

BARTOLD. Fritze, zupfe mir nicht den Ärmel entzwei. Er ist schon mehr als mürb, und ein neuer kostet Geld.

FRITZE. Tauschen wir uns um.

BARTOLD. Schmachtlappen, bleibe mir meilenweit vom Leib.

FRITZE. Höre doch – Laß mich an deine Stelle in die vorderste Reihe. Beim Leinweben hab ich mich hager gesponnen –

BARTOLD. Wahr, Hemdsfaden!

FRITZE. Du dagegen bist vierschrötig vom Pflugtreiben, und ich kann mich mit dem Rücken auf deine Brust stützen, trifft mich vorn ein Puff. Denn ich möchte auch gern einen von den Advokatenknechten auf meinen Spieß laufen lassen, um meiner Frau davon zu erzählen.

BARTOLD. Was hast du in dem dicken Schnappsack?

FRITZE. Brot, Wurst, Speck, Schinken und geräuchert Fleisch.

BARTOLD. Gib mir ab.

FRITZE. Nimm.

BARTOLD *(essend)*. Teufel, deine Frau will dich fett füttern. So wie dich mästet man kaum ein Schwein.

FRITZE. Friß mir nur nicht auch den Schnappsack auf. Den muß ich ihr zurückbringen, oder –

BARTOLD. – das Weib haut dir hinter die Ohren.

(Er hat den Schnappsack so ziemlich geleert.)

Tritt nun vor, und verlaß dich auf mich.

EGGIUS. Wir sind auf der Spitze!

HERMANN. Und müßt wieder hinunter oder euch den Weg über Leichen von Fürsten und Völkern bahnen!

(Zu seinem Heer:)

Jetzt greift an, ihr alle! Vorn, zu den Seiten, und horcht! in dem Feinderücken kommen die Harzer an, und grüßen uns mit ihrer lustigen Bergmusik!

DAS HEER. Heil dir, alter Blocksberg, und deinen Söhnen!

(Es stürzt auf die Römer.)

VARUS. Die Zwanzigste hat sich gegen die Wilden vom Harze zu wenden!

EGGIUS. Wir aber fassen diese Berge bei ihren Schöpfen, wie ihre Bewohner bei ihren Haarbüscheln.

(Allgemeiner Kampf um die Höhe der Dörenschlucht.)

HERMANN. Deutschland!

EINIGE IN SEINEM HEER. Er spricht oft davon. Wo liegt das Deutschland eigentlich?

EINER. Bei Engern, wie ich glaube, oder irgendwo im kölnischen Sauerlande.

ZWEITER. Ach was! es ist chattisches Gebiet.

HERMANN. Und kennst du deinen Namen nicht, mein Volk?

STIMMEN. O ja, Herr – wir sind Marsen, Cherusker wir – wir Brukterer, Tenkterer –

HERMANN. Schlagen wir jetzt und immer nur gemeinsam zu und die verschiedenen Namen schaden nicht.

(Für sich:)

Ich muß mit geringeren aber näheren Mitteln wirken.

(Laut:)

Grüttemeier, deine beiden schwarzen Ochsen – denkst du noch an sie?

GRÜTTEMEIER. *(Tränen in den Augen).* Ja wohl, mein Vater empfahl sie mir im Sterben.

HERMANN. Eine Manipel stürmte in dein Haus, schlachtete, briet und fraß sie, und gab dir nichts ab!

GRÜTTEMEIER. Abgeben? Was von dem Fraß übrig blieb, traten sie mit den Füßen, oder schmissens an die Wand. Ich hätte auch nichts davon essen mögen.

VIELE DEUTSCHE. Wie dem gings uns!

EGGIUS *(sehr laut).* Rom!

HERMANN *(noch lauter).* Alle übrigen von den Römern gestohlenen und liederlich verschwelgten Gottesgaben: Linsen, Kohl, Erbsen und große Bohnen! Widersteht, auf daß ihre Fäuste nicht zum zweiten Mal in eure Töpfe greifen!

VARUS. Legat, wie lange währts daß du die Höhe ganz in der Gewalt hast? Man wird hier ungeduldig.

EGGIUS *(für sich).* Das glaub ich. Ich und meine Leute sinds schon längst.

(Er ruft dem Varus zu:)

Man hat hier zuviel mit Linsen, Erbsen und verdammt saurem Kohl zu tun! – Doch ich wags drauf von neuem, und will, wenn ich gewinne, in Rom der Ceres einen Tempel weihen, als Beschützerin der Hülsenfrüchte! Drum Göttin der Getreide, wende dich ab von deinen germanischen Anbetern, und hilf mir!

HERMANN. Ziegen, Schafe, Hühner, Tauben, Hechte, Forellen, alles was sie ergreifen konnten, nahmen euch die

Schufte, ohne zu bezahlen. Kerbt ihnen mindestens die Rechnungen ins Gesicht, zum Andenken bei ihrem Abzug!

EGGIUS. Der Kaiser!

HERMANN. Denkt der in seinem Namen gestohlenen Runkelrüben, und seiner Sachwalter, Advokaten, und, schlimmer als beide, seiner Gesetze und Richter!

DIE DEUTSCHEN. Ha!

(Sie stürzen mit einem furchtbaren Anprall auf die Römer.)

EGGIUS *(zu einem Unterlegaten, leise)*. Sag dem Prokonsul, wir erzwängen dermalen nichts mehr. Ich müßte umwenden und er möchte mit seiner unversehrten Achtzehnten es auch tun. Die Zwanzigste wird es schon getan haben, da sie genug mit den ihr im Rücken hervorbrechenden Harzkerlen zu schaffen hat.

(Der Unterlegat ab. Eggius laut:)

Das war ein sieg-, ein höchst glorreicher Angriff, Krieger! Ihr überwandet die Natur und die Menschen! Indes, es dunkelt, ruhen wir bis morgen in einem Nachtlager, und machen wir dann beim Tagslicht den Aufrührern das Garaus!

(Die Römer ziehen bergunter zurück.)

THUSNELDA. Er schlägt sie in die Flucht! O Ich! Was bin ich? Siegesfreude!

HERMANN. Ihnen nach! Stoßt sie, daß sie übereinanderpurzeln wie Kraut und Rüben!

VARUS. Ruhig, Eggius. Die Achtzehnte nimmt euch in ihre Zwischenräume auf, und wird euch zu decken wissen.

(Die neunzehnte Legion marschiert durch die Lücken der en echiquier aufgestellten achtzehnten, und diese steht plötzlich statt ihrer in Schlachtordnung vor den Deutschen.)

HERMANN. Laßt euch nicht durch Kriegskünsteleien verblüffen. Hinunter und noch tiefer müssen sie doch!

(Er greift mit der Reiterei die achtzehnte an, wird jedoch abgewiesen. Die neunzehnte Legion rückt so unter dem Schutz der achtzehnten mit derselben in das Tal, und wirft die Lagerwälle auf.)

HERMANN. Stört sie bei ihrem Nestermachen!

VARUS *(unter heftiger Gegenwehr seiner Truppen).* Heut gehts noch nicht!

HERMANN. Es ist auch noch nicht aller Tage Abend!

(Zu seinen Leuten:)

Vergeudet euer Blut nicht, laßt sie bauen, sie müssen doch bald aufbrechen oder verhungern. Einer vom Harz meldet mir eben, daß seine wackeren Kameraden ihnen allen Proviant genommen. Umstellen wir sie nur mit Beobachtungsposten, und feiern wir oben auf unsren Gebirgen unter Feuer und Met seit langen Jahren unsren ersten freien Jubel wieder, wie ringsum unsre Bundsgenossen auch tun. Die Fortsetzung des Blutbades folgt morgen.

(Er stellt Posten aus und begibt sich mit seinen Heerhaufen auf die Höhen der Dörenschlucht und der umliegenden Berge.)

Wo ist meine Gemahlin?

EINER SEINES GEFOLGS. Sie hat sich entfernt, – der Anblick des Kampfes hätte sie zu heftig erschüttert, sagt sie, – auf dem Siegesfelde sähe sie dich wieder.

HERMANN *(für sich).* Das kann noch lange währen – –

ERSTE NACHT

1

Varus steht auf seinem Lagerwall. Eggius neben ihm

VARUS. Setzen wir uns, Präfekt.

EGGIUS. In den Kot?

VARUS. Warum nicht?

(Für sich:)

Sind wir nicht bald seines Gleichen? Doch, ich hoffe noch –

(Beide setzen sich.)

EGGIUS. Mein Waffenträger erhält morgen früh viel zu putzen.

VARUS. Syrien ist ein schönes Land.

EGGIUS. Wie kommst du auf Syrien?

VARUS. Ich war dort sechzehn Jahr Statthalter bis Pontius Pilatus mich ablöste. Auch die Juden dort sind so übel nicht.

EGGIUS. Laß uns lieber von den Germanen reden.

VARUS. Die haben wir nahe genug. Sprechen wir eher von jenen glücklicheren Zonen. Das Meer spült da leiser an den Küsten, als hier der ewige Regen auf die Täler herniederrauscht.

EGGIUS. Ich war nie da.

VARUS. Wie alt bist du?

EGGIUS. Ich habs dir schon gesagt: achtzig Jahre.

VARUS. – – Und mußt nun mit mir untergehn? – –

EGGIUS. Na, so weit ists noch nicht. – Wärs? Desto besser. Ich lebe mir selbst schon zu lang. Was hat man endlich von all den Plagen? Ein bißchen Schlaf. Der Tod wird erquikkender sein. Man braucht dabei nicht aufzustehn und sich die Augen zu reiben.

VARUS. Wie sie auf den Bergen brüllen!

EGGIUS. Unsre Geschichtschreiber und Dichter nennen das Bardiete.

VARUS. Ich wollte, sie säßen hier, und müßten in Wind und Regen das Bardengeheul anhören.

EGGIUS. Heda! Da sprengt jemand auf die porta decumana.

VARUS. Sei ohne Sorge. Die ist gut bewacht.

HERMANN. Was gleißt der fremde Adler durch Deutschlands Nacht? Senner hilf!

(Er sprengt mit seinem Senner über die römischen Wälle, entreißt der neunzehnten Legion ihren aufgepflanzten Adler und jagt zurück.)

Da Gaul, zerstampf den roten Schuft!

VARUS. Der Adlerträger und die Adlerwacht deiner Neunzehnten werden sofort erdrosselt. Besorgs.

EGGIUS. Ich werde die Henker befehligen.

2

Die Höhen der Dörenschlucht

(Das deutsche Heer auf ihnen gelagert. Große Feuer. Das Volk sitzt auf Holzblöcken um sie herum, singt, würfelt, und trinkt, trotz des starken Regenwetters. Strohbündel behufs des Übernachtens werden herbeigeschleppt.)

VIELE. Towitt,
Tohu,
Roms Leichenvögel singen!

(Zwei Cherusker liegen an einem Feuer und würfeln.)

ERSTER *(schürt das Feuer).* Das knistert und prustet. Kriegts Feuer auch den Schnupfen?

ZWEITER. Wirf?

ERSTER. Neun! Gut stehen sie!

ZWEITER *(wirft).* Zehn! Besser sind sie! Bezahle.

ERSTER. Ich habe keinen Pfennig bei mir. Du bekommst meine Kuh.

ZWEITER. Gut.

ERSTER. Fahren wir fort. Ich setze meine Wiese.

ZWEITER. Ich meinen Brink.

(Sie würfeln.)

Die Wiese ist mein.

ERSTER. Donner und Wetter, jetzt wag ich Haus und Hof!

ZWEITER. Auch ich mein Gehöfte. – – Ich habe gewonnen.

ERSTER. Du betrogst mich vor zwanzig Jahren mit einem Scheffel Mehl. Es war eine Metze Sand hineingemengt.

ZWEITER. Laß diese alte, lügnerische Geschichte. – Hören wir auf mit dem Spiel?

ERSTER. Glaubst du, mich hätte ein toller Hund gebissen? Ich habe verloren und muß wieder gewinnen!

ZWEITER. Du hast ja nichts mehr einzusetzen.

ERSTER. Weib und Kind!

ZWEITER. Wohl. Ich setze alles, was ich bisher von dir gewonnen habe, dagegen. – – Ich bin im Glück, sie sind mein.

ERSTER. Nun – o heilge Freiheit verlaß mich nicht – setz ich mich!

ZWEITER. Ich mich gleichfalls. – – Da! du hast verloren und bist mir leibeigen samt deiner Familie. Ihr sollt es aber nicht schlecht bei mir haben.

ERSTER. Wenn die Metze Sand nicht in dem Scheffel gewesen wäre, glaubt ich dir.

ZWEITER. Dein Schicksal tut mir leid. Indes Spielschuld erläßt man nicht, sonst rächt sie sich an dem Verächter und man gewinnt nie wieder.

ERSTER. Aber mein Heerdienst?

ZWEITER. Den mußt du so gut erst leisten wie ich. –

(Viele Brukterer, Tenkterer, an einem anderen Feuer. Hinter den Tenkterern ihre angebundenen Pferde.)

EIN TENKTERER. Da Gaul sauf! Die Bestie macht mir Durst, so behaglich schlürft sie den ganzen Trankeimer aus.

(Er setzt sich zu den übrigen.)

Met!

(Sie wälzen ihm eine Tonne Met vor.)

Schön. Wenn ich mit der fertig bin, werd ichs mit mir gewiß sein. – Habt ihr denn keine Becher oder Gläser?

EIN BRUKTERER. O ihr feinen Rheinländer, nippt ihr schon aus den winzigen römischen Geschirren? – Wir denken, je frischer vom Faß, je besser im Hals. Leg dich vors Spundloch. Du sollst spüren wie's dir daraus zu Kopf steigt.

DER TENKTERER *(schlürft aus dem Spundloch)*. Ich spür und spüre, und möchte bis auf den Grund spüren, doch das geht nicht.

(Er liegt besinnungslos da.)

HERMANN *(ist aufgetreten, und übersieht das Lager. Zu den Knechten)*. Mehr Wasser ins Met gemischt. Die Kerle sind mir sonst morgen früh alle schlaftrunken.

EIN KNECHT. Herr, das Wasser merken sie –

HERMANN. Ach was, haben sie nur ein nasses Maul, kommts ihnen auf die Güte des Getränks nicht an.

(Knechte ab.)

Hier zechen oder gar schlafen, kann ich nicht. Ich will mich an diese alte Rüster von Eiche lehnen und so die Nacht durchwachen. – Sollte mir das Wagstück gelingen? Noch haben wir sie nur zurückgeschlagen, nicht überwunden – – – Wie der Sturm in den Ästen heult und die Wolken hin und her über den Wald jagen, wilde, gespenstische Reiter mit wilden Gesichtern! – Ah, da auf einen Augenblick der Mond, aber wie trübrot, und weg ist er wieder – Verlören wir, sie rotteten ganz Deutschland aus, und machten es zur Kolonie. Man kennt sie. – Es wird still. Die Leute senken die Häupter und schlafen ein.

(Nach langer Pause.)

Schon ist es weit über Mitternacht, und will noch der Morgen nicht kommen? Er wird blutig werden, aber ich hab ihn immer lieber, als diese wüste Stille, worin ich unter Tausenden vielleicht allein nur für sie alle sorge und denke – –

ZWEITER TAG

Hermann ist an der Eiche eingeschlummert. Sein ganzes Heer, außer den aufgestellten Posten liegt im tiefsten Schlaf. Es stürmt und regnet stark

HERMANN *(im Traum).* Nein, Präfektus Prätorio, solche sklavischen Ehrenbezeugungen mach ich ihm nicht.

(Es stürmt und regnet stärker.)

Nein, nein, und schreist du auch tausendmal lauter als Sturm und Regen. Er ist nur ein erwählter Kaiser, doch ich bin ein geborener Fürst. Ich grüß ihn, wenn er vorübergeht, meine Kniee beug ich nicht.

(Ein Windstoß macht die ganze Eiche knarren und zittern. Hermann erwacht.)

Wo war ich? In meinen Jugendtagen? im Palatium? wo

ich so oft mit dem Präfektus Prätorio über die Hofgebräuche stritt? Dank dir alte Eiche, du hast mich zur rechten Zeit geweckt, denn der Tag beginnt zu dämmern und im Römerlager rauschts schon als scharten sich Gewaffnete zum Ausrücken. Deine Blätter sollen von jetzt an Deutschlands Zeichen sein.

(Es kräht ein Hahn.)

Auf, auf, die Hähne wünschen einander schon aus der Nähe und Ferne guten Morgen!

EIN CHERUSKER *(der neben einem anderen zu seinen Füßen schläft, erwachend).* Ermuntre dich, der Feldherr ruft!

DER ANDERE CHERUSKER *(schlaftrunken und sich auf die andre Seite drehend).* Laß mich zufrieden. Ich habe heute keine Lust, alte Vettel.

ERSTER CHERUSKER. Bei Gott, der meint, er läge bei –

(Er rüttelt ihn aus Leibeskräften.)

Du bist ja nicht zu Hause!

ZWEITER CHERUSKER *(erwacht).* Das spür ich. Ich bin durchgeregnet bis aufs Hemd.

ERSTER. Es wird bald im Kampf trocknen. Das ganze Heer ist schon in Bewegung, und hier kommen unsre Rottenführer.

HERMANN. Horcht, die Ravensberger und die Harzer sind bereits wach, und jagen sie mit Hörnerklang aus der Ruhe. Unsre Pflicht ist, daß wir das aufgescheuchte Wildbret nicht entwischen lassen.

(Die achtzehnte Legion will vorauf aus dem Lager marschieren.)

HERMANN *(eilt ihr mit Truppen entgegen).* Halt!

VARUS *(in der Mitte der Achtzehnten, welche stutzt).* Laßt ihr euch schon von Feinden gebieten? Heut sind wir im Vorteil, bloß weil wir im Tal mit dem Feinde auf gleichem Grund und Boden stehen –

EIN LEGIONAR *(für sich).* Hätten wir gestern auch nur nicht mit ihm auf seinen Bergen angebunden.

VARUS. Speerträger brecht vor, ihr leichten Truppen und ihr Principes entfaltet euch zu beiden Seiten, Triarier seid die

Nachhut – Wir wollen nach Süden zu hinausmarschieren.

DER LEGIONAR *(für sich)*. Weil wir müssen.

VARUS. Wehe dem, der uns hindert! –

(Die Legion bricht in der befohlenen Ordnung aus dem Lager, und die Deutschen müssen weichen. Varus zu der Legion:)

So! euch fehlte nur der schickliche Platz, jetzt habt ihr euch entfaltet, ein Adlergefieder!

HERMANN. Daran soll in diesen Tälern schon gerupft werden.

(Die neunzehnte und zwanzigste Legionen folgen dichtgedrängt der achtzehnten auf dem Fuß.)

EIN SOLDAT DER ZWANZIGSTEN LEGION. Was fehlt der neunzehnten, sie marschiert ja mit gesenkten Köpfen vor uns her?

EINER SEINER KAMERADEN. Sie, die immer gegen uns so gern vornehm tun wollte, schämt sich heut. – Bemerkst du nicht, daß ihr der Adler fehlt?

ERSTER SOLDAT. Wo ist er denn?

ZWEITER. Du hast fest geschlafen. Die Reiter des Cheruskatyrannen sprengten ja die ganze Nacht um unser Lager und schrieen: »einen Vogel hat der Fürst gefangen, sein Pferd hat ihn in den Dreck gestampft!«

HERMANN. Helft doch unserer armen Retlage! Sie wollen den Bach überschreiten, und so klein er ist, wehrt er sich und schwillt ganz ärgerlich auf!

(Kampf. Unter vielem Verlust erzwingt Varus den Übergang über die Retlage.)

Ihr drei Reiter, eilt zu den Ravensbergern, daß sie mit ihren Spießen besser den Feind in die Fersen stoßen! Sagt ihnen, wir wären an seinem Kopf!

VARUS. Verzaget nicht! Noch bricht die Sonne durch die Wolken, noch gibt es Sieg und Tod, und zu erwürgende Germanen!

HERMANN. Laßt ihnen keine Ruhe!

EGGIUS. Prokonsul –

VARUS. Was ist dir?

EGGIUS. Gib mir die Hand. – Ich bestelle Quartier, du wirst

bald nachkommen. Denn durch all diese Schluchten und Waldungen gelangst du nicht nach Haus.

(Er stürzt sich in sein Schwert.)

VARUS. Die Memme! Auf *die* Art kann man in der Tat leicht seinen Pflichten gegen Kaiser und Reich, so wie jeder Lebenslast entwischen. Reißt ihm Rüstung und Kleider ab, und werft den alten Ausreißer nackt beiseit.

(Zu einem Kriegstribun:)

Verfüge dich zur Neunzehnten und übernimm statt seiner den Befehl bei ihr.

(Der Kriegstribun reitet zur Neunzehnten.)

HERMANN. Sie helfen uns! Sie töten sich schon selbst! – Sturm und Sturm und unermüdlich!

(Die Legionen kommen unter beständigem Handgemenge bis auf das Bruch bei Detmold.)

VARUS. Haltet!

HERMANN. Hier ist die Stätte, wo sie über euch richteten, schalteten und sportulierten, nach Belieben! Vergelten wirs ihnen auf dem nämlichen Fleck, das Schwert in der Faust!

VARUS. Weist sie kaltblütig ab.

(Für sich:)

Bei jedem Schritt merk ich, daß der Eggius, wenn auch nicht rechtlich, doch klüger gehandelt hat als ich dachte. Ich werde wohl bald mit meinen Kriegern seinem Beispiel folgen müssen. Es ist seit gestern früh keine Brotkrume mehr im Heere und die Tapfren fechten und sagen nichts davon. Sollte das nicht die härteste Brust erschüttern?

DER SCHREIBER *(kommt mit einem Bündel Akten)*. Hoher Herr, nimm dir einen Augenblick Zeit. Hier ist der Schreibstift. Unterzeichne und legalisiere dies Dokument.

VARUS. Jetzt? Siehst du nicht die Spieße und Pfeile, welche uns umfliegen?

SCHREIBER. Nein, die Legalisation der Akte ist zu dringend.

VARUS. Die feigen Schreibfüchse sind vor einer mangelnden Vidimation ihrer Akten bänger als vor ihrem Leben?

SCHREIBER. Nämlich: das Dokument begreift eine Verschreibung über verschiedene dahier gelegene Ländereien, welche du dem Quintus Acerba schenktest, und die er vor einigen Tagen dem Marcus Manius verkauft hat. Letzterer, der bereits zwanzigtausend Sestertien auf die Güter bezahlt hat, ersucht mich, bei den eingetretenen bewandten Umständen, unter welchen das Land leicht an die Cherusker verloren gehen könnte, ihm diesen Kaufkontrakt abschriftlich mitzuteilen, damit er, wenn er hier sein Eigentum verliert, in Rom aus irgend einem Rechtsgrund Regreß gegen den Gegner ergreifen kann, der auch mir in dolo zu sein scheint.

VARUS. – Die Triarier sollen zwar stets als die letzten und besten im Kampf aufgespart werden, doch kehren wir die Ordnung um, brauchen wir sie einmal als die vordersten. Cäsar kehrte auch oft eine Regel um und siegte. – Triarier der drei Legionen, vereinigt euch und stürzt dem Feind auf den Hals mit gefällten Speeren!

SCHREIBER. Meine Sache ist dringend, denn der Marcus Manius –

VARUS. Hat dich wohl gut bezahlt?

SCHREIBER. Ich bitte, unterzeichne!

VARUS. Schafft mir den gelbhaarigen Federhelden fort!

SCHREIBER *(indem er abgeführt wird)*. Ich habe das meinige getan!

(Die Triarier haben Hermann zum Weichen gebracht.)

VARUS. Ah, etwas Luft!

(Angriffe der Harzer und anderer deutscher Völker im Rükken und zur linken Seite der Römer.)

Neunzehnte, verdien dir einen neuen Adler! Stoßt Hermanns Bei-Kläffer zu Boden! – – Setzen wir uns in Detmold fest.

EIN LEGAT. Das geht nicht, Prokonsul. Der Ort ist abgebrannt, wie alle übrigen Flecken, Dörfer und Weiler umher.

VARUS. Ich bin müde. Erfrischt euch mit dem Wasser dieses Bachs, Soldaten, und schlagt das zweite Nachtlager auf. Zwar steht die Sonne noch ziemlich hoch am Himmel, doch wir haben heut genug getan und morgen einen schweren Gang vor uns.

HERMANN. Alle Himmel, sie gönnen uns nicht das Wasser mehr! Wie sie sich an das Flüßchen legen! Überschüttet sie mit Pfeilen, sonst saufen sie es rein aus!

VARUS. Trinkt euch satt, Kinder, und schüttelt ihre armseligen hölzernen Pfeile von den Helmen, wie ich diese Regentropfen davon schüttle.

(Er blickt sich um und sieht die übrigen mit dem Aufwerfen der Lagerwälle beschäftigten Krieger.)

Die dürfen auch nicht dursten! Bringt ihnen Wasser –

(Viele der Soldaten nehmen, ohngeachtet aller Gefahr und obgleich manche mit den unbedeckten, pfeilgetroffenen Köpfen verwundet oder tot in den Fluß stürzen, ihre Helme ab, füllen sie mit Wasser und bringen es ihren am Lager arbeitenden Kameraden.)

EIN VETERAN. Dank dir für den Labetrunk! – Jetzt will ich weiter arbeiten –

(Er will mit dem Spaten auf den Wall noch Erdschollen werfen.)

Ich kann nicht mehr. Die anderen werdens auch nicht besser machen. Tagelang nur Hunger, Durst, und Kampf. Das spürt man allmählich. Nicht?

(Er sinkt nieder und stirbt. Viele seiner Mitarbeiter fallen ebenso.)

VARUS. Hört auf, und laßt den Wall so, wie er jetzt ist. Er hat nur die halbe Höhe, doch statt daß ihr bei seinem völligem Aufbau sterbt, wollen wir wagen, auch hinter halben Wällen zu ruhen und uns nötigenfalls zu verteidigen. – Der Feind ist auch matt, und wir dürfen uns schmei-
völligem Aufbau sterbt, wollen wir wagen, auch hinter
cheln: er ward es nicht ohne unsre Schuld. Auf allen Ecken zieht er sich zurück.

ZWEITE NACHT

1

VARUS *(sitzt wieder auf dem Lagerwall. Er ringt die Hände).* Wir kommen nicht durch! Lebte Eggius noch, so hätt ich jemand, dem ich meinen Schmerz klagen könnte. So lang das Rad der Welt in seinen Achsen sich dreht, wird man sagen, die Feigheit und Dummheit des Varus verlor dem Augustus seine besten Legionen, – und ich sage, ich war ein zu weit vorgeschobener Posten, habe oft deshalb nach Rom geschrieben, fand aber kein Gehör. Sie wähnen dort, Germaniens Forsten ließen durch Polizei sich so leicht zwingen, wie die rechtwinklig sich durchschneidenden Straßen der Städte Italiens. O, sie kennen kein Gebüsch und das Ungeziefer unter ihm!

DER SCHREIBER *(kommt).* Jetzt, Herr, wo du Zeit hast, bist du wohl so gütig –

VARUS. Schweig von deinen Vidimationen für Manius und Konsorten. – Setz dich zu mir, laß uns ein bißchen miteinander plaudern.

(Für sich:)

Er ist immer einer der Gebildeteren im Heer, und womit nimmt man nicht vorlieb, wenn man in Not ist und sich vor Sorge kaum zu lassen weiß? – Setze dich!

SCHREIBER. Ich tu es, und wenn ich mich dessen erfreche, ists deine Schuld, Feldherr, denn du hasts geboten.

VARUS. Was hältst du von diesem Rückzug?

SCHREIBER. Was du befiehlst.

VARUS. Kommen wir wohl durch die Hohlwege und Waldungen, welche sich vor uns befinden?

SCHREIBER. Das wirst du wissen. Darauf versteh ich mich nicht.

VARUS *(rüttelt ihn).* Kerl, bist du ein seelenloses Untier?

SCHREIBER. Ich kenne ein bißchen vom Gesetz und von den Buchstaben, welche es bilden, sonst aber schreib ich hin, was man mir diktiert und weiß oft nicht was.

VARUS. Lebe wohl, Glücklicher.

(Der Schreiber geht.)

Dergleichen Maschinen sind besser daran als ihre Werkmeister.

2

Hermanns Zelt

(Hermann und die Herzoge der Engerer, Ravensberger, Harzer u. a. m.)

HERMANN. Dank' euch, ihr habt mit euren Völkern brav geholfen und gekämpft, und erfreut mich jetzt durch euren Besuch. Treiben wir es morgen so weiter, so sind die Legionen tot oder fallen abends den Chatten als Gefangene lebendig in die Hände.

DER HERZOG DES HARZES. Die Chatten sollen wenig von ihnen und ihren Knochen abbekommen.

HERMANN. Dann müssen wir früh auf sein; die Chatten sind gewaltig gierig nach Beute und nach Ruhm, und lauern schon im Südwest. – Hier ist fast alles versammelt, was Deutschland Edles und Großes hat! Soll denn immer erst eine Not wie die jetzige es bewirken, daß wir uns vereinen? Wärs nicht besser, wir täten es von selbst, und lebten auch im Frieden unter einem gemeinschaftlichen Oberhaupt?

DER HERZOG DER ENGERER. So daß du uns der Knoten im Haar oder eine Art König würdest?

HERMANN. Nein. Jeden, den ihr wählt, erkenn ich als meinen Herrn.

DER RAVENSBERGER HERZOG. Du weißt recht gut, daß man dich wählen würde.

HERMANN. Lassen wir es gut sein. Seien wir Freunde und kämpfen wir vom nächsten Sonnenaufgang an mit dem Feinde wie gestern und heut. Das Andere und Klügere bleibt ohnehin nicht aus, –

(für sich:)

nach Jahrtausenden, wenn wir und unsre Urenkel tot sind, ists da.

– Verteilt euch rings mit euren Scharen um die Römer und seid des zeitigen Aufbruchs gewärtig. Gute Nacht!

DRITTER TAG

1

Früh morgens. Lager des Varus

VARUS. Auf!

(Die Legionen erheben sich.)

Da bleiben Tausende liegen! Weckt sie!

EIN LEGIONAR. Es geht nicht. Sie sind vor all dem Drangsal über Nacht gestorben.

VARUS. Es sieht darnach aus. – – Rücken wir vor. Südwestlich durch die Bergschluchten – Das schlackerwettert!

(Die Römer rücken aus und marschieren vorwärts.)

HERMANN. Ingomar!

(Ingomar schweigt.)

Setz dich wieder zu Pferd und störe sie mit den Anhängern, welche du wieder erhalten hast, wie du willst. – Sie kommen jetzt in unser rechtes Waldrevier und seine beschwerlichen und verworrenen Wege. Da ist für dich zu tun, aber für offne Schlachten taugst du nicht so sehr, als du vorgestern glaubtest.

INGOMAR. Die Beleidigung, Neffe, welche du mir angetan hast ist, wie gesagt, da, und nicht abzuändern, ob du auch sie mit Liebkosungen vertuschen willst. – Doch dein Befehl, daß ich die Römer wieder angreifen soll, ist das vernünftigste Wort, welches seit zehn Jahren über deine Lippen kam.

(Er steigt zu Pferd und deutet mit seinem Speer auf die Legionen.)

Folgt dem Winke dieser langen Fingerspitze!

VARUS. Stets ruhig weiter, und bekümmert euch um nichts. Es sind nur Bremsen.

INGOMAR *(zu seinen Leuten)*. Haltet! – Mein Pferd hat sein Hufeisen verloren.

EIN DEUTSCHER. Die Welschen kommen unter der Zeit, ehe das gefunden und wieder angeschmiedet wird, weiter.

INGOMAR. Mein Brandfuchs ist mir lieber als Millionen Welsche.

WIGAND, DER SCHMIED. Hier ist ein Stück von dem Hufeisen.

INGOMAR. Flicks dem Tier an. Wenn es nur etwas unter den Hufen fühlt, ist es zufrieden. Was und wieviel ist ihm gleichgültig. Darauf verstehts sich nicht. – Bist fertig?

WIGAND. Ja.

INGOMAR. Nun soll sie alle der Teufel holen! – Angegriffen, als wären sie nichts Gutes!

HERMANN *(aus der Ferne)*. Fällt auch allerwärts die Bäume und werft sie ihnen vor die Füße! Hier ist der alte Kriegs-, Wehr- und Wahrweg! Macht den stolzen Namen Ehre! Und den Fluß, in dem sie da verbluten, tauf ich um: statt Berlebecke heißt er künftig Knochen- und Blutbach.

2

Die Falkenburg. Großes Zimmer

(Segest und seine Knechte.)

SEGEST. Eßt!

DIE KNECHTE. Wir mögen nicht.

SEGEST. Was ist euch? Was murrt ihr?

KNECHTE. Vielerlei. Roms Sklaven wollen wir nicht länger sein.

SEGEST. Das sollt ihr sein und bleiben, und meine Diener dazu!

KNECHTE. Wir dienen keinem Fürsten, der bei den Welschen selbst ein Knecht und Kratzfuß ist.

EINER. Von jetzt an fechten wir zusammen mit Hermann und mit unsren Nachbarn und stellst du dich auch dreißigmal dagegen auf den Kopf.

SEGEST. Hunde!

KNECHTE. Sieh zu, welcher deiner sogenannten Hunde dir morgen die Stiefel wichst!

(Sie gehen ab.)

SEGEST. Mir wirds öde zu Sinn als würde mein Kopf trocken wie unsre sandige Senne, doch ohne von ihren wilden Pferden belebt und aufgestäubt zu sein. – Handelte ich denn unrecht oder unklug, als ich mich aus wohlbegründetem Haß gegen Hermann den Römern in die Hände warf? – Ich will sehen was die nun einem verlassenen Greise, wie ich bin, dafür bieten. – Haus meiner Väter, lebe einstweilen wohl. Ich steige hinunter, doch komm ich wieder hinauf, werd ich dich neu auszuschmücken wissen, das Blut meiner treulosen Knechte nicht dabei zu vergessen. *(Er steigt die Falkenburg hinunter und begegnet Varus.)* Meine Leute haben mich verlassen, ich bleib euch treu, und biet euch auch fernerhin meinen Arm an.

VARUS. Der wird mir wenig helfen, alter Grauschimmel. Du hättest deine Leute besser in Zucht halten sollen. Geh du mir aus dem Wege – Ich traue keinem Germanen mehr, sie lügen und trügen mit offenster Stirn, und habens desto weiter hinter den Ohren und Bergen. Platz, sag ich, Schwächling und Heuchler zugleich!

(Er stürzt ihn zur Erde, und Segest verröchelt unter den über ihn marschierenden Legionen.)

SEGEST *(im Sterben)*. Das mein Lohn?

VARUS. Münze für Verrat. Wer seine Landsleute an Fremde verrät, wirds zuletzt mit den Fremden nicht besser machen, besonders im Cheruskawald.

HERMANN. Da fiel was Großes. Wer ists?

EIN DEUTSCHER AUS HERMANNS NÄCHSTER UMGEBUNG. Segest, dein Schwiegervater.

HERMANN. Schweigt davon.

VARUS. Der Weg vor uns wird steil. –

(Für sich:)

Was seh ich? Seine Höhe bedeckt sich mit Wolken feindlicher Krieger!

HERMANN *(jauchzend)*. Die Chatten, sie sind da! Sie kommen uns in hellen Haufen entgegen über Tal und Berg! Nun Varus! siehe zu wie du dich hinauswindest.

VARUS. Weiter, weiter! Es gilt eur Alles!

DIE VORTRUPPEN DER CHATTEN *(stürzen ihm von der Höhe der Landstraße entgegen)*. Zurück!

INGOMAR *(im Rücken der weichenden Römer, mit Harzern, Ravensbergern p. p. und seinen eignen Kriegern)*. Zurück!

HERMANN *(mit seinem Heere von West, und viele Bundsgenossen von der Weser und Elbe von Ost auf die Römer losstürzend)*. Beiseit!

VARUS *(kann ein Lächeln nicht unterdrücken)*. Zeus, wo soll man bleiben! Vorn und hinten heißt es zurück, und zu beiden Seiten heißt es beiseit. – Ah, schlagen wir uns rechts, da oben auf die breite Bergkuppe, welche alle Wege der Umgegend beherrscht.

HERMANN. Sie drehen sich nach dem Windfeld zu, besetzen wir es, und fortan heißt es Winfeld, weil wir drauf nicht Wind machen, sondern da gewinnen werden.

VARUS. Dahinauf!

(Gewaltige Gegenwehr der Deutschen unter Hermann auf dem Winfeld und Angriffe auf die Römer allerorts.)

Es geht diesmal nicht. Erholen und stärken wir uns heute Nacht, um morgen den Aufgang zu erzwingen.

EIN QUÄSTOR. Ja, wenn man uns in diesem Tal schlafen läßt, und die Leute was zu essen und zu trinken hätten.

VARUS. Auch ich habe weder Schlaf, noch einen Bissen zu verzehren. Damit mögen sie sich trösten. – Ein ordentliches Lager können wir in den schmalen Schluchten nicht aufschlagen, hätten wir auch noch die kräftigsten Hände. Ersparen wir uns die Mühe, und lagern wir auf der freien Erde. Die eine Hälfte des Heers um die andere, soll sich alle zwei Stunden ablösen, damit sie während der Nacht sich wechselsweise beschützen.

HERMANN. Lebendig sollt ihr auf unsrer Erde nicht mehr liegen. Stehen sollt ihr, wie reifes Ährenfeld, bis ihr gemähet hinfallt

(sein Schwert schwingend.)

unter unsren Sicheln!

(Zu seinen Truppen:)

Gebt den Bundsgenossen die Signale und greifen wir mit ihnen ringsum die ganze Nacht die Flüchtlinge an.

(Hörner, Pauken, Kriegsgeschrei der Deutschen und allgemeiner Kampf.)

VARUS. Bei bewandten Umständen hat die zweite Abteilung des Heers, welcher ich das Niederlegen erlaubte, sich wieder zu erheben und in den Reihen mitzukämpfen.

EIN RÖMER *(aufstehend)*. Säßen wir nur erst im Acheron, so wäre alles aus, mindestens wüßte man endlich, wie man daran wäre.

DRITTE NACHT

Fortwährende Schlacht mit abwechselndem Glück. Doch füllen sich die vom Feind gemachten Lücken der deutschen Heerhaufen immer mit neuen Ankömmlingen, während die Legionen, ohne Hülfe von außen, mehr und mehr zusammenschmelzen

VARUS *(sprengt ins Gemetzel)*. Unser Leben wird hier feil, verkaufen wir es teurer an den Feind als es wert ist, tausend seiner unzähligen Köpfe für jeden der unsrigen!

EIN LEGAT. Mäßige dich, Prokonsul! So schrecklich wild warst du nie!

VARUS. Was? Hab ich mich seit dem Tage, wo wir von dem Harz zurückgezogen, nicht genug gemäßigt, trotz des Unwetters, des Verrates, des Empörers, und des Unheils, welches er uns gestiftet hat. Du, weiser Ratgeber, würdest bei einem Nadelstich aufschreien, aber diese Dinge stoßen etwas tiefer in die Brust als Nadeln. – O! vergelt ichs ihnen, wie ich kann! – wer mich lieb hat, kommt zu mir und haut mit mir ein!

(Wütendes Nachtgefecht.)

HERMANN. Haltet sie ganz ruhig in dieser Bergklemme fest und laßt sie nicht entwischen!

VARUS. Auf die Stimme zu! Sie ist die des niederträchtigen Rädelsführers! Schießt zuvörderst all eure Pfeile nach der Gegend, woher sie kam. Wären die Fabeln von den Göttern, ihrer Gerechtigkeit und ihrer Macht wahr, so würden die Parzen einen Pfeil mitten durchs Dunkel auf sein schuldiges Haupt leiten.

HERMANN *(aufschreiend)*. Alle Hölle, was ist das? Meine Stirn!

VARUS. Trafs den glatten heuchlerischen Schandfleck?

DEUTSCHE *(mit Fackeln um Hermann)*. Herr, wie du blutest! Dein Antlitz ist rot überströmt.

HERMANN *(hat sich gefaßt, und sich selbst verbunden)*. Macht die Fackeln aus, oder wollt ihr den Römern zu einem zweiten Schuß leuchten?

(Sie löschen die Fackeln. Er springt vom Pferde.)

Nun laßt sie schießen. Es wird über meinen Kopf weggehen. – Beruhigt euch, der Streifschuß ist nicht gefährlich. Wunden gehören zur Schlacht. Man muß darauf gefaßt sein.

VARUS. Faßt frischen Mut, Soldaten, der Verräter ist tot!

HERMANN. Wenn ich es bin, den er so schilt, so zweifl' ich, Kameraden. Der Morgen graut. Bei dessen Licht und dem des heutigen Tages wollen wir ihm beweisen, daß ich lebe, und daß er verdirbt.

VARUS *(für sich, überlegend)*. Es geht nicht anders. Ich muß über das Windfeld ins Freie. Hermann, der bald fechtend, bald lauernd, darauf sich lehnt, ist mein gefährlichster Gegner und er muß zuerst vernichtet oder weggetrieben werden. Denn, rück ich vorwärts auf die Chatten, so stürzt er mir rechts in die Flanke und zerreißt uns die Rippen, wende ich mich links auf seine Bundsgenossen, so stürmt er mir nach, vereint sich mit Ingomar, und faßt uns von hinten. Wie aber befeur ich meine müden Krieger zu dem neuen Sturm? Ei was, ich tue gleichgültig, als müßt es so sein. Es sind Legionare und sie kennen auch im Unglück Ordnung und Befehl.

(Zu einem Kriegstribun:)

Gebiete der Zwanzigsten, daß sie durch jenes Gestrüpp und Holz den Hermann umgeht, und von oben her seinen Leuten in die wüsten Haare fällt, indes ich mit aller Macht ihn hier hinauf und der Legion unter die Schwerter treibe. – – Er hat mich grad auf dieselbe Weise auch umstrickt, und ich merke, man lernt von niemand besser als vom Feinde. Er bringts einem ernstlicher und nachdrücklicher bei als ein Orbilius oder sonst ein Schulmeister.

DER KRIEGSTRIBUN. Aber Hermanns Bundsgenossen werden uns von allen Ecken folgen und beunruhigen.

VARUS. Das lose Gesindel ist ein Beutel ohne Knopf, sobald wir Ihn davon trennen.

DER KRIEGSTRIBUN. Ich gehorche.

VARUS. Halt' einen Augenblick. Warum zittert deine Stimme?

DER KRIEGSTRIBUN. Feldherr, unter dem ich schon in Syrien und Parthien zwanzig Jahre diente, sehen wir uns wieder? Oder nimmer?

VARUS. Frage die Götter, welche uns in diesen Tagen so trefflich beschützen. Vielleicht lassen sie uns heut abend von allen Lebensmühen ausruhn.

DER KRIEGSTRIBUN. Wie –?

VARUS. Geh.

(Der Kriegstribun ab.)

Legionen, ewige Schande wälzt ihr über eure früher so glorreichen Namen, wenn ihr jetzt nicht eure Fehler von gestern und vorgestern durch neuen, ungedämpfteren Mut verbessert. Bedenkt: es sind nur feige, betrügerische Bar-

baren, mit denen wir streiten, nur vierhundert Schritt Höhe sinds bis zu jenem Blachfeld, unser Weg dahinter ist weite, freie Ebene. Tirilili! Trallera! Ihr Tubabläser und Cymbelschläger, Kriegsmusik, fröhliche!

EIN SOLDAT. Wie lustig der Feldherr wird!

VARUS *(hat die Bemerkung gehört, für sich)*. Was lernt man nicht im Unglück? Gar Heiterkeit und Possenreißerei!

HERMANN *(auf dem Wind- oder wie er es benannt hat, Winfeld)*. Links schallt es in den Eichen und Buchen wie von heraufsteigenden Tritten und wie aneinander klirrende Panzer. Die Narren wollen uns mit der zwanzigsten Legion umgehen, und kennen unser an das leiseste Waldesrauschen gewöhntes Ohr nicht.

(Zu einer Abteilung seines Heers:)

Wirf sie hinunter! Ingomar empfängt sie auf den Spießen!

(Die zwanzigste Legion wird zurückgetrieben, und unten durch Ingomar und seine Truppen vernichtet.)

INGOMAR *(einen römischen Adler in der Hand, ersteigt die Bergfläche)*. Ich wollte dir nur meine angebliche Schuld bezahlen, welche du mir vorgestern wegen meiner unregelmäßigen Angriffe vorwarfst. Hier ist die Summe in Gold, ein Adler mit der Inschrift: legio XX, als welche Legion nun nicht mehr ist.

HERMANN. Oheim! Wie soll ich dir danken?

INGOMAR. Mit einem offnen Zweikampf nach dem Kriege wegen der bewußten Beleidigung.

HERMANN. So geh fürerst wieder zu deinem Volk, vereinige dich mit allen Bundsgenossen da drüben und reißt den Römern, welche hier gegen mich heraufsteigen, soviel ihr könnt überall hinten an den eisernen Kragen! –

(Ingomar ab.)

VARUS. Achtzehnte, Neunzehnte! Was Tod, was Leben? Firlefanzerei, von Philosophen als wichtig ausgeschrieen. Es ist alles eins, nur meine Ehre nicht: folgt mir!

(Für sich:)

– Die Zwanzigste ist hin! –

HERMANN. Deutsche Reiterei, beweise den Römern, daß du

das Lob verdienst, welches sie dir früher gaben. Schärfs ihnen ein mit Todeshieben. Fußvolk folg ihr und ahme sie nach.

VARUS. Die Lanzen vor! Laßt sie daran abblitzen. – Wer stürzt denn links und rechts wie toll?

EIN QUÄSTOR. Der Rest deines Heers.

DER SCHREIBER. Prokonsul, wolltest du nun diese Akte unterzeichnen – verzeihe – aber ganz unmaßgeblich ist es jetzt die höchste Zeit.

VARUS *(sehr ruhig)*. Lieber Freund, warte bis morgen. Dann will ichs tun, wenn ich kann.

(Für sich:)

Ich tat was ich konnte, ich bin besser als der Ruf, den mir die Nachwelt geben wird. Ich ward betrogen, – geschieht das nicht dem Besten oft am ersten?

HERMANN *(wieder zu Pferde)*. Ergib dich! Du sollst gut behandelt werden.

VARUS. Danke! Ich behandle mich lieber selbst.

(Er stürzt sich in sein Schwert und stirbt.)

HERMANN. Noch im Tod ein Phrasenmacher. Lassen wir ihn liegen für unsre Geier und Raben.

(Ingomar, die Harzer, Ravensberger, Chatten und a. m. ersteigen das Winfeld.)

Gebt mir die Hände! – Sie sind tot, die Unterdrücker; unsre Freiheit aber erhebt sich riesengroß über diese Berge und schaut freudetrunknen Blicks weithin auf künftige Zeiten und Enkel! Nie wird man uns und diesen Tag vergessen, so lang noch was von deutscher Sprache klingt.

(Dietrich, Rammshagel und Erneste Klopp bringen den römischen Schreiber herauf.)

DER SCHREIBER. Ich begehre Recht und Untersuchung!

DIETRICH UND RAMMSHAGEL. Dein Recht war Unrecht.

ERNESTE KLOPP *(schlägt ihm in den Nacken)*. Das wars!

DER SCHREIBER. Die wilde Katze muß mir immer im Heerlager nachgeschlichen sein.

DIE KLOPP. Das konntest du dir denken seit deinem schändlichen Richterspruch. Nageln wir den krummnasigen Bengel bei seinen Ohren an eine Eiche, und reißt ihm die Zunge aus, damit er nicht mehr krächzen kann!

(Es geschieht, und andre römische Schreiber und Advokaten werden von den übrigen Deutschen ebenso behandelt.)

DAS VOLK. Nun, Nattern, zischt! – Hihi, sie können nicht mehr.

HERMANN *(sieht sich um).* Ihr habt genug für eure Rachlust. Seid klug, nehmt die noch lebenden Gefangenen zu euren Leibeignen und statt sie ohne Nutzen zu quälen und zu töten, laßt durch sie eure verwüsteten Felder bearbeiten. – Und ihr Fürsten, Herzoge, und Völker, was meint ihr, wenn wir nun vorwärts gingen, die römischen Festungen am Rhein eroberten, und zuletzt in Rom selbst den Welttyrannen Gleiches mit Gleichem vergölten?

VIELE IM VOLK. Was geht uns Rom an. Wir haben seine Soldaten und Schreiber jetzt vom Halse. Wir können nun ruhig nach Hause gehen und da bleiben.

EIN HERZOG *(für sich).* Ich müßt ein Narr sein, unter seinem Befehl einen weiteren Feldzug mitzumachen. Er reckt den Kopf doch schon zu hoch, und würde wohl uns alle nach der Eroberung Roms als Unterbediente behandeln.

MANCHE DER ÜBRIGEN GROSSEN. Die Unternehmung ist zu weit aussehend. – Nicht?

DER REST DER GROSSEN. Ja.

HERMANN. Gut. Ihr wollt euch lieber angreifen lassen, als angreifen. Rom wird mit erneueten Kräften wiederkommen, und ob es siegt, oder nicht, unser Boden bleibt die wüste Schlachtbank, welche wir wo anders hin verlegen könnten.

EIN BOTE *(kommt).* Die Fürstin Thusnelda schickt mich: sie wünscht euch allen Glück zu eurem Sieg.

HERMANN. Sie wollte selbst hieher auf das Siegsfeld kommen.

BOTE. Sie sprach von dergleichen, murmelte aber: sie hätte einmal, wo es nötig gewesen, in der Schlacht Parade machen helfen, möcht's jetzt, wo es ohnehin gut gegangen wäre, nicht wieder tun, und sie erinnerte sich überhaupt eines solchen Versprechens nicht.

HERMANN. Weibergedächtnis!

BOTE. Sie lädt euch alle ein, bei ihr zu speisen und zu trinken. Auch ist schon für Hohe und Niedrige alles besorgt.

HERMANN. Da Varus und seine Römer tot sind, und ihr nicht Lust habt, den Sieg weiter zu verfolgen, so lad ich euch zum Schmaus in meinen Hünenringen ein.

ALLE. Es wird uns eine Ehre sein!

HERMANN *(beiseit)*. – Ach! – Wüßte das Palatium, daß diese sonst so tapfren Leute nur ein paar Meilen weit sehen, und lieber in der Nähe äßen und tränken, als es zu zertrümmern, so würd es bei der Nachricht meines Siegs nicht so erbeben, als es mit seinem zähneklappernden Herrn und Gestein tun wird.

SCHLUSS

Rom. Palatium. Säulenhalle darin. Abend.
Brennende Kerzen

(Augustus schlummert im Hintergrund auf einem Polster. Tiberius und Livia im Vorgrund.)

TIBERIUS. Sprich leiser, Mutter, und schluchze nicht so laut. Laß uns still an seinen Schläfen wachen, – sie sind die müden Seiten einer Welt, die er lang beherrschte.

LIVIA. Und man sagt: ich hätte ihn vergiftet, damit du frühzeitiger den Thron bestiegst.

TIBERIUS. Nenne mir die Calumniatoren und sie sind erwürgt.

LIVIA. Ich ihn vergiften? Was hätt ich davon? Doch alberne Jungen, und gelehrte noch dummere Geschichtschreiber, welche nie aus der Stube gekommen sind, werden das Gerücht als Wahrheit annehmen und verbreiten. – Ich ihn vergiften? Du, mein Sohn, wirst mir ein strengerer und kargerer Herrscher sein als er.

TIBERIUS. Du behältst den Titel Augusta. Dein Wittum wird

anständig sein. Mit den Mühen deiner bisherigen Art von Mitregierung werd ich dich künftig auch nicht plagen.

LIVIA *(für sich)*. Das dacht ich!

AUGUSTUS *(erwacht)*. Wo ist Tiberius?

TIBERIUS. Er kniet zu deinen Füßen.

LIVIA. Gemahl, wie ist dir?

AUGUSTUS. Der nahe Tod streift die Welt von mir ab, als wäre sie mir mit ihren Sonnen und Sternen nur eine bunte Schlangenhaut. – Tiberius, steh auf. Ich bedaure dich. Dir, meinem Thronerben, wird ein furchtbares Los. Ich hatte viel Glück in meinem Leben, und konnte milde tun, weil alles noch in Gärung war, und ich nur nach Belieben zu mischen hatte. Nach meinem Tode werden alle niedergedrückten Patrizier und Optimaten sich erheben, und dir, den sie für einen Neuling ansehn werden, das junge Kaisertum streitig machen, um in den Wogen einer Republik ihre Vorteile zu erfischen. Halte mit dem Volk und dem Pöbel, nicht mit den Vornehmen und Reichen. Pöbel und Volk sind so gut von ihnen belästigt als wir Kaiser und bilden unsre sicherste Hülfe.

TIBERIUS. Ich danke dir für deine Lehre. Ich will den hohen Häuptern schon auf den Kopf schlagen.

AUGUSTUS. Klatscht in die Hände! Hab ich meine Rolle in allen Verhältnissen nicht gut gespielt? Livia, sei ruhig. Es tritt nur ein Schauspieler ab.

(Waffengerassel der Prätorianer draußen im Vorhof.)

AUGUSTUS. Welcher Lärm unter meiner germanischen Leibwacht stört mich an den Pforten des Todes?

EIN HAUPTMANN DER PRÄTORIANER *(läßt sich anmelden und kommt nach erhaltener Erlaubnis in den Saal)*. Herr, wir bitten um Entschuldigung. Nur Freude wars, die unsre Waffen so erschütterte. – Deine drei besten Legionen unter Varus sind nebst ihm ganz und gar von unsrem Hermann vertilgt, und ich bin von meinem Obersten befehligt, es dir zu melden. – Doch wenn uns diese Begebenheit auch lieb ist, zweifle nicht an unsrer Treue. Wir haben dir geschworen.

AUGUSTUS. Bei euch gilt noch ein Eid?

DER HAUPTMANN. Wir halten dran.

(Ab.)

AUGUSTUS *(sich mühsam aufrichtend)*. Varus, Varus, gib mir meine Legionen wieder!

LIVIA UND TIBERIUS. Mäßige dich.

AUGUSTUS *(sinkt wieder hin)*. Ihr habt eben auf mein Ersuchen nicht in die Hände geklatscht, tuts jetzt gar nicht. Die drei Legionen waren die lebendigen kräftigsten Mauern des Reichs gegen das unermeßliche Germanien. Es wird nun bald seine Völker wie verwüstende Hagelwetter auf unsren Süden ausschütten.

LIVIA. Schone dich!

AUGUSTUS. Warum mich schonen? Ich sehe keinen Grund mehr unter mir, wenn mein Land untergeht.

(Mit brechender Stimme:)

Sechshundert und vierzig Jahre stand Rom, als es unter Metellus und Papirius Carbos Konsulat zum ersten Mal hörte, daß die Kimbrer gegen es in Waffen seien, – wir vertilgten sie, – doch an Deutschland selbst bezwangen wir mehr als hundert Jahre umsonst, – weder der flüchtige Scythe noch der ebenso leichtfertige Parther wehrten sich gleich den freien, wie ihre Eichen auf ihrem Boden eingewurzelten Germanen. – Ihr lächelt? Glaubt mir, Rom altert wie sein Gottesdienst. Es beginnt eine neue Zeit. Nicht bloß aus dem Norden, auch aus Osten naht sie. Der Schilf des Jordans flüstert wunderbare Sagen. Herodes schreibt mir: drei Könige aus Äthiopien, Arabien und Indien hätten einen Stern gesehen, der ihnen mit Strahlen nach Bethlehem gewinkt haben soll. Sie sind dem Stern gefolgt, sind dort zusammengetroffen, und haben ein Kindlein gefunden, zwar nur in einer Krippe liegend, doch samt seiner Mutter umleuchtet von nie geahntem Himmmelsglanz. Man sagt dort schon: unsre Götterlehre sei Posse, und dieses Kind sei der rechte Sohn der rechten Gottheit.

TIBERIUS. Ich werde dem dortigen Präfekten Pontius Pilatus

und dem Judenkönig Herodes aufgeben, daß sie dieses Kind sobald als möglich aus dem Wege räumen.

AUGUSTUS. Ihr machts dadurch nur schlimmer – Der Gedanke an seine Sendung ist im Volk und je mehr ihr das Kind verfolgt, so größer wird es. Jesus Christus nennt man den Wunderknaben.

(Er stirbt.)

ZU LEBEN UND WERK
ZEITTAFEL
Christian Dietrich Grabbe
1801–1836

Christian Dietrich Grabbe ist der Sohn eines Zuchthausvorstehers im westfälischen Detmold. Er machte eine Juristenausbildung, scheiterte am Theater und verfiel schließlich dem Alkohol. Nach Georg Büchner ist er der wichtigste Anreger des realistischen Dramas in der deutschen Literatur. Wie Büchner hat er dem Drama neue Ausdrucksmöglichkeiten geschaffen. Auf der formalen Ebene geschah das dadurch, daß er die strenge Architektonik des klassischen Dramas auflöste und die Handlung in eine eher lockere Folge von Bildern faßte. Inhaltlich liegt seine Bedeutung u.a. darin, daß er einer der ersten war, der die Masse auf die Bühne brachte. Vor allem ihre geschichtsbildende und geschichtsprägende Kraft hat er gezeigt. Gleichzeitig beschnitt er jedoch damit die Bühnenwirksamkeit seiner Stücke stark. Die Massen- und Schlachtenszenen, die er konzipierte, sprengten die technischen Möglichkeiten des Theaters und stellten so Inszenierungen vor erhebliche Probleme. Daher wurden die meisten seiner Dramen erst lange nach seinem Tod uraufgeführt.
Grabbe ist in allererster Linie Dramatiker. Lyrik und Prosa hat er so gut wie nicht geschrieben. Von den literaturkritischen Aufsätzen, Feuilletons und Rezensionen ist heute noch einzig seine Abhandlung „Über die Shakespearo-Manie“ (1835) wichtig. Darin wendet er sich gegen die kritiklose Nachahmung des englischen Dramatikers. Einleitend muß er allerdings zugeben, daß er an der „zur Mode gewordenen Bewunderung … selbst etwas gelitten habe“.
Grabbes bekanntestes Stück ist sicher das bühnenwirksame Lustspiel „Scherz, Satire, Ironie und tiefere Bedeutung“ (entstanden 1822, erschienen 1827). Es ist eine Satire auf den zeitgenössischen Literaturbetrieb und zugleich eine Gesellschaftssatire der Zeit. Noch heute findet sich dieses frühe Drama auf den Spielplänen der Theater.
Zur mittleren Schaffensphase des Autors gehört seine Tragödie „Don Juan und Faust“ (1829). Hier hat Grabbe den Versuch unternommen, zwei große Stoffkreise der europäischen Literatur in *einer* dramatischen

Handlung zusammenzuzwingen. Doch im Grunde laufen die den beiden Hauptfiguren zugeordneten Handlungsstränge parallel. Dies ist das einzige von Grabbes Werken, das zu seinen Lebzeiten auf die Bühne kam.

Neben „Scherz, Satire, Ironie und tiefere Bedeutung" sind es die Geschichtsdramen, die seinen literarhistorischen Rang ausmachen. Beeinflußt ist er hier von Shakespeare, den Dramatikern des Sturm und Drang und von Schiller. In seinen Stücken gestaltet er immer wieder die Ohnmacht des Helden gegenüber den anonymen Geschichtsmächten. Der heroische Tatmensch muß untergehen. Er kann sich nicht gegen die gesichts- und geschichtslose Masse behaupten. Dieser tiefe geschichtsphilosophische Pessimismus durchzieht alle historischen Dramen Grabbes, vom frühen Stück „Herzog Theodor von Gothland" (vollendet 1822) bis zu den Werken der Spätphase. Das sind „Napoleon oder die hundert Tage" (1831), „Hannibal" (1835) und „Die Hermannsschlacht" (vollendet 1835). Diesen Dramen der Reifezeit ist die Überzeugung von der Sinnlosigkeit und der Ausweglosigkeit der modernen Existenz gemeinsam. Der genialische Held scheitert trotz heftigen Aufbegehrens. Mit dieser Entlarvung des heroischen Handelns als trügerischer Schein wird zugleich der geschichtliche Sinn ironisiert. Darin spiegelt sich auch Grabbes persönliche Situation. Das Auflehnen der Bühnenhelden ist auch ein Aufbegehren des Individualisten Grabbe gegen die Enge und Spießigkeit des Kleinbürgertums seiner Zeit. Die Bühnenhelden gehen in den Tod; Grabbe verfällt der Trunksucht.

Zeittafel zu Leben und Werk

1801 11. Dezember Geburt in Detmold. Vater: Adolf Heinrich Grabbe, Zuchthausverwalter. Mutter: Dorothea Grabbe, geb. Grüttemeier.

1807 Besuch der Bürgerschule in Detmold.

1812 Eintritt in das Detmolder Gymnasium.

1817 Trauerspiel „Theodora" an den Verleger Göschen gesandt; Ablehnung.

1819 „Der Erbprinz" (Drama; verschollen).

1820 Abgang vom Gymnasium. Immatrikulation an der Universität Leipzig als Jura-Student. Bekanntschaft mit Georg Ferdinand Kettembeil, seinem künftigen Verleger.

1822 Immatrikulation an der Universität Berlin. Bekanntschaft u.a. mit Heinrich Heine. Mitglied eines Berliner literarischen Zirkels. „Herzog Theodor von Gothland" und „Scherz, Satire, Ironie und tiefere Bedeutung" vollendet.

1823 „Nannette und Maria" vollendet. Versuch, mit Tiecks Hilfe eine Stellung als Schauspieler in Dresden zu finden. Fahrt über Braunschweig und Hannover. Ankunft in Detmold.

1824 Juristisches Examen und Zulassung als Advokat. Umfangreiche Lektüre, vor allem geschichtliche Stoffe.

1825 Lektüre von Rousseau, Goethe, Voltaire, Schiller, Racine, Shakespeare, Bürger und Wieland.

1826 Gehilfe beim Militärgerichtsrat Rotberg.

1827 Angebot Kettembeils, Grabbes Werke zu verlegen. „Dramatische Dichtungen, nebst einer Abhandlung über die Shakespearo-Manie" (2 Bände; darin „Scherz, Satire, Ironie und tiefere Bedeutung"). Erste Aufsätze über „Detmold und sein Theater".

1828 Militärgerichtsrat in Detmold.

1829 „Don Juan und Faust". Uraufführung in Detmold (einziges zu Grabbes Lebenszeit aufgeführtes Drama). „Die Hohenstaufen"

(Band 1: „Barbarossa"). „Aschenbrödel" vollendet. Weitere Aufsätze. Beginn der Arbeit an „Napoleon".

1830 „Die Hohenstaufen" (Band 2: „Heinrich IV."). Bekanntschaft mit Henriette Meyer.

1831 Fortsetzung der „Hohenstaufen" aufgegeben. Henriette Meyer verläßt nach heimlicher Verlobung und vorübergehendem Bruch Detmold. Begegnung mit Immermann. „Napoleon oder die hundert Tage".

1832 Tod des Vaters.

1833 Heirat mit Louise Clostermeier; bald eheliche Streitigkeiten.

1834 Ernsthafte Erkrankung und Auseinanderbrechen der Ehe. Entlassung aus dem Amt auf eigenen Wunsch. Übersiedlung nach Düsseldorf. Umarbeitung des „Aschenbrödels" und des „Hannibal" von Vers in Prosa; beides nach Karl Immermanns Vorschlägen. Bruch mit Kettembeil.

1835 „Aschenbrödel" (dramatisches Märchen). „Hannibal". „Das Theater zu Düsseldorf mit Rückblicken auf die übrige deutsche Schaubühne". Beginn der Opern-Parodie „Der Cid"; Tod des Komponisten Norbert Burgmüller; unvollendet. Beginn der Arbeit an der „Hermannsschlacht".

1836 Bruch mit Immermann. Rückkehr nach Detmold. „Die Hermannsschlacht" vollendet. 12. September Tod in Detmold. Begräbnis auf dem Friedhof Weinbergstraße.

1838 „Die Hermannsschlacht".

1870 „Sämtliche Werke" (2 Bände).

1875 Uraufführung der „Hohenstaufen"-Dramen in Schwerin.

1876 Uraufführung von „Scherz, Satire, Ironie und tiefere Bedeutung" in Wien.

1892 Uraufführung von „Herzog Theodor von Gothland" in Wien.

1895 Uraufführung von „Napoleon oder die hundert Tage" in Frankfurt/Main.

1918 Uraufführung von „Hannibal“ in München.
1936 Uraufführung von „Marius und Sulla“ in Detmold. Uraufführung von „Die Hermannsschlacht“ in Detmold.
1937 Uraufführung von „Aschenbrödel“ in Detmold.

DEUTSCHE KLASSIKER
Bibliothek
der literarischen
Meisterwerke

Clemens Brentano
Band 1: Gedichte, Geschichte vom braven Kasperl
und dem schönen Annerl
Band 2: Das Märchen vom Gockel, Hinkel und
Gackeleia

Georg Büchner
Woyzeck und andere Werke

Adelbert von Chamisso
Peter Schlemihls wundersame Geschichte
und ausgewählte Gedichte

Annette von Droste-Hülshoff
Die Judenbuche und andere Werke

Joseph von Eichendorff
Band 1: Aus dem Leben eines Taugenichts,
Das Marmorbild, Eine Meerfahrt, Das Schloß
Dürande
Band 2: Gedichte

Theodor Fontane
Band 1: Effi Briest
Band 2: Frau Jenny Treibel, Unterm Birnbaum
Band 3: Der Stechlin
Band 4: Schach von Wuthenow,
Irrungen Wirrungen
Band 5: Unwiederbringlich

Johann Wolfgang Goethe
Band 1: Die Leiden des jungen Werther, Novelle,
West-östlicher Diwan
Band 2: Egmont, Iphigenie auf Tauris, Torquato
Tasso

Band 3: Götz von Berlichingen, Prometheus, Clavigo, Hermann und Dorothea
Band 4: Gedichte, Maximen und Reflexionen
Band 5: Faust
Band 6: Die Wahlverwandtschaften
Band 7: Wilhelm Meisters Lehrjahre Erstes bis viertes Buch
Band 8: Wilhelm Meisters Lehrjahre Fünftes bis achtes Buch

Christian Dietrich Grabbe

Scherz, Satire, Ironie und tiefere Bedeutung, Napoleon oder die hundert Tage, Die Hermannsschlacht

Franz Grillparzer

Der Traum ein Leben, Weh dem, der lügt! Ein Bruderzwist in Habsburg

Johann Christian Günther

Gedichte

Friedrich Hebbel

Band 1: Agnes Bernauer, Die Nibelungen
Band 2: Judith, Maria Magdalene, Herodes und Mariamne, Gyges und sein Ring

Heinrich Heine

Band 1: Buch der Lieder, Atta Troll
Band 2: Deutschland. Ein Wintermärchen und Erzählungen
Band 3: Über Deutschland
Band 4: Reisebilder · Erster und zweiter Teil
Band 5: Reisebilder · Dritter und vierter Teil

Der Heliand

Johann Gottfried Herder

Von deutscher Art und Kunst und andere Schriften

Friedrich Hölderlin

Hyperion

E.T.A. Hoffmann

Band 1: Klein Zaches, Der goldne Topf, Des Vetters Eckfenster
Ritter Gluck, Don Juan, Der Baron von B.
Band 2: Das Fräulein von Scuderi, Der Feind, Meister Floh

Jean Paul

Band 1: Dr. Katzenbergers Badereise, Leben des Quintus Fixlein
Band 2: Leben des vergnügten Schulmeisterlein Maria Wutz in Auenthal, Schmelzles Reise nach Flätz, Leben Fibels

Gottfried Keller

Band 1: Romeo und Julia auf dem Dorfe
Die Leute von Seldwyla. Erster Teil
Band 2: Kleider machen Leute
Die Leute von Seldwyla. Zweiter Teil

Friedrich Gottlieb Klopstock

Werke in einem Band

Gotthold Ephraim Lessing

Band 1: Sämtliche Gedichte und Fabeln
Band 2: Der junge Gelehrte, Die Juden, Der Misogyn, Minna von Barnhelm
Band 3: Nathan der Weise, Briefe, die neueste Literatur betreffend
Band 4: Miß Sara Sampson, Philotas, Emilia Galotti, Briefwechsel über das Trauerspiel

Georg Christoph Lichtenberg

Band 1: Aphorismen
Band 2: Über die Macht der Liebe und andere Schriften

Otto Ludwig

Zwischen Himmel und Erde

Meister Eckehart

Predigten

Eduard Mörike

Band 1: Der Schatz, Der Bauer und sein Sohn, Die Hand der Jezerte, Das Stuttgarter Hutzelmännlein, Mozart auf der Reise nach Prag
Band 2: Gedichte

Friedrich Nietzsche

Also sprach Zarathustra

Novalis

Band 1: Heinrich von Ofterdingen, Die Lehrlinge zu Saïs
Band 2: Hymnen an die Nacht, Geistliches Lieder, Die Jugendwerke

Friedrich Schiller

Band 1: Erzählungen
Band 2: Die Jungfrau von Orleans, Wilhelm Tell, Ästhetische Schriften
Band 3: Kabale und Liebe, Don Carlos
Band 4: Die Räuber, Maria Stuart
Band 5: Wallenstein

Arthur Schopenhauer

Preisschrift über die Grundlage der Moral

Christoph Martin Wieland

Der Sieg der Natur über die Schwärmerei oder Die Abenteuer des Don Sylvio von Rosalva